맛

맛

초판 1쇄 찍은 날 ｜ 2016년 10월 21일
초판 1쇄 펴낸 날 ｜ 2016년 11월 01일

지은이 ｜ 심이령
펴낸이 ｜ 서경석

편 집 책 임 ｜ 조윤희
편　　　집 ｜ 이은주
　　　　　　최고은
디 자 인 ｜ 신현아

펴 낸 곳 ｜ 도서출판 청어람
등록번호 ｜ 제387-1999-000006호
등록일자 ｜ 1999. 5. 31
어람번호 ｜ 제5-457호

주소 ｜ 경기도 부천시 원미구 부일로 483번길 40 서경B/D 3F
　　　 (우) 14640
전화 ｜ 032-656-4452 팩스 ｜ 032-656-4453
http://www.chungeoram.com
E—mail ｜ chungeorambook@daum.net

ISBN 979-11-04-90992-4　03810

심이령 장편소설

마짓

도서출판 청어람

목차

1. 4월은 잔인한 달

빠앙, 날카로운 경적 소리가 횡단보도에서 들려왔다. 보행자 신호등이 빨간색으로 바뀐 찰나였다. 차도의 1차선에 있는 진한 감청색 승용차가 바로 그 소리를 낸 것의 정체였다. 차는 급제동을 잡았음에도 횡단보도를 반쯤 침범한 채였고 그 앞에는 여자가 주저앉아 있었다. 주변의 차들은 일시정지를 했다가 다시 천천히 움직이고 그 차들의 운전자들이 밖을 내다보았다. 감청색 승용차에 막힌 차들만이 빵빵, 경적 소리를 내거나 차선을 바꾸었다.

감청색 차에서 남자가 내렸다. 서른 살 전후의 남자였다. 그는 사고를 낸 사람 같지 않게 전혀 놀라거나 당황한 기색 없이 차 앞으로 걸음을 옮겼다. 차 앞에 있는 여자가 도리어 어쩔 줄 몰라 하는 모습이었다. 청바지 차림에 끈이 긴 숄더백을 품에 안은 여자는, 그러나 다친 것 같지는 않고 그저 놀란 듯했다. 그런 그녀는 이내 뒤로 고개를 돌려 남자를 올려다보았다.

"죄송합니다……."

여자가 말했다. 이어 '제가 급해서'라고 말하며 황망히 일어서다 그만 비틀했다. 여자는 중심을 잡기 위해 남자에게 손을 뻗었지만 그는 오히려 뒤로 슬쩍 물러났다. 털썩, 여자는 도로 주저앉았다.

"병원에 가야 하는데……."

"안 부딪친 거 압니다."

남자는 정중하면서도 냉정하게 여자의 말을 잘랐다.

"그게 아니라 한강병원엘 가야 해서요……."

여자는 주저앉은 채로 중얼거리다 말끝을 흐리는 중에 눈을 부릅떴다. 잊고 있던 것을 급히 생각해 낸 것처럼. 여자는 벌떡 몸을 일으켰다. 이번에는 비틀거리지도 않았다.

"그래도 혹시 모르잖아요."

여자는 사뭇 당당하게 말했다.

"한강병원에 가서 검진 받아야겠어요."

남자는 대꾸 없이 돌아서서 운전석의 문에 손을 댔다. 그사이 여자도 움직여 조수석으로 뛰어들었는데 남자보다 먼저 자리에 앉았을 정도로 재빨랐다. 남자는 그런 여자에게 별다른 반응도 보이지 않고 즉시 차를 출발시켰다. 남자의 감청색 차가 지나간 도로는 어느 여자대학교 앞이었다.

차 안은 조용했다. 남자는 운전만 하고 여자는 창밖을 주시했다. 정말 한강병원으로 가는지 확인하듯 여자는 눈을 부릅뜬 채로 십 분이나 버티었다. 그런 여자의 얼굴에 안도의 빛이 스칠 쯤 앞 유리창 너머로, 우뚝 솟은 흰색 병원 건물이 보였다. 여자는 그제야 남자에게 슬며시 눈길을 던졌다. 남자는 앞만 보고 있었다. 이마의 반을 가린 머릿결이 다소 흐트러져 있어 여자의 시야에 남자의 눈은 거의 보이지 않았다. 그 머릿결 아래에 오뚝 솟은 코끝이, 마침 창밖으로부터 쏟아져 들어온 오후의 햇살과 만나 반짝 빛을 낸 것이 여자의 눈에 담긴 모든 것이었다.

"죄송합니다……."

여자는 고개를 살짝 숙였다.

"제가 급해서……. 죄송합니다. 응급센터 앞에 세워주세요……."

말끝에 목소리가 잦아든 여자는 정말 미안한 얼굴을 하고 있었지만 남자는 대꾸도 없을 뿐만 아니라 여자에게 잠시의 눈길도 주지 않았다. 여자는 병원이 가까워 온 것을 보고 나서 가방을 열었다. 가방 안에 손을 넣어 더듬더듬 지갑을 찾아, 그 안에서 지갑을 열고 천 원 지폐를 눈으로 확인 후 손끝으로 그 수를 셌다. 일곱 장이었다. 그러나 여자는 지폐를 손끝으로 잡고만 있을 뿐 지갑에서 꺼내지 못한 채 망설였다. 남자에게 힐끔 눈길도 주었다. 그사이 남자는 병원의 정문으로 차를 몰고 들어섰다. 여자는 지갑을 놓고 다이어리로 보이는 손바닥만 한 노트를, 역시나 가방 안에서만 잡아 펼쳐 한 장을 찢었다. 그리고 볼펜을 찾은 후에야 가방에서 손을 빼 종이 위에 뭔가를 재빨리 적었다. 때맞춰 남자가 응급센터 앞에 차를 세웠다.

"꼭 연락주세요. 사례할게요."

여자는 종이를 반 접어 옆에 놔두고 문을 열었다. 이어 '고맙습니다' 하는 말을 끝으로 차에서 내리자마자 급히 응급센터로 뛰어들어 모습을 감췄다. 남자는 차의 시동을 끄고 사이드 브레이크를 걸었다. 그의 도착지도 이곳인 모양이었다. 남자는 바로 내리지 않고, 여자가 놓고 간 종이로 눈을 옮겼다. 반 접힌 종이었지만 굳이 그것을 들어 펴 보지 않아도 그 안에 적힌 것을 다 볼 수 있을 만큼 벌어져 있었다. 마구 휘갈긴 글씨체로 휴대폰 번호와 함께 '소윤'이라 쓰여 있는 것을.

응급센터의 대기실은 어수선하고 소란스러웠다. 대기용 벤치는 빈자리가 보이지 않았고 통로마저 사람들이 채우고 있어 그 사이를 지나려면 좋든 싫든 서로의 몸을 버겁게 스칠 수밖에 없었다. 윤은 그렇게 사람들 사이를 비집고 흰 가운의 의료진들이 보이는 응급실 안으로 들어갔다. 응급실 안에서 잠깐 두리번거리던 윤은 이내 한쪽에 눈을 고정했다. 그곳에서는 자동제세동기를 겸용한 심폐소생 중이었다. 매우 위급한 환자임이 분명했다. 윤은 불안과 초조의 기색을 감추지 못한 채 그 환자를 보기 위해 기웃거렸다. 그리고 삼십대의 남자인 것을 확인하고는 짧게 안도의 숨을 내쉬었다.

"저기요⋯⋯."

윤은 제 앞을 지나는, 흰 가운의 남자에게 급히 말을 붙였다.

"전화 받고 왔는데요. 우리 아빠가 교통사고라는 전화요. 아빠 성함은 소재성이구요⋯⋯."

"잠시만요⋯⋯."

흰 가운의 남자는 그 말만을 하고 윤을 비켜 갔다. 알아보겠다는 것인지, 저 바빠서 그저 제 갈 길을 간 것인지는 알 수 없었다. 윤은 마른침을 삼키며 주위로 눈을 돌렸다. 몇 개의 침대마다 환자들이 누워 있었다. 그중 의료진이 보이지 않는 침대로, 윤은 끌리듯 발을 움직였다. 환자의 얼굴까지 시트로 덮어놓은 침대였다. 그 시트 밖으로 피투성이의 손 하나가 빠져나와 침대 아래로 축 늘어져 있었다. 그 손을 윤은 빤히 보았다. 꼼짝도 않고, 눈도 깜박이지 않았다. 바삐 돌아가는 응급실의 풍경 속에서 흡사 그녀 혼자만이 정지된 것 같았다. 그러나 그것도 오래가지 않았다. 털썩! 윤은, 그녀의 곁을 스치는 바쁜 움직임들 속에서 무너지듯 주저앉았다.

응급실로 한 남자가 들어섰다. 윤을 감청색 차에 태웠던 남자였다. 그는 주저앉아 있는 윤의 뒷모습을 힐끔, 그저 응급실 안을 눈으로 훑다 우연히 얻어걸린 무엇을 스치듯 하고서는 이내 모니터 앞에 있는 젊은 의사에게로 가 말을 붙였다. 그런 그의 모습은 윤을 그의 차에 태운 기억조차 없는 사람 같았다.

"한지영 씨의 보호자 되시나요? 성함이……."

의사가 모니터에 눈을 두고 물었다.

"백시환입니다."

"환자와는 어떤 관계시죠?"

시환은 잠깐 머뭇거렸다. 이어 아주 건조한 목소리로 '어머니입니다'라고 대답했다.

"지금 응급수술 중이에요. 2층입니다."

2층에 있는 수술실의 유리문 앞은 바삐 돌아가는 응급실과 다르게 조용했다. 사람의 모습도 보이지 않았다. 그럼에도 평온보다는 위태로운 긴장을 간직한 구역이었다. 시환은 커다란 검은색 비닐 백을 들고 그 구역으로 들어왔다. 그는 먼저 유리문 앞을 잠시 서성거렸다. 이어 빈 벤치로 가 손에 든 비닐 백을 그곳에 올려놓았다. 그러나 오래지 않아 그 비닐 백을 다시 들고 그 구역을 벗어났다.

시환은 제 차를 세워두었던 응급센터 근처의 주차장으로 돌아왔다. 차의 문을 열었다. 안에 비닐 백을 던졌다. 다시 문을 닫으려던 그는 잠깐 머뭇거리다가 손을 뻗어 비닐 백의 입구를 벌려보았다. 안에는 악어가죽으로 된 여자용 핸드백이 들어 있었다. 찌그러지고 상처 난 모습이었다.

병원 정문으로 끊임없이 차들이 들어오고 나갔다. 사람들도 마찬가지였다. 바람이 많이 부는 4월의 날씨는 사람에 따라 활동하기 딱 좋기도, 혹은 옷깃을 여며야 하기도 했다. 병원 건물을 나온 시환에게는 전자였다. 앞을 열어 입은 그의 검은색 점퍼를 바람이 확 뒤집어놓았는데도 그는 아랑곳하지 않고 걸음을 옮겨 정문을 나와 차도를 건넜다. 맞은편에는 규모가 큰 약국이 가장 잘 눈에 띄었다. 시환은 그 약국을 지나 오 분을 더 걸었다. 카페가 보였다. 네 개의 노천 테이블을 갖춘 그곳으로 들어간 시환은 잠시 후에 종이컵을 들고 나와 그것을 테이블 위에 올려두고 담배 먼저 찾아 물었다. 바람을 막고 불을 붙이느라 두 손을 라이터에 꼭 붙이니 얼굴이 모두 손에 가려졌다가 연기와 함께 다시 드러났다. 오후의 햇살을 정면으로 받아 눈살을 살짝 찌푸린 얼굴이었다. 그런데도 그는 담배 한 대를 다 피울 동안 햇살을 피하지도, 자리에 앉지도 않았다.

어느덧 땅거미가 밀려들기 시작했다. 날이 어두워지면서 거리는 자연의 빛 대신 인조의 빛을 하나둘 늘려갔다. 시환은 카페의 노천 테이블 앞에 앉아 있었다. 비어 있는 종이컵과 검은색 커피 찌꺼기가 담긴 재떨이에 수북이 쌓인 담배꽁초들은, 그가 그 자리에 오래토록 앉아 있었음을 대신 보여주었다. 그렇게 짧지만은 않은 시간 동안을 있으면서도 그는 무료한 시간을 달랠 휴대폰조차 손에 들고 있지 않았다. 그저 거리에 눈을 두고 있을 뿐 특별한 움직임도 없었다. 그러던 그가 비로소 일어나 점퍼 주머니에서 휴대폰을 꺼냈을 때는, 시간이 조금 더 흘러 주위가 완전히 어두워진 뒤였다. 그의 휴대폰은 벨소리와 함께 밝은 빛을 내고 있었다.

[백시환 씨 휴대폰이죠?]

휴대폰에서 들려온 목소리는 텁텁한 남자의 그것이었다.

"네."

[경찰입니다. 한지영 씨가 낸 사고에 대해 조사 중인데요. 잠깐 뵐 수 있을까요?]

"지금 병원에 있습니다."

[그래요? 저도 지금 병원입니다만……. 한지영 씨 차에 동승했던 분의 유족을 먼저 만나 뵙고 수술실에 올라가 봤는데 아무도 없던데요? 병원 어디에 계신가요?]

"수술은 끝났나요?"

[네? 글쎄요……. 다시 내려와서…….]

경찰의 목소리는 그것을 왜 저에게 물어보느냐는 듯 다소 황당해하는 뉘앙스를 실었다.

[암튼 병원에 계시면 일단 좀 뵙죠. 수술실 앞에 있겠습니다.]

시환은 카페로 왔던 길을 그대로 되돌아 걸었다. 급히 서두는 것도 없이, 왔을 때와 조금도 다를 바 없는 걸음으로 병원의 2층 수술실 앞으로 돌아왔다. 마흔 살 전후의 사복 경찰은 수술실 앞의 벤치에 앉아서 휴대폰을 보고 있다가 시환을 보고 일어났다. 그는 먼저 제 신분증을 보이며 소속과 이름을 밝혔다.

"이걸 보세요."

경찰은 제 휴대폰에 저장된 사진을 보여주었다. 종잇장처럼 구겨지고 파손된 흰색 승용차의 모습을 담은 사진이었다.

"한지영 씨의 차가 맞죠?"

"그럴 겁니다."

시환은 무미건조하게 대답했다. 한지영이 운전하는 차가 느닷없이 중앙선을 침범해 맞은편에서 오던 레미콘 차와 충돌했고, 옆자리에 동승한 사람은 병원에 도착하자마자 숨졌다고 경찰은 설명했다.

"혹시 소재성 씨라는 분을 아십니까?"

경찰은 사고에 관한 설명 후 물었다.

"모릅니다."

"한지영 씨 차에 동승했다 사망한 분인데요. 그쪽 유족도 한지영 씨를 전혀 모르더군요. 처음 듣는 이름이라고……."

경찰은 시환에게서 어떤 말이라도 이끌어내려는 듯 그의 얼굴을 빤히 보며 말했지만 그의 입은 열리지 않았다. 사고를 당한 이의 가족이면 경찰에게 이것저것, 성가실 정도로 묻는 것이 보통인데 시환은 아무것도 궁금하지 않은 얼굴을 하고 있었다.

"확인해 보니 차에 블랙박스가 없더군요."

경찰은 말을 이었다.

"그래서 한지영 씨가 음주 상태였는지를 확인하려고 합니다. 한지영 씨의 혈액을 국과수에 의뢰하려고……."

말끝에 경찰은 수술실을 힐끔 쳐다봤다. 때마침 수술실의 문이 열렸다. 녹색 가운을 입은 의사는 마스크를 벗으며 나와 시환과 경찰을 번갈아 보았다. 경찰이 시환을 가리키며 한지영의 보호자라 알려주었다. 시환은 그제야 의사 앞으로 한 발 움직였다.

"최선을 다하긴 했지만……."

의사는 신중한 얼굴로 입을 열었다.

"상태가 중하고 특히 후두부 손상이 커서 지금으로선 딱히 드릴 말씀이 없네요. 경과를 지켜봅시다."

의사의 말을 들은 시환은 애매한 고갯짓을, 그것도 희미하게 해 보였다. 알았다는 의미인지 아니면 제 심정을 표현한 것인지 분명치 않았다. 환자의 보호자가 흔히 하는 질문인 '살 수 있느냐' 그는 묻지 않았다. 꼭 '살려 달라'는 부탁의 말도, 심지어 '수고하셨다'는 의사에게 하는 의례적인 인사말조차 없었다. 오히려 의사가 잠시 기다려 주었음에도 그의 입은 열리지 않았다. 의사는 물러갔다. 몇 분 지나지 않아 다른 의사가 나왔지만 그는 시환과 경찰에게 별다른 주의도 기울이지 않고 가버렸다. 시환과 경찰은 말없이 기다리고만 있었다. 이윽고 수술실 문이 다시 열렸다. 수술에 참여했던 남녀 의료진 세 명이 환자 이송용 카트인 스트레처 카와 함께 나왔다. 둘은 그것을 밀고 하나는 환자와 긴 호스로 연결된 여러 개의 팩을 높이 들고 있었다. 시환과 경찰은 스트레처 카 위에 누워 있는 환자에게로 곧장 눈길을 던졌다. 아직 마취 상태의 여인은 머리에 붕대가 감겨 있었지만 얼굴에 별다른 상처는 없었다. 때문에 사십대 후반 정도 돼 보이는 나이를 어렵지 않게 짐작할 수 있었으며 또 매우 미인이었다. 의료진이 끄는 스트레처 카는 승강기가 있는 곳으로 방향을 잡았다. 그 길에 경찰은 한지영의 혈액을 채취해 달라고 의료진에 주문했다. 그리고 시환에게는 '다시 연락드리죠' 하고서 승강기 문이 열리기 전에 물러갔다.

한지영은 중환자실로 이송되었다. 의료진은 시환에게, 환자가 마취에서 깨어나려면 두세 시간은 걸린다고, 깨어나서의 예후가 중요하다고 했다. 시환은 중환자실을 나와 다시 병원 건물을 뒤로했다. 다시 차도를 건너, 규모가 큰 약국에서 이번에는 그 앞을 지나지 않고 반대 방향으로 걸어 가장 먼저 눈에 띈 식당으로 발을 들였다. 저녁 식사 시간이 지난 때라 식당 안은 한산했다. 자리에 앉은 시환은 벽에 붙은 메뉴를 쳐다봤다. 우거지와 콩나물 해장국밥, 그리고 부대찌개를 포함한 찌개류가 그곳에 나열돼 있었다. 물병과 컵을 가져와 시환의 테이블에 놓고 돌아선 아줌마는 다시 고개를 돌려 그를 쳐다봤다. 주문하기를 기다리는 것이 틀림없는데도 시환은 여전히 메뉴에 눈을 고정한 채 입을 열지 않고 있었다.

"뭐…… 드려요?"

기다리다 못한 아줌마가 물었다.

"해장국 주세요."

한참을 고른 사람 같지 않게 시환은 선뜻 대답했다. 비로소 벽에 붙은 메뉴에서 눈도 뗐다.

"무슨 해장국이오?"

아줌마가 묻자 시환은 다시 메뉴로 눈을 옮겼다. 그러자 아줌마는 재빨리는 '우거지 해장국이 맛있어요' 했다. 시환은 고개를 끄덕이는 것으로 그것을 달라는 뜻을 전했다. 식사가 나오는 동안 시환은 휴대폰을 꺼내 놓고 문자를 작성해 어디론가 보내고 또 받았다. 식사가 나온 후에도 계속이었다. 식사 시간은 아주 길었다.

식당을 나온 시환은 걸어서 대형 약국을 지나, 몇 시간 전에 갔던 그 카페의 노천 테이블에 앉았다. 커피를 마시고, 담배를 피우고, 휴대폰을 들여다보았다. 그렇게 시간이 흘렀다. 밤이 깊어

거리를 지나는 사람은 눈에 띄게 줄어 있었다. 시환은 시간을 확인하고 일어섰다.

시환은 창 너머로, 한지영의 침대 주변에 의료진이 모여 있는 것을 먼저 확인했다. 한눈에도 위급 상황임을 알 수 있는 모습이었다. 그런데도 시환은 별로 서두르지 않고 중환자실로 들어갔다.

지영은 몹시 괴로워하는 얼굴이었다. 심전도 그래프는 다소 불안정했다. 마취에서 깨자마자 발작이 있었다고 의사가 시환에게 설명했다. 급한 조치는 취했고 더 이상 해볼 수 있는 것이 없다고도 했다. 시환은 별다른 대꾸 없이 지영의 얼굴에 눈을 두고만 있었다. 지영의 머리맡에 있던 간호사가 자리를 비켜주었다. 마치 임종의 자리를 비켜주듯. 시환 또한 자연스럽게 그 자리로 다가갔다. 때맞춰 지영의 눈꺼풀이 열렸다. 바르르 떨리는 눈꺼풀은 또한 몹시 힘들게 반만 올랐다. 그 반 틈 사이로 드러난 검은 눈동자를, 시환이 마주했다. 그는 그 눈동자에 의식이 또렷함을, 또 그를 알아본다는 것을 금세 눈치챘다.

눈동자의 주인이 입을 벌렸다. 말은 바로 새어 나오지 못했다. 미세하게 떨리는 입술은 붕어처럼 뻐끔거렸고, 설사 말을 했다고 해도 들릴 만한 크기도 아니었다. 시환은 허리를 굽혀 지영의 입 가까이 귀를 가져갔다. 그러자 지영의 눈빛이 더욱 또렷해졌다. 그녀는 말을 했다. 숫자였다. 여덟 자리의 숫자. 그녀는 그것을 두 번 반복했다.

"금고……. 2층……. 서가……."

지영은 이어서 말했다. 사력을 다하고 있음을, 그 말에 함께 실려 나오는 단말마의 신음 소리로도 알 수 있었다.

"내 딸……, 찾아서……. 내…… 딸……."

"윤아⋯⋯."

윤은 저를 부르는 소리에 천천히 고개를 들었다. 응급센터 대기실의 벤치 구석에서 무릎을 세우고 오도카니 앉아 있던 그녀는 퉁퉁 부은 얼굴을 제 곁에 서 있는 중년 여인에게로 향했다.

"이게 대체 무슨 일이야⋯⋯?"

여인은 눈물을 글썽거리며 윤의 어깨를 잡았다.

"고모⋯⋯."

윤은 힘없이 고모를 부르다 왈칵 눈물을 쏟았다.

"아니 마른하늘에 날벼락도 이런 날벼락이 있나⋯⋯. 교통사고라니⋯⋯, 아니 어쩌다⋯⋯. 어이구⋯⋯."

고모는 윤의 곁에 앉아, 제 기막힌 심정을 한탄에 섞어 토해냈다.

"네 전화 받고 내가 너무 놀라서 말이다⋯⋯. 암튼 곧장 달려오려고 했는데 짧은 거리도 아니고, 또 네 고모부가 마침 밤늦게까지 일이 있어서, 내가 빨리 오라고, 빨리 오라고 전화를 몇 번이나 해갖구 이렇게 온 거야⋯⋯."

고모는 말하는 중에 잠깐 옆을 쳐다봤다. 벤치 사이의 통로에 윤의 고모부로 보이는 남자가 서 있었다. 짙은 남색의 점퍼에 때가 많이 탄 운동화를 신은 모습이었다. 고모부는 제 아내와 눈이 마주치자 입 모양만으로 '형님은?' 했다.

"아빠는? 아빠 지금 어딨어?"

고모가 윤을 추슬러 잡고 물었다.

"그만 울고. 눈이 다 짓무르겠다. 네가 직접 확인했어?"

윤은 고개를 끄덕였다.

"그럼…… 아직 안에 있는 거야?"

말끝에 고모는 눈길을 앞으로 던졌다. 앞은 응급실의 입구였다.

"옮겼어……."

고개를 흔든 후 윤이 대답했다. 고모는 다시 남편을 쳐다봤
다. 남편은 무슨 말인지 알겠다는 듯 고개를 끄덕였다. 시체 보
관실로 옮겼다는 의미라는 것을.

"밥 먹었는지 물어봐. 보나마나겠지만……."

고모부가 말했다.

종합병원의 응급센터는 깊은 밤에도 불을 환히 밝힌 채 낮과
다름없이 분주했다. 살아 있는 것들이 살기 위해 휴식을 필요로
하는 시간에 또한 살기 위해 그 휴식을 반납해야 하는 다급한 역
설이 그 안에 있었다. 센터 입구로부터 당직 의료진이 급한 발걸
음으로 나오고 때를 맞춰 요란한 사이렌을 울리며 응급차가 도착
하는, 그야말로 촌각을 다투는 상황 속에서라면 더욱이 그 역설
은 생생해졌다. 센터를 나와 있는 윤과 그녀의 고모 내외는 발길
을 멈춘 채, 응급차에서 환자를 실은 카트를 내리고 또 그것을
옮기는 신속하고도 숙련된 손길들을 바라보고 있었다.

"웬 사고들이 그렇게 나는지, 원……. 가자."

고모가 윤의 팔을 잡아끌었다.

"근데 정말 이 시간에 먹을 데가 있으려나……."

"병원 근처에는 원래 야식집이 있다니까 그러네."

고모부의 말대로 문을 연 식당이 있었다. 뼈다귀 해장국집이
라 식사는 물론 술도 팔았다. 고모부는 아내의 나무람에도 불구

하고 냉큼 소주 한 병을 주문했다. 어차피 오늘은 병원에서 밤을 지새워야 하니 운전할 일도 없어 괜찮다는 것이 고모부의 변명이었다. 좌식 테이블에는 곧 뼈다귀 해장국이 담긴 냄비가 휴대용 가스레인지와 함께 올라오고, 몇 가지의 반찬과 공깃밥 하나가 놓였다. 윤은 고모의 성화에 못 이겨 숟가락을 들었지만 영 입맛이 나지 않았다. 그래도 해장국을 먼저 한 술 떠 꿀꺽 삼켰다. 그 사이 고모는 남편에게 '나도 한 잔 줘봐' 하고는 산을 받아 쭉 들이켰다.

"어떻게 하다 난 사고래? 넌 들었어?"

고모가 물었다. 그러자 고모부는 '애가 밥을 좀 먹고 난 뒤에 묻지' 했다.

"윤이 아빠가 낸 사고는 아닐 거야. 다른 차가 와서 받은 걸 거라구. 그렇지? 윤아."

"그게 아니고⋯⋯."

윤은 경찰에게서 들은 사고 경위를 간단히 설명했다. 아버지가 어떤 사람의 차에 동승했다가 사고가 났다고.

"그게 무슨 말이야? 네 아빠가 누구랑 있었는데?"

"한⋯⋯ 지영이라는 사람이래."

"한지영⋯⋯?"

"고모 혹시 들어봤어?"

"글쎄⋯⋯?"

고모는 고개를 갸웃했다. 마치 골똘히 생각하는 듯해서 윤은 약간의 기대를 걸었지만 고모는 금세 제 머릿속에서 치운 듯 남편에게 소주 한 잔 더 달라 했다.

"한지영이면 여잔가 본데?"

고모부가 아내의 술잔을 채우고 나서 말했다.

"그 여자도 죽었니?"

윤은 고모부를 향해 고개를 먼저 흔들어 보였다.

"경찰 말로는 위급하다고……. 그 이상은 못 들었구요."

"혹시……."

고모부는 아내에게 눈을 옮겼다.

"형님이랑…… 뭐 그런……."

고모부가 말끝을 흐리는 사이 고모는 윤을 힐끔 쳐다봤다. 윤은 부러 그 눈길을 모른 척했다. 혹시 아버지가 여자를 만나는 낌새가 있더냐, 묻는 눈치라는 것을 알기 때문이었다. 윤도 경찰에게서 한지영의 이름을 들었을 때 그 생각을 잠깐 하지 않은 것은 아니었다. 그러나 한 번도 아버지에게서 그런 느낌을 받은 적이 없었다.

"네 아빠, 오늘 일 안 나갔어?"

고모가 술잔을 이번에는 반만 비우고 나서 물었다.

"나갔어."

"그럼 네 아빠 택시는?"

윤은 모른다는 의미로 고개를 저었다. 개인택시를 모는 아버지는 늘 아침 9시에 집을 나가 새벽 2시쯤에 들어왔다. 때문에 대학생인 윤은 아버지를 먼저 배웅하고 나서 학교에 가는 일이 많았다. 2교시에 시작하는 강의가 있는 날에만 좀 서둘러 아버지보다 먼저 집을 나서거나 혹은 아버지의 택시를 타고 함께 나서기도 했었다. 오늘은 4교시에 첫 강의가 있는 날이다. 아버지는 평소처럼 아침 9시에 집을 나섰다. 현관문을 열고 나가는 아버지의 뒷모습이 아직도 기억에 생생한데 그것이 마지막이 될 줄이야. 윤은 눈시울이 뜨거워지는 것을 참아내느라 부러 열심히 숟가락을 놀렸다.

"그 여자, 음주운전 한 거 아냐?"

고모는 누구에게랄 것도 없이 혼잣말처럼 했다.

"그렇지 않고서야 중앙선을 왜 넘어?"

"내일 내가 경찰 만나볼게. 블랙박스 분석하면 그거 다 나오거든."

고모부가 제 아내의 말을 받았다.

"암튼 운전을 그 여자가 했다니까 여자 잘못인 건 분명하지? 그럼 그 여자한테서 무슨…… 보상금이나 그런 거 못 받나? 저는 살았잖아."

"여자가 아니라 그런 건 여자 차의 보험 관계를 알아봐야 할 걸? 근데 그게 참…… 받기도 힘들고 얼마 안 되고……, 그럴 텐데……."

"사람이 죽었는데? 그럼 억울해서 어떡해? 소송이라도 해야 하는 거 아냐? 우리 윤이 아직 졸업도 못 했는데……."

고모 내외는 아직 윤도 생각 못 한 조카의 앞날을 걱정하더니 그것은 잠깐이고, 금세 민사소송이 어떻고 차에 동승했다가 사고 난 경우에 보험금이 어떻고 하는 내용으로 돌아와, 그것을 받아내기 위해서 어떻게 처신해야 하는지 등의 구체적인 것까지를 언급하며 왈가왈부했다. 윤은 말없이 듣기만 하며 제 앞에 떠 놓은 다 식은 해장국물을 바라보고 있었다. 고모 내외의 말소리는 얼마 지나지 않아 윙윙거리는 모깃소리처럼 들려왔다. 사람이 죽었는데, 저에게는 아버지요, 고모에게는 오빠가 죽었는데, 어찌해 슬퍼할 잠시의 시간조차 앞으로 살아야 할 날들의 걱정에 빼앗겨야 하는가. 슬픔도 삶이다. 그것도 삶의 이유다. 윤은 결국 해장국물 위로 눈물을 뚝뚝 떨어뜨렸다.

*

흐릿한 불빛 아래에 흰색 작은 테이블과 하늘색 의자 두 개가 무심히 자리를 지키고 있었다. 검은색 커피 잔 두 개와 담배꽁초 한 개가 버려진 투명 재떨이, 담뱃갑, 라이터 등이 그 테이블 위에 흩어져 있고, 의자는 그 위로 아무렇게나 던져 둔 것 같은 흰색 목욕용 가운 두 벌에 점령당한 모습이었다.

침대에서 소리가 났다. 주로 여자의 숨 가쁜 신음 소리였다. 흰색 시트 위에 벌거벗은 남자와 여자의 몸이 한데 섞여 있었다. 여자의 다리는 허공에서 덜렁거릴 만큼 높이 쳐들린 채였다.

"으흐……."

여자의 목이 꺾였다. 흡사 괴로워하는 것처럼 보이는 여자의 얼굴을, 바로 위에서 시환이 무표정하게 내려다보았다. 여자의 다리 하나를 팔에 걸어 바닥을 짚고 상체를 들어 행위를 하는 그는 여자를 관찰하는 사람처럼 내내 그 얼굴에 눈을 두고 있었다. 여자는 어깨를 떨고 허리를 비틀었다. 동시에 흐느낌과도 같은 소리를 냈다. 그런 중에도 시환은 약간 거친 숨소리만을 낼 뿐, 여전한 표정으로 행위를 계속했다. 여자가 손을 뻗었다. 시환의 목을 끌어안으려 한 것 같았는데 그는 그 손을 매몰차게 뿌리쳤다. 여자는 눈살을 찌푸리며 눈을 떠, 저를 지켜보는 시환을 확인하고 불만스럽다는 듯 '아이 참' 했다. 시환이 여자의 젖가슴을 움켜잡았다. 행위는 전력 질주의 마지막 구간에 있었다. 곧이어 테이프를 끊었다. 테이프를 끊는 그 순간에도 시환의 얼굴에는 변화가 없었다. 소리도 없었다.

"누가 만화가 아니랄까 봐……."

여자는 나른한 목소리로 투덜거렸다. 시환이 여자의 옆으로 물러나 몸을 쓰러뜨린 뒤였다.

"표정 연구해?"

시환에게 고개를 돌리고 여자가 물었지만 그는 대꾸도 없다.

"그런 표정은 써먹을 데도 없지 않나? 성인물 하는 것도 아니고."

여자는 부스스 몸을 일으켜 침대 아래로 발을 내렸다. 그리고 먼저 테이블에서 담배를 집어 들었다.

"자기 꺼 피울게."

여자가 담배에 불을 붙이고 가운을 입는 사이 시환도 침대를 내려와 곧장 욕실로 모습을 감췄다. 여자는 선 채로 담배를 몇 모금 빨다가 화장대에 올려놓은 핸드백을 갖고 와서 의자에 앉았다. 핸드백에서 휴대폰을 꺼내 잠시 동안 보던 여자는 갑자기 깜짝 놀란 얼굴을 해 보였다. 그때 욕실 문이 열렸다. 시환이 허리 아래에 커다란 수건을 두르고 나왔다.

"시환 씨, 영화 계약했어?"

시환이 욕실에서 나오자마자 여자가 약간 흥분한 얼굴로 물었다. 시환은 고개만 살짝 끄덕여 보이고 옷장 앞으로 다가갔다.

"이거 오늘 기산데……, 나 지금 봤어. 진즉 말해주지. 기사 나기 전에 진행되고 있었을 거 아냐?"

여자는 다시 휴대폰으로 눈을 돌려 감독 이름을 언급하고 그 감독이면 진짜 기대된다고 혼자 떠들었다. 그사이 시환은 속옷과 바지를 입었다.

"지금 갈 거 아니지?"

"옷 입어. 같이 나갈 거면."

면 티를 집어 들며 시환이 말했다.

"야밤에 갑자기 불러놓고 딱 볼일만 보고 가는 사람처럼, 뭐야?"

여자는 자리에서 일어나 따지듯 했다.

"마감 핑곗 대지 마."

"마감 아냐."

"근데 왜? 진짜 볼일만 본 거?"

"응."

시환은 점퍼를 꺼내 들고서 당연하다는 듯 대꾸했다. 여자는 미간을 좁히고 사나운 눈빛으로 그를 노려보았다.

"어머니가 죽었어."

시환이 말을 이었다. 그것도 지나는 말처럼. 집에서 기르던 강아지가 죽어도 그것보다는 감정을 갖고 말하지 싶을 만큼이었다. 때문에 여자는 놀라기보다는 어리둥절해했다.

"다시 병원에 가봐야 해."

"그, 그게 무슨……."

여자가 뒤늦게 황당해하며 말을 더듬었다.

"진……, 진짜야?"

"그래."

"어쩌다……."

"교통사고."

"언제 돌아가셨는데……?"

"두 시간쯤 전에."

시내의 한 호텔에서 짙은 감청색 승용차가 빠져나왔다. 차는 곧장 차도로 접어들어 차들이 뜸한 그곳을 막힘없이 달렸다. 차 안은 조용했다. 시환과 나란히 앉은 여자는 당혹스러운 제 속내를 얼굴에 고스란히 드러내 놓고 있었다.

"어느…… 병원이야?"

여자가 물었다. 몹시 망설이다 입을 연 것 같은 얼굴이었다.

"장례식도 그 병원에서 해?"

"아직 아무 계획 없어."

"그럼…… 나중에 알려줘."

시환은 대꾸하지 않았다. 여자도 더는 입을 열지 않았다.

시환은 시내 어느 아파트 단지 앞에 여자를 내려주고 차를 돌렸다. 혼자 남은 그는 담배를 꺼내 물고 전방을 주시하며 요령껏 불을 붙였다. 그러다 그의 눈길이 룸미러에 닿았다. 뒷좌석에 옮겨 놓은 검은색 비닐 백의 귀퉁이가 보였다. 그는 룸미러를 움직여, 미러 안에 비닐 백이 모두 들어오게 했다. 그런 뒤에 마음을 바꿨다. 병원으로 가려던 차의 방향을 돌렸다.

시환이 병원 대신 택한 곳은 주택가에 위치한 한 단독주택의 대문 앞이었다. 어둠이 짙은 새벽 시간이라 거리는 쥐 죽은 듯 조용했다. 치안의 위험을 전혀 느낄 수 없는 아주 정갈한 거리였다. 시환은 대문 앞에 차를 세운 채 몸을 뒤로 돌려 비닐 백을 집었다. 비닐 백 안에서 여자용 핸드백을 꺼냈다. 들고 다닐 수 없을 만큼 엉망이 된 핸드백은 그 안에 있는 내용물도 온전히 보존하지 못해 아주 엉망이 된 속을 드러냈다. 그래도 시환은 찾고 싶은 것을 찾아 손에 쥐었다. 조그만 리모컨 키 한 개와 전자식 키 두 개가 묶인 열쇠고리였다. 그는 차를 약간 뒤로 뺀 뒤, 대문을 향해 리모컨을 눌렀다. 회색빛 돌들을 차곡차곡 올려 쌓은 것 같은 높은 돌담에 둘러싸인 대문은 갈색의 원목으로, 또 큰 것과 작은 것으로 나뉘어 있었다. 리모컨에 반응한 것은 그중 큰 대문이었다. 기잉, 소리를 내며 옆으로 천천히 열렸다. 시환의 차가 안으로 들어간 뒤 대문은 같은 속도로 다시 닫혔다.

높은 돌담 안에 있는 단독주택은 직선으로 딱 떨어지는 간결한 선이 매우 인상적인 이층집이었다. 그 디자인만으로도 고급 주택임을 알 수 있었다. 더구나 잘 조경된 정원을 낀 부지는 못해도 오백 평 전후의 규모여서, 재벌급에 미치지는 못해도 부자 소리는 들을 만했다. 시환은 정원의 아무 곳에나 차를 세우고 내려 집을 향해 걸었다. 정원에는 두 개의 가로등이 은은한 빛을 내고 있었는데 밤이 되면 절로 켜지게 돼 있는 것으로 보였다. 시환은 현관문 앞에서 문고리를 잡았다. 잠겨 있었다. 문고리 위에 있는 잠금장치는 전자식이어서 비밀번호와 키를 함께 사용할 수 있었다. 그는 키를 가져다 댔다.

현관은 센서 등을 환하게 밝혀 시환을 맞았다. 일반적인 현관이라기보다는 파우더 룸 같은 장식의 공간이었다. 시환은 그곳에서 실내화로 갈아 신고 안으로 들어섰다.

1층은 탁 트인 전경이었다. 복층 구조여서 높은 천장과 그곳까지 닿은 세로로 긴 모양의 창문이 더욱 탁월한 공간감을 선사했다. 기본적인 실내 장식과 창가 주변에 놓여 있는 소파와 테이블, 의자, 콘솔, 장식장 등이 대체로 직선적이며 깔끔한 현대적 디자인이었다. 그 지루할 수 있는 통일된 분위기를 또한 벽에 걸린 고풍스러운 정물화나 빈티지한 소품 등으로 세련되게 흩뜨려 놓았다. 시환은 천천히 안을 거닐었다. 그는 이 집에서 산 적이 없지만 처음 온 것도 아니었다. 다만 지난 가을에 아버지의 상을 치르고는 처음이어서, 그동안에 실내 분위기가 조금 달라져 있는 것 또한 알 수 있었다. 그는 그 변화를 눈으로 훑고 나서 2층의 계단을 밟았다.

2층에서 시환은 첫 번째로 만난 문으로 들어섰다. 서가가 있고 모니터가 놓인 테이블이 있어 서재 같기도 했지만 리빙 룸의 분위기도 나는 매우 여성스러운 장식의 방이었다. 시환은 곧장 서가 앞으로 다가가 손을 더듬어 여기저기 살펴보았다. 서가는 벽의 한 면을 다 차지하는 데다 얼핏 보기에는 부분적인 구별도 없었다. 시환은 세심히 살펴보다 제일 오른편의 서가를 힘껏 밀었다. 그러자 그것은 여닫이문처럼 안으로 열렸다. 서가의 삼분의 일 크기 만큼이었다.

서가 안은 또 다른 방이었다. 다락방이나 패닉 룸처럼 작은 공간이었으며 전체가 원목으로 돼 있었고 싱글 침대와 티 테이블, 의자 등이 있었다. 시환은 먼저 침대 발치에 있는 작은 장식장의 문을 열었다. 별다른 것이 없었다. 그는 주위를 살폈다. 아주 작은 방이라 오래 살필 것도 없이 곧 침대 머리맡 위로, 원목의 벽에 있는 작은 문 같은 것이 눈에 띄었다. 겨우 A4 용지 두 장 정도의 크기였다. 그는 침대 위에 올라 그것에 손을 댔다. 문이 맞았다. 그것은 옆으로 열려 금고의 모습을 드러냈다. 비밀번호를 입력해 열 수 있는 전자식이었다. 시환은 휴대폰을 꺼내 메모에 저장해 둔 번호를 확인하고 그대로 눌렀다. 금고가 열렸다. 먼저 보인 것은 다량의 서류 봉투였다. 시환은 그것을 모두 꺼내 침대로 던졌다. 그런데 그것이 전부가 아니었다. 금고 깊은 곳으로부터 무엇인가 반짝, 빛나는 것이 그의 눈길을 끌었다. 시환은 금고 입구에 얼굴을 바짝 가져다 대고 안을 들여다보았다. 순간 그의 입술 사이에서 감탄이지 신음인지 알 수 없는 소리가 나직이 새어 나왔다. 금고 깊숙이 들어 있는 것은 바로 골드바였다. 보통 개당 1킬로그램 하는 직사각 모양의 그것이 차곡차곡, 빼곡이 쌓여 있어 다 꺼내보지 않고는 얼마나 들었는지 알 수 없었다. 금고에서 물러난 시환은 어처구니없는 얼굴을 해 보였다.

"아까워서 어떻게 죽었어……?"

시환은 서류 봉투 더미로 눈을 돌렸다. 그는 그것들을 하나씩 열었다. 건물과 대지의 등기서류, 유가증권, 임대차 계약서 등 다양하게 쏟아져 나왔다. 그런 것들과 전혀 성질을 달리하는 봉투는 딱 하나였다. 바로 시환이 찾는 것이기도 했다. 그는 제 손에 잡힌 문서 한 장을 눈앞에 들었다.

"소윤……?"

시환이 입속으로 중얼거렸다. 서류 봉투에는 한지영과 소윤이 생물학적 모녀 관계라는 것을 증명하는 유전자 감식서 외에 몇 장의 사진도 들어 있었다. 모두 윤의 모습을 담은 것들로, 그녀가 친구들과 함께 걸어가거나 벤치에 앉아 수다를 떨거나 혹은 혼자 있는 것 등 다양했고, 멀리서 혹은 줌인으로 당겨서 찍은 것도 있었지만 공통점은 그것들 모두 당사자 모르게 찍었다는 점이었다. 사진 속 윤의 눈길은 한결같이 카메라 앵글을 전혀 의식하지 않고 있었다. 사진의 배경이 모두 대학 캠퍼스라는 것을 알아보는 데에도 어려움이 없었다. 시환은 그 사진들 중 한 장을 집어 들었다. 윤의 얼굴이 크게 찍힌 사진이었다. 정면에서 왼쪽으로 약간 돌아간 각도로, 눈길을 아래쪽에 두고서 목덜미를 채 덮지 않는 길이의 단발머리를 귀 뒤로 넘기는 모습이었다.

시환이 안에 있는 동안 불을 환히 밝혔던 주택은 다시 어두워졌다. 현관 입구를 나온 시환은 성큼 걸어 제 차로 갔다. 차에 올라 불을 켜고 운전석과 조수석 사이에 있는 수납 칸을 열었다. 그 안을 잠깐 뒤져보고 도로 닫았다. 차에서 내린 그는 차의 바닥을 살폈다. 조수석의 바닥도 살폈지만 눈에 띄는 것은 없었다. 시환은 운전석에 앉아 고개를 갸웃했다. 차에 시동만 걸어놓고 담배를 꺼내 물었다. 그러다 퍼뜩 생각난 사람처럼 급히 차내 재떨이를 열었다. 꼬깃꼬깃 구겨진 종이가 바로 보였다. 그는 담뱃재에 더러워진 그것을 꺼내 툭툭 털었다. 머릿속으로는 윤의 얼굴을 떠올려 보려 했으나 조금 전에 본 사진만 떠오를 뿐, 제 차에 얹어 타고 찢긴 종이를 건넸던 여자의 얼굴은 좀처럼 그려지지 않았다. 시환은 종이를 폈다.

"윤……."

*

시환은 유리로 된 법률 사무소의 문을 밀었다.

"아, 일찍 왔군."

사무소 안에 있던 쉰 살 전후의 남자가 시환을 보며 먼저 아는 척했다. 사무용 책상이 네 개가 있는 사무실에는 변호사로 보이는 그 남자와 여자, 둘뿐이었다. 사무용 책상은 네 개였으나 그 중 세 개는 비어 있고 여자만 자리를 지키고 있었다. 마침 여자의 자리 맞은편에 서 있던 변호사는 '급행이야'라고 여자에게 말한 뒤 몸을 돌리며 시환에게 손짓했다. 시환은 변호사를 따라 사무실 안에 있는 또 다른 문으로 들어갔다.

변호사 개인 집무실은 집무용 책상과 소파 세트로도 꽉 찰 만큼 아담한 규모였다. 책상 뒤에 있는 서가에는 법률 관련 책과 파일이 가득 찼고 책상 위에도 서류가 잔뜩 쌓여 있어, 그것도 그 아담한 공간을 더욱 꽉 차 보이게 하는 데에 일조했다. 변호사는 시환에게 자리를 권하고 저는 정수기 앞으로 가 손수 커피를 만들었다.

"장례 치르느라 고생 많았어."

인스턴트커피 가루가 든 머그잔을 정수기에 가져다 대며 변호사는 말했다.

"좀 쉬었어? 연재 때문에 쉬기도 힘든가, 참?"

"양해 구하고 휴재 중입니다."

"잘했다. 어쩔 수 없는 일이지. 작년 가을에 형님 돌아가시고 불과 몇 달 만에 어떻게 또 이런 일이 있는지……."

변호사는 착잡한 얼굴로 말끝을 흐렸다. 그가 말하는 '형님'이란 시환의 아버지를 가리키는 것으로 시환 아버지 생전에 호형호제하던 사이였다. 변호사는 머그잔을 시환 앞에 놔준 뒤에 책상으로 가서 서류 봉투 하나를 들고 왔다.

"그쪽 유족은 만나봤니?"

서류 봉투를 들고 시환의 맞은편에 앉은 변호사가 물었다.

"아뇨."

"어머님 차에 탔다가 사고가 났으니 보험 문제가 있을 텐데……?"

"보험사에서 처리할 겁니다."

"그쪽에서는 아무 연락 없고?"

"아직은요."

"괜한 생떼를 부리는 사람들은 아닌 모양이군. 다행이야. 이제 유산 문제를 처리해야 하는데……."

변호사는 서류 봉투를 열었지만 내용물을 꺼내다 마는 것이, 그것을 굳이 시환에게 확인시키려는 것은 아닌 듯했다. 오히려 보여줄 필요가 없는 것처럼 손끝으로 그것을 만지작대기만 하다가 짧은 한숨마저 쉬었다.

"네 입장이 참 그렇다."

변호사가 눈을 들어 시환을 바라봤다.

"네게 상속 권한이 없는 것은 알고 있지?"

"네."

시환은 담담히 대답했다. 변호사의 확인은 한지영이 시환의 계모라는 의미를 담고 있었다. 1991년의 민법 개정으로 계모, 혹은 계부와 의붓자식 간의 상속은 이루어지지 않는다. 상속이 되려면 양자 입적이 선행되어야 한다.

"형님 사후에 형수님은 아마 널 양자로 하려고……, 생각하고 계셨을지도 몰라. 일가친척도 없는 분이니 당연하지 않겠니? 하다못해 널 위한 유언장이라도 남기셨을 거라고 난 믿는다."

시환은 아무 대꾸 없이 머그잔을 들어 입으로 가져갔다. 순간 그의 입꼬리 한쪽이 슬쩍 위로 올랐다. 변호사의 말을 비웃듯.

"사고로 갑자기 돌아가실 줄 누가 상상이라도 했겠나……."

시환의 비웃음을 보지 못한 변호사가 말을 이었다.

"어찌 되었든 상속 문제를 해결해야 하는데……, 어머님이 어린 시절을 보육원에서 지낸 것은 너도 알고 있을 거다. 그때 친여동생과 함께 있다가 헤어졌다고 들었거든. 외국으로 입양되었다고 하니 수소문을 해서 찾으려면…….”

“그러실 필요 없습니다. 어머니께 직계비속이 있습니다.”

“뭐……?”

변호사는 깜짝 놀랐다.

“어머니에게 자식이 있다고……? 친자?”

“네.”

“정말이야?”

“네.”

“누구? 어디에 있는데? 아들이야, 딸이야?”

“이제부터 알아봐야죠.”

“뭐……?”

“친자가 있는 것은 분명한데 아직 찾지 못했다는 뜻입니다.”

“찾을 단서라도 있어?”

“일단 제게 맡겨두십시오. 상속 기간은 어떻게 되죠?”

“그건 따로 정해져 있지 않지만 세금 관련해서 보자면 육 개월 안에 하는 게 좋아.”

“알겠습니다. 변호사님은 그동안 유산 관리를 해주세요.”

“이게 한두 푼도 아니고…….”

변호사는 말끝에 봉투에서 반만 나와 있는 문서로 눈길을 내렸다.

“상속세를 제해도 부동산만 삼백 억이 넘어.”

2. 맛없어, 너

봄이 시나브로 그 세력을 더해 가는 어느 여자대학교의 캠퍼스는 넓게 펼쳐진 파릇한 잔디의 생기와 더불어 캠퍼스 곳곳을 수놓은 울긋불긋한 꽃들로 더할 수 없이 화사했다. 그 화사함에 견줄 수 있는 것은 여자들의 옷차림이라는 듯, 봄에 맞게 가벼워진 여학생들의 옷차림 또한 꽃보다 다양한 빛깔로 승부를 걸어왔다. 다만 슬픔을 떨쳐 낸 지 얼마 되지 않는 사람에게만은 예외였다. 윤이 그랬다. 친구들과 함께 있는 그녀는 거의 검게 보이는 짙은 청바지에 먹색 후드 재킷을 입고 있었다.

"알바하려고?"

윤과 함께 앉아 있는 두 친구 중 눈에 띌 정도의 밝은 갈색 머리를 한 여자가 물었다. 윤은 커피가 든 종이컵을 들고 있다가 고개를 끄덕거렸다. 그녀와 친구들이 있는 과방은 다소 북적거리고 시끄러웠다.

"학기 중이라 너무 힘든 건 좀 그렇고 베이커리 같은 데 알아보려고."

윤의 말에 두 친구는 애매하게 고개를 주억거렸다. 딱히 적당한 대답이 떠오르지 않는 얼굴들이었다. 윤의 아버지 장례식 때 온 친구들이기에 윤이 왜 학기 중에 아르바이트를 하려는지도 잘 알기 때문이었다.

"진미야. 너네 동아리 무슨 과 애가 알바 정보 많이 물어온다고 하지 않았냐?"

갈색 머리의 여자가 분홍색 카디건을 입은 친구에게 물었다.

"한 번 물어는 볼게."

진미의 대답에 윤이 혼자 알아볼 수 있다고 완곡히 거절했다. 방학 때마다 해오던 것이라 아르바이트 자리를 알아보고 구하는 일은 윤에게 익숙했다.

"근데 마무리는…… 다 된 거야? 집 같은 거……."

진미는 고개를 끄덕이고 나서 조심스럽게 물었다.

"서류 같은 거는 고모부가 알아서 해주신댔어. 복잡할 것도 없나 봐. 진짜 딱 집 하난데, 뭐."

진미가 다소 에둘러 물었음에도 윤은 바로 알아듣고 대답했다. 그녀가 아버지로부터 상속받는 것은 정확히 집과 택시 한 대였다. 그 외에 약간의 현금이 든 통장이 있을 뿐인데 앞으로 생활하면서 가장 필요한 것이 현금이고 보면 결코 충분한 만큼은 아니었다. 더구나 사고 당일 아버지가 끌고 나간 택시도 아직 찾지 못해—현재 경찰이 찾고 있고, 찾아준다고 했다— 만약 찾게 되면 그것을 팔아서 현금을 더 확보할 수 있기를 윤은 바라고 있었다.

"그냥 그 집에서 살 거야? 너 혼자 살기엔 크지 않어?"

"크다고 할 거까지야……."

윤은 모호하게 말을 흐렸다. 그 모호함은 아버지의 장례식 중에 고모가 꺼낸 말 때문이었다. 고모는 '너 혼자 어찌 사느냐'며 고모네와 합치자고 했다. 고모의 '합치자'는 고모네가 윤의 집으로 들어오겠다는 의미였다. 윤은 그 자리에서 분명한 대답을 하지 않았다. 실 평수가 이십 평쯤 되는 집은 혼자 살기에는 넉넉했지만 고모네와 함께 살기에는 그렇지 못했다. 그렇다고 그것이 윤의 고민의 전부는 아니었다. 진미는 윤에게, 지금의 집을 팔고 학교 근처에 원룸을 얻는 게 낫지 않느냐는 의견을 내놓았다. 일단 교통비를 아낄 수 있고, 무엇보다 취직을 대비해 정보를 접하기에도 유리하다는 이유를 댔다.

"또 휴재네……."

윤과 진미의 대화 중에 갈색 머리 친구의 혼잣말 소리가 끼어들었다. 그녀는 휴대폰의 화면을 손가락으로 쭉쭉 밀며 사뭇 불만스러운 얼굴을 하고 있었다.

"이 주나 휴재를 하냐. 다음 금요일까지 또 언제 기다려……?"

"상 당했다고 공지 올라오지 않았나?"

진미가 친구의 말을 받으며 제 휴대폰을 꺼냈다.

"그렇긴 한데, 상 당해도 보통은 일주일이잖아. 어, 가만……, 작년에도 같은 이유로 휴재했었던 것 같은데……?"

"뭐야, 그럼……? 부모님이 차례로 돌아가신 거?"

"시환 꺼?"

윤이 끼어들어 진미를 보며 물었다.

"응. 승연이가 왕팬이잖아."

진미는 이어 '그거 영화화되지?' 하고 승연에게 확인하듯 물었지만 굳이 친구의 답을 원한 것은 아닌지 '저번 웹툰도 영화 만들어 대박 났으니 이번에도 당연히 달려들었겠다'고 금세 저가 답을 했다.

"분위기가 딱 영화 만들기 좋잖아. 드라마로 하기에는 좀 세달까. 건조하고 느와르 색도 강하니까. 솔까 영화가 딱이지."

팬이라는 승연이 아주 잘 아는 척 부연 설명을 했다.

"근데 난 시환이 만화……, 좀 기분 나쁜 데가 있어. 어린애가 학대받고 고생하는 장면 꼭 나와. 저번 만화도 그러더니 이번에도……, 누구지……? 샛별이, 걔, 너무 불쌍해."

진미는 휴대폰 화면과 승연을 번갈아 보며 말했다.

"그래도 어린애 심리가 너무 잘 표현되지 않았냐?"

"그러니까 더 조마조마하다는 거. 막 심한 장면이 적나라하게 나오는 것도 아닌데 너무 실감 나고."

"여주가 샛별이 질투하는 거 같지 않냐?"

"그건 남주가 잘못한 거야……."

진미와 승연이 각자의 휴대폰을 보며 주거니 받거니 하는 사이 윤도 제 휴대폰을 보고 있었다. 친구들이 말하는 웹툰은 '시환'이라는 이름을 쓰는 만화가의 작품으로 윤도 즐겨보는 것이었다. 감각적인 그림체와 짜임새 있는 스토리로 남녀 모두에게 인기를 끌고 있을 뿐만 아니라 최근에 가장 화제가 되고 있는 작품이기도 했다. 이 웹툰 작가도 상을 당했구나, 하고 윤은 휴재 사과 공지를 보며 생각했다.

시간이 좀 지나 윤과 친구들은 강의 시간이 됐다며 일어났다. 강의실 가는 길에, 강의 끝나고 술 한잔하자는 제의가 진미의 입에서 나왔다. 승연이 당장 좋다 하고 둘은 함께 윤에게 '빈대 껴'

했다. '빈대 끼라'는 장난스러운 말 속에, 아버지를 잃고 혼자가 된 친구를 배려하는 마음이 어렵지 않게 읽혔다. 그래서 윤은 더욱 '고마워'라고 흔쾌히 말할 수 없었다. 고마운 마음 이전에 의기소침해져 버린 제 옹졸함을 이기지 못했다.

"그냥 집에 갈래. 아직 집 정리도 다 안 했거든."

윤은 술자리에 함께할 수 없는 이유를 그렇게 댔다.

"내일 주말인데 뭐. 오늘 마시고 들어가서 푹 자고 내일부터 하면 되잖아."

"맞아. 그렇잖아도 너 오면 한잔하고 싶었다구. 근데 어젠 강의도 좀 빡세서 넘어간 거고. 원래 술은 금요일이 딱이잖아."

"그라췌~"

친구들이 주거니 받거니, 윤을 설득했다. 윤은 아버지가 사고를 당한 날로부터 팔 일 만인 어제 학교에 나와 오늘이 이틀째였다.

"응⋯⋯."

결국 마지못하듯 윤은 애써 미소를 지었다. 계속 거절하기에 적당한 변명도 찾기 어려웠다. 집 정리는 핑계였을 뿐 아버지의 유품은 이미 대부분 처분했고, 아버지를 추억하기 위해 남겨두고 싶은 몇몇 것들만을 조그만 박스에 넣어 밀봉해 두었다. 주로 아버지의 손때가 묻은 것들로, 보고 있으면 당장은 마음이 아프지만 시간이 더 지난 후에 아버지가 그리우면 꺼내보고 싶어서였다.

두 시간짜리 강의가 끝난 뒤, 윤은 친구들과 함께 대학 건물을 나왔다. 세 여자들은 정문을 향해 가는 길에 술 먹을 장소를 고르느라 갑론을박했다. 그 수다에는 별것도 아닌 말에 까르르, 웃음을 터뜨리는 유쾌함도 있었다. 윤은 의기소침했던 기분을 부러 떨쳐 내고 친구들의 웃음에 기꺼이 제 것을 보탰다. 휴대폰 벨이 울리기 전까지는.

[윤아. 지금 학교니? 나 지금 니네 집이야.]

고모의 전화였다.

"어, 연락도 없이 왜?"

[이사 왔어. 지금 짐 정리 중이다.]

"뭐?"

윤은 깜짝 놀라 저도 모르게 소리쳤다. 승연과 진미가 정색해서 윤을 쳐다보았다. 세 친구는 대학교의 정문을 막 통과하던 중에 모두 걸음을 멈추었다.

"어, 어떻게⋯⋯."

윤은 친구들의 눈길을 의식하고 하던 말을 삼켰다.

"지금 들어갈게."

서둘러 통화를 끝낸 윤은, 고모가 와서 집에 가야 한다며 친구들과 헤어졌다. 그녀는 곧장 지하철역으로 향했다. 걸음은 점점 빨라져 나중에는 뛰다시피 했다. 당황스러웠던 감정이 서서히 화가 나는 것으로 변화하는 것과 보조를 같이했다. 함께 살자는 제안에 확답을 준 것도 아닌데 무작정 이사를 오다니, 그것도 이렇게 빨리 오다니. 윤의 마음은 고모네와 함께 살고 싶지 않은 쪽으로 기울었기에 더욱 화가 났다. 장례식 기간 중에 고모에게 준 집 열쇠를 회수하지 않은 것이 실수였다고, 이제 와 소용도 없는 후회를 해본다.

연립주택이 유독 밀집된 구역은 각 주택들이 다닥다닥 붙어, 그 사이사이마다 매우 좁고 음침한 골목길을 만들어놓았다. 성인 두 사람이 나란히 지나가기에도 버거울 만큼 비좁은 그 골목길을 윤이 지났다. 빠른 걸음으로 골목을 나와 왼쪽 모퉁이를 돌던 중에 그녀는 또 급히 걸음을 멈추었다. 붉은 벽돌로 된 연립주택의 벽에 딱 붙어 있는 낡은 소형 화물트럭을 발견하고서였다. 짐칸에 화물용 노끈과 신문지, 비닐봉지 등이 어지러이 널려 있는 그것이 고모부의 트럭임을 금세 알아봤다. 그녀는 붉은 벽돌의 연립주택으로 들어가 1층에서 102호의 철문을 열었다.

"윤이 왔구나."

마침 거실에 있던 고모부가 짐짓 반갑게 윤을 맞았다. 거실이라고 해봐야 싱크대 주변의 4인용 식탁과 수납장, 작은 소파 정도로 꽉 차는 공간이었다. 그 공간에 아직 다 풀지 않은 이사용 박스와 그릇 등을 담은 노란색 플라스틱 바구니 등의 온갖 것들이 발 디딜 틈도 없이 널려 있었다. 윤은 말문이 막혀 고모부에게 인사도 못 했다. 그사이 열린 방으로부터 불쑥 나온 고모가 '어서 와' 했다. 바로 아버지의 방이었다.

"방은 거의 다 정리했어."

고모는 그 방이 저들 부부 방인 양 당연하게 말했다.

"기본 가구는 다 있어서 우리 장은 안 갖고 왔다. 다 썩어서 가져올 수도 없고, 그냥 버렸지. 식탁이나 세탁기 그런 건 어머님네 드리고 옷이랑 부엌살림 조금이랑 뭐 그런 것만 간단히 챙겼어. 여기도 뭐 넓은 건 아니니까……."

윤이 말할 틈도 없이 고모는 손짓까지 섞어 빠르게 떠들어 댔다. 고모가 말하는 '어머님네'란 고모의 시가를 뜻했다.

"아 참, 은석이 껀 다 가져왔다. 근데 방이 너무 작아서 누울 자리만 간신히 남네. 침대도 없는데 그래."

고모의 눈이 그 작은 방의 입구를 향했다. 열린 문가에 접이다리의 상과 진공청소기가 걸쳐져 있었다. 정말 작은 그 방은 집 안에서 당장 쓰지 않는 잡다한 물건들을 보관하던 곳이었다. 그것들이 모두 거실에 나와 있어, 특히 싱크대 주변이 쓰레기장 같았다.

"네 방은 그래도 좀 크니까 거기에 은석이 서랍장 하나만 놓자, 응? 참, 은석인 지금 할머니 집에 있는데 전학 절차 마치면 데려오려고……."

"고모. 이건 좀……."

어지러운 집 안 풍경에서 비로소 정신을 차린 윤이 고모의 말을, 다소 격한 소리로 잘랐다. 저도 모르게 불쑥 튀어나왔다.

"고모 마음대로 이러는 게 어딨어?"

"내, 내가 말했잖아. 같이 살자고……."

"싫어."

윤은 딱 잘랐다.

"애가……. 너 아직 학생이야."

"내년에 졸업하거든."

"그래도 얘, 여자 혼자 사는 게 얼마나 위험한데. 요즘에 세상에……. 그치, 여보?"

고모는 제 남편을 보며 동의를 구했으나 남편은 애매한 헛기침으로 대답을 대신하고는 방으로 몸을 돌렸다.

"들어가자. 들어가서 얘기하자. 응?"

고모가 윤의 팔을 잡아끌었다. 윤은 고모에게 끌려 제 방으로 들어와 먼저 가방을 팽개치다시피 책상 위에 놓았다. 윤의 방은, '그래도 좀 크니까' 했던 고모의 말이 비교의 뜻인 것을 감안한다 해도 '크다'는 표현은 결코 어울리지 않을 만큼 비좁았다. 싱글 침대와 문이 하나인 작은 옷장, 책상과 책상에 붙은 소박한 서가만으로도 성인 세 사람이 서 있기에 불편할 정도였으니까. 그래서 윤의 아버지는 딸이 대학에 입학했을 때 방을 바꾸자 했었다. 아버지는 대부분의 시간을 나가 있으니 '네가 큰 방 써' 했지만 윤이 거절했다. '아빠가 키가 더 크니까 큰 방 쓰세요' 했다.

"고모네 집은 어떻게 하고?"

가방을 놓자마자 윤이 공격적으로 물었다.

"집이 그렇게 빨리 빠졌을 리도 없고……. 거긴 어떻게 하고 온 건데?"

"그게…… 그러니까 쫓겨난 거나 다름없어, 얘."

고모는 한숨을 푹 쉬더니 이내 침대 위로 털썩 주저앉았다. 원래 전세였던 집을 목돈이 필요해서 월세로 돌린 것이 일 년 반 전이라 했다. 그러다가 최근 몇 달 동안에는 월세를 내지 못해 얼마 안 되는 보증금을 까먹고 있었다, 했다.

"고모부가 또…… 사고 친 거야?"

윤은 빤하다는 듯, 그러면서 허탈한 표정으로 물었다. 소형 화물트럭을 몰며 주로 작은 규모의 건설 현장에서 일하는 고모부는, 그 현장에서 알게 된 사람을 통해 주식을 알게 되면서부터 크고 작은 사고를 쳐 왔다. 주식에 빠진 사람이 으레 그렇듯 욕심을 부려, 가진 돈뿐만 아니라 은행에서 대출까지 받아 주식을 사서 말아먹기를 십수 번. 그 때문에 자살을 한다고 유서를 써놓고 가출해서 집안을 발칵 뒤집어놓은 적도 있었다.

"전에 죽는다고 나갔을 때 독하게 마음먹고 갈라섰어야 했는데……."

고모는 신세 한탄하듯 뱉어냈다. 신혼 때만 해도 서울에서 크게 부족함 없이 살던 고모였다. 그러나 아들인 은석을 낳고 기울어 가는 살림에 점차 외곽으로 밀리고 밀리더니 결국 시댁이 있는 경기도 끝, 작은 도시에 정착한 때가 바로 고모부가 자살 소동을 벌였던 삼 년 전이었다.

"근데…… 이번엔 그 문제보다는……."

고모는, 맞은편의 책상 앞 의자에 앉아 있는 윤에게 잠깐 눈길을 주었다가 금세 도로 내렸다.

"합의금 때문에……."

"뭐……? 합의금?"

고모는 힘없이 고개를 주억거리고, '네 아빠한테도 말 못 했다'면서 털어놓았다. 고모부는 여전히 적은 돈으로나마 주식을 하면서 어떤 여자를 알게 되었다. 그러던 어느 날, 그 여자가 고모부를 성폭행으로 고소했다. 고모부는 펄쩍 뛰었다. 깊은 관계를 맺기는 했으나 강제는 아니었다는 것이 고모부의 주장이었다. 경찰의 수사는 고모부에게 불리하게 전개되었다. 고모부의 변호사는 합의를 권했다. 물론 친고죄가 아니라 합의를 한다고 수사가 중단되는 것은 아니지만 중한 처벌을 피할 수 있기 때문이었다. 결국 합의를 하고 여자가 고소를 취하해 벌금 오백 만 원으로 마무리되었다. 그런데 그 합의금이 삼천만 원이었다. 거기에 변호사비까지 들어갔으니 전세금을 뺀 것도 무리는 아니었다.

"마음 같아서야 빌어먹을 인간, 감옥에서 몇 년 콱 썩어라 하고 싶지만……. 그게…… 또 그럴 수가 없잖아. 애 아빤데……. 감옥 가는 건 막아야지. 근데 저는 죽어도 안 했대. 강제로 안 했다 그거지. 내가 보기에도 꽃뱀 같긴 하더라, 그년……."

윤은 어처구니없다는 듯 허공을 향해 소리 없는 헛웃음을 뱉어냈다.

"네가 안 받아주면 고모는 저기…… 시골에서 은석이랑 천막 치고 살아야 해. 좀 봐줘, 응? 고모가 그래도 너 키웠잖니? 그땐 나도 고등학생이었는데 어린애 돌보는 게 쉬웠겠니? 너 세 살 때 할머니 돌아가시고, 그때부터는 그냥 너 키우는 게 다 내 몫이었 어, 내 몫. 너 애기 땐 내가 네 엄마였다구, 엄마……."

윤은 듣기 싫은 듯 고모를 외면했다. 고모 저가 필요할 때마다 대단한 은혜라도 베푼 듯 나오는 말이었던 탓이다. 따지고 보면 고모의 결혼 때 그 비용의 대부분을 댄 이가 윤의 아버지였으니 은혜라 쳐도 갚았다 할 수 있었다. 윤이 갚아야 할 몫은 또 따로 있다고 한다면 딱히 할 말은 없었지만 어린 시절 그녀의 기억 속 에 남아 있는 고모와의 관계는 그리 좋은 편이 못 되었다. 고모 가 결혼하고 아버지와 둘만 살던 때가, 비록 어린 나이에 집안 살 림을 도맡아야 했어도 오히려 좋았다.

"네 고모부, 이제부터 정신 차리고 열심히 일해서 돈 번다 했 어. 은석이도 중학생이라 제 아빠 꼴 눈치채고는 아빠 무시하고 하니까, 고모부도 아차 싶은가 보더라. 네 아빠 장례식 때도 고 모부가 잘했잖니. 그 뭐냐……. 보험금, 그것도 꼭 받아낼 거래. 또 밥이랑 살림은 내가, 이 고모가 다 할 거니까 너도 편하고 좋 잖아. 그래도 애, 어른들이랑 있는 게 든든하고 좋은 거다."

고모는 저들 식구와 함께 지내는 것이 좋은 이유를 제법 길게 늘어놓은 뒤에 일어나 '오늘 저녁은 짜장면 시켜 먹자' 하고 방을 나갔다. 윤은 꼼짝도 않고 듣고만 있다가 고모가 나가고 나서야 침대에 풀썩, 몸을 뉘었다. 할 말이 없었다. 할 말을 잃었다고, 의욕이 없다고 하는 편이 더 정확하려나. 도로 쫓아내는 것이 불가능한 이상 화를 내고 소리를 치는 것으로 쓸데없이 힘 빼고 싶지 않았다. 밖에서는 부스럭대고 퉁탕거리는 소리와 함께 고모 내외가 주고받는 말소리가 끊임없이 들려왔다. 이삿짐을 마저 정리하고 치우는 것이 분명해 윤도 나가서 손을 보태야 했지만 마음이 영 내키지 않아 그냥 버티고 있었다. 그러던 그녀가 갑자기 벌떡 일어나 밖으로 뛰쳐나갔다.

"왜……? 뭐 찾어?"

싱크대를 정리하고 있던 고모가 안방으로 들어가는 윤의 뒤에 대고 물었다. 안방에 있던 고모부 역시 무엇을 찾느냐는 눈빛으로 윤을 쳐다봤다. 아버지가 쓰던 안방은, 고모가 가져왔을 화장대가 새로 자리를 차지한 것 빼고는 옷장과 문갑 등 원래의 가구가 그대로 제 위치에 있었다. 방에 들어오자마자 고개를 두리번거리던 윤은 바로 그 화장대 옆에서 조그만 노란 박스를 발견하고 얼른 집어 들었다. 그리고 테이프로 밀봉해 놓았던 것이 뜯겨 있는 것을 발견하고 곧장 미간을 찌푸렸다.

"아, 그거 찾았어?"

박스를 들고 다시 거실로 나온 윤에게 고모가 물었다.

"그건 왜 남겨놨어? 아빠 보고 싶을 때 보려고?"

"왜 허락도 없이 뜯어?"

윤은 퉁명스럽게 말하고 제 방으로 들어갔다.

"내가 못 볼 거 봤어? 네 아빠가 바로 우리 오빠다, 애."

고모는 입을 삐죽거렸다.

박스를 책상 위에 올려놓은 윤은 서랍에서 박스 테이프를 꺼내 다시 밀봉하려다가 손을 멈췄다. 그녀는 박스를 열었다. 가장 먼저 눈에 띈 것은 돋보기안경이었다. 아버지가 신문을 볼 때 쓰던 것으로 가끔 어디에 두었는지를 잊어 '윤아. 아빠 안경 못 봤니?' 하고 물었다. 아버지의 돋보기안경은 십중팔구 화장실에서 발견되었다.

"아빠……."

윤은 북받쳐 오르는 눈물을 참을 수가 없었다. 눈물이 박스 안으로 투두둑 떨어졌다. 그녀는 얼른 박스를 밀봉했다.

연립주택 위로 깊은 어둠이 내려앉았다. 낮에도 하늘이 품은 빛에 비해 어둡고 음침한 주택과 주택 사이의 골목은 밤이 되자 아예 완전한 어둠 속으로 제 모습을 감추어 버렸다. 그곳에는 가로등의 빛조차 미치지 못했다.

윤은 책상 앞에서 노트북의 키보드를 두드렸다. 키보드에서 손을 뗄 때는 모니터를 보며 무선 마우스를 손에 쥘 때였다. 짜장면으로 저녁을 해결하고, 고모가 거실 정리를 하는 것에 마지못해 손을 보탠 후 씻고 들어와서 지금까지였다. 마우스를 놓고 다시 키보드에 손을 올려놓으려는데 노트북 옆에 있는 휴대폰에서 짧고 경쾌한 소리와 함께 반짝 빛이 났다. '단톡방'으로 초대하는 소리였다. 승연과 다른 친구가 들어와 있었다. 조별 과제를 함께 하는 조원이었다. 잠시 후에 진미도 들어왔다. 윤은 잠시 그냥 보기만 하며 빙그레 미소를 띠었다. 집에 들어온 뒤로 기분이 계속 가라앉아 있어 선뜻 모임방에 참여할 마음이 없었는데 친구들의 수다를 읽다 보니 절로 기분이 풀렸다. 윤은 휴대폰으로 손을 가져갔다. 거의 동시에 휴대폰은 벨소리를 내며 낯선 번호를 그녀의 눈앞에 드러냈다. 윤은 갸웃했다. 모르는 번호였다. 시간도 10시를 넘어 받지 말자 했는데 마음과 다르게, 마침 휴대폰 위에 있던 손이 제 의지가 따로 있는 것처럼 화면을 밀어버렸다.

[윤 씨 핸드폰입니까?]

얼른 휴대폰을 들어 귓가에 댄 윤은 남자의 목소리를 들었다.

"네에……. 누구세요?"

[윤 씨를, 내 차에 태운 사람입니다. 물론 내 뜻은 아니었지만.]

윤은 잠깐 멈칫했다. 남자의 말을 이해하는 데에 약간의 시간이 걸렸다.

"아……."

기억이 난 것과 동시에 저도 모르게 탄식 같은 소리를 낸 윤이 또 재빨리 손끝으로 입을 막았다. 학교 도서관에 있다가 병원의 전화를 받았었다. 정신없이 뛰었다. 학교 정문을 나와 무작정 택시를 잡으려고 하다가 차도 건너편에서 택시를 타야 한다는 것을 깨닫고 횡단보도를 향해 달렸다. 마침 보행자 신호가 초록불인 것을 보고 뛰어들었다. 뛰어들자마자 빨간불로 바뀐 것은 알지 못했다. 그냥 달렸다. 그리고 횡단보도의 반을 막 넘는 찰나, 머리를 울릴 만큼의 강한 소리에 놀라 그냥 주저앉고 말았다. 윤은 적절한 인사말을 즉시 떠올리지 못해 당황했다.

[내가 괜히 걸었나요?]

"아, 아뇨……."

윤은 재빨리 말했다.

"갑작스러워서……, 그게 아니라……, 죄송합니다. 사실은 잊고 있었어요……."

정말 잊고 있었다. '깡패 승차' 하듯 차를 얻어 타고 택시비를 건네주는 것은 매우 실례일 것 같아서 대신 연락처를 남겼다. 혹시라도 연락이 오면 다시 정식으로 감사의 인사를 하고 또 여건이 된다면 식사 대접이라도 할 요량이었다. 그런데 그렇게 기억을 되짚어도 정작 그 남자의 얼굴은 떠오르지 않았다. 목소리도 지금 처음 듣는 것 같았다. 그날 그가 말하는 것을 들은 적이 있던가. 약간 저음에, 그러면서 너무 굵지 않은 남자의 목소리는 높낮이가 거의 없어 다소 밋밋하고 건조하면서도 본래 타고난 목소리가 좋은 듯 묘하게 귀에 착 감겼다. 그 듣기 좋은 목소리에 매달려 그의 얼굴을 기억해 내려, 아니면 연상이라도 해보려 짧은 시간 동안 애를 썼지만 기억 속에 남아 있는 것은 그의 코끝이 눈부신 빛을 한가득 품고 있었다는, 그것뿐이었다.

"그날은……."

윤이 말을 이었다.

"미안하고, 또 고마웠습니다."

[인사 듣자고 전화한 건 아닙니다.]

"아뇨……. 사례하고 싶어요……."

[어떻게요?]

"네……?"

윤은 다시 살짝 당황했다. 빈말로나마 '괜찮다'는 대답이 나올 줄 알았더니, 그랬다면 '커피라도 살게요'라고 자연스럽게 받을 수 있을 텐데 '어떻게?'라고 물으니 커피 얘기를 꺼내기도 '뻘쭘했던' 탓이다. 커피면 너무 약소한가?

"저어……. 제가 지금 뭘 하던 중이라서요……. 내일 제가 다시 전화드려도 될까요?"

[그러시죠.]

*

시환은 왼손에 든 휴대폰을 내렸다. 이어 화면이 꺼질 때까지 기다렸다가 옆에 있는 작은 테이블 위에 놓았다. 그의 오른손에는 연필이 들려 있었다. 또 그것은 앞에 있는 작은 크기의 스케치북 앞에서 움직이고 있었다. 그 움직임은 그가 휴대폰을 테이블에 올려놓을 때만 잠시 멈추었을 뿐이다. 시환은 제 포개진 무릎 위에 있는 스케치북을 왼손으로 좀 더 단단히 잡아 들었다. 그가 그리고 있는 것은 여자의 누드였는데 명암을 주고 있어 거의 소묘 수준이었지만 얼굴만은 그저 달걀 같은 원으로 처리돼 있었다.

시환 앞은 침대였다. 침대 위에 벌거벗은 여자가 비스듬한 뒷모습을 보인 채 누워 있었다. 바닥에 닿은 팔 하나는 머리 위로 길게 뻗고서 다리를 어슷하게 놓아, 엉덩이를 시환 쪽으로 다소 내민 자세였다. 부러 취한 자세이기보다는 수면 중의 무의식적인 그것이었다.

"무슨 전화야?"

여자는 꼼짝도 않은 채 물었다. 잠에서 막 깬 듯 가라앉은 목소리였다. 시환의 대답이 들려오지 않자 여자는 어깨를 아래를 떨어뜨리며 돌아보았다.

"통화하지 않았어?"

"했어."

여자의 자세가 바뀌었는데도 시환은 연필 쥔 손을 멈추지 않았다.

"깜박 잠들었네……."

여자는 눈을 비비며 말을 하다가 하품도 했다.

"별로 세게 오르지도 않았는데 잠든 거 보면 열 받아서 그랬나 봐. 나 아직 화 풀린 거 아니다."

여자는 짐짓 도끼눈을 떴다.

"아무리 조용히 장례를 치렀다고 해도 그렇지, 그렇다고 전화도 안 받냐? 문상 가고 싶었는데……."

시환은 별 반응 없이 테이블 위에 있는 담배를 집어 들었다. 그렇잖아도 그 문제로 여자와 다투었다. 계모의 장례식 때 여자에게 연락을 하지 않았을 뿐만 아니라 그녀의 연락을 받지도 않았기 때문이었다. 여자는 벼르고 있었는지 오늘 시환을 만나자마자 따졌다. 일방적인 잔소리여서 사실 다퉜다기보다는 여자 혼자만의 분풀이였다.

"근데 시환 씬 그새 씻었어?"

시환이 담배에 불붙이는 것을 보며 여자가 물었다. 그의 옷차림을 보고서였다. 그는 위는 벗었지만 바지는 입고 있었다. 그러나 그는 '아니' 했다.

"그럼 나 자는 동안 계속 그림만 그렸던 거야? 이거 모델료 받아야 한다니까."

"줘?"

"글쎄……? 자기 마음대로 그리는 거고, 어떤 포즈를 취해라, 요구한 적도 없으니까 이 경우는 몰카도 아니고 뭐라 불러야 하지?"

여자는 말끝에 까르르 웃었다.

"내가 자청해서 포즈 잡으면 모델료 줄 거야?"

"물론."

"좀 난해한 포즈도 괜찮아?"

시환은 대답 대신 그리고 있던 장을 뒤로 넘겼다. 여자는 다소 짓궂은 웃음을 입가에 머금고 다리를 시환 쪽으로 옮겼다. 상체를 들어 두 팔로 지탱하고 다리를 벌렸다. 벌린 두 다리를 또 위로, 서로 높낮이가 다르게 들어 올렸다. 저가 말한 대로 '난해한 포즈'면서 적나라하고, 시환의 정면을 향한 음부로 그를 놀리듯 했다. 여자는 또 시환의 얼굴을 지그시 응시했다. 그러나 시환은 그녀를 보고 있지 않았다. 여자가 자세를 잡자마자 연필 쥔 손을 부지런히 놀릴 뿐이어서, 그가 보고 있는 것은 여자의 눈도, 음부도 아닌 그저 하나의 대상이었다. 그가 쥔 연필은 스케치북 위에서 크로키 하듯 빠르게 움직이면서도, 모델 없이 머릿속 상상만으로는 정확히 나오기 힘든 인체의 미세한 부분을 잡아냈다.

"재미없어."

데생에만 열중해 있는 시환을 보며 여자는 투정하듯 했다.

"애인이 좀 달려드는 맛도 있어야지."

여자의 투정에도 시환은 묵묵히 오른손을 움직이고만 있었다. 그사이 그의 왼손에 껴 있던 담배는 저 혼자 제 몸을 태우다가 그대로 재떨이로 버려졌다.

"다 그렸어?"

여자가 물었다.

"대충."

"어디……."

여자는 침대를 내려와 시환 곁에서 그의 스케치북을 내려다봤다. 얼굴을 그저 흰 달걀로만 표현한 데생은 그 나머지만을 섬세하게 그려냈다. 그런데 그중에서 얼굴처럼 전혀 표현하지 않은 곳이 딱 한 군데 있었다.

"왜 항상 거긴 안 그려?"

여자의 눈은 그림 속 인체의 음부에 있었다.

"젖꼭지도 정말 실감 나게 그리면서 꼭 거긴 하얗게 두더라. 거무스름한 표현 정도는 할 수 있잖아? 왜? 쑥스러워?"

여자는 놀리듯 하고는 까르르 웃었다.

"안 땡겨."

시환이 짧게, 덤덤히 대꾸했다.

"뭐……?"

여자는 정색했지만 금세 코웃음 치더니 '들어올 때와 나갈 때 다른 거야?' 하고 비아냥거렸다. 시환은 별다른 반응을 보이지 않았다. 그러자 여자는 다시 정색했다.

"말해봐. 안 땡겨? 할 거 다 하고 안 땡겨?"

여자는 시비 걸 듯했다. 시환은 천천히 눈을 들어 여자를 쳐다봤다. 여자는 화가 나 있었다.

"그냥…… 그리고 싶은 의욕이 안 생긴다고 해두지."

"왜? 왜 그릴 의욕이 안 생기는데? 사랑하는 여자의 몸인데 왜?"

"사랑?"

시환이 의아한 듯 되묻자 여자의 미간에 짙은 주름이 졌다. 시환은 스케치북을 덮었다.

"무슨 의미야?"

시환의 태도에 여자가 언성을 높였다.

"우리, 사랑하는 거 아니었어? 자기 나 사랑 안 해?"

시환은 고개를 흔들었다.

"대답해. 말을 해봐. 나 사랑하는 게 아니야?"

"아니."

시환은 마치 '밥 먹었어?'라는 질문에 대답하듯 했다. 여자는 입을 벌리고도 바로 다음 말을 잇지 못한 채 그의 얼굴을 빤히 쳐다봤다.

"사, 사랑하지 않는다고?"

여자가 겨우 소리를 내어 다시 물었다.

"그래."

"사랑이…… 식었어?"

"아니."

"안 사랑한다며?"

"사랑한 적이 없으니 식을 것도 없단 뜻이야."

여자는 뒤로 한 발 물러났다. 이어 얼굴이 시뻘게졌다. 화가 나서 더 이상 말도 나오지 않는다는 듯 아랫입술을 지그시 깨물고 주먹을 꼭 쥐었다. 그런 여자를 시환은 무심히 쳐다보기만 했다.

호텔은 밤에도 밝은 빛을 내는 입구로 많은 사람들을 들이고 또 내보냈다. 그중에 시환은 나오는 사람이었다. 여자와 함께였다. 잠시 후 호텔 직원의 운전으로 진한 감청색 차가 두 사람 앞에 와 섰다. 시환과 여자는 서로 모르는 사람들처럼 차에 올랐다. 차 안의 공기는 무거웠다. 그렇게 만든 것은 순전히 조수석에 앉아 창 쪽으로 얼굴을 외면해 있는 여자의 솜씨였다. 여자는 화를 참는 기색이 역력했다.

"사랑하지도 않으면서……."

여자가 갑자기 소리쳤다. 더 이상 참을 수 없다는 듯 시환에게 고개를 휙 돌리면서였다.

"왜 만났어?"

시환은 대꾸하지 않았다. 그러자 여자가 '차 세워'라고 다시 소리치고 시환은 순순히 갓길에 차를 세웠다.

"만나자고 한 건 너였어."

브레이크를 밟자마자 시환이 뒤늦은 대답을 내놓았다.

"그래도…… 마음에 있어야, 호감이 있어야 만나는 거잖아? 사랑해야 몸을 섞는 거잖아?"

"누가 그래?"

시환은 마치 처음 듣는다는 투였다. 여자는 기가 막혀 말이 나오지 않는다는 듯 소리 없이 입만 벙긋거렸다.

"워, 원래……."

여자는 간신히 목소리를 틔웠다.

"원래 그런 거잖아. 사랑하지 않으면 만나질 말았어야지."

"상관없어, 난."

"난 상관있어, 나쁜 자식아. 너랑 끝이야."

"그래."

시환은 선뜻 대답했다. 여자가 격한 감정을 보이며 소리치는데도 그는 내내 여론조사에 답하듯 하고 있었다.

"끝이다. 다시 갈까?"

여자는 대답 대신 '너랑 끝났다'는 것을 몸소 보여주듯 문을 벌컥 열었다. 그러나 금세 도로 몸을 돌려 '왜?'라고 악을 썼다. 그냥 가기에는 억울하고 분하다는 듯.

"왜 말 안 했어? 사랑하지 않는다고 왜……?"

"안 물어봤잖아."

"이 악당! 그걸 말이라고……. 사랑하지도 않으면서 대체 왜 만난 거야? 왜? 왜?"

"네 몸이 필요해서."

여자의 충혈된 눈에 눈물이 맺히는 것을 보면서도 시환은 태연히 대답했다.

"그런데 맛없어, 너."

시환의 말이 떨어지기가 무섭게 여자는 손에 든 핸드백으로 그를 팍, 팍, 쳤다. 시환은 가만히 있었다. 여자가 차에서 내리고, 문이 부서져라 쾅, 닫힐 때까지도 그는 그대로 있었다. 그렇게 손끝 하나 움직이지 않더니 여자가 내리자마자 망설임 없이 차를 출발시켰다.

＊

햇빛은 쨍한데 바람이 많이 불었다. 지하철역 입구에서 나온 윤은 바람에 날리는 제 재킷을 손으로 여몄다. 가방 끈을 어깨에 추스르고 휴대폰으로 시간을 확인했다. 3시 50분. 4시에 만나기로 했으니 시간은 딱 좋았다. 그녀는 오전에 '그 남자'에게 전화를 걸었다. 점심 식사 시간에 맞추려던 것인데 남자가 일이 있다고 해서 4시로 조정했다. 그럼 커피를 사고 저녁 식사도 사야 할까. 커피만 사고 말기에는 왠지 실례일 것 같아 윤은 앞선 고민을 해본다. 비용이 걱정이었다. 커피도 사고 밥도 사려면 대략 사오만 원은 잡아야 했다. 그래서 만남의 장소를 학교 근처로 잡았다. 어느 식당이 맛있고 저렴한지, 아니면 맛에 비해 턱없이 값만 비싼지 그나마 알 수 있는 곳이 저가 다니는 대학가였기 때문이

다. 만남의 장소를 서로가 잘 아는 곳으로 정하기 애매했던 까닭
도 물론 있었다. 사실은 그 까닭이 더 크다고, 윤은 내심 우겼
다. 사례를 위해 만나러 가면서 돈 걱정이나 하는 궁색함이 비참
했다. 어차피 그 남자와 처음 만났던 장소가 여기라고, 그래서
당당히 고쳐 생각했다. 비록 사고처럼 만났지만. 그런데 윤의 발
길이 닿은 곳은 '사고처럼 만났던' 대학교의 정문이 아닌 후문 근
처였다. 윤은 카페가 눈에 보이자 바람에 흩날린 머리를 손으로
매만졌다.

　카페로 들어온 윤은 갑자기 우뚝 섰다. 그러다 도로 유리문 밖
으로 나가 문 옆에 붙은 '알바 구함'을 잠시 쳐다보다가 다시 들어
왔다. 그녀는 재빨리 안을 훑어, 혼자 앉아 있는 남자의 모습이
보이지 않는 것을 확인 후 주문 구역으로 움직였다.

　"알바 구했어요?"

　픽업 코너에서 유니폼 셔츠를 입은 여직원에게 윤이 물었다.

　"아뇨, 아직. 경력 있어요?"

　"네. 많이 해봤어요."

　"일단 이름이랑 번호 놓고 가세요. 사장님이 보시고 전화할 거
예요."

　윤은 여직원이 내민 메모지에 이름과 번호를 적고, 저는 학생
이고 밤 시간을 원한다는 설명을 곁들였지만 여직원은 전화를 기
다리라는 말만 건성으로 되풀이했다. 윤은 제 손으로 반 접어 내
민 메모지를 여직원이 가져갈 때까지 주춤거리다 돌아섰다. 그렇
게 돌아서다 옆으로 약 2, 3미터의 거리를 두고 오더 코너 앞에
서 있는 남자와 눈이 딱 마주쳤다. 남자는 이미 윤을 보고 있었
다는 것을 여유 있는 눈빛으로 말하고 있었다. 윤에게 그는 낯선

남자였다. 또한 딱 그렇지만도 않았다.

"소윤 씨……?"

시환이 먼저 입을 열었다. 그의 목소리만큼은 윤의 귀에 완전히 익숙했다. 그녀는 얼굴을 살짝 붉혔다. 저가 무엇을 하고 있었는지 그가 다 지켜보았다는 데에 생각이 미쳤다.

"주차하느라 좀 늦었습니다. 뭐 드시겠어요?"

"아……, 네. 저어……. 안녕하세요……."

윤은 어설픈 웃음을 지었다.

"아메리카노……."

시환은 오더 코너의 직원에게 말하며 카드를 건넸다.

"아니 제가……."

윤이 얼른 시환 옆으로 다가와 가방을 뒤적였다.

"같은 거?"

윤이 가방에서 지갑을 꺼내는 것을 보며 시환은 물었다. 윤이 엉겁결에 '네?' 하자 그는 직원에게 '두 잔' 했다. 시환이 윤에게 손짓해 함께 빈자리로 움직였다. 시환이 앞서고 윤은 뒤를 따르며 그의 등에 눈을 고정했다. 무심코 그런 것이었다. 키 차이가 나서 하필 눈높이가 그의 등과 비슷해서일 수도 있었다. 그 순간도 아주 짧았다. 시환이 금세 몸을 돌려 의자를 권했으니까. 그 순간에 윤은 퍼뜩 깨어난 것 같은 느낌으로 눈앞에서 그의 등이 사라진 것을 알았다. 등은 사라지고 인상만 남았다. 넓고 반듯했다.

"사람이 많아 빈자리가 없을 줄 알았는데 다행히 있네요."

윤과 마주 앉아서 시환이 먼저 입을 뗐다.

"네. 학교 앞이라 늘 붐벼요."

"윤 씨도 학생인가요?"

"네. 4학년이에요."

"전공은요?"

"여성학이에요."

"여성학?"

시환은 그 말을 입속으로 중얼거리듯 했다. 윤은 약간 긴장해서 그다음 말을 기다렸지만 그는 다만 고개를 옆으로 조금 기울일 뿐이었다. 얼굴에 이렇다 할 표정이 드러나지도 않았다. 윤은 이내 긴장을 내려놓았다. 제 전공을 말하면 으레 따라붙는 빤한 질문을 예상했던 것인데 시환이 그냥 입을 다물어 내심 다행이다, 했다. 그때 테이블 위에 있던 주문표가 부르르, 신호를 보내왔다.

"제가 가져올게요."

윤이 주문표를 재빨리 집어 들었다. 그녀는 곧 아메리카노 두 잔을 가져왔다.

"그러고 보니……."

시환 앞에 컵을 놓아주며 윤이 말했다.

"전 그쪽 성함도 모르네요."

"백시환입니다."

"네에……."

윤은 컵을 두 손에 잡고 눈길을 떨어뜨렸다. 그런 그녀의 얼굴에서 입술 끝이 위로 살포시 오르는 것을 시환이 놓치지 않았다. 그는 '왜요?' 했다.

"그냥……."

윤이 이번에는 하얀 이를 드러냈다.

"사실은 그쪽……, 아, 시환 씨라고 불러도 돼요?"

"네."

"시환 씨 얼굴이 정확히 기억나지 않아 멋대로 상상해 봤거든요."

"그런데 실망했나요?"

"아, 아뇨. 그런 뜻이 아니라……."

말하는 중에 시환과 눈이 정면으로 마주친 윤은 일 초도 버티지 못하고 피했다.

"이름하고 잘 어울려서요……."

윤은 얼버무리고 얼른 커피 잔을 입에 댔다. 시환의 모습은, 윤이 제 흐릿한 기억에 살을 붙인 결과와 완전히 일치하는 것도, 그 완전한 반대도 아니었다. 빛을 머금은 오똑한 콧날에서 비롯된 상상은 소년의 순수함, 풋풋함, 해맑음 같은 것으로 가지를 쳐 뻗어나갔었다. 그런데 실제의 시환은 첫인상에 완연한 남자였다. 다소 마른 체격이지만 빈약한 느낌이 없고, 조금 전 주문하고 그의 뒤를 따랐을 때 본 그의 넓고 반듯한 등에서 느껴진 것과도 일치했다. 그러니 혼자만의 상상에서 일단은 비껴갔다.

"그날……."

커피 잔을 내려놓고 윤이 다시 입을 열었다.

"저 때문에 별문제는 없었어요? 약속이 있어서 가는 길이었다면 곤란했을 텐데……."

"실은 나도 그 병원에 가던 길이었습니다."

"어, 정말요?"

윤은 깜짝 놀랐다. 마치 '그런 우연이' 하듯.

"무슨 일로요? 문병? 아님……."

"어머니가 사고를 당했어요."

윤은 더욱 놀라 말도 못 하고 눈만 껌벅거렸다. 그런 그녀의 얼굴을 빤히 쳐다보면서 시환은 '그 사고로 어머니가 돌아가셨다'고 했다. 윤은 천천히 눈길을 떨어뜨렸다. 그리고 곧장 커피 잔을 두 손에 감싸 잡았지만 들어 올리지는 않았다. 윤이 입을 다물고 있는 사이 시환은 커피를 마셨다. 눈을 그녀에게서 떼지 않은 채였지만 그 눈빛은 건조했다.

"슬픈 일을 생각나게 했다면 미안해요……."

윤이 눈을 들어 말했다.

"윤 씨가 더 슬퍼 보이는군요."

"그 슬픔을 아니까요."

시환은 애매하니 고개를 약간 저었다. 마치 '넌 모른다' 하는 것 같으면서도 분명치 않았다. 동시에 그의 한쪽 입꼬리가 살짝 올라, 비록 그것을 미소라고 하기에 적당치 않다고 해도 '죽음'과는 어울리지 않아 윤은 의아했다. 그런데 그 전체적인 인상 또한 모호하고 불투명했다. 그래서 그녀는 아마도 저가 모르는 시환만의 사정이 있으리라 했다.

"밥 먹었어요?"

시환이 불쑥 물었다.

"어, 점심 안 드셨어요?"

화제가 바뀐 것을 내심 반기며 윤은 도리어 되물었다. 분위기를 더 무겁게 하고 싶지 않아 최근에 저도 아버지를 잃었다는 사실을 부러 말하지 않은 그녀였다.

"사실은 식사를 대접하고 싶었는데 시간이 애매해서 그렇잖아도 어떡하지, 했거든요. 지금 나갈까요?"

"윤 씨는 괜찮아요?"

"네. 먹을 수 있어요. 점심을 좀 부실하게 먹어서요."

이삿짐 정리로 몸살이 났다고 드러누운 고모 때문에 오전에 윤이 밥 대신 죽을 쑤어 저도 그냥 죽으로 식사를 했다. 보통 아침 겸 점심을 먹어, 그것이 첫 식사였기에 그녀도 약간 출출하던 차였다.

"뭐 좋아하세요?"

카페를 나와 윤이 물었다.

"윤 씨가 선택해요."

"아니죠. 제가 사는 거니까 시환 씨가 선택해야죠. 손님은 시환 씨잖아요."

"뭐든 상관없습니다."

"덮밥 좋아하세요? 일식 퓨전으로 하는 덴데 덮밥이 유명해서 막 줄서서 먹기도 하거든요. 지금 가면 조금 한가할 거예요."

시환은 그곳으로 가자고 했다. 걸어서 십오 분 거리였다. 식당은 반 지하에 위치해 있고, 유명하다는 데치고는 규모가 작았으며 테이블들도 오밀조밀 붙어 있어 사람이 많을 때는 더욱 비좁게 느껴질 법한 곳이었다. 다행히 식사 때가 아니라 두 사람은 비교적 여유로운 분위기 속에서 마주 앉을 수 있었다.

윤은 코팅된 종이로 된 작은 메뉴판을 손에 들고 보다가 슬쩍 시환에게 눈길을 던졌다. 시환 역시 메뉴를 보고 있었다. 윤은 이미 마음속으로 정하고 그의 선택을 기다리고 있는 중이었는데 제법 짧지 않은 시간이 지나고 있음에도 그에게서 아무 소리도 들려오지 않았다. 뭘 먹을지 선택하는 데에 걸리는 시간치고는 보통의 경우를 넘어섰다. 때문에 윤은 잘못 들어왔나, 하고 은근히 걱정되었다.

"뭐…… 드시겠어요?"

윤은 재촉하는 느낌을 주지 않으려고 조심히 물었다.

"윤 씨는요?"

"전 연어 덮밥으로 하려구요."

"같은 거 하죠."

그 긴 시간을 고민한 것에 비하면 의외로 싱겁게 끝난 결론에 윤은 한편으로 허탈하고 다른 한편으로는 안도하며 연어 덮밥 두 개를 주문했다.

"근데 왜 점심을 안 드셨어요?"

식사를 기다리는 동안 윤이 물었다.

"남들과 밥 먹는 시간이 좀 다릅니다."

"저도 아점을 먹긴 하는데……. 시환 씨도?"

"난 지금이 첫 식사예요."

"네? 이렇게 늦게요?"

"원랜 두 시쯤 먹는데 윤 씨와 약속이 되는 바람에 특별히 더 늦어버렸군요."

윤은 알겠다는 듯 고개를 주억거리다가 마침 그 순간에 뭔가가 생각나 멈칫했다. 그 '뭔가'를 묻고 싶었다. 그런데 때맞춰 식사가 나와 그 궁금증을 잠시 미뤄두었다.

"어때요? 입맛에 맞아요?"

시환이 한 술 떴을 때를 기다려 윤이 물었다.

"네."

시환은 짧게 대답했다. 더 이상의 수식도 없고, 정말 맛있다는 표정도 아니었다. 그렇다고 예의상 하는 말 같지도 않아서 윤은 그의 성격이려니 하는 추측으로, 그를 이곳에 데려온 것이 실수였을지도 모른다는 의기소침한 기분을 떨쳐 내려 했다. 어쨌든 시환은 잘 먹고 있으니까.

"이런 거 물어도 되나……, 모르겠는데요……."

윤이 식사 중에 다시 말을 꺼냈다.

"남들과 식사하는 시간이 다르다고 하셨잖아요……. 그럼 그냥 회사원은 아닐 것 같아서요……. 직업이 뭐예요?"

조금 전에 떠오른 궁금증이 바로 그것이었다.

"프리랜서나 뭐 그런 자유 직종일 것 같은데……."

"네. 맞습니다."

윤은 '역시' 하는 양 고개를 주억거렸다. 시환이 프리랜서일 것이라 짐작한 것은 그의 남다른 식사 시간 때문만은 아니었다. 실은 그 말을 듣기 전, '빛을 머금은 오뚝한 콧날'을 두고 혼자 상상의 나래를 폈을 때부터, 그리고 그 상상이 보기 좋게 빗나간 시환의 첫인상에도 불구하고 결국은 그 '상상'이 전혀 틀리지 않았음을 느꼈을 때도 그랬다. 시환에게서 풍기는 분위기는 결코 회사 조직과 같은 데서 몸담고 있는 사람이 가질 수 있는 그것이 아니었다. 완연한 남자의 외양이면서도 예민하고 뾰족한 느낌을 주는 그것은 영어의 샤프(sharp)하다는 표현이 가장 적절할 듯싶었다. 그러니 윤 혼자만의 상상에서 일단 비껴갔던 시환에 대한 첫인상은 그녀의 그 상상의 나래 속으로 되돌아온 셈이 되었다.

"구체적으로 무슨 일을 하세요?"

"그림 그립니다."

"그림? 화가예요?"

"비슷해요. 만화가니까."

"만화요?"

윤은 눈을 반짝 빛냈다.

"저, 만화 엄청 좋아해요. 웹툰이죠? 어디 연재해요?"

윤은 시환을 웹툰 작가 '시환'과 연결하지 못하고 있었다. 시환은 대형 포털 사이트의 이름을 대고 그곳에 연재 중이라 했다.

"와, 제목이 뭐예요? 꼭 볼게요."

"황무지."

시환의 짧은 대답에 윤은 입가에 머금고 있던 제 환한 웃음을 서서히 거두었다. 이어 두 손으로 얼른 입을 가렸다. 눈이 휘둥그레진 채였다. 비로소 그녀는 한 유명 웹툰 작가의 이름을 시환과 연결할 수 있었다.

3. 어른 남자

거리에 저녁 어스름이 조금씩 내려앉고 있었다. 주말인데도 대학가 주변에는 여대생들로 보이는 젊은 여자들의 모습이 많이 보였다. 윤도 그중에 하나였고 시환과 나란히 걸으며 환한 웃음을 머금고 있었다. 그녀는 마치 스타와 함께하는 열성 팬 같았다.

"전 도서관에 있다 가려고요."

대학교 후문이 보일 쯤에 윤이 말했다. 시환이 그녀에게 집이 어디냐 묻고 바래다준다 말한 뒤였다. 시환은 고개를 끄덕이면서도 윤과 함께 후문으로 걸음을 옮기고 있어 윤이 의아해하자 그는 차를 안에 세워두었다고 했다. 그렇게 해서 두 사람은 함께 후문을 통과했다. 주말의 한가로운 캠퍼스를 더욱 여유롭게 치장했던 4월 하순의 녹음이, 스러져 가는 빛 속에서 시나브로 제 푸름을 감추고 있는 시간이었다. 두 사람은 별다른 말이 없이 걸었다. 윤은 시환이 그 '시환'인 것을 알고부터 오히려 만화에 대해 더 묻지 못했다. 친구 승연이 만화에 대해 많이 알고 또 '시환'의 열혈 팬인 덕분에 친구가 떠들어 댔던 말만으로도 '시환'에 대해 알게 모르게 접한 정보는 꽤 되었다. 미대 출신이고, 재학 중에 데뷔했으며 데뷔 때부터 주목 받았다는 것과 처음에는 단편 위주의 다소 마니아적인 작품을 내놓다가 이후 꾸준히 독자층을 넓혀 지금은 손에 꼽히는 유명 웹툰 작가의 반열에 올랐다는 것 등이었다. 그러니 특별히 더 궁금한 것도 없었지만 그보다는 유명한 사람을 만났다는 신기함에, 윤은 그저 그 시간을 즐기고 싶을 뿐이었다.

"황무지, 다음 주부턴 연재되겠죠?"

긴 침묵을 깨고 윤이 물었다. 시환은 고개를 한 번 끄덕였다.

"제 친구가 그거 엄청 팬이라 목 빼고 기다려요. 오죽했으면 상당하신 거 알면서도 투덜거리더라구요."

"사실은 화실을 옮기고 정리할 시간도 좀 필요했습니다."

"네에. 저어……."

윤의 목소리가 갑자기 조심스러워졌다.

"혹시 사인……, 안 될까요?"

윤은 나름 용기를 내어 청했건만 시환은 대답도 없이 입술 끝만 슬쩍 말아 올렸다. 거절을 대신하는 것 같아 윤은 더 이상 조르지 않았지만 조금 민망했다. 실은 저가 가질 것이 아니라 승연에게 줘야지, 했던 것이어서 더욱 그랬다.

"그럼…… 잘 먹고 갑니다."

진한 감청색 차 앞에 선 시환이 말했다.

"뭘요, 대접이 시원찮아 오히려 죄송한걸요. 안녕히 가세요."

시환은 고개를 한 번 끄덕여 보인 후 차에 올랐다. 감청색 승용차는 윤이 지켜보는 가운데 천천히 움직여 이내 그녀의 눈앞에서 사라졌다. 차가 사라진 뒤로도 윤은 잠시 그 자리에 서 있다가 몸을 돌렸다. 도서관으로 향하는 중에 그녀는 숨을 조금 들이켜 보았다. 시환이 유명 만화가인 것을 알고 약간 들떠 있던 감정을 그제야 정리하는 양 했다. 그러자 정리보다는 왠지 알 수 없는 아쉬움 같은 것이 슬며시 끼어들었다. 사실 그는 윤에게 연락을 할 필요가 없었다. 도움을 받은 쪽은 윤이었으니까. 그런데도 연락을 해서 그녀를 만났을 때는 단순히 '밥을 얻어먹고자' 하는 목적만은 아닐 터였다.

윤은 아직 도서관 건물이 시야에 보이지 않는 길에서 걸음을 멈추고, 근처의 벤치에 가 앉았다. 그리고 가방을 열어 조그만 손거울을 꺼냈다. 그 거울에 그녀는 제 얼굴을 비쳐보았다. 문득 아버지의 말이 떠올랐다.

"너 어릴 때 너무 예뻐서 사람들이 다 너 탤런트 시키라 그랬어."

"그대로 커주지……."

중얼거리던 윤은 그만 피식 웃고 말았다. 어릴 때 사진이 몇장 안 남아 있는데 그 사진을 보면 저가 봐도 예쁘기는 했다. 커다란 눈망울에 틴트로 물을 들인 듯 빨간 입술을 한 사진 속 계집아이는 아이답지 않게 균형 잡힌 이목구비의 얼굴을 가졌다. 그 예쁜 여자아이가 바로 저라는 사실이 이제 와 믿기지 않는 윤은, 아마도 저가 여전히 예쁘다는 것을 모르는 모양이었다.

윤은 거울을 가방 속에 넣고 휴대폰을 꺼내 그것을 보며 다시 걸었다. 시환의 만화 '황무지'를, 처음부터 다시 봐볼까 하는 마음에 첫 회를 찾았다. 첫 회에는 T. S. 엘리어트의 시 '황무지'에서 제1부인 '죽은 자의 매장' 앞부분이 프롤로그로 실려 있었다.

4월은 가장 잔인한 달
죽은 땅 위로 라일락을 길러내고
기억과 욕정을 뒤섞고
생기 없는 뿌리를 봄비로 일으킨다.
겨울이 오히려 따뜻했다.

그러고 보니 4월이구나, 윤은 어두워진 하늘을 보며 생각했다. 아버지를 잃고, 시환을 만난 4월이었다.

✳

"이번에도 휴재였으면 나 진짜 악플 쓰려고 했다."
승연이 싱글싱글 웃는 얼굴로 말했다.
"근데 왜 이렇게 짧아? 평소보다 좀 모자란 거 아냐?"
곁에서 진미가 휴대폰 화면을 손끝으로 죽죽 밀며 친구의 말을 받았다.
"그러게. 이 주나 빼먹었음 두 배까진 몰라도 좀 더 그려주지. 근데 모자라진 않은 것 같애."
"그래?"
"드라마도 재밌으면 십 분 만에 끝나잖아. 그거랑 같은 거야."
친구들이 휴대폰을 손에 들고 주거니 받거니 하는 말을 윤은 말없이 듣고 있었다. 시환과 만난 지 그새 일주일이 흘러 그의 만화가 연재되는 금요일이었다. 그동안 시환에게서는 아무 연락도 없었다. 혹시나 하는 마음이 윤에게 없지 않았다. 그의 연락을 은근 기다리는 저를 의식하기도 했다. 그러나 연락이 오지 않으리라는, 직감이랄까, 그런 것이 있었기에 실망하지는 않았다. 실망할 틈도 없었다. 요즘 윤은 바쁜 일상을 보내고 있었다.

"들어가자."

친구들의 수다가 잦아들 쯤 윤이 말했다. 그녀는 마지막 강의 후 친구들과 함께 교내 도서관에 들어와 로비 한편에서 잠깐 걸음을 멈추고 있던 중이었다.

"나 6시 못 돼서 나가야 하니까 시간 아껴야 해."

먼저 움직인 윤을 따라 친구들도 곧장 움직였다.

"시험이나 끝나고 시작하지 그랬냐?"

진미가 윤을 보며 걱정스러운 듯 말했다.

"강의 듣고, 알바하고 집에 가면 그냥 뻗어 자기 바쁠 텐데 언제 과제하고 공부해?"

"운 좋게 걸렸는데 어떻게 안 해? 학교 앞이라 완전 좋잖아."

윤이 대답했다. 그녀는 대학교 후문 근처에 있는 카페에서 시간제 아르바이트를 시작했다. 월요일 오전에 전문점 사장에게서 전화가 와, 그날 면담을 하고 바로 결정되었다. 마침 밤 시간의 자리가 빈 데다 그 시간의 지원자가 없어서 운이 좋았다고 생각했다. 오후 6시 반부터 11시 반까지라, 다만 학교 앞 지하철의 11시 50분 막차를 타기에 시간이 다소 빠듯했지만 지금까지는 문제없었다. 영업은 보통 11시면 사실상 끝나, 남은 정리 시간을 융통성 있게 조절할 수 있기 때문이었다.

"공부는 주말에 몰아서 하면 돼. 또 일요일은 쉬거든."

다음 주가 시험 주간이었다. 윤은 강의가 빈 시간을 공부하는 데에 이용하고 있었다. 그렇게 공부하랴, 일하랴, 몸은 좀 고단했지만 아버지가 남긴 통장에 있는 돈을 아끼려면 저가 쓸 돈은 벌어야 했다. 고모는, 아버지가 탄 사고 차량의 보험회사로부터 몇 푼이라도 보험금을 타내기 위해 고모부가 애쓰고 있다고, 그 보험금을 꼭 받아서 챙겨주마 하고 장담했지만 아직 손에 들어오지 않은 돈에 대해서 윤은 기대하지 않았다. 이상한 것은 아버지의 택시가 아직도 발견되지 않고 있다는 것인데 경찰이 게으름을 부리고 있다고 고모는 투덜댔다. 그 말끝에는 택시 팔면 얼마나 받으려나, 하는 계산이 꼭 추임새처럼 따라붙었다.

윤은 도서관에서 5시 50분에 나왔다. 그녀는 부지런히 걸어서 후문을 나와 먼저 편의점에 들러 도시락을 사서 급히 먹었다. 집에서 아침 겸 점심을 먹고 나온 뒤로 처음 먹는 것이고 하루 중 두 번째 식사였다. 카페는 편의점과 아주 가까웠다. 편의점을 나온 윤은 카페에 들어가기 전에 화장실에 먼저 들러 양치질을 했다. 밥 먹을 때처럼 역시나 서두는 모습이었다.

"안녕하세요."

커피전문점의 직원 구역으로 들어온 윤은 저와 교대할 여자 아르바이트 직원에게 인사했다. 6시 20분이었다. 남자 아르바이트 직원도 함께 있었다.

"칼이에요, 칼. 20분 되면 귀신 같이 나타난다니까."

남자 직원이 윤을 가리키며 장난스럽게 해죽거렸다. 그는 모 대학교의 가을 학기 복학을 기다리는 휴학생으로 윤과 동갑이었다. 때문에 윤에게 '말 트자'고 제안도 했으나 그녀가 거절했다.

첫 대면서부터 노골적인 호감을 보였던 그가 부담스러웠던 탓이다. 윤이 느끼기에 그의 호감은 '지분댄다'는 표현이 딱 맞을 만한 그것이었다.

"페미니스트들은 대체로 좀 뭐랄까……, 깐깐하죠?"

교대 여직원이 가고 윤과 둘만 남았을 때 남자가 말했다. 무척 가볍고 장난치듯 하는 말투였다. 윤이 막 일을 시작하는 시간은 저녁 식사 시간과 맞물려 손님들의 발길이 비교적 뜸할 때였다. 따라서 남자의 수다가 유난할 때도 그때였다.

"따지기 좋아하고, 양보 잘 안 하고, 아, 물론 똑똑하기도 하지만……."

윤이 정색해 쳐다보자 남자는 '똑똑하다'는 형용사를 급히 끼워 넣으면서도 특유의 해죽거리는 웃음을 멈추지 않았다.

"윤 씨가 그렇다는 것은 아니구요. 윤 씬 똑똑하면서 연약하니까……. 다이어트 해요? 원래 페미들은 다이어트 안 하지 않나? 남자한테 잘 보이는 건 다 안 하잖아요. 윤 씬 원래 날씬한 거예요?"

윤이 계속 똑바로 쳐다보는데도 남자는 여전히 해죽해죽 웃었다. 결국 윤이 '졌다'는 듯 그를 외면했다. 그런데도 남자는 '근데요' 하고 말을 이었다. 수다를 멈출 생각이 없는 모양이었다.

"페미들은 윤 씨처럼 다 차가워요?"

"아뇨. 남친한텐 다정해요."

윤이 시큰둥하게 툭 던지듯 대꾸했다. 냅킨 행주로 판매대 위를 닦으며 그를 보지도 않은 채였다.

"남친 있어요? 그런 말 안 했잖아요?"

윤은 현재 저에게 남자친구가 있다는 의미로 한 말이 아니었다. 그럼에도 그녀는 '있어요' 했다.

"에이, 아닌 것 같은데? 남친이 있으면 지금까지 한 번도 안 찾아올 리 없지. 페미는 거짓말도 잘해."

"왜 자꾸 페미, 페미 거려요? 하루 이틀도 아니고. 내 얼굴에 페미라고 쓰여 있어요?"

"여성학과면 다 페미 아닌가……?"

"법학과 나오면 다 판검사 돼요?"

"역시 페미는 한 마디도 안 져. 오해 말아요. 논리적이라는 거니까. 나 사실 페미 좋아해요. 매력 있다고 생각하거든요."

남자의 해죽거리는 얼굴을 한 대 갈겨 버리고 싶은 충동을 윤은 간신히 참았다. 항상 이 시간이 고비였다. 7시가 넘으면서부터 손님들이 하나둘 늘어나 다행히 남자가 수다 떨 시간을 빼앗았다. 그렇게 죽 바쁘다가 9시쯤에 사장이 오면 남자는 사장과 교대를 했다. 그러니 윤이 남자와 있는 시간은 고작 두 시간 반에 그중 삼십 분만 참으면 되는데 그것도 매일 반복되다 보니 그리 녹록치 않았다.

손님 일행이 들어왔다. 모두 세 명이었다. 마침 계산대 가까운 곳에 있던 남자가 손님의 주문을 맡았다. 그사이 윤은 제 데님 스커트 주머니에 넣어둔 휴대폰의 진동을 느꼈다. 주문이 세 잔 들어올 테니 휴대폰의 진동을 무시하고 일단 남자와 함께 음료를 준비해야 했다. 감정이 상해 있어도 어제까지는 그렇게 해왔다. 오늘은 달랐다. 골탕 좀 먹어보라는 듯 윤은 '전화 왔네' 하고서 주문대를 빠져나와 화장실로 통하는 후문으로 모습을 감췄다. 카페 내에 화장실이 없어 상가의 화장실을 갈 때 사용하는 작은 문이었다.

"어······."

상가 복도로 나온 윤이 휴대폰 화면을 보고 걸음을 멈췄다. 저장하지 않아 화면에 번호만 뜬 그것이 시환의 것이라고 그녀는 금세 알아차렸다. 윤은 얼른 받았다. 그리고 '안녕하세요' 하며 활짝 웃었지만 이미 끊겨 있었다. 윤이 오래 전화를 받지 않아 끊은 모양이었다. 어쩌지, 윤은 진한 아쉬움에 괜히 휴대폰 화면만 손으로 문질렀다. 시환의 성격을 미루어 짐작컨대 바로 다시 전화를 할 것 같지 않았다. 그렇다고 기다렸다는 듯 저가 바로 전화를 거는 것도 왠지 낯 뜨거워 선뜻 통화 버튼에 손이 가지 않았다. 뭐야, '밀당' 하는 거야? 그것도 저 혼자 말이다. 그 생각에 윤은 진짜 얼굴이 화끈거렸다. 그때 휴대폰이 다시 진동했다.

"여보세요······."

윤은 누가 보는 것도 아닌데 몹시 수줍어하며 전화를 받았다.

[백시환입니다.]

'누가 아니래?'라고 생각하면서 윤은 '네에' 했다. 너무 정색한 그의 목소리가 조금 웃겼다.

[오늘 시간 괜찮으시면 잠깐 봤으면 하는데요.]

"어······, 저기······."

[곤란하신가요?]

"저 알바해요······."

윤은 이어 시환과 만났던 그 카페에서 일을 한다는 것 등을 설명했다.

[알겠습니다.]

시환의 그 말을 마지막으로 전화는 끊겼다. 그것도 그가 일방적으로 끊어 윤은 '어, 뭐야' 했다.

"기분 나쁘네⋯⋯."

윤은 중얼거렸지만 정말 기분 나쁜 표정은 아니었다. 뭐라 설명할 수는 없지만 시환의 그런 '시크함'이 용서가 되었다. 용서가 되지 않는 이는 따로 있었다. 눈치도 없고 무신경한 그 남자는 윤이 주문대 안으로 들어오자 화장실에 왜 그리 오래 있냐고, 제 딴에는 친근하게 말을 붙였다.

"혹시 생리 중?"

남자의 이어진 말에 윤이 노골적으로 불쾌한 표정을 드러냈다.

"왜요? 생리는 부끄럽고 숨길 일이 아니죠. 그게 페미 철학 아네요?"

부지런히 주문 받은 음료를 준비하면서도 남자의 입은 손과 따로 놀았다. 윤은 대꾸도 하지 않고 마침 들어온 손님의 주문을 받으러 계산대로 움직였다. 자, 이제 본격적으로 바쁜 시간이다 하고 그녀는 심기일전을 다짐했다. 9시 넘어 사장과 함께 일을 할 때는 편했다. 사장은 사십대의 여자로, 윤에게 다음 주는 시험 기간인데 괜찮겠냐고 빈말이나마 걱정도 해주었다.

열한 시가 넘어가면서 손님의 발길이 뜸해졌다. 사장은 계산대 앞에서 현금을 세는 등 마무리를 하고 있었고, 윤은 간이 조리대를 치우는 중에 종종 홀을 힐끔거렸다. 테이블을 채운 몇 안 되는 손님들이 일어서지 않나 해서였다. 지금쯤 홀이 비면 사장은 '문 닫자' 했다. 그런데 문이 열리는 종소리가 들려왔다. 윤은 내심 망했다, 하면서 돌아보다가 마침 손에 들고 있던 머그잔을 떨어뜨릴 뻔했다. 11시 넘어 들어온, 아마도 마지막이 될 손님은 시환이었다.

"문 닫을 시간이라서요. 30분까지니 종이컵으로 드릴게요."

마침 계산대 앞에 있던 사장이 시환에게 말했다.

"네. 아메리카노 부탁합니다."

시환은 카드를 내밀고 나서 윤과 눈을 맞췄다. 윤은 어설프면서도 수줍은 미소와 함께 눈인사를 했다. 가슴이 절로 뛰었다. 그것을 들킬까 봐 또 얼른 돌아서 아메리카노를 만들었다.

"아메리카노 나왔습니다."

픽업 코너 안쪽에서 윤이 바로 앞 테이블에 앉아 있는 시환을 보며 말했다. 그는 일어나 천천히 다가왔다.

"끝나고 밖에서 봐요."

시환이 나직이 말했다. 윤이 고개를 끄덕였다. 시환은 컵을 들고 다시 테이블에 앉아서 약 십 분 정도 주로 휴대폰을 보다가 나갔다. 오 분쯤 후에 윤이 그의 뒤를 따랐다. 밖에서 윤은 시환의 모습이 바로 보이지 않아 잠시 두리번거리다, '여깁니다' 하는 소리를 듣고 몸을 돌렸다. 시환은 편의점이 있는 건물 옆에서 손짓하고 있었다.

"차를 저쪽에 세워놨어요."

윤이 다가오자 시환이 말했다. 그리고 '저쪽'이라고 말한 방향으로 자연스럽게 몸을 돌렸다.

"늦은 시간이라선지 학교에 못 들어가게 하더군요."

"네. 밤 10시 이후엔 차량 통제해요. 특히 잘생긴 남자가 탄 차량은요."

시환의 발길을 따라 걸음을 함께하며 윤이 장난기 어린 눈빛을 그에게 보냈다. 시환은 그냥 고개를 끄덕거렸다.

"잘생겼다는 거 스스로 인정?"

"난 그런 말 안 했는데."

"고개 끄덕거렸잖아요."

"윤 씨 말을 알아들었다는 뜻입니다."

"유머 감각 없어요? 만화는 가끔 엄청 웃기던데."

"유머였습니까, 잘생겼다는 게?"

윤은 순간 '어' 했다. 이어 손끝으로 입을 가리고 풋, 했다. 그 사이 시환이 그녀를 한 발 앞서 나갔다. 바로 눈앞에 그의 차가 있었다. 골목길의 한편으로, 그곳에는 시환의 차 외에도 두 대의 차가 더 있었다. 시환은 윤을 먼저 태우고 뒤이어 차에 올라 시동을 걸고, 천장의 불을 켜고, 운전석과 조수석 사이의 수납 칸을 열었다. 윤은 그런 그를 멀뚱히 보고 있다가 그가 수납 칸에서 꺼낸 것이 다름 아닌 책, 그것도 만화책인 것을 알고서야 눈을 반짝 빛냈다.

"어……."

윤은 그 만화책을 금세 알아보았다. 시환이 지금 연재하고 있는 '황무지' 이전의 작품이었다. 영화화가 되고 종이책으로도 나와 승연이 그 전권을 소장하고 있는데 덕분에 윤이 빌려보기도 했었다. 시환이 내민 것은 바로 그 작품의 1편이었다.

"저 주시는 거예요?"

책을 받아든 윤이 함박웃음을 머금었다.

"사인해 달라고 하지 않았어요?"

"네?"

윤이 놀라서 책의 표지를 넘겼다. 사인은 속표지에 있었다. 사인해 달라고 했을 때 이렇다 할 반응이 없어 거절인가 보다 했더니, 이렇게 책까지 준비했을 줄이야. 윤은 제 가슴에서 다시 두근두근하는 소리를 들었다.

"고, 고맙습니다."

"안전벨트해요."

시환은 이내 차를 출발시켰다.

"집이 어디예요?"

차도를 달리며 시환이 물었다. 윤은 우선 저가 사는 곳의 동 이름을 댔다.

"거기 가까워지면 길 안내를 할게요."

"그래요."

"마감하고 지금 좀 한가할 땐가요?"

"네. 오늘이 제일 한가하죠."

"아……, 기억해 둘게요."

"왜요?"

"선물 받았으니 나도 선물해야죠. 한가할 때 한 번 오심 공짜 커피 드릴게요."

"그럼 다음 주 금요일에 필히 가야겠군요."

"그날 시험 끝나서 나도 한가해요."

"알바는요?"

"아……."

윤은 기분이 들떠 너무 나갔다고 내심 '아차' 했다. 시험 기간 은 물론, 시험이 끝나도 아르바이트를 11시 반까지 하는 주제에 한가한 것이 다 뭔가.

"기분이 그렇다구요. 학생 때는 시험 끝나면 원래 홀가분하잖 아요. 시환 씬 졸업한 지 좀 돼서 다 잊어버렸겠다."

"그렇게 안 늙었습니다."

"말 놓으세요. 그래도 제가 한참 어린데……. 서른 맞죠? 프로

필에서 봤어요."

그것은 거짓말이었다. 윤이 시환의 나이를 기억하는 것은 승연에게서 들은 것이지 직접 프로필을 본 적은 없었다.

"근데 왜 사진은 없어요?"

그것도 승연에게서 들은 것이었다. 프로필에서도, 기사에서도 시환의 사진을 본 적이 없다고 친구는 투덜댔었다.

"잘생겼는데……."

"이번에도 유머인가요?"

"네."

대답해 놓고 윤은 소리 내어 웃었다. 그녀 혼자만 웃었다. 저 웃느라 시환이 웃고 있는지 그렇지 않은지 의식도 못 했다. 시환은 그녀의 웃음소리를 들으며 눈을 가늘게 떴다. 마치 밤 도로의 시야가 어둡다는 듯. 그러나 전방은 환했다. 차는 어느덧 윤이 사는 동네에 접어들어 그녀의 안내로 연립주택이 다닥다닥 붙어 있는 구역으로 접어들었다.

"여기서 세워주심 돼요."

윤이 앞을 가리키며 말했다.

"태워주셔서 고맙습니다. 안녕히 가세요."

차가 서자 윤은 안전띠를 풀고 나서 인사를 했다.

"그래요. 다음 주에 봐요."

시환의 답례 인사에 윤은 다시금 두근거리는 가슴을 안고 차에서 내렸다. 그곳에서 저가 사는 연립주택으로 가는 불과 몇 발자국 안 되는 거리를, 꽃길을 걷듯 달콤한 기분에 취해 걸었다. 강의 듣고, 아르바이트를 하고, 동료 직원에게서 받았던 스트레스와 피로를 한 방에 다 풀었다. 윤의 그런 날아갈 것 같은 기분은 집에 막 들어와 악쓰는 소리를 듣는 순간 산산조각이 나고 말았다. 이 새끼, 저 새끼 하는, 너무나 익숙한 고모의 찢어지는 목소리. 윤은 현관에서 신발도 벗지 못한 채 그 소리를 듣고 있었다. 작은 신발장 앞에 세워둔 접이식 자전거를 보면서. 어제만 해도 볼 수 없던 것이며 또 새것이었다.

"에이, 씨팔, 그만해……."

고모의 목소리를 자르며 벌컥 방문을 열고 나온 소년이 윤을 보고 멈칫했다. '이 새끼가 엄마한테' 하며 뒤이어 나온 고모 역시 마찬가지였다.

"왔니?"

고모는 감정과 목소리를 정리하느라 더 일그러진 얼굴로 말했다.

"은석이 놈이 하도 속을 긁어서……."

"내가 뭘?"

은석이 바로 대들었다. 엄마보다 머리 하나는 더 큰 은석은 열여섯 살로 중학교 2학년이지만 고등학생으로 보일 정도로 체격이 좋았다. 때문에 쉽게 주먹을 쓰는 일로 자주 말썽을 부려, 고모가 윤의 집으로 쳐들어오다시피 이사를 온 데에는 고모부의 일탈 외에 은석의 문제도 있었다는 것을 윤은 나중에야 알았다. 은석이 전에 다니던 학교에서 말썽을 피워 학교로부터 전학 권고를 받았다고 했다.

고모와 은석은 윤이 보는 앞에서도 악다구니를 계속했다. 악과 욕이 대부분인, 대화 아닌 대화만으로는 싸움의 이유를 알 수 없고, 윤은 알고 싶지도 않았다. 고모네가 이사 오고 이틀 후에 은석이 합류하고부터 하루가 멀다 하고 벌어지는 일이었다. 또

그 대부분은 고모의 잔소리를 시작으로 그 잔소리를 듣기 싫어
하는 은석이 지지 않고 맞대응하면서 벌어지는 일이었다. 은석이
제 엄마의 잔소리를 좀 참든가, 엄마가 아들을 조금 내버려 두기
만 해도 다소 완화될 상황이 매번 서로 한 치의 양보도 없이 끝
장을 향해 달려가고는 했다.

"이제 그만해."

안방에서 고모부가 나와 소리쳤다. 윤이 제 방 문을 열고 막
들어섰을 때였다. 그녀는 그대로 서서 '옆집에서 신고하면 어쩌려
고 그러느냐'는 고모부의 이어진 고함을 들었다. '윤이 들어왔는
데 창피하지 않냐'고도 했다. 고모는 '아빠가 아들놈 하나 휘어잡
지 못하니 이 새끼가 더 엄마를 무시한다'고 도리어 울분을 터뜨
렸다.

"남편 복 없는 년은 자식 복도 없다더니……. 너 이 새끼, 내일
당장 자전거 무를 거야."

"물러, 물러. 누가 무서워? 남들 다 갖고 있는 거 하나 사주고
참 더럽게 생색이나 내구……."

"뭐야?"

"그러게 왜 자전거는 사줘서 싸우고 지랄들이야. 에이……."

고모와 은석과 고모부의 목청껏 지르는 소리를 차례로 들으며
윤은 등 뒤로 문을 닫았다. 이제 싸움은 삼파전이 되었다. 뒤이
어 초인종 누르는 소리, 쾅쾅 현관문을 두드리는 소리가 섞여서
들려왔다. 보나마나 옆집에서 못 참고 달려왔을 것이다. 증명하
듯 조용히 하라고 야단치는 남자의 목소리가 났다. 그 모든 소란
을 들으며 윤은 침대에 걸터앉아 꼼짝도 하지 않았다. 아버지와
단둘이 살 때는 집이 안식처였다. 단둘뿐이어도 웃음이 있고 행

복이 있고 평화가 있었다. 지금의 집은 바깥일의 고단함을 잊고 쉴 수 있는 안식은커녕 거의 매일 지옥의 경험을 하는 곳이 돼버렸다.

이튿날 윤은 아침 일찍 일어나 외출 준비를 서둘렀다. 토요일이라 강의는 없었지만 시험에 대비해 도서관에 자리를 잡고 공부하려면 모자란 잠을 뒤로해야 했다. 저녁부터는 아르바이트를 시작하니 낮에 공부해 두지 않으면 안 되었다.

"어쩌지……?"

윤이 화장실에서 씻고 나왔을 때 고모는 난처한 얼굴을 해 보였다.

"밥이 없는데……. 급히 나갈 거 아니면 고모가 지금 할게."

"됐어. 바로 나가야 해."

윤이 무표정하게 대꾸하고 제 방으로 들어가자 뒤이어 고모가 금세 문을 열었다.

"그거 있잖아……."

고모는 문가에 서서 그 난처한 표정을 이어갔다.

"보험금 말이야. 그거 못 받게 됐어. 한지영인가, 그 사고 낸 여자가 음주운전도 아니래. 그래서 보험회사에서 어쩌구저쩌구 하면서 안 주려고 하나 봐. 고모부가 최선을 다했지만……. 보험회사란 데가 원래 지독하잖니?"

"됐어."

"에혀……. 너한테 미안하다. 그 돈이라도 있어야 네가 이 고생을 안 하는데. 고모도 죽겠어. 아직 빚도 남아 있는데……."

"근데 은석이 자전거는 어떻게 샀어? 빚 갚는 게 먼저 아냐?"

"응……?"

고모는 당황한 빛을 드러냈다.

"사, 사달라고 하도 지랄하니까……."

말을 더듬던 고모가 갑자기 눈을 크게 떴다.

"너……, 코피……."

고모의 말에 윤이 손에 들고 있던 수건을 급히 얼굴에 가져다 댔다. 그녀는 제 얼굴에서 열을 느꼈다. 잠시 후 수건을 떼어보니 새빨간 피가 번져 있었다.

✳

5월로 막 접어든 날의 오후에 윤은 단짝 친구인 승연, 진미와 함께 단과대의 건물을 나와 이내 헤어졌다. 중간고사의 마지막 날이었다. 시험을 모두 끝낸 터라 친구들은 '알바 시간까지 아직 여유 있으니 맥주 한잔 살짝 하고 가라'고 제의했지만 거절하고 후문을 향해 걸음을 재촉했다. 윤은 기분 좋아 보였다. 평소에 비해 화사한 메이크업을 한 얼굴에서 그런 그녀의 감정은 더욱 잘 읽혔다. 뿐만 아니라 아르바이트를 하는 요즘에는 잘 입지 않던 원피스를 입고 있었다. 연회색 바탕에 분홍색의 잔 꽃무늬가 프린트된 원피스로, 윤이 가장 좋아하고 아끼는 옷 중 하나였다. 때문에 오전에 집을 나설 때 고모로부터 '데이트 있냐'는 놀림을 듣기도 했었다.

"데이트……?"

윤은 휴대폰을 꺼내 4시 26분인 시간을 확인하고 이어 문자 메시지를 열어 '그럼 금요일 4시 30분에 봐요' 하는 내용을 눈으로 읽었다. 그 메시지의 발신인은 '만화가'라 저장돼 있었다.

윤은 카페의 문을 열었다. 그녀가 아르바이트를 하는 바로 그곳이었다. 입구에서 그리 머지않은 곳에서 시환을 금세 찾을 수 있었다. 그는 휴대폰을 보고 있다가 기척을 느끼고 눈을 들었다.

"일찍 왔어요?"

시환의 맞은편에 앉아 윤은 활짝 웃었다. 그 소리 없는 웃음에, 연한 분홍색 립글로스를 발라 반짝이는 입술이 하얀 이를 드러내고 눈 밑에 일명 '애교 살'이라 불리는, 타고난 그것은 더욱 도톰히 도드라졌다. 그 얼굴에 눈을 두고 시환은 '오 분 전쯤'이라고 대답했다.

"시험 잘 봤어요? 전공 하나는 망쳤다며?"

시환은 바로 이어서 물었다.

"오늘 마지막 시험도 전공이었는데 그건 괜찮게 본 것 같아요."

윤은 다시 환한 웃음을 머금었다. 그동안 시환과 두 번 문자를 주고받았었다. 그중에는 '전공 망쳤다'는 내용은 물론, 오늘 4시 반에 여기서 만나기로 한 약속도 포함이었다. 전 주 금요일에 그가 빈말처럼 공짜 커피 마시러 오겠다고는 했지만 윤이 일하는 중에 들를 줄 알았지, 마지막 시험이 몇 시에 끝나느냐 묻고 선뜻 그 후에 보자고 할 줄은 몰랐다.

"뭐 드실래요?"

윤이 묻고 가방에서 지갑을 꺼냈다.

"약속대로 제가 사야죠. 알바 중이면 아메리카노 한 잔 정도는 공짜로 슬쩍 되는데 지금은 양심상 그렇게 못 하고, 대신 많이 달라고 할 수는 있어요. 그러니까 비싼 거 시켜요."

"윤 씨는?"

"전 카라멜 라떼로 하려구요."

윤의 말을 들은 시환이 즉시 자리에서 일어나 그녀에게 '앉아 있어요' 했다. 윤은 엉덩이를 한 번 들썩했다가 도로 앉아 주문 코너로 가는 시환의 뒷모습을 눈으로 좇았다. 그러다 보니 그 코너의 안쪽에 있는, 윤이 바퀴벌레보다 더 싫어하는 남자 직원과도 눈을 마주쳤다. 그 남자 직원은 윤이 들어왔을 때부터 보고 있었던 것이 분명한 눈빛으로, 제 앞에서 카드를 내미는 시환을 또 열심히 살폈다. 시환이 자리로 돌아오고 잠시 후에 주문한 것이 나왔을 때 윤은 저가 가져온다며 일어나 픽업 코너로 갔다.

"남친이에요?"

픽업 코너에서 윤이 쟁반을 들자마자 옆으로부터 불쑥, 마치 매복해 있다 나타난 것처럼 모습을 보인 남자 직원이 물었다.

"네."

윤은 예상했다는 듯 똑 떨어지게 대답했다. 그 대답 속에는, 그러니 다시는 지분대지 말라는 뜻도 담았다. 남자 직원은 윤의 뒤에 대고 '기생 오래비처럼 생겼네' 했다. 윤은 꾹 참고 자리로 돌아왔다.

"좀……."

윤이 아메리카노가 담긴 머그잔을 앞에 놓을 때 시환이 입을 열었다. 그녀의 얼굴에 눈을 두고서였다.

"야윈 것 같군요."

"어……, 그래요?"

윤은 두 손을 제 뺨에 가져갔다. 평소보다 진한 화장으로 꾸몄건만 그동안에 누적된 피로를 완전히 감출 수는 없었나 보다 생각했다.

"학기 중에 알바를 하니까…… 아무래도 좀 피곤한가 봐요.

방학 때는 늘 알바했었는데 학기 중에 하는 것은 처음이거든요."

"힘든가 보군요."

"지금은 좀……. 근데 방학 때는 할 만해요. 솔직히 일보다는 항상 사람 때문에 힘들구요."

아르바이트를 할 때마다 윤은 저를 힘들게 하는 사람을 꼭 한 명씩 만났다. 고용주가 힘들게 할 때도 있고, 함께 일하는 동료가 그럴 때도 있었다. 또 그 동료가 여자일 때도, 지금처럼 남자일 때도 있었지만 그들 중에서도 지금처럼 최악의 진상을 만난 적은 없었다고 그녀는 기억했다. 그때마다 윤은 '난 왜 이렇게 재수가 없지' 하며 한탄해 왔다. 그런데 남자의 경우는 대개가 윤에게 호감을 보이면서 생겨난 것들이었다. 그녀는 원치 않는 호감이었다. 딱 한 번의 예외는 있었다. 아르바이트를 하다 만난 남자와 잠깐 사귄 적이 있었다. 다른 대학, 행정학과에 다니던 남자였다.

"그래요. 사람이 힘들죠."

시환이 입 끝에 보일 듯 말 듯 쓴웃음을 머금었지만 윤은 의식하지 못했다.

"만화가는 혼자 작업하니까 그런 스트레스는 별로 안 받지 않나요?"

"혼자 아닙니다."

"아, 맞다. 그…… 도와주는 사람……."

"이 바닥에서는 어시라고 하죠."

"맞아, 어시. 몇 명이에요?"

"지금 두 명입니다."

"보통 두 명 정도 두나요?"

"그건 작가마다 다르죠. 몇 편을 연재하느냐에 따라 다를 수 있고. 또 분업도 하고."

"시환 씬 한 편만 하고 있죠? 두 명이면 충분해요?"

"원래 셋이었는데 나갔어요. 그래서 막내가 고생을 좀 하고 있죠."

"다시 채우면 되잖아요. 지원자가 없어요? 시환 씨 같은 인기 작가면 엄청 많을 것 같은데……."

"윤 씨가 해볼래요?"

시환의 갑작스러운 제안에 윤의 눈이 휘둥그레졌다.

"전…… 그림 못 그리는데요, 그래도 돼요?"

"단순한 작업은 누구나 할 수 있어요. 컴맹도."

윤은 그냥 '아~' 하고 말았다. 시환이 정말 진지하게 제안한 것이라고 생각하지 않았다. 만화가의 어시스턴트란 단순히 일자리이기보다는 장차 만화가가 되려는 꿈을 가진 사람들이 하는 일일 텐데 윤은 그렇지도 않거니와 해봤자 괜한 폐만 끼칠 것 같았다. 그녀의 짐작이 맞았는지 시환은 더 언급하지 않았다. 아마도 윤이 학업과 아르바이트를 병행하느라 힘들어 보여 그냥 해본 말이었나 보다, 그녀는 그렇게도 짐작했다. 그런데 카페를 나와 근처 식당에서 함께 식사를 하고 나오는 길에 시환은 '한번 생각해봐요'라고 불쑥 던졌다.

"네?"

윤이 의아한 눈으로 그를 쳐다봤다.

"어시."

그는 짧게 말하고 제 눈을 그녀의 그것에서 거두었다. 스치듯 벗어난 그 눈길처럼 지나가듯 하는 말투였다. 윤이 다소 어리어

리한 얼굴을 하는 새 그는 다시 그녀를 보며 '안 늦어요?' 물었
다. 윤은 휴대폰을 꺼내 시간을 확인했다.

"지금 들어가면 딱 좋아요. 좀 아슬아슬했죠?"

카페에서 시간을 지체하는 바람에 함께 식사할 시간이 빠듯했
다. 때문에 뭘 먹을지의 고민은 뒤로하고, 전문점에서 가장 가까
운 식당을 택해 무작정 들어갔다. 국수 전문점이었다. 그런데 전
에 덮밥 전문 식당에서 그랬듯 이번에도 시환이 좀처럼 메뉴를
고르지 못해 윤은 또 제 것과 같은 것을 주문했다. '선택 장애인
가?' 윤은 속으로만 웃었다. 시환처럼 생긴 사람이 뭘 고를지 몰
라 쩔쩔매는 것을 상상하니 너무 웃겼다.

"왜 웃어요?"

시환이 윤의 얼굴을 보며 물었다. 윤은 그제야 저도 모르게
웃음을 머금고 있었다는 것을 깨달았다.

"이런 말……, 해도 되나……?"

윤은 혼잣말하듯 하고 나서 손끝으로 입을 한 번 꾹 눌렀다.
마치 나오려는 웃음을 막듯.

"시환 씨……, 좀 귀여워요……."

시환은 약간 놀란 듯, 눈이 살짝 휘둥그레져서 윤의 얼굴을 빤
히 바라봤다.

"안녕히 가세요……."

윤은 재빨리 인사하고 몸을 돌려 어느덧 가까이 와 있는 카페
로 뛰었다. 소리 없는 함박웃음을 머금고서. 시환은 윤이 사라진
카페 앞에 그대로 서 있었다. 잠시 서 있다가 슬며시 손을 올려
제 머리 뒤를 천천히 한 번 쓰다듬고서야 발길을 돌렸다. 민망해
하는 것 같았다.

시환은 윤의 대학교 후문을 통과해 곧장 제 차를 주차해 둔 곳으로 갔다. 차에 오르기 전에 휴대폰의 진동을 느끼고 재킷 주머니에서 꺼냈다. 화면에 '장대성'이라 떠 있었다. 시환이 전화를 받자마자 장대성은 다짜고짜 어떤 이름부터 대고 아느냐 물었다. 여자의 이름이었다.

　"왜?"

　시환은 차에 열쇠를 꽂으며 퉁명스럽게 되물었다.

　[알아, 몰라?]

　"알아."

　[나 원……, 그 여자한테서 전화가 왔었거든. 누구냐니까 너랑 잘 안대. 그러면서 널……, 아냐, 진짜 골 때려서. 널 성폭행으로 고소하겠다나…….]

　"하라고 해."

　시환은 대수롭지 않게 대꾸했다.

　[그 여잔 웹툰 에이전시가 무슨 연예인 에이전시처럼 작가 수발 다 들어주는 덴 줄 아나? 그딴 건 시환 작가 만나서 따지세요, 여긴 작가 작품 받아다 포털에 쑤셔 넣는 거 말고는 하는 게 아~무것도 없습니다, 했지. 그랬더니 네 화실 알려달래.]

　"전화 받지 마."

　[회사로 오는 걸 어떻게 안 받냐? 직원 붙들고도 헛소리할 기센데. 근데 진짜 고소할 거 같진 않고……. 이게 요즘 무슨 유행도 아니고 말이야. 암튼 고소할 거면 회사에 전화했겠어? 네가 전화 안 받으니까 그런 것 같은데, 웬만하면 받아서 말로 풀어라, 말로. 응?]

　"끊어."

시환은 말과 함께 휴대폰을 귀에서 떼, '시환아, 잠깐' 하는 말소리가 나는데도 불구하고 통화를 종료해 버렸다. 대성이 말한 대로, 시환이 '그 여자'의 전화를 받지 않은 것은 사실이었다. 아예 수신 거부를 했다. 또 시환은 저장된 번호가 아니면 받지를 않아 그 여자가 다른 번호로 연락해도 소용없었다. 그저 일방적인 메시지를 보낼 수 있을 뿐이었는데 그래봤자 그 번호도 바로 수신 거부될 뿐이었다.

'너랑 끝이야'라고 관계를 먼저 정리한 쪽은 여자였다. 그런 그녀가 다시 연락을 해온 것이 그로부터 닷새 후였다. 그때 시환은 여자의 전화를 받았다. 그리고 '할 얘기가 있으니 만나자'는 그녀의 요구를 거절했다. '한 번 끝난 관계, 다시 시작하지 않는다'는 것이 그가 댄 이유였다. 여자는 한풀이하듯 악을 썼다. 사랑하지도 않으면서 어떻게 만날 수 있느냐, 사랑하지 않는다고 왜 진즉 말하지 않았느냐, 지금까지 절 농락한 것이냐 하는, 헤어진 날에 이미 한바탕했던 내용의 끝없는 되풀이였다. 그 '한풀이'를 시환은 이해할 수 없었고, 또 몹시 지루했지만 묵묵히 다 들어주었다. 여자는 '잘되는지 두고 보자', 저주도 퍼부었지만 시환은 다만 그 지루한 통화가 어서 끝나기를 바랐고 결국 끝이 났다. 여자가 끊었다. 거기까지가 시환이 그녀에게 줄 수 있는 자비였다.

시환은 휴대폰을 옆자리에 던져 두고 차를 출발시켰다. 그의 차는 곧 후문을 나와 윤이 아르바이트하는 카페 앞을 지났다. 그 찰나에 그는 '귀여워요' 하는 윤의 목소리를 환청처럼 들었다.

윤은 카페에서 몹시 언짢은 얼굴을 하고 있었다.
"원피스 위에 유니폼 셔츠가 안 어울리니까 하는 말이죠."

윤과 함께 있는 남자 직원이 그녀의 위아래를 훑었다. 윤은 원피스 위에 카페 유니폼 셔츠를 덧입은 모습이었다. 스커트나 바지 입었을 때와 달리 벗고 갈아입을 수가 없었기 때문이다. 굳이 묻고 말하지 않아도 짐작할 수 있는 일이었다. 그런데도 남자는 입을 가만히 놔두지 않았다.

"남친 만나려고 원피스 입었어요? 윤 씨도 남자에게 예뻐 보이려 하긴 하는군요. 의왼데? 근데 남친 뭐하는 사람이에요? 학생은 아닌 것 같던데 이 시간에 여친 만나러 오는 거 보면 백수?"

남자가 떠드는 사이 손님 일행이 들어와 윤이 주문을 받았다. 남자는 잠시 입을 다물고 있다가 주문 내용을 확인하고 '카푸치노는 내가 만들게요' 했다.

"남친이랑 사귄 지 얼마나 됐어요? 오래된 거 아니죠? 분위기 딱 보니까 얼마 안 된 것 같던데……."

남자는 카푸치노를 만들면서도 수다를 이어갔다. 윤은 저 할 일만을 했다.

"근데 윤 씨, 그런 타입 좋아하는구나……? 솔직히 말하면 같은 남자들끼리는 좀 아니다 싶은, 그런 타입이거든요. 역시 남자랑 여자는 보는 눈은 진짜 다른가 봐."

"네. 달라요."

윤은 태연하게 남자의 말을 받더니 그에게 고개를 돌렸다. 남자도 윤을 보았다.

"여자 눈에는 성식 씨 같은 남자가 세상에서 제일 밥맛이에요. 구역질이 나요. 그런데 그 구역질 나는 밥맛을 오늘 9시까지는 봐야 하네요. 다행인 건 오늘이 마지막이라는 거고, 불행인 건 아직도 두 시간이나 남았다는 거죠."

윤은 경멸적으로 뱉어냈다. 남자의 얼굴은 이내 벌게졌다. 지금까지 윤이 그런 식으로 공격한 적이 한 번도 없었기 때문이다.

"성질 더러운 페미, 그만 건드리세요. 알았죠?"

윤이 그동안 참았던 것은 함께 일하는 동료와 불편하게 지내고 싶지 않아서였다. 그런데 더 이상 참기 싫었다. 9시에 사장이 왔을 때 윤은 일을 그만두겠다고 통고했다.

4. 노사 관계

윤은 어둠 속에 있었다. 저에게 허락된 유일하고 작은 공간. 그 안에서 그녀는 이불을 턱밑까지 끌어 잡고서 피곤한 몸에도 불구하고 긴 시간 동안 잠들지 못하고 있었다. 막상 아르바이트를 그만두고 보니 머리가 복잡하고 마음이 무거웠다. 거기에 미래에 대한 막연한 불안이 포개졌다. 돈 걱정이 많은 부분을 차지했지만 사람과의 관계 또한 마음을 편치 않게 했다. 카페 사장에게 일을 그만둔다고 말했을 때 '새 알바 구할 때까지만 있어라' 하는 요청을 어쩔 수 없이 거절하고 나서 특히 그랬다. 바퀴벌레보다 싫은 남자에게 '오늘이 마지막'이라고 해놓고 그 얼굴을 다시볼 자신이 없었다. 남자와 그 남은 시간을 냉랭한 시간 속에서 보냈었기에. 그러한 시간을 재차 견디어야 하는 것이 너무나 끔찍했다. 사장은 노골적으로 불쾌감을 드러냈다. 결국 사장과의 남은 시간도 냉랭하고 불편할 수밖에 없었다. 윤은 한숨을 쉬었다. 사람에 부대끼기는 집에서도 마찬가지여서 안팎으로 쉴 수 있는 공간은 제 작은 방이 유일했지만 그마저 완전하지 않아, 불과 몇 시간 전까지만 해도 고모부의 고래고래 소리 지르는 술주정을 참아내야 했다. 집은 더 이상 윤의 것이 아니었으며 안식처는 더더욱 아니었다. 그러니 미래도 불안했다. 모든 것이 불확실했다.

윤은 몸을 뒤척이다 시환을 떠올렸다. 정확히 '어시 해볼래요?' 했던 말을 떠올렸다. 그것을 믿고 지금의 아르바이트를 그만둔 것은 물론 아니었다. 만화가의 어시스턴트란 것이 윤에게는 너무 생소해 도리어 꺼려졌으니까. 다만 그가 왜, 무슨 마음으로 그런 제안을 했는지 문득 궁금해졌다. 혹시 그 계통에서 어시스턴트를 충원하는 일이 생각보다 쉽지 않은가? 시환의 주변 환경에 대한 궁금증이 더불어 피어올랐다. 단순한 상념은 상상의 나래를 펴고 상상은 또 끝도 없이 펼쳐지는 중에 윤은 잠이 들었다.

이튿날 윤은 오전 11시쯤에 집을 나왔다. 토요일이라 강의도 없고, 시험이 끝나 급히 공부할 일도 없고, 또 당연히 아르바이트도 없었지만 단순히 집이 싫어 나왔다. 갈 곳은 학교밖에 없었다. 도서관에 자리를 잡고 앉아 토플이라도 공부하는 수밖에.

교내 도서관 열람실은 중간고사가 막 끝나선지 비교적 한산했다. 윤은 창가에 자리를 잡았다. 앉아서 책도 펼치기 전에 창밖을 바라봤다. 유리창 너머의 5월 하늘은 흐린 먹색이었다. 그것이 윤의 마음을 위로했다. 눈부시게 푸른빛이었다면 어쩐지 서러웠을 것 같은데 저와 같은 빛을 띠고 있는 하늘이 고마웠다. 윤은 정말 오랜만에 편안한 여유를 느꼈다.

열람실에 들어와 한 번도 나가지 않고 자리에 앉아 있던 윤은 갑자기 허기를 느꼈다. 얼마나 앉아 있었나 싶어 옆에 놔둔 휴대폰으로 시간을 확인하니 3시였다. 집에서 대충 먹은 것이 부실하다 보니 금세 배가 고픈 모양이구나. 뭘 먹을까, 고민하는 사이 휴대폰에 메시지가 떴다.

〈집입니까? 알바하러 나갈 준비하기엔 이르고. 아니면 학교?〉

시환이었다. 윤은 눈물 나게 반가웠다. 실은 먼저 그에게 안부라도 묻는 문자를 보내볼까 했지만 의기소침해진 마음은 자신감마저 잃게 만들어 선뜻 용기가 나지 않았었다.

〈학교예요. 알바는 어제 그만뒀어요.〉

〈결심 빨라서 좋군요.〉

〈어머, 시환 씨 어시 하려고 그만둔 거 아니거든요.〉

〈어차피 새 알바 구할 거 아닌가요?〉

〈그렇긴 하지만……〉

〈작업 환경부터 구경해 볼래요?〉

＊

회색빛 돌담 사이로, 견고한 갈색 대문이 자동으로 열리는 것을 보면서 윤은 눈을 동그랗게 떴다. 그녀를 태운 감청색 차는 열린 대문 사이로 유유히 들어갔다. 시환은 주택 앞에 차를 세웠다.

"여기가 화실이에요?"

안전띠를 풀며 윤이 물었다.

"네."

시환의 짧은 대답을 듣고 윤은 차창으로 고개를 돌려 밖을 내다봤다. 학교로 온 시환의 차를 타고 곧장 이곳으로 온 터였다.

화실로 간다고 해서 만화가의 화실이 어떨지 이러저러한 상상을 했더니 외관부터 전혀 뜻밖이었다. 이것은 고급 단독주택 아닌가. 내심 당황한 윤이 문도 열지 못하고 있는 사이 먼저 차에서 내린 시환이 문을 열어주었다.

"내려요."

윤은 잠깐의 머뭇거림 끝에 차 밖으로 발을 내디뎠다. 왜 긴장이 되지?

"부모님이 사시던 집입니다."

윤이 내려 주택 건물을 바라보자 그 눈길에 제 그것을 섞으며 시환이 말했다.

"어머니 돌아가시고는 빈집이 돼버려서 아예 이곳으로 이사를 했죠."

"어머님이랑 같이 안 살았어요?"

시환은 애매한 고갯짓을 잠깐 보이고 이내 담배를 꺼내 입에 물었다. 윤의 곁에서 몇 발자국 천천히 떨어지면서였다. 윤은 그가 담배에 불붙이는 것을 보다가 다시 주택 건물로 눈을 옮겼다. 부모님이 살던 집이고, 어머니 사후 빈집이 되었다면 아버지는 그전에 이미 유명을 달리했으리라 짐작하는 것은 어렵지 않았다. 이렇게 큰 집에서 시환은 왜 어머니와 함께 살지 않았을까. 사이가 별로 좋지 않았던 걸까.

"오피스텔 같은 걸 생각했어요."

윤은 시환에게 고개를 돌려 그의 입 주변으로 뽀얀 연기가 번지는 것을 보며 말했다.

"전에 쓰던 화실은 오피스텔이 맞아요."

"부러워요."

"뭐가……?"

"그냥……."

윤은 웃음 짓고 그 웃음이 쑥스럽다는 듯 곧바로 고개를 내렸다. 서른의 나이에 벌써 가장 유명한 웹툰 작가 중 하나로 손꼽히는 시환은 집안마저 부유했나 보구나, 그 생각을 했다. 남은 학기와 불확실한 미래로 천 원 한 장에 부들부들 떠는 제 처지가 갑자기 창피해졌다. 이십대에 고생은 할 수 있다고? 그 고생도 아버지가 살아 계셔서 그 존재만으로 든든할 때의 얘기였다. 그때는 편의점에서 아르바이트를 하고, 천 원 한 장을 아끼느라 재래시장에서 물건값을 깎아도 결코 의기소침해진 적이 없었다.

"들어가죠."

담배를 끈 시환이 말과 함께 앞장섰다. 그의 뒤를 따라, 윤은 그의 너른 등을 보면서 집 안으로 들어섰다. 그리고 1층에서 안을 둘러보고 감상할 새도 없이 그녀는 다시 시환에게 인도돼 두 개의 여닫이로 된 문 안으로 발을 들였다.

"화실로 쓰는 곳입니다."

시환이 윤을 데리고 들어온 방은 아주 넓었다. 그 넓은 방의 벽면은 또 격자무늬의 창이 있는 주변만 빼고는 책과 각종 자료, 파일 등이 빽빽하게 들어찬 서가였다. 원래 리빙 룸이었던 곳을 화실로 바꿨다고 그는 설명했다. 윤의 눈에 가장 인상적인 것은 방의 중간쯤에 자리한 대형 사각 테이블이었다. 테이블의 각 면마다에 의자가 있고, 그 의자 앞에는 큰 사이즈의 모니터와 태블릿이 있었다. 어시스턴트가 두 명이라 하더니 역시나 네 개의 자리 중 두 개의 자리에만 사람이 일한 흔적이 있고 나머지 자리는 깨끗했다.

"어시가 되면 저도 여기 앉아서 일하나요?"

대형 사각 테이블의 중앙에 수북이 쌓여 있는 각종 자료 파일들을 눈을 두고 있던 윤이 그 눈길을 그대로 시환에게 옮기며 물었다.

"네. 마음에 드는 자리에 앉아봐요."

"음……."

윤은 빈 두 개의 자리 중 창가와 가까운 쪽을 택해 앉았다.

"잘 어울리는군요."

자리에 앉은 윤을 보며 시환이 고개를 끄덕였다.

"꼬시는 거죠?"

"네."

"알았어요. 할게요. 그림에 대해 아무것도 몰라 좀 겁나긴 하는데 열심히 배우면……."

말하는 중에 무심결에 태블릿에 손을 올린 윤이 잠깐 말을 멈췄다.

"여기다 그림을 그리는 건가요?"

"네."

"그럼 시환 씨 자리는……."

윤은 이미 제 오른편을 보고 있었다. 한눈에도 시환의 자리라는 것을 알 수 있는 그것은 중앙의 테이블에서 약간 떨어진 곳에서 서가를 등지고 있었다. 혼자 쓰기에는 다소 큰 테이블에 마찬가지의 모니터와 태블릿이 있고 각종 자료들과 소품들이 그 주변에 흩어져 있었다. 윤은 시환을 힐끔 쳐다봤다.

"왜요……?"

윤의 눈길을 느낀 시환이 물었다.

"상상해 봤어요. 시환 씨가 저 자리에 앉아서 일하는 모습……."

"앞으로 많이 볼 겁니다."

"아, 맞어. 나 취직했지. 근데 언제부터 일해요? 어시들은 아직 출근 전인가요?"

"월요일부터 나올 겁니다."

윤은 만화가 화실이 어떻게 돌아가는지 전혀 알지 못하기 때문에 시환이 그 설명부터 간단히 해주었다. 보통 목요일 오전 중에 마감을 하고, 어시스턴트들은 일요일까지 저들 볼일을 보느라 화실에 나오지 않는다. 그사이 시환은 스토리를 짜고 데생을 시작한다. 어시스턴트들은 월요일부터 나와 일을 시작하는데 마감이 닥친 수요일 밤에서 목요일로 넘어가는 날에는 밤샘 작업을 한다고 했다. 두 사람은 묻고 답하며 주방으로 자리를 옮겼다.

주방은 새하얀 공간에 옅은 체리색 원목과 차가운 스틸을 조화롭게 구성한 아일랜드 스타일이었다. 8인용 식탁에도 여유로울 만큼 널찍한 공간에 그 안을 채우고 있는 것 하나하나, 모두 고급스러워 윤은 내심 탄성을 질렀다. 꿈의 주방이었다. 이런 데서라면 요리할 맛이 나겠다 싶었다.

"커피?"

윤에게 중앙 조리대 앞으로 자리를 권한 시환이 물었다.

"커피보다는……."

윤의 눈썹은 팔자가 되었다.

"실은 배가 고파서요……."

"그럼 나갈까요?"

"집에 먹을 거 없어요?"

시환은 대답 대신 제 뒤로 고개를 돌려 냉장고와 싱크대를 차례로 쳐다보았다. 그런 그의 얼굴에 떠오른 표정은 마치 길을 잃은 사람의 그것과 같았다. 윤은 그사이 냉장고 앞으로 가, '냉장고 엄청 크다' 하고 문을 열었다.

"와, 이것저것 많아요. 근데 너무 정리를 안 했다……."

윤은 냉장고 안을 눈으로 쭉 훑었다.

"어시들 다 남자죠? 그러니 이렇게 뒤죽박죽이지. 내가 만들어 먹어도 돼요?"

"뭐……, 가능하다면."

"난 재료만 있으면 뭐든 만들어요. 시환 씨가 그림 척척 그리듯 난 요리를 척척 할 줄 알거든요. 사실 거창하게 요리랄 건 없는데, 이래 봬도 아홉 살 때부터 살림한 솜씨라서 제법 해요. 이런 주방이면 진짜 하루 종일 요리하래도 하겠다. 정말 멋져요."

윤은 말을 하면서도 냉장고에서 양파와 당근, 고추, 버섯 등을 꺼내 조리대 위에 척척 올려놓았다. 그런 그녀의 움직임을 따라 시환의 고개도 이리저리 움직였다. 그녀가 이처럼 생기를 띠는 모습을 그는 처음 보았다.

"김치 냉장고에 김치 있어요?"

윤은 일반 냉장고와 나란히 있는 김치 냉장고를 눈짓했다. 시환은 '네' 했다.

"산 건가요?"

"아뇨. 이모가 담가주신 겁니다. 여기 이사 올 때."

"아, 이모님이 계시는군요? 자주 오세요?"

시환은 고개를 저었다. 이모는 지방에 산다 했다.

"근데 시환 씨도 먹을래요? 지금 5시 넘지 않았나……."

시환은 다시 고개를 저었다.

"도마랑 칼, 어딨어요?"

시환은 거듭, 그리고 이번에는 다소 애매하게 고개를 저었다.

"프라이팬은요?"

조리대 아래를 열어보며 윤이 또 물었지만 시환은 역시나 고개를 저을 뿐이다.

"대체 아는 게 뭐예요? 자기 집 아닌가?"

"난 요리 못 합니다."

윤은 더 이상 묻지 않고 저 알아서 찾아내 썰고, 다지고, 볶았다. 원래 살던 집도 아니고 요리도 안 하는 데다 주방 일에 관심조차 없다면 모를 수 있지 싶었다. 시환은 앉지도 않고 서서, 남의 집 주방에서도 잽싼 움직임을 보이는 윤을 눈으로만 좇았다. 윤은 이십 여분 만에 정체불명의 면 볶음을 만들어냈다.

"이름하여 윤 스타일 스파게티예요."

면 볶음을 담은 커다란 접시를 두 손에 들고 윤은 뿌듯해했다. 기본적으로 빨간 고추장색에 큼지막하게 썬 각종 채소를 올린 것이었다.

"맛있어 보이죠? 냄새 맡아봐요."

윤이 시환 앞으로 접시를 내밀었다. 두 사람은 중앙 조리대를 사이에 두고 있었다. 시환은 잠깐 머뭇거리다 마지못하듯 면 볶음 위로 슬쩍 코를 가져갔다.

"어때요? 식욕이 확 돌죠?"

시환은, 그러나 애매한 표정으로 고개를 갸웃했다.

"별로?"

시환이 이번에는 반대편으로 갸웃했다.

"그럼 일단 먹어볼래요?"

시환은 싫다고 했다. 윤은 두 번도 권하지 않고 중앙 조리대 앞에 앉았다. 그리고 '잘 먹겠습니다' 하고는 웬만하면 옆 사람도 군침 돌게 만들 만큼 맛있게 먹었다. 워낙 배가 고팠고, 요리를 하는 동안 긴장도 완연히 풀린 데다, 시환과 아주 임의롭지는 못해도 이미 두 번의 식사도 했던 터라 예쁘게, 깨작거리며 먹으려 애쓰지 않았다. 그가 쳐다보고 있는 것이 아주 아무렇지 않은 것은 아니지만 또한 그리 거북하게 느껴지지도 않았다. 아버지도 종종 그렇게 딸이 밥 먹는 모습을 지켜보았다고, 그녀는 기억했다. 그럴 때면 아버지 기분 좋으라고, 아버지의 눈길에 묻어난 측은해하는 빛이 믿음직한 그것으로 바뀌기를 바라며 더 씩씩하고, 더 맛있게 밥을 먹었다. 그러다 윤은 시환과 눈을 딱 마주쳤다. 입안에 면을 가득 물고서였다. 그런 그녀의 얼굴에서 시환은 눈을 피하지 않았다. 보통은 피해주는데, 그는 무례하다 싶을 만큼 빤히 쳐다보았다. 윤이 눈을 내렸다. 그리고 내처 먹었다. 접시는 바닥을 보이고 있었다. 그때서야 시환이 자리에서 일어났다. 그것도 내심 당황한 빛을 숨기며 서둘러 주방을 벗어났다. 윤은 그의 뒷모습만을 잠깐 보았다.

주방을 나온 시환은 곧장 화실 방으로 들어갔다. 그를 주방에서 밀어낸 것은 허리 아래에서 꿈틀댄 그의 욕정이었다. 윤이 먹는 모습을 보고 있다가 불현듯 찾아왔다. 당황스러운 것은 욕정이 아니라 그것이 하필 그 순간에 찾아온 데에 있었다. 화실로 들어온 시환은 저의 자리에 앉아 컴퓨터를 켰다. 펜을 쥐고 태블릿 위에 천천히 선을 그었다. 단순한 선으로 그림을 완성해 갔다. 윤이었다. 윤의 얼굴이 아니라 방금 본, 국수를 먹는 윤의 모습이었다. 그렇게 그림에 몰두해 있는데 문이 열렸다.

"다 먹었구요, 커피 만들려구요. 커피, 여기로 가져와요?"

윤은 들어오지 않고 문가에 서서 물었다. 이어 욕실이 어디냐, 새 칫솔이 있냐고도 묻고, 시환의 대답을 듣고 나간 얼마 후에 커피 잔 두 개가 놓인 쟁반을 들고 돌아왔다. 시환은 격자무늬 창가에 있었다.

"내가 집주인 같아요."

윤은 웃으며 다가왔다. 창가에 놓인 긴 소파는 등받이가 창을 등지고 있었다. 시환이 그 왼편의 팔걸이 쪽에 앉아 있었는데 윤은 그와 약간의 거리를 두고 나란히 앉아서 소파 앞에 있는 낮은 테이블에 잔을 놓았다.

"정말 이 집의 주인이면 세상 부러울 게 없겠다……."

커피 잔을 두 손에 들고 혼잣말처럼 말하는 윤은 기분 좋아 보였다. 집주인이 아니라 손님으로 구경하는 것도 행복하다는 듯.

"윤 씨 집처럼 생각하면 돼요."

윤이 커피를 한 모금 입에 넣는 것을 지켜보던 시환이 나직이 말했다. 윤은 입안에 커피를 머금고 멈칫했다. 그다음 꿀꺽 삼켰다.

"2층에 빈방 많아요."

윤이 놀라 동그랗게 뜬 눈을 보며 시환은 말을 이었다.

"갈 곳 없으면 아무 때나 와서 있어요. 여기서 공부하고, 자도 돼요. 그게 이 화실 어시들의 권리니까."

사실은 윤의 권리였다. 그녀의 집이니까. 시환은 윤의 광대뼈 부근이 보일 듯 말 듯 발그레해지는 것을 보며 천천히, 그녀에게 손을 뻗었다. 그러자 그녀의 맑은 피부에서 얼비치듯 했던 붉은 빛이 더욱 선명해졌다. 그래서일까. 시환은 윤의 그 붉은빛에 눈을 두고서도 그 옆의 머리칼에만 손끝을 가져다 댔다. 그것도 잠깐이었다. 손은 금세 물러났다. 윤은 제 얼굴에 이미 다 드러내 놓고도 가슴에서 콩닥대는 소리를 들키지 않으려 눈길을 떨어뜨렸다가 이내 커피 잔을 다시 입에 댔다. 부끄럽고 어색해서 뭐라도 말하고 싶었지만 머릿속이 하얗게 변한 것처럼 아무 말도, 화제도 떠오르지 않았다. 그래서 '페이는 어떻게 할까요?' 하는 시환의 침착한 목소리가 들려왔을 때 너무 반가웠다.

"그건……."

숨을 살짝 들이켰다 내쉬며 윤은 눈을 들었다.

"만화계 공식 초보 어시 급료가 있을 거잖아요. 그대로 주시면 되죠."

"커피점 알바 얼마 받았어요?"

윤은 시급과 그 시급으로 한 달 동안 일하면 받을 수 있는 액수를 알려주었다.

"그럼 그만큼 주면 되겠어요?"

"네에."

"육 개월 계약입니다."

"어, 이런 것도 계약을 하나요?"

"싫어요?"

"그냥 신기해서요. 하긴 작업 중에 갑자기 그만두면 작품 진행에 차질이 있긴 하겠네요. 알겠습니다."

"합의 봤군요."

"잘 부탁드립니다. 고용주님."

"우린 노사 관계인가요?"

"아, 뭐 일단은……."

시환과 눈이 마주친 윤은 그의 눈빛이 언제나 같다는 것을, 그러니 제 속을 드러내 당황하는 쪽은 언제나 저라는 것을 불현듯 깨닫고 눈을 조금 더 뒤로 고개와 함께 돌렸다.

"벌써…… 어두워지네요."

창은 옅은 어둠에 물들어 있었다. 그것은 또 두 사람이 있는 공간으로도 서서히 밀려들고 있었다.

"그만 가볼게요……."

윤은 내내 손에 들고 있던 커피 잔을 테이블 위에 놓았다.

"황무지 스토리랑 그…… 뭐지, 아, 밑그림 그리시느라 바쁘실 텐데 내가 너무 시간 뺏은 것 같아요."

"그래요. 바래다줄게요."

시환은 윤과 함께 일어났다.

"아녜요. 그렇게 늦은 시간도 아니고, 앞으로 혼자 출퇴근도 하려면 길도 알아둬야 하니 혼자 가면서 알아둘게요."

말을 하며 먼저 움직인 윤이 갑자기 우뚝 멈춰 섰다. 제 뒤로 손목이 잡혔기 때문이다. 그녀의 손목을 잡은 시환은 자연스럽게 그녀 곁으로 다가왔다.

"윤 씨한텐 초행길이라 혼자 알아내는 것보다 내가 알려주는 게 빠를 겁니다."

시환은 윤의 손목을 놓고 그 손을 그대로 그녀의 등에 대고 끌었다. '갑시다' 하며. 윤은 말없이 그가 이끄는 대로 움직여 홀을 지나고 현관을 나와 그의 차에 올랐다. 그러는 동안 그에게 잡혔던 제 왼쪽 손목을 계속 의식했다. 얇은 카디건의 소매 위로 잡힌 거고, 꽉 잡힌 것도 아닌 가볍게, 그러니 그의 다음 행동처럼 자연스러운 접촉이었는데도 그녀는 그 느낌을 쉽게 떨쳐 낼 수가 없었다. 그의 차를 타고 대문 밖으로 나가 그가 길을 알려주는 소리를 듣고, 지하철역과 버스 정류장을 확인하고, 또 별말 없이 집을 향해 가는 중에도 그녀의 그런 기분은 계속됐다. 윤에게 시환은, 그녀가 이전에 만났던 남자들에게서는 느낄 수 없었던 것을 주고 있었다. 윤이 그동안 접했던 남자들, 그녀에게 호감을 느껴 접근했던 남자들이나 심지어는 사귀었던 남자에게서도 느낄 수 없었던 것. 믿음직하면서도 그 안에 내밀한 긴장감을 품은 그것. 굳이 표현하자면 '어른 남자'의 향이랄까. 바로 그것을 윤은 시환에게서 느꼈다.

"시환 씨, 2시쯤에 첫 식사한다고 했죠?"

윤은 차창 밖으로 낯익은 풍경을 보고 나서 시환에게 고개를 돌렸다.

"그럼 두 번째 식사는 언제 해요?"

"9시에서 12시 사이……?"

"그럼 그때 배고프면 주방에서 가스레인지 앞으로 가세요."

윤은 씩 웃었다.

"그거 충분히 만들어놔서요. 그냥 데워 먹기만 하면 돼요. 알았죠?"

윤이 말한 그대로였다. 윤을 그녀의 집에 내려주고 돌아온 시환은 주방의 가스레인지 위에서 뚜껑에 덮인 프라이팬을 볼 수 있었다. 뚜껑을 열었다. 안에는 그 정체불명의 면 볶음이 적당량 담겨 있었다. 시환은 긴 나무젓가락을 찾아 면 몇 가닥을 집어 올렸다. 그리고 잠시 보고만 있었다. 이윽고 결심한 듯 얼굴 가까이 가져갔으나 입을 벌리지는 않았다. 그저 코밑에 대고 있었다. 눈을 감았다. 이내 서서히 미간에 짙은 주름이 지는 그의 얼굴은 믿을 수 없으리만큼 역겨움이 가득했다. 시환은 젓가락을 내던지고 개수구 위로 헛구역질을 했다. 이어 프라이팬을 들어 쓰레기통에 던져 버렸다.

*

윤은 월요일 오후 4시쯤에 시환의 화실이 있는 지역에 도착했다. 강의 후 개인적인 일을 본 후 곧장 출발했는데 학교에서 지하철을 타고 한 번만 갈아타면 돼서 오는 길은 편했다. 다만 역에서 화실까지의 거리가 있어 약 십오 분 정도를 걸어야 했다. 그런데 그것도 나쁘지 않았다. 가는 길에 나무가 많았다. 운치가 느껴지는 돌계단이 있고, 그 가장자리에 꽃이 많았으며 멀리 숲도 보였다. 거리는 정갈하고 깨끗했다. 그 낯선 풍경 속을 헤찰하느라 윤은 시환의 집에 더욱 더디 도착했다. 대문에서 초인종을 누르니 '누구세요'라고 묻는 인터폰의 소리 역시 낯설었다. 시환의 목소리가 아니었다.

"소윤이라고 합니다."

윤은 또박또박 대답했다. 문은 바로 열렸다.

윤이 현관을 통해 1층에 들어서니 머리가 짧은, 젊은 남자가 멀뚱히 서 있었다. 남자는 윤이 먼저 '안녕하세요' 인사를 건네자 '네' 하며 고개를 숙여 보이고는 곧장 '오세요' 했다. 윤은 남자의 뒤를 따라 화실로 들어갔다. 화실에는 또 다른 남자 한 명이 중앙의 테이블 앞에 앉아 있다 윤이 들어오고서야 몸을 일으켰다. 안경을 쓴 남자였다. 시환도 뒤늦게 몸을 일으켰다.

"인사해."

시환이 남자들에게 고갯짓을 했다. 안경 쓴 남자가 먼저 윤에게 인사하며 저를 김석주라고 소개했다.

"전 손세형이에요."

머리 짧은 남자가 뒤이어 제 소개를 했다.

"잘 부탁드립니다."

윤이 고개를 깊이 숙여 꾸벅 인사했다. 시환이 세형에게, 기본적인 것을 잘 가르치라 하고 자리로 돌아갔다. 세형은 윤의 자리에 있는 컴퓨터부터 켰다.

"좀 해봤어요?"

세형이 물었다.

"아뇨. 전혀……."

"생초짜시네."

그 말을 하며 세형의 얼굴에 떠오른 표정이 윤의 눈에는 좀 묘했다. 그때 그녀는 석주의 눈길도 느껴 그에게 고개를 돌렸다. 그가 재빨리 피하는 느낌을 받았는데 역시나 묘했다. 단지 이 순간뿐 아니라 현관에서 세형을 첫 대면했을 때도, 화실에 들어와 석주와 처음 눈이 마주쳤을 때도 그들의 낯빛은 마찬가지로 묘했다. 그저 낯선 사람을 대하는 일반적인 그것과는 분명 차이가 있었다. 윤은 긴장하지 않을 수 없었다. 어디를 가나 꼭 한 명씩 그녀를 힘들게 했던 기억이 있기에 정신을 바짝 차리려고 했다.

"그렇게 어렵지 않으니까 너무 걱정 마세요."

세형은 윤을 안심시키듯 말했지만 그림과 관련된 프로그램을 처음 접하는 윤에게 그것이 마냥 쉬울 리 없었다. 때문에 그가 설명하는 동안 윤은 재차 묻고 다시 듣기를 반복했다. 그사이 어둠이 깔리고 화실에 불이 들어왔다. 그런데 그렇게 꽤 긴 시간을 소요한 것에 비해 작업 자체는 단순했다. 그림에 컬러를 입히는 것뿐이었으니까. 윤은 비로소 고개를 끄덕였다.

"자, 이제 혼자 연습해 보세요."

세형은 '휘유' 하는 소리를 의식적으로 내고는 몸을 돌렸다.

"이 정도면 간단한 작업은 할 수가 있는 건가요?"

"아직은 아니구요. 연습이나 하세요."

"네에……."

윤은 모니터에 눈을 두고 석주와 세형 사이에 오가는 말에 귀를 기울였다. 작업에 관한 대화라서 줄임말과 은어가 섞여 모두 알아들을 수는 없었지만 석주가 지시하고 세형이 그를 '석주 형'이라고 부르는 것으로 나이와 경력 차를 짐작할 수 있었다. 윤이 보기에 세형은 그녀의 또래지 싶었다. 시환의 자리는 조용했다. 윤은 제 오른편에 있는 그의 자리로 슬쩍 눈길을 던졌다. 그는 밝게 내리쬐는 스탠드 불빛 아래서 모니터에 제 모습을 반쯤 숨긴 채였다. 태블릿 위의 오른손은 미세하게, 그러면서 끊임없이 움직였다. 그의 온 정신과 신경이 그것에 집중돼 있다는 것을 짐작하기란 어렵지 않았다. 얼마나 집중해 있는지 그 주변의 공기마저 정지해 있는 느낌이었다. 이상한 일이지만 윤은 이제 비로소 그가 웹툰 작가라는 것을 실감했다. 그때 띠링링, 갑작스러운 소리에 윤이 깜짝 놀라 '헉' 소리까지 냈다. 그녀를 놀라게 한 것은 테이블 위에 있는 유선 전화의 벨이었다. 윤은 너무 창피해서 얼른 태블릿 위로 고개를 푹 숙였지만 다들 저 할 일 하느라 그녀를 의식하는 사람은 없었다. 세형이 전화를 받아 짧게 통화하고 끊었다.

"쌤. 장 대표님 오신다는데요. 신촌에서 출발하신대요."

세형이 시환을 향해 말했지만 대답은 들려오지 않았다. 세형도 기다리는 눈치가 아니었다.

"배고프다."

석주가 손에서 일을 놓지 않은 채 툭 뱉었다.

"아, 씨……. 뭘 해 먹냐……."

세형은 얼굴을 구기며 일어났다.

"제가 할게요."

윤이 따라 일어나서 말했다. 드디어 저가 할 일이, 그것도 잘할 수 있는 일이 생긴 것 같아 반가웠다. 그녀는 세형보다 먼저 화실을 나가 곧장 주방으로 들어왔다. 실은 저도 배가 고팠던 차였다. 그런데 정작 들어와서는 쌀이 어디 있을까 싶어 잠시 두리번거렸다. 그때 뒤에서 기척이 들려 돌아보니 세형이었다.

"쌀 어딨어요?"

"정말 하시려구요?"

"네. 어차피 지금 당장 제가 할 일도 없잖아요."

세형은 싱크대의 제일 끝에 있는 문을 열고 쌀을 꺼내주었다.

"원래 막내가 하는 일이긴 해요. 참, 학생이에요?"

세형이 물었다.

"네. 4학년."

"어, 그럼 스물셋?"

"스물넷. 사정이 있어서 일 년 늦게 입학했거든요."

"와, 그럼 우리 갑이네요, 갑."

세형이 반갑게 말했다.

"근데 우리 쌤이랑은 어떻게……."

세형은 모호하게 말끝을 흐렸다.

"그냥 우연히……. 왜요?"

윤은 세형으로부터 다시 묘한 인상을 받았다.

"아뇨, 뭐……. 우리 쌤이 어시 받는 데에 좀 까다로워서……."

세형은 얼버무리고 쌀을 저가 씻겠다 하고서 개수구 물을 틀었다. 그리고 잠시 후 '냉장고가 좀 엉망일 거예요' 했다. 윤이 냉장고의 문에 손을 댔을 때였다.

"쌤은 뭘 좋아해요?"

윤은 세형이 시환을 '쌤'이라고 부르는 것을 의식해서 저도 '쌤'이라 했다.

"음식 말예요. 특별히 잘 드시는 거 있어요?"

"아무거나 잘 드세요. 가리질 않아요."

"그래요?"

윤은 갸웃했다.

"내가 만든 것도 군소리 없이 드시는데요, 뭐. 석주 형은 맨날 구박이거든요. 이딴 걸 먹으라고 만든 거냐, 비료로 쓰라고 만든 거냐 그러면서. 근데 내가 먹어도 맛이 없기는 해."

"김치가 맛있으면 다 맛있는 법인데……."

소리 내어 웃은 끝에 윤이 말했다. 이틀 전에 왔을 때 김치 맛을 봤지만 아는 척을 할 수가 없어서 일반적인 견해처럼 언급하니 세형은 대번에 '김치는 쌤 이모님이 담그신 거라 맛있어요' 했다.

"근데 밥에다 김치도 하루 이틀이죠. 이모님이 오셨을 때 다른 밑반찬도 좀 만들어주시긴 했는데 금세 다 먹었죠, 뭐."

"원래 김치만 맛있으면 어느 집 부엌이든 걱정이 없는 거예요. 김치 맛있기가 제일 힘들거든요. 다른 건 쉬워요."

"어, 그래요?"

세형은 놀란 듯 짐짓 눈을 둥그렇게 떴다.

"그럼 한 수 가르쳐 주십시오. 싸부."

세형의 농에 윤은 다시 소리 내어 웃었다. 이후에도 세형은 곧잘 농담을 던졌다. 그럴 때마다 윤은 웃었다. 그리고 안심했다. 세형이 첫인상에 묘한 낯빛을 보여 걱정했는데 의외로 유쾌하고 서글서글한 성격인 것 같아서였다.

"종교 있어요?"

세형이 갑자기 물었다. 그가 씻은 쌀을 윤이 전기밥솥에 막 앉힐 때여서 그녀는 그를 등지고 있던 중이었다.

"아뇨. 없어요."

"그럼 교회에 나가지 않을래요?"

윤은 입 모양만으로 '오 마이 갓' 했다. 등 뒤에서는 금세 '예수님을 믿으면요' 하는 세형의 목소리가 이어서 들려왔다. 그는 마치 외워둔 내용이라도 있는 듯 막힘없이 쏟아냈다. 전기밥솥이 밥을 뜸 들이는 코스로 넘어갈 때까지 쉬지도 않았다. 그사이 윤은 묵묵히 저 할 일만을 했다. 못 들은 척하면 조금 하다 그만두겠지 하던 기대가 빗나가 포기한 채였다. 대신 초인종 소리가 그의 전도를 멈추게 했다.

현관문으로 한 남자가 들어왔다. 손에 난 화분을 든 약간 뚱뚱한 체격의 남자였다. 그는 그것을, 저를 맞아준 세형에게 건넸다.

"찾기는 쉽네."

난 화분을 세형에게 건넨 뒤 남자는 말했다.

"바빠서 이제야 왔다. 참, 그거 죽이지 마라. 비싼 거다. 시환이 주면 보나마나 말려 죽일 거고, 네가 잘 키워봐. 응?"

말하고 나서 남자는 세형 너머로 눈길을 보내다 '어' 하고 놀랐다. 주방에서 나온 윤을 본 것과 동시였다.

"아, 새로 온 어시예요. 소윤 씨."

세형이 윤을 소개하고 윤에게는 '제이 에이전시의 장대성 대표님'이라고 남자를 소개했다. 대성은 윤의 위아래를 잠시 훑어보다가 화실로 들어갔다. 그의 그런 눈빛이 윤은 또 묘하게 느껴졌다.

"세형 씨. 아까…… 시환 쌤이 어시 받는 거 까다롭다고 했죠?"

윤이 세형과 함께 다시 주방으로 들어가던 중에 물었다.

"혹시 내가 자격이 없거나……, 뭐 그런 뜻이었나요?"

"그런 게 아니라요……."

세형은 멋쩍게 웃었다.

"쌤이 원래 여잔 안 받거든요. 그래서…… 그런 거죠, 뭐."

세형의 말에 윤의 눈이 휘둥그레졌다. 놀라기보다는 의외였다.

"전에……, 장 대표님의 친척 여동생인가……, 쌤 팬이고 문하로 들어가고 싶다고 졸라서 장 대표님이 엄청 부탁까지 했는데도 안 받았대요. 석주 형이 그러는데 진짜 여자 받은 적은 한 번도 없었대요. 여잔 밤샘시키기도 그렇고, 아마 성가셔서 그럴 거예요."

세형은 제 추측을 보탠 뒤, 장 대표에게 줄 커피를 만든다며 가스레인지 앞으로 움직였다.

세형이 커피를 들고 화실 방으로 들어왔을 때 대성은 시환 옆에 앉아 있었다. 태블릿에 눈을 두고 작업하는 시환 곁에서 혼자 떠들고 있던 중이었다.

"식사는요?"

세형이 커피를 놔주고 물었다.

"먹었다. 근데 아까 그 어시 여자애, 이쁘더라. 쌤이 깊은 뜻이 있어 데려다 놓은 것 같으니까 너 괜히 침 흘리지 마라. 응?"

대성이 시환을 슬쩍 가리키며 농을 치자 세형은 '에이, 대표님은' 하면서도 히죽 웃고 물러갔다. 그사이 대성은 시환의 빤히 쳐다보는 눈길을 느끼고 얼른 커피 잔을 집어 들어 후룩, 후룩, 소리 내어 마셨다. 시환은 별말 없이 다시 태블릿으로 눈을 돌려 하던 작업을 계속했다.

"자식이……"

커피 잔을 내려놓으며 대성이 뒤늦게 눈을 흘겼다.

"내 부탁 쌩깔 땐 언제고 이제 와 예쁜 여자 꽂아놓으니 하는 말이잖아. 얼굴 보고 뽑았냐? 그럼 뽑는 김에 몇 명 더 실력 있는 애들 뽑고, 스토리 작가 붙으면 까짓 연재 두 개, 네 실력에 감당 안 되는 거 아니잖아. 스토리는 내가 책임지고 좋은 거 구해준다. 공모도 할 생각이야."

대성은 조금 전에 하던 얘기를 다시 시작했다. 그는 진즉부터 연재를 하나 더 하자고 시환에게 조르던 중이었다. 그러자면 스토리와 어시스턴트 충원은 필수라 그것에 관해 감 놔라, 배 놔라 했지만 시환은 들은 척도 안 했다. 대성은 결국 떨떠름한 얼굴로 '생각 좀 해봐' 하고 마무리를 지었다. 시환과 막역하게 지내는 그는 원래 그림을 그리던, 시환의 만화계 선배였다. 그러나 이런저런 사정으로 일찌감치 그림을 포기하고 에이전시 사업을 시작해, 지금은 웹툰 작가와 스토리 작가 합쳐 백 여명에 이르는 작가군을 이끌고 있을 만큼 성장했다. 그 성장 배경에는 시환의 작품에 대한 독점적 유통권이 절대적이었으며 현재에도 시환은 '제이 에이전시'의 간판이나 다름없다.

"참……."

대성은 생각난 듯, 막 들던 커피 잔을 도로 내려놓았다.

"그 여자 있잖아. 그 미친년……."

대성은 석주 쪽으로 힐끔 눈길을 던지며 말끝에 소리를 낮췄다. 석주는 작업에 열중해 있었다. 작업에 열중해 있기는 시환도 마찬가지여서, '그 여자' 얘기가 나왔음에도 그는 대성에게 눈길 한 번을 주지 않았다.

"그날인가……, 그다음 날인가, 한 번 더 통화했는데, 내가 그랬어. 고소하라고. 변호사는 로펌의 좋은 변호사 쓰라고. 그랬더니 그 후론 전화 안 오대. 근데 진짜 고소하면 어떡하지? 기사에 웹툰 작가 B 씨, 아니다, S 씨라고 나 봐. 일단 개망신이잖아. 신상 금방 털릴 텐데."

"이제 그만 가. 일 방해 말고."

시환은 역시나 쳐다보지도 않고 퉁명스럽게 말했다.

"아, 자식. 커피도 다 못 마셨구만. 누군 한가하냐? 그나저나 집들이, 아니 화실들이라도 좀 하지 그러냐? 집 진짜 좋네……."

식사가 차려질 쯤 대성은 돌아갔다. 작가들을 만나고, 기획 회의를 하고, 협력 업체 직원들을 접대하는 등의 일로 사실 그가 시환보다 몇 배는 더 바쁜 사람이었다.

"재료가 마땅치 않아 그냥 비빔밥 만들었어요."

윤이 말했다. 시환과 석주는 주방에 들어와 자리에 앉기 전, 식탁 위에 차려진 비빔밥에 먼저 눈길을 던졌다. 폭이 깊은 적당한 크기의 접시에 소복하게 쌓인 비빔밥은 보기에도 먹음직스러웠다. 비빔밥 접시 옆에는 계란국 그릇이 놓였고 밑반찬으로는 막 무친 오이 무침과 더덕이 있었다.

"되게 맛있어, 형. 난 이미 맛을 봤거든……."

주방에서 윤과 함께했던 세형이 석주에게 자랑하듯 했다. 모두 자리에 앉았다. 석주는 썩 내켜하지 않는 얼굴로 '난 그냥 맨밥이 좋은데' 하고 한 숟가락 떠서 입에 넣었다. 그의 그런 얼굴이 달라진 것은 정말 금세였다.

"어, 진짜 맛있네……?"

한 술 더 떠먹은 석주가 윤을 보며 반색했다.

"상추를 고춧가루와 간장 양념해서 무친 걸 넣으면 비빔밥 특유의 퍽퍽함도 없고 상추 특유의 향 때문에 먹을 만해요."

"먹을 만한 정도가 아닌데요……? 와, 대박."

"거봐, 형. 맛있다고 했잖아."

"네가 준 당나귀 비료만 먹다가 이제야 비로소 인간의 밥을 먹는 것 같다. 역시 음식엔 여자의 섬섬옥수가 닿아야 해."

"반은 내가 했거든. 상추도 씻고……."

"시끄럽고. 넌 앞으로 음식물 쓰레기나 버리세요."

두 사람의 티격태격하는 소리에 웃던 윤이 시환을 보면서 그 웃음을 거두었다. 시환은 묵묵히 식사하고 있었다. 맛있다는 의례적인 말 한 마디 없이. 그렇다고 특별히 싫어하거나 입맛에 맞지 않는다는 느낌도 아니었다. 그는 그저 윤이 이미 봐왔던 그대로의 모습으로 먹고 있을 뿐이었다.

"밥 먹고 난 갈게요."

윤이 시환을 보며 말했다.

"시간이 벌써 9시가 넘어서요."

시환은 고개를 끄덕였다. 그런데 윤이 갈 때 시환이 따라 나왔다. 지하철역까지 바래다준다 했다. 윤은 괜찮다고 했지만 어차피 식사 후 산책이 필요하다며 그는 윤과 함께 대문을 나섰다. 두 사람은 천천히 산책하듯 걸었다.

"재미없죠?"

시환이 물었다.

"일을 재미로 하나요? 더구나 오늘은 아무것도 한 일이 없는 걸. 내일부터는 간단한 작업이라도 할 거래요, 세형 씨가."

말을 하는 내내 시환을 보고 있던 윤이 말을 끝맺고 나서도 그의 얼굴에서 눈을 떼지 않아 그는 왜 그러느냐, 눈짓으로 물었다.

"그림 그릴 때 시환 씨요, 딴 사람 같았어요."

"어떻게요?"

"뭐랄까, 좀 무섭기도 하고……. 조금 멋지고……."

윤은 쑥스러운 웃음을, 그러나 하얀 이가 보일 만큼 환하게 지어 보였다.

"그림, 언제부터 그렸어요? 무엇에든 재능 있는 사람들 보면 그냥 자연스레 끌려서 했다고 하더라구요. 시환 씨도 그랬어요?"

시환은 바로 대답하지 않았다. 눈길을 다소 멀리 보내, 가로등 불빛에 밝게 드러난 돌계단과 그 양쪽에서 빛을 등진 채 어둠을 안고 있는 나무들을 바라보았다. 그 시간이 짧지 않았지만 윤은 말없이 기다렸다.

"친구였어요, 어릴 때는."

마침내 시환이 대답했다.

"대화하고, 고민을 털어놓고, 의지하고, 위로받는……, 그런 친구."

느리고 나직이 말하는 시환의 음성을 듣고 윤은 가슴이 싸한 느낌을 받았다. 동시에 뭉클했다. 이 사람, 외로웠나 보구나. 부유하게 살았던 것 같고 재능도 있어 모자란 것이 무엇인가 했더니, 사람은 누구나 제 안에 빈 곳을 갖고 있는 모양이었다. 그렇게 빈 채로 평생을 살기도, 빈 곳을 메우려 애쓰기도, 때로는 다른 이가 채워주기도 할 것이다. 윤은 엄마의 빈자리를 크게 느꼈지만 대신 아버지의 사랑을 듬뿍 받아, 엄마 없음에 몸은 고됐어도 마음은 그 반대였다. 엄마를 대신했다던 고모는 윤의 기억 속에서 차라리 없느니만 못했다. 어쩌면 저가 기억 못 하는 더 어릴 적에 고모가 고생했을지도 모르지. 그러니 키워준 은혜도 모르고 원망 말자 다짐했기에 한 번도 입 밖에 낸 적은 없었지만 한겨울에 발가벗겨진 채 차가운 화장실의 타일 바닥 위에서 오래 떨었던 기억은, 지금도 가끔 꿈에 나타날 만큼 몸서리쳐지는 그것으로 남아 있었다. 다행인 점은 그것이 가장 나쁜 기억이라는 것이다. 비록 아무 이유 없이 수시로 뺨을 얻어맞는 일이 일상이기는 했어도.

시환의 빈 곳은 무엇일까. 마음속 질문과 함께 윤은 다시 그를 쳐다봤다. 입술도 살짝 달싹였다. 그런데 정작 묻고 싶은 것은 그것이 아닌 다른 것이었다. 그러면서도 윤은, 그녀의 눈길을 느낀 시환이 그녀를 향했을 때는 정작 다른 곳을 보고 있었다.

✳

윤이 시환의 화실에 출근한 둘째 날, 그녀는 어시스턴트로서 처음 작업에 참여했다. 아주 단순한 일이었다. 세형의 지시를 받아 배경에 컬러를 입히는 것뿐이었으니까. 그래도 윤은 재미있었다. 독자로서 구경만 하던 웹툰을, 그 제작 과정에 직접 참여하고 배우는 일이 신기하고 즐거웠다.

윤이 걱정했던 사람과의 관계, 즉 세형, 석주와의 관계는 하루를 더 함께 지내고 나서 더욱 분명한 모습을 보였다. 그들이 꽤 괜찮은 사람들이라는 것을 그녀는 금세 알아차렸다. 세형의 예수님 사랑은 변함없었지만 그것만 참아주면 그는 밝고 유쾌한 청년이었다. 세형에 비해 다소 과묵한 석주는 짐짓 냉소적으로 말을 하거나 뾰족한 농담을 던질 때도 있지만 거기에 악의가 없다는 것을 눈치 못 챌 정도는 아니었다. 윤은 처음으로, 친한 친구를 제외한 사람들 틈에서 그 사람들 때문에 힘들어하지 않고 시간을 보낼 수 있었다. 오전 강의만 하나 있는 날이라 일찌감치 화실에 와서 밤 10시에 퇴근할 때까지의 시간이 짧다고 느껴질 정도였다.

그렇다고 완전무결한 것은 아니었다. 완전무결하게 만들지 못한 이는 뜻밖에도 시환이었다. 그는 화실에서 정말 무뚝뚝했다. 원래의 성품이 마냥 다정다감하지 않은 것은 알고 있었지만 그래도 따로 둘만 있을 때는 '남자'로서의 친근감 정도는 보여주었는데 화실에서는 그야말로 국물도 없었다. 물론 어제도 그랬다. 작업 현장이니만큼 또 전혀 이해를 못 하는 바는 아니었다. 시환은 더구나 일에 몰두하면 옆에서 그릇이 깨져도 쳐다보지 않을 정도니까. 그렇다 해도 시환의 자리로 커피를 가져다주며 그와 눈도 한 번 마주치지 못하는 윤의 섭섭함은 이만저만이 아니었다. 잠깐 고개를 들고 고맙다고, 눈빛으로 전하는 게 시간을 빼앗아봤자 얼마나 빼앗겠는가. 식사 때 '맛있다'는 인사는 기대하지 않았지만 '눈빛 교환'만큼은 윤도 고집스럽게 기대를 접지 못했다. 정말 시환과는 '노사 관계'뿐인가. 어젯밤에 그가 지하철역까지 바래다주는 길에 묻고 싶었던 것도 바로 그것이었다. 그 애매함이 윤의 마음과 환경을 완전무결하게 만들지 못하고 있었다.

그러나 윤의 그 작은 불만도 수요일 밤까지였다. 7교시에 마지막 강의가 있어 그것을 마치고 와보니 화실은 이미 약간의 긴장감에 싸여 있었다. 윤이 해야 할 일도 많았다. 그래도 그때까지는 세형이나 석주와의 대화가 가능했다. 농담도 한두 마디 오고 갔다. 9시에 다 같이 식사를 할 때도 평소와 크게 다르지 않았다. 그런데 식사를 마친 시환이 가장 먼저 자리에 앉아 다시 일에 들어가고 석주와 세형이 차례로 그 뒤를 잇더니 그다음부터 화실의 공기는 급격히 팽팽해졌다. 일에 관계된 짤막한 대화 외에 다른 말은 오고 가지 않았다.

윤은 10시 반이 넘어가는 시간을 보며 고민했다. 집에 가려면 지금 일어나야 했다. 그런데 다들 바쁜 와중이고 윤도 일손을 보태야 하는 때에 혼자 퇴근해 버리는 것도 그렇지만 퇴근한다는 말조차 꺼내기 어려웠다. 또 누구 하나 그녀의 퇴근에 관심 갖는 사람도 없었다. 다들 자신의 일에만 바빴다.

"어, 아직 안 갔어요?"

윤은 주방에서 가스레인지 앞에 있다가 뒤에서 들리는 세형의 말소리에 돌아보았다. 세형은 빈 머그잔을 들고 있었다. 커피 타러 나온 것이 분명했다.

"줘요. 함께 타게."

윤은 대답 대신 그렇게 말하고 세형의 머그잔을 건네받아 개수구에 씻었다.

"12시 넘었을 텐데……."

"나도 밤샘하려구요. 집엔 전화했어요."

"윤 씨까지 밤샘할 건 없는데. 원래 나 혼자 하던 건데요, 뭐."

"나도 어시잖아요. 편하게 일할 순 없죠. 근데 세형 씬 어제도 안 들어간 거 아녜요?"

"난 원래 월요일에 나오면 목요일에 원고 완전히 넘길 때까지 화실에서 먹고 자고 해요. 석주 형은 알아서 조정하구요."

"고생이네요……."

"이런 환경이면 고생이랄 게 없죠. 전에 오피스텔도 나쁘지 않았는데 여긴 훨씬 넓은 데다 마당도 있지……, 다만 배달시켜 먹기가 좀 애매해서 매번 해 먹는 게 귀찮았는데 그것도 윤 씨 덕을 많이 봐서요……."

세형은 말끝에 헤헤 웃었다.

"암튼…… 만화라는 게 이렇게 손이 많이 가고 힘든 줄 정말 몰랐네요. 보는 건 쉬운데……. 세형 씨 정말 대단해요."

"쌤이 대단하죠. 손이 빠르시거든요. 그럼 커피 부탁해요."

세형은 더 노닥거릴 시간이 없다는 듯 급히 몸을 돌렸다. 윤은 커피를 네 잔 만들었다. 시환과 석주가 커피를 달라고 하지는 않았지만 보나마나 잔이 비었을 것이 빤하기 때문이었다.

윤은 머그잔 네 개가 놓인 쟁반을 들고 화실 방으로 돌아왔다. 석주는 시환의 자리에 있었다. 시환 곁에 서서 그가 뭐라 말하는 내용을 듣고 고개를 끄덕거렸다. 윤은 머그잔을 제 자리와 세형, 그리고 석주의 자리에 차례로 놓았다. 그사이 석주는 제 자리로 돌아왔다.

"104 컷 봐."

석주는 앉자마자 말했다. 세형은 모니터를 주시했다.

"65에서 이어지는데 안 맞잖아."

"어······."

"정신 차려라."

"네."

대화는 조용히 이어지는데 윤이 긴장이 되었다. 그녀는 조심조심 걸음을 해서 시환에게 가, 새로 탄 커피를 올려놓고 빈 머그잔을 수거했다. 시환은 역시나 쳐다보지도 않았다. 집에 안 갔느냐, 묻기까지는 바라지 않아도 쳐다나 보지.

밤이 깊어갔다. 윤은 화장실에 들렀다 나와 다시 화실 방으로 돌아가기를 머뭇거렸다. 너무 피곤했다. 남자들은 습관이 돼서일까. 화장실 가는 것을 제외하고는 각자의 자리에 붙박이처럼 앉아 일만 했다. 마감이 이런 것이구나, 윤은 비로소 실감했다. 물론 그녀도 밤을 새 마감을 하고 바로 쓰러져 잘 수 있으면 어떻게든 버티었을 테지만 학교를 가야 해서 조금이라도 수면을 취해야 했다. 벽시계는 4시를 향해 가고 있었다. 그런데 어디서 자지? 1층에는 다이닝 룸을 제외하고 모두 네 개의 문이 있었다. 그중 하나가 화실이고, 또 하나가 화장실이다. 또 세형과 석주가 사용하는 방 외에 운동기구가 있는 방도 있다 했으니 시환의 방은 2층인가 싶어 윤은 계단 근처에서 2층을 올려다보았다. 복층이라 2층의 난간이 보였다. 그동안 올라가 본 적도, 올라갈 일도 없었다.

윤은 홀의 창가로 발길을 옮겼다. 소파와 1인용 의자 등이 있어 그녀는 소파에 앉았다. 팔걸이에 몸을 기댔다. 눈을 감았다. 주말에는 리포트를 써야지, 하는데 머리 위로 무엇이 내려앉았다. 아빠구나, 아빠가 머리를 쓰다듬어 주는구나, 아빠가 살아 있구나, 그러다가 윤은 소스라쳤다. 저도 모르게 잠들었다는 것도 그제야 알았다. 그녀의 잠을 깨운 이는 시환이었다.

"들어가서 자요."

윤 앞에 서서 내려다보며 시환은 말했다.

"네……?"

윤은 아직 정신이 들지 않는지 어리어리한 얼굴을 했다.

"이리 와요."

시환은 윤을 잡아 일으켜 세워 그녀의 손을 잡았다. 그는 그녀를 데리고 2층의 계단을 밟았다. 윤은 얌전히 따라가다가 제 손이 그의 손에 잡힌 것을 뒤늦게 깨달았다. 몰랐다가 알게 된 것이기보다는 선명한 의식으로 느꼈다고 해야겠다. 손을 통해 전해오는 따뜻한 온기로 의식은 다시 아스라해졌다. 윤은 꿈길을 걷듯 그를 따랐다. 그러다 탁, 소리에 깨어났다. 불을 켜는 소리였다. 윤은 제 앞의 광경에 입을 헤 벌렸다.

시환이 윤을 데리고 온 곳은 침실이었다. 한눈에도 여자의 것임을 알 수 있을 만큼 화려하고 로맨틱한 분위기가 물씬 풍기는 침실. 침대의 각 모서리마다 기둥이 있고 그 기둥 끝에서 신부의 면사포처럼 풍성하게 떨어지는 흰색 레이스 휘장은 특히나 그러한 분위기를 지배적으로 대변했다. 이국적인 디자인의 장식장과 바닥에 깔린 꽃무늬 실크 러그, 테이블보가 덮인 창가의 티 테이블, 곡선미를 살린 진주빛 소파, 거기에 희귀하고 값비싸 보이는 소품들에 이르기까지, 그 모든 것들이 오로지 '로맨틱'을 위해 선택되고 꾸며진 것들로 보였다.

"어머니가 쓰던 방입니다."

시환이 말했다.

"취향이 공주풍이라서……."

시환은 나머지의 말을 애매한 어깻짓으로 대신했다.

"좀…… 작고 소박한 방은 없어요?"

윤이 어설픈 미소를 머금고 물었다. 예쁜 방이라는 생각은 들었지만 바로 그 이유로 잠이 쉽게 올 것 같지 않아서였다. 시환은 잠시 생각하다가 그녀를 데리고 나와 다른 문을 열었다. 그곳은 리빙 룸과 서재를 겸한 것 같은 용도의, 아담한 크기면서 역시나 무척 여성 취향의 장식이 돋보이는 방이었다. 시환은 그곳에서 서가의 한편을 밀었다. 윤은 깜짝 놀랐다. 영화에서나 봤을 법한, 겉으로는 책이 꽂힌 서가지만 실은 비밀의 문인 그것을 실제로 보니 놀랍고도 신기했다.

"와요."

비밀의 문 입구에서 시환이 손짓했다. 윤은 그의 앞을 지나 조심히 안으로 발을 들였다. 벽과 바닥, 그리고 낮은 천장이 모두 원목으로 된, 싱글 침대와 작은 테이블 등이 있는 아담하고 소박한 방이면서 또 매우 비밀스러웠다.

"다락방 같아요."

안을 눈으로 훑고 나서 윤이 말했다.

"마음에 들어요?"

"네."

시환은 몸을 낮춰 침대 아래에 달린 손잡이를 잡아당겼다. 그러자 그곳이 서랍처럼 열리고 그 안에 담긴 얇은 체크무늬 담요가 보였다. 시환은 담요를 꺼내 들고 일어났다.

"여기서 자요."

윤이 시환 앞으로 한 발 다가서며 두 손을 내밀고 '네' 했다. 시환은 그녀의 손 위에 담요를 살포시 놔주었다.

"우리……"

담요가 제 손에 닿는 순간 윤이 말했다.

"노사 관계예요?"

시환은 바로 대답하지 않은 대신 윤의 손 위로 놓아준 담요에서 제 손을 떼지 않았다.

"그뿐이에요?"

윤은 다시 물었다. 조금 부끄러웠지만 막상 용기를 내니 각오한 만큼은 아니었다.

"우리, 사귀는 거 아니었나요?"

시환이 되물었다. 윤은 말문이 막혔다. 눈빛은 '어?' 하는 그것이었다.

"난 그렇게 알고 있었는데……."

시환의 말이 이어지자 윤은 담요 아래에 있던 제 손을 그의 앞으로 쑥 밀었다. 그리고 그 안에서 와락, 그의 옷을 잡아끌었다. 순간, 누가 먼저랄 것도 없었다. 두 사람의 입술이 맞붙었다. 윤은 시환의 옷을 그러쥐었고, 그는 그녀의 몸을 한 팔로 감고 다른 손으로 그녀의 목덜미를 움켜잡았다. 체크무늬 담요는 두 사람 사이에 껴서 빠져나갈 틈을 찾지 못했다.

5. 만화

　어두운 하늘이 초록의 캠퍼스 위로 낮게 내려와 있었다. 윤은 양호실에서 나왔다. 한 시간쯤 자고 나온 길이었다. 잠이 부족한 채로 강의를 듣고, 친구들을 만나고, 과제를 하다 보니 몸이 축 처져 눕고 싶었다. 또 누우니 잠이 왔다. 윤은 학생회관을 나와 도서관으로 향했다. 가는 길에 휴대폰을 보며 시환에게 메시지를 남겨볼까 고민했지만 그만두었다. 마감이 끝난 날이니 아직 자고 있을지 모르고, 혹시 휴대폰을 머리맡에 두고 자다가 문자 오는 소리에 깨기라도 하면 안 되지 싶었다. 오늘은 푹 자고 쉬어야지, 그렇게 생각하며 고개도 끄덕끄덕했다. 그런데 생각과 달리 도서관 입구에 이르러 그녀의 발은 안으로 들어가기를 주저했다. 마감 후 다들 쓰러지듯 잠들었을 테지만 일어나서 밥은 제대로 차려 먹을까. 윤은 사서 고민했다. 고민은 또 핑계였다. 실은 화실에 가고 싶었다. 시환이 보고 싶었다. 바로 어제 본 사람인데도 마음을 억누르기가 힘들었다. 어젯밤 집에 못 들어가 옷도 갈아입지 못했으니 오늘은 만나면 안 돼, 하다가 샤워도 하고 머리도 감았는데 뭐, 하고 금세 스스로를 부추겼다.

오전 9시에 '다락방'에서 잠을 깬 윤은 저 알아서 2층의 욕실을 찾아내 그곳에서 씻었다. 씻고 1층 화실로 와보니 모두 제자리를 지키고 있었는데 세형과 석주의 얼굴은 '다크서클'이 어른거릴 만큼 피로의 기색이 역력했다. 두 사람은 한 시간 정도 잠깐 눈을 붙였다고 했다. 시환이 마침 의자에 앉은 채로 눈을 붙인 모습이었다. 등받이에 댄 머리가 어깨 쪽으로 기울어 있었다. 윤은 그냥 쳐다보기만 했다. 쳐다만 봐야 하는 것이 너무 아쉽고 마음 아팠다. 윤은 도서관으로부터 등을 돌렸다. 그 앞에서 망설인 지 이십오 분 만이었다.

날이 완전히 저물어 어두웠지만 거리는 가로등 빛으로 아주 환했다. 시환의 집 앞이 특히 그랬다. 윤은 대문 앞에서 또 망설였다. 제 마음을 억누를 길 없어 달려왔지만 과연 잘하는 짓인지, 쉬어야 하는 시환이 반갑게 맞아줄지 이제 와 불안했다. 그런 그녀에게 용기를 준 것은 새벽녘의, 그와의 입맞춤이었다. 초인종을 눌렀다. 인터폰에서 누구의 목소리가 들릴지 잔뜩 긴장했다. 그런데 아무 소리도 들려오지 않았다. 한 번 더 누를까, 다시 고민하고 망설이는데 안쪽에서 소리가 났다. 발자국 소리였다. 윤은 더욱 긴장했다. 철컹, 안에서 대문을 여는 소리가 났다. 시환이었다.

"나와 있었어요?"

윤은 시환의 손가락 사이에 끼어 있는 담배를 힐끔 보며 물었다. 이미 아주 짧아진 담배였다. 시환은 들어오라는 말 대신 옆으로 비켜주고 담배를 밟아 껐다. 그리고 문을 닫고 윤에게 돌아서자마자 그녀를 품에 안았다. 윤은 활짝 웃으며 두 팔로 그를 더욱 힘껏 껴안았다. 그의 몸에서 희미한 담배 향이 묻어났다. 담배 냄새가 이리 좋을 줄이야.

"아……, 석주 씨와 세형 씬요?"

시환의 품에서 윤은 그제야 두 사람을 생각해 낸 듯 물었다.

"갔습니다. 좀 전에."

"네에. 잠은 좀 잤어요?"

여전히 그의 품에서 윤이 고개만 들고 물으니 그는 주억주억했다.

"밥은?"

"아직 별로 생각이……."

"마감 끝나면 주로 뭐해요?"

"자는 게 먼저. 그다음 운동도 하고, 윤 씨도 만나고."

윤은 환한 웃음을 보이고 연인처럼 시환의 팔을 끼워 잡았다. 그리고 '들어가요' 하며 제집인 양 그를 이끌었다. 시환은 그녀의 가방을 들어주었다.

"어떻게 연락도 없이 왔냐고 안 물어요?"

"어시한테 원래 그런 거 안 묻는데?"

"그럼 쌤이 보고 싶어서 왔다고 말한 어시도 없었겠네요?"

"그 말 했으면 쫓아버렸을 겁니다."

"왜요? 아, 맞다. 다 남자랬지……."

윤이 까르르, 웃었다. 두 사람은 함께 1층으로 들어왔다. 들어오는 중에 윤은 '왜 남자만 받았어요?'라고 물었다.

"글쎄……, 윤 씨 만나려고……?"

"어……, 그거 작업 같은데……?"

윤이 장난스럽게 눈을 흘겼다. 시환은 끄덕였다. 윤은 다시 환하게 웃었는데 이번에는 소리도 없이 하얀 이만 보였고 더불어 장난기도 보였다. 마치 '귀여워' 하듯. 그런 그녀의 얼굴을 시환은 멋쩍게 보다가 슬며시 외면했다. 낯설고 불편한 기색이었지만 윤은 보지 못했다. 두 사람은 자연스럽게 화실로 들어섰다.

"어, 깨끗하네요?"

화실로 들어온 윤이 짐짓 놀란 듯 눈을 동그랗게 떴다. 마감 중에 배경, 인물 등의 각종 자료로 어지러이 널려 있던 테이블 위가 원래대로 정리 정돈돼 있었다. 시환의 자리도 마찬가지였다.

"세형이가 정리해 놓고 갑니다."

"아……, 그럼 원래 내가 할 일이었네요. 원래 이런 건 신참이 하는 거잖아요?"

시환은 부정하지 않는다는 듯 어깨를 으쓱했다.

"설마 집 청소도?"

"그건 내일 오전에 아주머니가 와요."

"와, 다행이다. 이렇게 큰 집을 청소한다는 생각만으로도 등골이 오싹했어요."

말과 함께 시환의 자리로 무심히 걸음을 옮기던 윤이 무엇인가를 발견하고 눈을 고정했다. 흰색 도화지 한 장이었는데 질감이 일반적인 도화지와는 좀 달라 보였다. 손에 들어 만져 보니 좀 더 맨질맨질하고 탄력이 있었으며 얇고 가벼웠다. 또 그 도화지 위에 다양한 손의 모양이 여러 개 그려져 있었고 그중에는 연필 선 위를 먹으로 입힌 것도 있었다. 손은 남자 손이었다.

"시환 씨 손이죠?"

살이 없고 가늘고 긴 손가락이 분명 시환의 것이었다. 윤 곁으로 다가와 있던 시환이 고개를 끄덕였다.

"왜 손을 그려요?"

"손이 의외로 그리기 어려워요. 그래서 가끔 연습하죠."

"그래요?"

새로운 것을 알았다는 듯 윤도 고개를 끄덕였다.

"근데 이건……."

연필 그림들 중에서 윤은 먹을 입힌 그림을 가리켰다.

"뭘로 그린 거예요?"

"연필 데생 위에 펜으로 덧그린 겁니다."

시환은 이어, 과거 종이책 만화가 주류였을 때는 모두 그런 식으로 만화가 제작되었다고 설명했다. 지금은 웹툰이 대세라 종이책 시장이 많이 기울었지만 만화에서 정말 섬세한 표현은 펜촉이 종이에 직접 닿았을 때 나타난다고도 했다. 만화 원고로 사용하는 도화지는 탄력 있고 질긴 종이다. 먹은 굉장히 진하면서 공기 중에 금세 마르는 것을, 펜촉은 그 끝이 아주 예리한 G펜을 주로 사용한다. 시환은 그 펜촉이 꽂힌 펜대를 보여주었다.

"웹툰에서도 G펜을 저장해 사용하기도 하죠."

시환의 설명을 들으며 윤은 은색의 펜촉이 꽂힌 펜대를 들고 신기해했다. 시환은 좀 더 가는 선을 사용할 때 쓰는, 검은색의 아주 작은 펜촉도 보여주었다.

"근데 시환 씬 웹툰만 하는데 이런 건 왜 갖고 있어요?"

"그냥…… 연습용."

시환은 애매한 어조로 짧게 대답했지만 그의 그런 모습에서, 종이책 만화도 해보고 싶은 모양이구나, 하고 윤이 눈치채기란 그리 어렵지 않았다.

"한번 보여주세요. 종이에다 그리는 거요."

시환의 자리 한편에 있는, 보통은 이런저런 자료들을 올려두는 테이블에, 손이 그려진 그 만화용 원고지와 아무것도 그려져 있지 않은 또 한 장의 원고지, 먹, 펜, 지우개 등이 차례로 놓였다. 그런 뒤 그 앞에 시환과 윤이 나란히 앉았다.

"새 펜을 사용할 땐 길을 좀 들여 사용하는 게 좋아요."

시환은 새 펜촉에 먹을 묻혀서 백지 원고지에 댔다. 그런 후 빠르게 선을 촥, 그었다. 윤은 깜짝 놀랐다. 약 30센티미터의 선을 긋는 데에 그는 거의 손목만을 움직였다. 그것도 쉬지 않고 계속 그어대는데 선과 선 사이의 간격이 아주 일정했다. 그 간격이 한 0.5밀리미터 정도 될까. 그 간격을 유지한 채 그는 빠른 속도로 선을 그어댔다. 탄력 있는 종이 위에 펜이 지나가는 소리가 촥, 촥, 촥, 일정하고 경쾌하게 났다. 마치 칼잡이가 칼을 휘두르는 것 같았다.

"와아……."

윤은 그 소리밖에 못 냈다. 동시에 종이책으로 제작된 만화에서 보았던 그 특유의 섬세한 그림과 분위기를 머릿속에 떠올렸다. 시환은 그 '선 긋기'가 만화에서 펜을 다루는 기초라 했다. 그는 이어 손을 그린 연필 데생 위에 펜을 댔다. 연필 선에 먹을 입히는 것이다.

"만화가에게 그림체란 글을 쓰는 작가의 문체와 같아요. 그 그림체를 결정하는 것 중의 하나가 바로 펜 선입니다. 만화가는 제각기 다 다른 펜 선을 사용하죠. 같은 펜 선을 쓰는 만화가는 거의 없다고 봐도 돼요."

펜 선은 종이에 대고 펜촉을 누르는 힘의 조절로 이루어지는데 그것이 사람마다 같을 수 없으니 어쩌면 당연할 것이다. 윤은 그가 펜을 대는 것을 유심히 보았다. 손 모양의 그림에서 그 테두리를 그릴 때는 펜 선이 굵게 표현되었다. 그렇다고 동일하게 마냥 굵은 것도 아니고 강약이 이루어졌다. 그리고 손가락의 마디 등 디테일을 표현할 때는 다소 가늘게, 그리고 명암을 표현할 때는 사각사각 소리가 날 정도로 섬세하게 표현되었다.

"지워봐요."

펜 작업을 끝낸 시환이 원고용지를, 지우개와 함께 윤 앞에 놔주었다. 연필 자국을 지우라는 뜻이었다.

"어, 벌써요? 먹물이 말라야죠."

시환은 괜찮다고 지우라 했다. 윤이 지우개를 대보니 정말 조금도 번지지 않았다. 윤은 연필 자국을 말끔히 지워냈다. 그러자 펜 선만 온전히 드러난 그림의 완성을 볼 수 있었다.

"이걸로 만화 완성인가요?"

윤이 신나서 물었다. 시환은 고개를 흔들고 가는 붓을 집어 들었다. 그리고 붓에 먹을 찍어 펜을 입힌 손 그림에 명암을 주었다.

"머리 색이나 옷의 색 등 검게 표현되는 부분도 붓으로 칠합니다. 때에 따라선 붓펜을 사용하기도 하구요."

펜으로 명암을 준 데에 이어 붓까지 더해지니 그림 속 손은 더욱 입체적으로 보였다.

"와, 드디어 완성."

윤이 박수를 쳤지만 시환은 또 뭔가를 집어 들었다. A4 크기보다 조금 더 큰 용지였는데 그냥 보기에는 회색의 종이 같아서 그렇잖아도 윤은 내심 그것이 뭔지 궁금했었다. 시환은 '스크린 톤'이라고 가르쳐 주었다. 자세히 보면 아주 작은, 깨알 같은 점 모양의 무늬가 있는 것으로 그것을 만화계에서는 흔히 '점 톤'이라고 부른다 했다.

"아, 만화에서 옷 무늬나 뭐 그런 거, 그것도 스크린 톤인 거죠?"

"맞아요. 아주 다양한 프린트의 스크린 톤이 있는데 그중 점 톤을 가장 많이 사용합니다. 명암과 질감에 활용되기 때문이죠."

시환은 '점 톤'을 적당한 크기로 오려내, 그것을 손 그림 위에 붙였다. 스크린 톤은 그 안쪽이 다소 끈끈해서 종이에 쉽게 붙고 또 불필요한 부분을 떼어낼 때는 쉽게 떨어진다. 시환은 커터 칼로 불필요한 부분을 도려냈다. 종이 위의 손 그림은 '점 톤'이 붙어서 표현된 명암으로 입체감이 더욱 도드라졌다. 그런데 시환은 또 거기서 끝이 아니라며 커터 끝으로 스크린 톤을 긁어냈다. 커터로 그냥 베어낸 부분을 그렇게 긁어내니 그 부분이 정말 빛과 그림자의 경계선처럼 자연스럽게 보였다. 종이책 만화에서는 그런 식으로 빛을 표현하고, 구름을 표현하고, 그림자를 표현한다 했다.

윤은 완성된 그림을 손에 들고 보며 단순한 감탄 이상의 전율을 느꼈다. 웹툰의 마감을 경험하면서 만화란 것이, 그저 막연히 생각했던 것보다 정말 손이 많이 가는 작업이구나, 이미 절실히 느꼈음에도 종이에 하는 작업을 보니 느낌이 또 달랐다. 웹툰은 작가가 연출을 하고 인물을 그릴 때 어시스턴트가 같은 원고 위에서 배경을 동시에 그릴 수 있지만 종이에 원고를 하는 경우에는 인물 펜 터치가 끝나야 그다음으로 배경 작업을 할 수가 있어서 마감 시 더 쫓긴다는 시환의 설명을 들었기에 더욱 그랬다. 쉽게 봐 넘기는 한 컷의 만화에 얼마나 많은 시간과 손길과 정성이 들어가는지, 윤은 절실히 실감했다.

"정말……."

윤이 시환의 손으로 슬쩍 눈길을 던졌다.

"시환 씨 손 같아요. 이렇게 똑같이 닮게 그리는 것도 너무 신기해."

윤은 다시 그림으로 눈을 옮기더니 고개를 갸웃했다.

"내 손 어때요?"

말과 함께 윤이 제 손을 시환 앞으로 쑥 내밀었다.

"내 손도 그려주세요. 그냥 연필 데생만."

윤은 부탁이 아닌 강요처럼 시환 앞에 연필을 척 놓았다. 그런데 그는 애매한 눈빛으로 윤을 바라볼 뿐이다.

"왜요? 내 손 별로 안 이뻐요? 이 정도면 준수한데……."

"내가 여자를 그릴 땐 한 가지 경우뿐입니다."

"네? 어떤 경우요?"

"누드."

순간 윤은 턱을 약간 쳐들고 입을 또 조금 벌렸다. 마치 '아' 하려는 입 모양이었지만 그녀의 입에서는 아무 소리도 새어 나오지 않았다.

"어, 어차피……."

윤이 제 손을 좌우로 샥, 샥, 돌렸다.

"손은 누드잖아요?"

"그래요. 그게 부끄럽습니까?"

시환은 건성인 듯 묻고 역시나 건성으로 슥, 슥, 연필 든 손을 놀렸다. 그의 말이 무슨 뜻인지 모르겠다는 듯 윤이 짐짓 눈을

둥그렇게 떴으나 그런 그녀의 얼굴에서 광대뼈 부근은 이미 빨개
져 있었다. 뒤늦게야 제 속을 들켰나 싶어 그녀는 더욱 얼굴을 붉
혔다.

"다……, 그렸어요?"

윤이 물었지만 묻지 않아도 바로 볼 수 있었다. 원고용지 위에
단순한 선으로 날리듯 그려진 그녀의 손. 아무렇게나 그린 것 같
은데도 정말 제 손 같아 보여 윤은 놀랐다.

"마음에 들어요?"

시환이 윤에게 고개를 기울여 나직이 물었다. 그녀는 끄덕끄
덕했다.

"그럼 이젠 벗어봐요."

시환의 목소리는 더욱 나직이, 속삭이듯 했다. 윤은 말문이
막혔다.

"우리……."

윤은 잠깐의 침묵을 얼른 메웠다.

"과일 좀 먹어요."

윤은 벌떡 일어나 후다닥 화실을 나갔다. 화실을 나와 주방으
로 뛰어 들어온 윤은 냉장고를 열어 과일 칸에서 딸기와 자두를
부지런히 꺼냈다. 어시스턴트 일을 하는 동안 세형과 장을 두 번
봤었는데 그때 사놓은 것들이었다. 그것들을 물에 씻으며 윤은
갑자기 푹, 웃었다. 이어 내내 기분 좋은 웃음을 머금었다. 시환
이 뒤늦게 들어왔다. 무심코 그녀의 곁으로 다가왔다. 윤이 갑자
기 달려들었다. 제 손이 젖은 것에도 아랑곳없이 그의 목에 팔을
두르고 입술을 빼앗았다. 그 격한 움직임에 넘어질 것 같은 휘청
거림으로부터 중심을 잡는 것은 시환의 몫이었다. 그럼에도 중심

은 때때로 무너져, 두 사람은 함께 휘청거렸고 함께 흔들리며 위태로운 입맞춤을 이어갔다. 미처 끄지 않은 개수구의 물이 그 위태로움 사이로 쏴아아, 쉼 없는 소리를 냈다.

시환이 윤의 손목을 잡아끌고 주방을 나갔다. 아주 급한 걸음으로 2층의 계단을 밟았다. 상체가 앞으로 쏠리듯 그에게 끌려간 윤은 계단에 이르러서는 빠르게 발을 놀리며 옅은 웃음소리를 냈다. 시환의 급한 걸음은 공주풍의 침실로 들어설 때까지 거침없었다. 그는 제 손에 잡힌 윤을 힘껏 당겨 품에 안고 솜털 같이 푹신한 침대로 쓰러졌다. 그 자신의 등이 먼저 닿게 쓰러져 곧장 반 바퀴 돌아 그녀를 제 아래에 두고 입술을 덮쳤다. 두 사람은 다시 긴 입맞춤에 빠져들었다. 윤은 그 두 번째 입맞춤에서, 시환의 입술보다는 그의 손길을 더욱 예민하게 느꼈다. 그녀의 머리를 쓰다듬고, 목덜미와 어깨를 지나 허리에 머문 손. 윤은 약간의 두려움에 사로잡혔다. 그에게 먼저 달려들다니, 무슨 용기였을까, 하고. 그러나 바로 그 용기에 두려움이 물러갔다. 용기는 곧 욕망이었다. 두려웠다면, 제 안의 그 욕망을 발견하고 놀랐던 까닭일 것이다.

시환의 입술이 살짝 떨어졌다. 떨어지기가 무섭게 윤이 그의 얼굴을 두 손에 잡았다. '가만있어 봐요' 하며.

"잘생긴 작가님. 우리 너무 급한 걸까요?"

"급한 거 맞아요."

"그러다 체하면?"

"겁나요?"

"아뇨. 다만……."

윤은 시환의 머리칼을 손으로 쓸어 넘겼다.

"내 유혹에 시환 씨가 너무 쉽게 넘어온 같아 걱정돼요."

윤은 짐짓 건방진 체했다. 시환은 그녀를 빤히 쳐다봤다. 그의 그런 표정이 좀 맹해 보이고 재미있어 윤은 금세 소리 없는 함박웃음을 머금었다.

"건방지군요."

시환이 말했다.

"자존심 상해요?"

"네."

"그럼 회복할 기회를 드릴게요."

윤의 말에 시환이 그녀의 목덜미를 손으로 감쌌다. 그 손을 그대로 천천히, 아래로 내렸다. 윤이 입고 있는 얇은 체크 셔츠가 손에 걸렸다. 단추가 두 개가 풀린 끝에 그의 손가락이 닿았다. 그녀의 가슴은 천천히 오르고 다시 천천히 내려갔다. 긴장했다는 증거다. 시환은 그 긴장을 침범하지 않았다. 그냥 몸을 일으켜 세우며 동시에 그녀의 팔을 잡아당겼다. 시환에게 끌려 일어난 윤은 그대로 그의 품에 폭삭 안겼다.

"이제 우리……."

윤을 품에 안고 시환이 말했다.

"먹을까요?"

윤은 먼저 그의 가슴에 머리를 비볐다. '어른 남자' 같은 느낌은 그녀의 마음에서 더욱 견고해져 이제 그를 믿을 수 있는 남자로까지 확신해 버렸다.

"뭐 먹고 싶어요?"

고개를 든 윤이 물었다.

"말만 해요. 뭐든 만들어줄 테니."

묻고 있으면서도 시환의 대답이 바로 나오지 않을 줄 윤은 예상했다. 역시나 그는 고개만 갸웃했다.

"시환 씨는 세상에서 그게 제일 어려운 문젠가 봐……."

시환의 갸웃한 고갯짓을, 윤은 저가 언제 그를 믿음직한 '어른 남자'로 느꼈냐는 듯 귀여워 죽을 것 같은 눈빛으로 바라봤다.

"좋아하는 음식이 없어요?"

"다 잘 먹어요."

시환은 건조하게 대답했다. 그가 음식 앞에서 깨작대지 않는 것은 윤도 알고 있었다. 그렇다고 맛있게 먹는 모습도 아니었다. '맛있다'는 말을 한 적은 더더욱 없었다.

"다 잘 먹는다는 것은 다 맛이 없다는 거랑 같아요. 정말 맛있는 것을 모르니까 그냥 다 잘 먹는 거라구. 좋았어. 목표를 정했어요."

윤이 손뼉을 한 번 쳤다.

"시환 씨 입에서 아, 맛있다는 말이 꼭 나오게 하고 말 거야."

윤이 차린 식사 앞에서 시환은 '아, 맛있다'고, '영혼 없는' 얼굴로 말했다. 윤은 그 소감을 무효라고 했다.

대학가는 정문에서부터 각종 현수막이 어지러이 걸려 있었다. 그 모두가 다음 주 중에 있을 축제에 관련한 것이었다. 윤은 그것들을 무심히 보며 정문에서 이어진 길을 따라 걸었다. 얇은 벨트가 달린 하이웨이스트의 베이지색 원피스를 입은 그녀는 5월의 날씨보다 더 싱그러워 보였다. 윤은 걷는 중에 괜히 제 원피스의 매무새를 손으로 살피고 치맛자락을 툭툭 건드려 보았다. 그러고 나서 미소도 지어본다. 영락없이 사랑에 빠진 여자의 모습이었다. 윤은 생동감에 넘쳐 걸음을 재촉했다. 과방에서 친구들과 만나기로 했다.

"어, 윤아. 너 그거 못 보던 옷……."

과방에 먼저 와 있던 친구들 중 진미가 먼저 말을 건넸다.

"옷 이쁘다. 보세 아니지? 알바비 받아서 산 거?"

"으응……. 근데 비싼 거 아냐."

윤은 배시시 웃었다. 어제 시환의 집에서 함께 밥을 먹고 나와서 거리 데이트를 하던 중에 그가 사준 것이었다. 로드 숍의 윈도에 걸린 옷을 무심히, 그러면서 내심 예쁘다 하며 보고 있었더니 그런 그녀의 마음을 시환이 눈치챘는지 입어보라 했다. 윤은 민망해하면서도 마지못하듯 입어보고, 사주겠다는 그의 호의를 또 굳이 거절하지 않았다. 속으로는 '나한테 은근 뻔뻔한 구석이 있나 봐' 하면서.

"참, 새 알반 구했어?"

"응? 아니……. 아직……. 근데 승연인 왜 저래?"

윤이 승연에게로 눈을 옮겨 의아해했다. 승연은 윤이 왔을 때도 휴대폰을 보고 있다가 눈인사만 잠깐 하고는 이후로도 내내 휴대폰 화면에서 눈을 떼지 않은 채 문자판을 찍고 있었다. 윤이 의아한 것은 심상치 않은 승연의 안색이었다.

"고마해라, 고마해. 그냥 어그로 같은데 뭘 그렇게 성의껏 상대해 주냐?"

진미가 승연에게 나무라듯 했다.

"이게 점점 더 하잖아……."

승연은 손가락을 멈추지 않았다. 윤은 진미에게 '왜 그러냐' 물었다.

"황무지에 웬 어그로가 들어와 무지하게 까나 봐."

진미의 말을 듣고서야 윤은 어제 마감한 시환의 '황무지' 연재분이 오늘 실리는 날이라는 것을 생각해 냈다.

"뭐라고 까는데?"

"재미없다, 작품도 아니다, 이딴 걸 누가 보냐, 첨엔 그렇게 시작하다가 태클 들어오니까 작가가 또라이라서 그걸 보는 것들도 그 수준이라느니, 이런 아동 학대 만화는 쓰레기라느니, 혹시 작가가 정신병자 아니냐는 둥, 대충 그래. 댓글에서 지금 전쟁 났어. 거기에 승연이도 껴서 한판 벌이는 거고."

"이 미친년, 이거 고소감이야. 시환 작가가 명훼로 고소해야해. 어후, 열 받어."

열 받은 승연이 계속 떠드는 사이 윤은 휴대폰을 꺼내 시환의 만화를 찾았다. 진미의 말대로 거의 전쟁이라 할 만큼 엄청난 수의 댓글이 빠른 속도로 올라오고 있었다. 인기 만화라 원래도 댓글이 많았는데 그 몇 배의 수준이었다.

"그 어그로가 년인지, 놈인지 어떻게 알어?"

진미가 승연을 보며 물었다.

"싸질러 놓은 글 보면 모르냐? 이 미친년……."

휴대폰 화면에 눈을 고정한 채로 승연이 대꾸했다.

"이제 작가더러 소아성애 취향의 가학적 변태래."

"헐……, 진짜 개관종인가 보네? 근데 솔까 아동 학대 얘긴 나올 법했다."

"아동 학대를 찬양한 것도 아니고, 도리어 그게 얼마나 엄청난 범죄인지 역설하는 건데…… 말이 돼?"

"근데 묘사가 너무 실감 나서……."

"디테일보다는 작품이 담고 있는 이념을 봐야지, 이념. 황무지는 삭막한 도시에서 극도의 이기심으로 살아가는 사람들의 얘기야. 그걸 스릴 있게 풀어놓은 거라고……."

"그건 나도 아는데, 디테일이 불필요하게 많이 들어갔다고. 보기 불편할 정도로."

"난 안 불편한데?"

"네가 뭐는 불편하냐? 시환이 꺼면 묻지도 따지지도 않고 다 빨아주면서."

승연과 진미는 저들끼리 핏대를 올렸다. 그사이 윤은 댓글을 읽고 있었다. 진미가 말한 '어그로'와 작가의 팬들 사이에서 시작되었을 댓글 전쟁은 이제 다양하게 갈라져 혼전 양상을 띠고 있었다. 비아냥거림과 욕설이 난무했다. 그 가운데서 전쟁의 주범인 '어그로'의 글을 윤은 쉽게 알아볼 수 있었다. 그 글에서 악의를 느끼는 것도 어렵지 않았다. 시환이 보면 마음이 좋지 않겠다 싶어 윤은 덩달아 마음이 무거웠다.

서쪽으로부터 태양빛이 갈라지는 늦은 오후, 시환은 차를 몰고 가며 이어폰으로 통화 중이었다. 그는 짤막하게 '봤어'라고 말했다.

[딱 감이 오던데? 그 여자 짓이지? 진상이다, 진상.]

이어폰에서 들려오는 목소리는 대성의 그것이었다.

[사이트 담당자에게 적당히 걸러내 달라고 부탁해 놓고 사무실에서도 모니터링하고 있는데 그 미친 여자분이 아주 하루 종일

붙어 있나 보더라. 좀 센 건 다 캡쳐해 놨으니까 계속 저 지랄이면 고소한다고 통보할 거야.]

"내버려 둬."

시환은 대수롭지 않다는 듯 툭, 던졌다.

[뭐? 냅두라고?]

"응. 제 풀에 지칠 때까지 그냥 둬."

통화를 끝낸 시환은 핸들을 꺾었다. 그는 윤의 대학교로 가고 있었다. 얼마 안 있어 대학교의 후문 근처에서 윤을 볼 수 있었다. 윤 역시 시환의 차를 발견하고 활짝 웃으며 다가와, 제 앞에 차가 서자마자 재빨리 올라탔다.

"차 안 막혔어요?"

윤이 안전띠를 매며 인사처럼 물었다.

"아직은."

"기분은요?"

윤의 물음에 시환이 핸들을 틀다가 그녀에게 잠깐 눈길을 주었다. 무슨 의미냐는 듯.

"하루의 기분이란 게 있잖아요. 컨디션이 좋은 날이 있고 아닌 날도 있고, 오전, 오후 또 다르고."

윤이 손짓까지 섞어가며 말하는 사이 시환은 차를 도로로 진입시켰다.

"괜찮아요."

대수롭지 않게 대답하는 시환을 윤이 곁눈으로 유심히 살폈다. 평소와 같은 모습이었다. '황무지' 연재에 달린 악성 댓글을 그도 못 봤을 리 없을 텐데, 아마도 신경 쓰지 않는 모양이었다. 윤은 내심 다행이라고 생각했다.

두 사람은 영화를 보기로 했다. 시환이 예매도 해놓았다. 상영 시간 전에 간단히 식사도 하고 팝콘과 음료도 샀다. 영화를 보는 중에 윤이 시환의 팔에 살짝 기대었다. 그러자 그가 그녀의 손을 꼭 잡아주었다. 평범하지만 즐거운 데이트였다. 윤에게는 그랬다. 윤은 그 평범함이 좋았다. 서로를 알아가는 평범한 과정. 그 과정을 존중해 주는 시환의, '어른 남자'로서의 배려가 좋았다. 작년에 처음 정식으로 사귀었던 행정학과 남자친구와는, 바로 그 과정을 멋대로 생략하려 해서 헤어졌다. 남자친구는 불과 서너 번밖에 만나지 않은 시점에서 깊은 관계를 요구했다. 윤이 생각하기에는 너무 일렀다. 그래서 거절했다. 남자는 저를 사랑하지 않느냐며 윤을 원망했지만 윤은 그 원망을 유치하다고 치부했다. 성숙하지 못한, 어린아이의 투정 같았다.

밤 11시 반경, 시환이 윤을 그녀가 사는 연립주택에 데려다주는 것으로 두 사람은 헤어졌다. 주말을 각자 보내고 월요일에 화실에서 다시 만나기로 했다. 주말 동안 시환은 늘 그렇듯 '황무지'의 다음 회를 구상하고 콘티를 짜야 하지만–만화에서 콘티란 컷 안에 연출을 하고 초벌 데생을 하고 대사를 넣는 작업을 말한다. 작가마다 작업하는 방식이 다 똑같지는 않지만 시환처럼 스토리를 직접 쓰는 경우에는 대체로 데생과 함께 진행을 한다– 그 외에도 영화 관계자들과의 미팅이 잡혀 있어 시간이 빠듯했다. 윤도 마냥 한가한 것은 아니었다. 아르바이트인 어시스턴트 일을 하며 빼앗긴 시간을 주말에 보충해야 하기 때문이었다. 과제를 하고 밀린 공부도 해야 했다.

이튿날, 윤은 제 방에서 학교 갈 준비를 마치고 식사를 하기 위해 밖으로 나왔다. 강의가 없는 토요일이었지만 고모네와 살고

부터 죽 그랬듯 도서관에서 보낼 요량이었다.

"밥만 푸면 돼."

윤이 나온 것을 보고 고모가 전기밥솥 앞으로 움직였다. 식탁에 이미 간단한 밑반찬과 된장국이 차려져 있는 것을 보고 윤은 고개를 갸웃했다. 대개는 윤이 직접 차려 먹고 있어 갑자기 웬일이지 싶었다. 주말 오전 9시라 고모부와 은석이 아직 자고 있을 시간이어서 더욱 그랬다.

"은석이 아빠가 그러는데……."

고모는 윤의 맞은편에 앉아 윤이 한 술 뜨기도 전에 은근한 목소리로 입을 열었다.

"네 아빠랑 같이 죽은 여자 말이다, 한지영이라고……. 엄청 부자라더라."

윤은 '그래서?'라는 눈빛으로 고모를 바라봤다.

"보통 부자가 아니래. 아니, 네 아빠가 어떻게 그런 여자랑 알고 지낸 걸까? 너 정말 아빠한테 아무 소리도 못 들었어?"

"못 들었어. 갑자기 그건 왜?"

"너, 보험금도 못 받았잖아. 그래서 네 고모부가 말이야, 그 여자 유족을 만나본다고 하더라."

"그러지 마. 그쪽도 가족을 잃은 사람들인데……."

고모가 무슨 말을 하려는지 눈치챈 윤이 눈살을 찌푸렸다.

"어우, 애. 넌 네 아빠 억울하게 돌아가신 건 생각 안 하니? 경찰에서도 그러잖아. 여자의 운전 미숙으로 사고가 난 거라고. 그 여자 때문에 네 아빠 돌아가신 거야."

"일부러 그런 건 아닐 거잖아."

"실수라고 책임이 없니?"

"그래서 소송이라도 걸게?"

"그런 말이 아니라……. 도의적 책임이 있으니까 말이라도 해 본다는 거지. 양심이 있는 사람들이면 최소한 미안한 줄은 알 거 아냐?"

"그럼 사과만 받든가……."

"고모부가 애쓰는 게 우리 때문에 그래? 엄마도 없고, 그나마 의지하던 아빠까지 잃은 불쌍한 너 생각해서 그러는 거야, 너. 치사하고 더러워도 어떡해? 세상 살려면 돈이 필요한걸. 너 아직 졸업도 안 했어. 남은 학기 학비라도 받아내면 그게 어디야? 거기도 우리처럼 없이 살면 모르지만……. 부자라잖니, 부자."

윤은 더 이상 아무 대꾸도 하지 않았다. 고모는 윤을 철없다는 듯 말하고 있지만 윤이 보기에 고모나 고모부야말로 세상인심을 너무 모른다고 생각했다. '있는 놈이 더하다'는 말이 괜히 나왔겠는가. 부자 인심이 더 각박한 법이다. 법으로 될 문제도 돈이 없으면 시도도 못 하는데 하물며 양심에 기대어 손을 벌리는 일이 통할 턱이 없었다. 더구나 고모 내외가 조카를 위해 하는 일도 아니라는 것을 윤은 너무도 잘 알았다.

주말은 평범하게 지났다. 윤은 잠자는 시간을 빼고는 주로 학교 도서관에서 시간을 보냈다. 그녀는 월요일을 손꼽아 기다렸다. 주말 동안에도 시환과 통화를 하고 메시지를 주고받았지만 그럴수록 그를 향한 갈증은 오히려 더했다. 겨우 이틀을 참기 힘들다니.

월요일에 윤은 강의를 마치자마자 곧장 시환의 화실로 향했다. 그녀의 발걸음은 가벼웠다. 주말 동안 시환과 전화 데이트만을 하고 이제 얼굴을 볼 생각에 설렜지만 세형과 석주를 만나는 일도 그녀에게는 즐거운 일이었다. 먼저 화실에 와 있던 세형과 석주 역시 윤을 반갑게 맞아주었다.

"쌤은 좀 전에 나갔어요."

세형이 말했다. 시환의 자리는 비어 있었다.

"어딜요?"

윤은 오늘 오전에도 시환과 문자를 주고받았지만 그때만 해도 그는 외출 얘기를 하지 않았었다.

"그거야 난 모르죠."

"형이 월요일부터는 웬만해선 자리 안 비우는데 급한 일인가 봐요."

석주도 말을 보탰다.

✳

시환이 카페로 들어섰다. 주위를 둘러보며 몇 발자국 걷다가 멈춰 섰다. 그의 눈길이 함께 멈춘 곳에서 한 중년 남자가 엉거주춤 자리에서 일어났다. 남자도 시환의 얼굴을 몰라 혹시나 하는 눈빛이었다. 윤의 고모부였다.

"백시환 씨?"

윤의 고모부가 확인하듯 물었다. 시환이 그렇다고 하자 고모부는 '난 정호섭이오' 했다.

"뭐 드시겠어요? 내가 뵙자고 했으니 내가 사야지……."

호섭은 제 맞은편에 시환이 앉자 지갑을 꺼냈다.

"아니다, 나갈까요? 저녁을 먹기엔 애매한 시간이고……, 그럼 술이나……."

"됐습니다. 말씀하시지요."

시환이 완곡하게 호섭의 말을 잘랐다. 그는 커피도 싫다 했다. 호섭은 '흠' 소리를 몇 번 내고는 표정을 가다듬었다.

"한지영 씨가 어머님 되시죠?"

호섭이 물었다.

"네."

"난, 전화상으로 말씀드렸다시피 한지영 씨 때문에 억울하게 돌아가신 소재성 형님의 매제 되는 사람입니다. 형님이 개인택시 하시는 분인데 세상에 법 없이도 사는 분이었죠. 그리고 딸이 하나 있어요. 얘가 졸지에 고아가 된 거야. 엄마도 없어요. 지금 대학생이고 졸업도 안 했는데 아빠가 덜컥 돌아가셨으니 어쩔 거냐고……."

"용건만 말씀해 주시죠."

시환이 건조하게 호섭의 말을 다시 잘랐다.

"형님의 딸이면 내 조카 아뇨, 조카. 처가 쪽으론 하나밖에 없는 조카라고."

"보험금이 지급되지 않았습니까?"

"그거 몇 푼이나 한다고……."

호섭이 곧장 말을 받으며 손사래 쳤다.

"보험사 놈들, 정말 지독한 놈들이에요. 벼라별 개 같은 조항을 조목조목 나열하면서 꼴랑 오백. 장례비만도 천이 넘는데 말이야. 내가 드러워서 안 받으려다 그거라도 조카한테 도움이 될까 하고 받긴 했지만……."

호섭은 물컵을 들어 목을 적셨다.

"솔직히 우리 형님은 그쪽 어머님과 만나지 않았으면 안 돌아가셨을 거 아니오? 이건 백 프로 한지영 씨 잘못으로 우리 형님이 돌아가신 겁니다. 그건 인정하죠?"

"그래서요?"

무표정하게 묻는 시환을 쳐다보며 호섭은 눈을 껌벅거렸다.

"그래서라니……, 젊은 사람이 참……. 어머님이 남의 가정을 파괴한 거나 다름없는데, 미안한 줄을 알아야죠. 그쪽……, 유명한 만화가라면서요?"

"그건 어떻게 아셨습니까?"

"어떻게 아나 마나 지금 그게 중요한 게 아니고……."

호섭은 찔리는 사람 모양 목청을 높였다.

"유명한 사람이면 유명한 사람답게 행동해야지. 팬들도 많을 거 아뇨? 팬들이 이런 사실 알면 좋아요? 어머님이 가정파괴범인 거?"

"협박하십니까?"

"혀, 혀, 협박이라니……. 난 단지……."

"사과를 원하시면 정중히 사과를 드리죠. 그런데 혹시 돈을 원하시는 거면……."

순간 호섭이 침을 꿀꺽 삼켰다.

"한 푼도 드릴 수 없습니다."

이어 시환은 먼저 실례하겠다며 자리에서 일어나, 제 뒤에서 '어버버' 한 얼굴로 삿대질을 하는 호섭을 돌아보지도 않고 그곳을 나갔다. 호섭은 물컵을 다시 들이켰다.

"아니, 뭐 저런 자식이 다 있어……?"

한 푼도 줄 수 없다고, 아주 대놓고 딱 자를 줄이야. 호섭은 제 속내를 에둘러 찔러댔던 것이 이제 와 오히려 민망해졌다. 당시 사고를 담당했던 경찰에게 술을 사고 한지영과 시환에 대해 이것 저것을 알아냈던 것인데 괜히 술값만 버렸다 싶기도 해 또 화가 났다.

"불쌍한 척……, 그냥 손 벌리고 사정하는 게 나았으려나……."

마누라에게 큰소리 뻥뻥 쳤는데, 그것은 또 어떻게 수습해야 할지, 호섭은 난감했다.

시환은 커피전문점 근처의 유료 주차장에 세워두었던 차를 몰고 집으로 향했다. 가는 중에 호섭에 대해서는 이미 잊었다. 윤이 와 있겠지, 그는 그 생각을 했다.

땅거미가 진하게 밀릴 쯤 시환이 화실 앞에 도착해 리모컨으로 대문을 열었다. 초인종을 울리지 않고 그렇게 들어올 경우 집 안에 있는 사람은 그것을 모를 수 있는데, 주방에 있던 윤과 두 명의 어시스턴트는 더구나 식탁에 모여 앉아 부침개를 먹으며 수다를 떠느라 시환이 온 사실을 전혀 모르고 있었다.

"진짜 내 평생에 이렇게 맛있는 김치 부침개는 처음이란 말이 죠. 아부 아녜요, 진짜. 그런 김에 하나 더 부쳐 주시죠?"

손바닥만큼 남은 부침개를 석주와 나눠 먹은 세형이 윤을 보며 사정했다.

"안 돼요. 지금 배 채우면 나중에 밥을 어떻게 먹어요? 이건 그냥 간식이니까 참아요."

윤이 웃는 낯으로 말했다. 그녀는 부침개 하나를 두고 아우성 치는 두 남자들 틈에서 딱 한 젓가락 먹었다.

"그럼 저녁을 기대해도 될까요?"

"기대는 무슨, 내가 밥 담당 어시예요?"

"원래 어떤 화실이든 막내가 밥 담당해요. 그치? 석주 형."

"응······?"

석주는 휴대폰의 화면을 보고 있다가 눈을 들었다.

"뭘 그렇게 자꾸 봐? 완전 또라이던데."

세형이 석주에게 핀잔 주는 소리를 들으며 윤도 제 옆에 놔둔 휴대폰으로 잠깐 눈길을 주었다. 부침개를 먹으며, 그렇잖아도 시환의 연재 웹툰 '황무지'에 악의적인 댓글을 달아 싸움을 일으킨 '어그로'에 대해 이야기를 나누기도 했다. '어그로'의 분탕질은 연재가 막 올라왔던 전 주 금요일에서 토요일로 넘어가는 날에 절정을 이루다 지금은 다소 수그러든 상태였다.

"저런 어그로는 나중에 불구덩이 지옥에 떨어질 거야."

"예수님 믿는 어그로면?"

"응······?"

세형의 어리어리한 얼굴에 윤이 푹, 웃음을 터뜨렸다. 세형은 얼른 '예수님 믿으면 그런 짓을 안 하지' 했다.

"근데 세형 씬 왜 쌤한테는 전도 안 해요? 나만 만만한가 봐. 맨날 나한테만 전도하고."

윤이 웃음을 참는 얼굴로 물었다. 세형은 현재 석주에게도 전도를 하지 않고 있는데 그의 전도에 이미 넘어간 석주가 같은 교회를 다니고 있어서였다. 그런데 석주가 교회를 다니는 진짜 이유는, 마지못해 따라간 교회에서 지금 사귀는 여자친구를 만났기 때문이었다.

"쌤은 뭐······, 그냥······."

세형은 애매한 표정으로 제 얼굴을 긁었다. 그때 석주가 큰 소리로 웃음을 터뜨렸다. 윤이 의아해 석주를 보며 '왜?' 하는 눈짓을 던지자 석주는 '세형이가 숙제를 해결 못 해 그렇다'고 대답했다.

"숙제요?"

윤이 의아해 물었다.

"세형이가요, 예수님 안 믿으면 지옥 간다고 하도 나발대니까 시환이 형이 그럼 난 지옥 간다 치고 넌 천국 가냐, 하고 물으니 세형이 놈이 그렇대요. 그러니까 형이 그럼 넌 천국에서 내가 지옥에 있는 걸 알겠네? 하고 물으니 세형이가 또 그렇다고 대답하니까, 그럼 넌 행복하겠네? 하고 다시 형이 물은 거예요. 그랬더니 세형이가 펄쩍 뛰면서 쌤이 지옥에 있는데 내가 어떻게 행복해요? 엄청 안타깝고 슬프죠, 하니까 형이……."

석주는 말하는 중에 자못 삐친 것 같은 세형의 얼굴을 힐끔 보고 다시 웃음소리를 냈다.

"네가 있는 천국은 슬픔도 느낄 수 있는 덴가 보네? 한 거예요. 말이 안 되잖아. 명색이 천국인데 무조건 행복해야지. 그러니까 세형이가 어버버거리며 그게 아니라 천국에 있으면 그런 건 이러쿵저러쿵 신비한 힘으로 잊고 산대나? 그다음 시환이 형이, 아, 네가 말하는 천국에선 이러쿵저러쿵 기억상실증에 걸리는 모양이구나……."

이번에는 윤이 웃음을 터뜨렸다. 세형의 뿌루퉁한 얼굴 때문에 더 웃겨서 그녀는 눈물까지 찔끔거렸다. 결국 세형은 그 '숙제'를 해결하지 못해 시환 앞에서 입도 벙긋하지 못하게 됐다는 것이 석주의 설명이었다. 그때 '어, 쌤' 하는 세형의 목소리가 들려왔다. 시환이 주방 입구에 서 있었다. 그는 천천히 안으로 들어왔다. 그사이 세형에 이어 자리에서 일어난 석주가 '언제 들어왔어요?'라고 물었지만 시환은 대답도 없이 윤만 보고 있었다. 조금 전에 터진 웃음을 수습 못 해 두 손으로 입을 막고 어깨만 들썩이고 있는 윤을.

"일 안 해?"

이윽고 시환이 입을 열자 세형과 석주는 재빨리 주방에서 사라졌다.

"한 삼십 분밖에…… 안 있었어요."

윤이 간신히 웃음을 진정하며 대신 변명을 해보지만 금세 키득댔다. 시환은 화실의 문이 닫히는 소리를 듣고서 윤에게 바짝 다가와 그녀의 목 뒷덜미를 한 손에 잡아 부드럽게 품으로 끌었다. 윤은 그의 품 안에서, 제 목덜미에 지그시 들어간 힘을 느끼며 차츰 웃음을 진정시켰다.

"보고 싶었어요."

윤이 수줍게, 그리고 당당하게 말했다. 시환은 말없이, 윤의 목덜미를 잡은 손끝에 힘을 실어 간질이듯 애무하는 것으로 그녀의 수줍고 당당한 고백에 대한 저의 대답을 대신했다.

"이젠 안 나가는 거죠?"

"네."

"나, 수요일엔 일찍 와서 다음 날까지 쭉 함께 있을 수 있어요. 축제거든요."

윤이 고개를 들어 그와 눈을 마주하고 말했다.

"축제 때 안 놀아도 괜찮아요?"

"1, 2학년 때나 노는 거죠. 또 난 여기 있는 게 훨 재밌어요."

시환은 고개를 끄덕이고 이어 '커피 부탁해요' 하고는 윤의 입술에 가볍게 입을 맞췄다. 입술이 닿자마자 떨어지는, 그래서 조금 아쉽고 소리도 없는 입맞춤이었지만 여운만은 몹시 길었다. 그 여운은, 윤이 어시스턴트 작업을 하는 동안에도 내내 그녀를 지배했으니까. 그것은 또한 작업 중에 이따금씩 눈을 들어 시환을 훔쳐보는 것만으로도 그녀의 갈증을 채워주었다. 그는 변함없이, 태블릿용 펜만 잡으면 주변에서 무슨 일이 일어나는지도 모르는 사람답게 무서울 정도로 제 일에 집중해 있어서 윤의 눈길을 전혀 눈치채지 못했지만, 그 여운이 있어 윤은 개의치 않을 수 있었다.

수요일 오전, 연립주택의 집에서 윤은 외출 준비를 마친 후 고모에게 '오늘 집에 못 들어온다'고 했다. 고모가 부스스하고 무기력한 꼴로 막 안방에서 나왔을 때였다. 혹시 고모가 이유를 물으면 축제 핑계를 대면 돼 더할 나위도 없다 생각하면서였는데 고모는 관심도 없다는 듯 대꾸도 없이, 가스레인지 앞으로 가 커피 물을 올려놓았다.

"왜 그래?"

윤이 고모의 안색을 살피며 물었다.

"그냥……."

고모는 머리를 긁적였다. 그리고 더 이상 말이 없기에 윤은 현관으로 몸을 돌렸다. 그때 뒤에서 '그거 말이다' 하는 고모의 목소리가 들려왔다.

"한지영 말이야. 고모부가 그 여자 유족을 만났거든. 근데 지독한 작잔가 보더라. 미안하단 말도 안 하더래. 무슨 만화 찌끄레기 그린다더니 지 에미 돈에 더 악착같겠지. 번듯한 직장도 아니고……."

고모의 말을 무심히 들으며 신발을 신던 윤이 멈칫했다.

"만화라니……?"

"응? 아, 네 고모부가 만난 작자가 만화 그린대."

"이름이 뭔데?"

"그걸 내가 어떻게 알아?"

"고모부가 말 안 해?"

"했어도 내가 뭘 그딴 걸 기억하고 있어? 나중에 고모부한테 물어보든가."

윤은 그냥 집을 나왔다. 그리고 피식 웃었다. 만화 얘기만 나와도 이렇게 민감하다니. 예전 같으면 한 귀로 흘려 버릴 얘기를 말이다.

11시에 윤이 시환의 자택에 도착해 벨을 눌렀다. 문은 누구냐 묻지도 않고 그냥 열리고 '우편물 좀 챙겨 와요' 하는 세형의 목소리가 뒤늦게 인터폰으로 흘러나왔다. 윤은 들어와서 우편함을 열었다. 몇 개의 우편물이 보여 그것들을 챙겨들고 걸음을 옮겼다. 그녀는 우편물들을 하나하나 넘기며 무심히 보았다. 그러다 그녀의 발이 갑자기 멈췄다. 윤은 우편물의 수취인 이름에 찍힌 '한지영'에 눈을 고정했다. 순간, 고모가 말했던 '만화 찌끄레기'가 떠올랐다.

"쌤은 아직 자요."

1층에서 윤을 맞아 우편물을 건네받은 세형이 말했다. 시환은 새벽 5시 전후에 잠들어 11시와 정오 사이에 일어나는 것이 보통이었다. 석주는 창가의 1인용 소파에 축 늘어져 앉아서 윤을 향해 손만 살짝 들어 보이는 것으로 인사를 대신했다. 얼굴이 아직 부어 있는 것으로 보아 일어난 지 얼마 안 된 것이 틀림없었다.

"쌤은 어디서 자요?"

세형과 함께 화실로 걸음을 옮기며 윤이 물었다. 그녀는 아직도 시환의 침실을 정확히 알지 못한 채 다만 2층이라고만 생각했다.

"2층인가요?"

"아뇨. 저쪽에 있는 방이에요."

세형은 화실 문 앞에서 한쪽을 가리켰다. 화장실 문의 맞은편으로, 두 사람이 서 있는 곳에서는 복도의 입구만 조금 보일 뿐이었다. 윤은 고개를 갸웃했지만 더 묻지 않았다.

11시 조금 넘어 시환이 그 복도에서 나왔다. 약간 젖은 머리를 손으로 툭툭 털며 1층의 홀을 가로지른 그는 곧장 현관을 통해 밖으로 나왔다. 나오자마자 담배부터 불붙여 문 그는 정원으로 걸음을 옮겼다. 정원에서 화실 방의 창이 보이는 곳에 이르자 그 안에서 세형이 창문을 열고 테라스로 나왔다. 세형은 '윤 씨 왔어요' 했다. 시환은 고개만 끄덕여 보였다. 그가 담배를 다 피울 쯤에 윤이 현관 쪽에서 모습을 보였다. 그녀는 김이 모락모락 피어오르는 머그잔을 들고 시환에게 다가갔다.

"잘 잤어요?"

윤은 평소처럼 인사했다. 시환에게 머그잔을 건네며. 그는 습관처럼 고개를 끄덕끄덕했다.

"잘 풀려요?"

윤은 이어서 물었다. 원고가 잘 풀리느냐는 의미였다. 그림이 잘 안 풀릴 때도 있어, 그럴 때면 진도도 나가지 않으면서 시간만 지체해 마감이 늦어지는 이유가 되었다.

"나쁘지 않아요."

"다행이네요. 부디 내일까지 컨디션이 좋아야 하는데."

윤은 말끝에 미소를 짓고 가만히, 머그잔에 입을 대는 그를 바라보았다. 마감이 끝날 때까지, 그녀는 기다리기로 했다. 그리 급할 것도 없고 머릿속이 복잡하지도 않았다. 고모부가 만났다 는 한지영의 유족이 시환이라는 것, 그리고 시환은 처음부터 윤 에 대해 알고 그녀를 만났다는 것, 그것뿐이었으니까.

마감을 향해 가는 화실 안 풍경은 저번과 거의 동일했다. 밤이 되기 전까지는 농담도 오고 가다가 밤이 깊을수록 말수가 현저히 줄어들었다. 일에 관한 말들만, 그것도 극히 짧게 오고 갔다. 윤 은 일을 하면서도 작품에 관한 각종 자료들을 파악하고 익히는 데에 게을리하지 않았다. 저가 하는 일에 차츰 재미를 느끼고 있 는 중이었다. 컬러를 입히는 아주 단순한 일이어서, 비록 그 컬러 에 명암을 주거나 질감을 표현하는 등의 어려운 작업은 아직 할 수 없었지만 만화의 한 컷 안에서 그림이 완성돼 가는 과정을 전 보다 분명하게 인식하면서 한층 더한 재미를 느끼고 있었다. 그 렇게 된 데에는 시환이 종이책 만화의 과정을 보여준 것이, 실은 가장 결정적이었다.

수요일 자정을 지나 이튿날 새벽 3시가 되자 석주가 일어나 나 가더니 십 분이 지나도 돌아오지 않았다. 화장실을 간 것이 아니 라는 의미다. 잠깐 눈을 붙이러 갔을 테지만 한 시간을 넘기지 않으리라는 것도 윤은 알고 있었다. 실은 그녀도 피로를 느끼고 있어 눈치를 보던 중이었다. 세형은 굉장히 열중해 있었고 시환 도 마찬가지였다. 윤은 소리 없이 일어나 화실을 나왔다.

화실을 나온 윤은 2층으로 올라갔다. 그리고 곧장 전에 가봤 던, '다락방'이 있는 아담한 리빙 룸의 문을 열었다. 잠깐 눈을 붙일 양이면 침실보다는 작은 방이 낫지 싶었다. 저번에도 푹 잘 잤으니까. 윤은 다락방의 입구인 서가의 문을 열고 들어갔다. 들어와서 불을 켜고 문을 닫으니 과연 아늑했다. 윤은 저번에 시환이 그랬듯 먼저 침대 아래에서 체크무늬 담요를 꺼냈다. 그것을 침대 위에 잘 펴서 놓은 뒤 불을 끄려고 문가로 갔지만 잠깐 머뭇거리다 문을 열어보았다. 문은 손잡이가 있어 잡아당겨 열게 돼 있는데 아주 쉬이 열렸다. 윤은 피식, 웃었다. 저번에는 시환과 함께 있다가 그가 불을 꺼주고 나가 몰랐는데 막상 혼자서 불을 끄고 누우려니 불현듯 갇힌 느낌이 들어서였다. 밖에서 문을 잠그는 장치도 없는 것 같은데, 설사 그런 장치가 있다 해도 잠글 사람도, 이유도 없지 않은가.

윤은 문을 도로 닫고 불을 껐다. 아주 깜깜했다. 침대까지 두 발자국 정도밖에 되지 않아, 조심히 걸어 더듬더듬 침대에 누웠다. 그렇게 눕자 비로소 편안해졌다. 그런데 그것도 잠깐이었다. 윤은 놀라서 벌떡 몸을 일으켰다. 갑자기 문이 열린 것과 거의 동시였다. 검은 그림자가 쑥 들어왔다.

"시환 씨……?"

검은 그림자는 윤을 덮쳤다.

6. 동거하는 건가요?

윤은 저를 덮친 검은 그림자에게 품을 내주었다. 그림자는 그녀의 가슴에 머리를 깊이 묻었다.

"어쩌려고……?"

윤은 시환의 머리를 쓰다듬었다.

"여기서 좀 잘래요?"

"아니. 잠깐만 있다 갈 겁니다."

시환은 도저히 참을 수 없어서 온 사람처럼 윤의 몸을 더듬었다. 원고할 때는 옆으로 눈도 안 돌리는 사람인 것을 너무 잘 아는 윤은 놀란 한편으로 조금 귀여웠다. 그래서 그를 꼭 끌어안았다.

"나요, 궁금한 거 있어요."

윤이 나직한 소리로 말을 꺼냈다. 그녀는 결심했다.

"시환 씨 어머님 존함이 한지영…… 맞아요?"

"고모부한테 들었어요?"

시환은 잠깐의 머뭇거림도 없이 곧바로 되물었다. 마치 기다리고 있던 사람 같았다.

"아니. 그냥 알게 됐어요."

윤도 곧장 대꾸했다.

"시환 씬 처음부터 나……, 알고 있었던 거죠."

시환은 윤의 품 안에서 고개를 끄덕였다.

"왜 말 안 했어요?"

"처음엔 말하려고 했어요. 그러다 기회를 놓쳤어."

"그래서…… 잘해준 거예요? 내가 소재성 씨의 딸이라……?"

윤은 다소 머뭇거리듯 물었다. 그동안 약간 의아했었지만 그렇다고 굳이 따질 만한 것도 아니어서 그런가 보다 했던 점이, 시환의 어머니가 누군지를 알고 나서 풀렸다. 시환의 어시스턴트 제안. 그것을 '알바'라 치면 윤에게는 더없이 좋은 자리였다. 일주일에 4일만 일하면 되고 보수도 괜찮았으니까. 그러나 윤이 잘할 수 있는 일은 아니어서 시환이 굳이 그녀를 어시스턴트로 쓸 이유는 없었다.

"그것도 처음엔."

시환이 짧게 대답했다. '처음에만'이라고 고쳐서 윤은 속으로 중얼거렸다. 그런데 그것도 부질없었다. 아버지가 사고를 당한 날 시환을 만난 것을 기묘한 우연이라 생각했는데 실은 더 놀라운 인연이 숨어 있어, 그것이 이제 와 한편으로는 운명 같았기 때문이다.

'운명이라면 우리는 만날 사람들인 거지?'

그녀는 그렇게 생각했다.

"시환 씨 어머님이랑 우리 아빠……, 어떻게 아는 사인지……, 그건 알아요?"

윤은 이어 조심히 물었다. 시환이 그녀의 품에서 이번에는 고개를 저었다. 윤도 더 묻지 않았다. 너무나 조심스러운 문제였다. 그리고 의문이었다. 시환의 어머니, 한지영은 굉장히 부유한 사람이다. 아버지와는 어떤 면으로도 어울리지 않았다. 그런 두 사람이 어떻게 알게 돼 그런 사고에 이르게 되었는지 가늠할 길이 없었다.

"윤 씨 고모부를 만났어요."

시환이 윤의 품에서 고개를 들었다. 윤은 '알아요' 하며 그의 얼굴을 두 손에 잡았다. 어두워 그의 얼굴은 윤곽만 보였다.

"고모부가 말하는 건 무시해도 돼요."

"무시했습니다. 난 윤 씨에게 직접 주고 싶으니까."

"직접……? 뭘요?"

"글쎄……, 뭘 줄까……? 이 집을 줄까요?"

"네에?"

윤이 짧게 웃음소리를 냈다.

"농담 아닌데."

시환의 목소리는 정색한 그것이었다.

"여기 2층은 윤 씨가 가져요. 난 쓸 일이 없어."

"그럼 그게…… 무기한 공짜 임대?"

윤은 당황해서 부러 가벼운 어조로 말했다.

"그렇게 생각해도 좋고."

윤이 시환의 얼굴에서 손을 떼자 그가 그녀의 얼굴을 잡았다.

"함께 지내고 싶어."

함께 지내고 싶다는 시환의 목소리는 일주일 내내 윤의 귓가를 맴돌았다. 그녀는 그것에 말할 수 없는 유혹을 느끼면서도 동시에 겁을 먹고 있었다. 유혹은 다만 저 역시 시환과 함께 있고 싶다는 단순한 욕망 이상이었다. 아직 아버지가 살아 있다면 감히 고민도 못 할 일이었으니까. 아버지가 없는 집에서 혼자도 아니고, 고모네 식구들 틈에서 더욱 외롭고 불편하게 돼버린 제 고단한 처지가 그 유혹에 한몫했다. 증명하듯 목요일 밤 8시경에 집에 돌아온 윤은 제 방에서 힘을 쏙 빠지게 하는 광경을 목격해야 했다. 어젯밤 화실에서 마감하느라 다락방에서 몇 시간 못 자고 학교에 가서 총 다섯 시간의 강의를 듣고, 강의 후에는 또 조별 과제 회의까지 하고 들어온 길이었다. 몸이 너무 피곤한 나머지 화실에는 가지 못하고─마감을 끝낸 시환에게 맛있는 밥도 해주고 함께 식사하고 싶었음에도─ 그와 통화만 하고 온 길이기도 했다. 집에는 아무도 없었다. 고모부와 은석은 자주 늦는 데다 고모는 아마도 이웃집에 놀러 간 모양이었다.

침대가 엉망이었다. 누군가 자고 나서 몸만 쏙 빠져나간 흔적이 너무도 적나라했다. 은석의 짓이었다. 처음도 아니었다. 제 방이 너무 작아서 답답하다는 불만을 입에 달고 다니는 녀석은 윤이 없을 때마다 그녀의 방을 종종 침범했다. 그랬으면 침대를 정리라도 해야지, 그냥 몸만 쏙 빠져나간 것에도 화가 났지만 그보다는 지극히 사적인 공간을 침범당한 것이 몹시도 불쾌했다. 여동생도 아니고, 남동생과 같은 침대를 쓰고 싶은 생각은 추호도 없었다. 그런데 윤이 침범당하는 것은 침대뿐이 아니었다. 은석은 윤의 노트북도 종종 슬쩍 갖고 나가, 한 번은 음란 동영상을 그곳에 저장해 놓기도 했었다. 주의를 주었지만 소귀에 경 읽기였다. 윤을 더 지치게 하는 것은, 고모네와 함께 살면서 느끼는 불편함 중에 은석의 문제는 그나마 사소하다는 점이었다. 고모는 어느새 같은 연립주택에 사는 여자들과 친해져 수시로 그 여자들을 집으로 불러들여 화투판을 벌이기 일쑤고, 고모부는 술을 좋아해 하루가 멀다 하고 주사를 부렸다.

윤은 침대 시트와 이불을 걷어 한편에 던져 놓고 새 시트와 이불을 깔았다. 그리고 몸을 씻은 후에 속옷과 옷을 모두 갈아입고 침대에 누웠다. 누워 눈을 감으니 금세 머릿속이 아스라해졌다. 그 아스라한 틈으로 시환의 나직한 목소리가 귓가를 맴돌았다.

"함께 지내고 싶어."

윤은 제 몸에 닿은 그의 손을 느꼈다. 그가 몸을 만졌다. 독하고 역한 술 냄새가 풍겼다.

"아악……."

윤이 비명을 질렀다. 거의 동시에 우당탕 소리가 났다. 윤은 이불로 몸을 감싸고 침대 머리맡으로 급히 물러났다. 약간 열린 문 사이로 새어 나온 빛에, 문 안쪽에 주저앉아 있는 검은 형체가 보였다.

"뭐……, 뭐야……? 응? 뭐냐고……. 에이 씨팔……."

검은 형체는 팔을 허우적대며 발음도 제대로 되지 않는 소리로 주절댔다. 또 그렇게 주절댈 때마다 역한 술 냄새를 풍겼다. 윤의 고모부였다.

"나, 나가요……."

윤이 부들부들 떨리는 소리로 말했다.

"유, 윤이냐?"

"나가라니까."

"내가 방을……, 끄윽, 잘못 들어왔네……."

"나가. 나가라구. 나가……."

윤이 미친 듯 소리를 지르는 사이 현관문 소리가 났다. '이게 무슨 소리야?' 하는 고모의 목소리가 이어서 들려왔다. 고모는 곧 윤의 방에 들어와 불을 켰다.

"아니, 이 인간, 또 고주망태가 돼서 여기서 뭐 하는 거야?"

남편을 발견한 고모는 사납게 뱉어냈다.

"내가 방을 잘못 들어와서……, 끄윽……."

"나가……. 모두 나가……."

윤이 다시 소리쳤다.

"얘가 왜 소리는 지르고……."

윤은 계속 나가라고 소리를 질렀다. 고모는 남편을 부축해서 나가며 남편 욕을 하고 윤에게도 욕을 했다. 윤은 문을 잠갔다. 커다란 가방을 꺼내 책을 쓸어 담고, 노트북을 담고, 옷장을 열어 손에 잡히는 대로 옷을 꺼내 가방에 쑤셔 넣었다. 그렇게 정신 나간 사람처럼 움직이다가 휴대폰을 집어 들었다.

"시, 시환 씨……."

통화음이 떨어지자 윤은 울먹였다.

"여기로…… 좀 와줘요. 나 좀…… 데려가요……."

서서히 밤이 깊어가는 거리는, 그러나 사람들의 발길이 아주 뜸할 정도는 아니어서 곧 다가올 고적함에 자리를 내어주기 전의 시간을 현란한 불빛으로 장식하고 있었다. 그 불빛은 차도에도 마찬가지여서, 빠른 속도로 지나는 차들에게서 나온 밝은 불빛이 윤의 눈앞에서 유성처럼 명멸해 갔다. 그녀는 연립주택에서 머지않은 곳에 있는 버스 정류장의 벤치에 앉아 있었다. 커다란 가방과 나란히 앉아서 평소에 갖고 다니는 숄더백을 무릎 위에 두고서였다. 망연한 얼굴이었다. 실제로도 그녀는 아무 생각도 안 하고 있었다. 그저 기다리고 있을 뿐이었다. 저를 구해줄, 잘생긴 만화가를. 그 만화가의 차가 윤 앞에 섰다. 윤이 망연함에서 문득 벗어나 차도 끝으로 다소 멀리 눈길을 던진 지 얼마 지나지 않아서였다. 차를 세운 시환은 급히 차에서 내려 윤의 가방을 먼저 차 뒷좌석에 싣고, 이어 그녀를 태운 후 빠르게 그곳을 벗어났다.

　차 안에서 시환은 윤에게 안전띠를 매라고 한 것 외에는 아무 말 없이 운전만 했다. 윤은 안전띠를 매고 나서 제 머리와 얼굴을 손으로 슥, 슥, 매만졌다. 내내 휩싸여 있던 더러운 기분을 바꾸고 싶었다.

　"놀랐죠?"

　윤이 시환을 슬쩍 보며 짐짓 가벼운 투로 물었다. 시환은 특별한 대꾸 없이 작은 고갯짓으로 끄덕여 보였다.

　"내가 너무 갑자기, 빨리 결심해서 놀라지 않았느냐고요?"

　"짐은 저 가방이 전부입니까?"

　시환은 대답 대신 물었다. 윤은 뒷자리에 있는 제 가방을 힐끔 돌아보았다. 그 순간에 아버지의 유품이 담긴 조그만 박스를 챙기지 못했다는 사실을 떠올렸다.

"당장 필요한 것들만 일단 챙겼어요. 이삿짐 트럭을 부를 순 없으니까. 근데 침대 같은 가구 가져갈 거 아니면 별거 없어요. 나중에 다시 가서 지금처럼 가방에 한 번 더 담아오면 될 거예요."

윤의 말에 시환이 또 잠깐 고개를 주억거렸다. 그것을 보며 윤도 따라서 주억주억했다. 그의 습관과도 같은 고갯짓이라서 이제는 너무 익숙하면서도 재미있어 웃음이 절로 났다.

"왜 웃어요?"

윤이 소리 없이 웃었음에도 시환이 금세 눈치채고 물었다.

"우리……, 한집에 살잖아요. 그럼 우리……."

윤은 얼른 정색하고 말했다.

"동거하는 건가요?"

시환은 바로 대답하지 못했다. 그러다 다시 예의 그 고갯짓을 해 보였다. 윤은 빵 터졌다.

화실은 윤이 익히 잘 알고 있는, 여느 때와 같은 모습으로 그녀를 맞았다. 아마 윤도 평소처럼 방문자 자격이었다면 그 익숙함에 무심했으리라. 달라진 것은 화실이 아닌 그녀였다. '자격'이 달라졌고 화실을 대하는 그녀의 눈빛이 달라졌다. 윤은 마치 그곳을 처음 와본 사람처럼 1층의 홀 중앙에 서서 고개를 약간 들고 주위를 둘러보았다. 높은 천장에 달린 샹들리에가 유난히 보석처럼 반짝였다.

"2층을 쓰면 돼요."

윤의 커다란 가방을 들고 그녀 곁에 서 있던 시환이 말했다.

"2층은 전부 윤 씨 겁니다."

"너무…… 과분한데요."

윤은 실감 나지 않는 얼굴이었다.

"그냥 방 하나면 되는데……."

그녀는 공주풍의 침실과 '다락방'이 있는 리빙 룸을 떠올렸다.

"가방은 침실에 갖다 놓을게요."

시환이 계단으로 걸음을 옮기자 그의 뒤에 대고 윤은 '가방 두고 내려와서 커피 마셔요' 했다.

윤은 주방으로 들어와 커피를 준비하면서 혼잣말로 '배가 고프네' 했다. 시간은 자정이 가까워 오고 있었다. 학교에서 오후 2시에 식사한 것이 마지막이었으니 배고플 때가 되기는 했다. 연립주택의 집에서는 자기에 바빴고 그나마 고모부 때문에 두 시간도 채못 잤다. 그 생각 끝에 윤은 갑자기 세차게 고개를 저었다. 고모부와의 일은 떠올리고 싶지 않았다. 더러운 기분이 들었다. 샤워부터 할걸, 하는데 시환이 들어왔다.

"시환 씨 식사는요?"

윤이 돌아보며 물었다.

"먹었어요."

그는 석주와 세형이 돌아가기 전에 다 함께 식사를 했다고 말을 이었다. 윤은 '나만 먹으면 되겠다'고 냉장고에서 방울토마토를 꺼내 씻었다. 식탁 위에 곧 커피 두 잔과 방울토마토가 올라갔다. 윤은 커피는 입에도 대지 않고 방울토마토를 먹었다. 제법 큰 방울토마토를 한 입에 넣고 두 개째, 세 개째를 넣은 것도 금세였다. 시환은 커피 잔을 들어 입 근처에 올린 채, 그 잔에 입을 대는 것을 잊은 사람처럼 윤을 보고만 있었다. 동그란 방울토마토를 한입에 넣어 맛있게 먹고 있는 윤. 시환은 제 허리 아래의 욕망이 고개를 빳빳이 든 것에 당황해, 마치 그 욕망에 커피를 붓듯 입안에 한 모금 부었다. 윤이 이곳에 처음 방문했던 날, 정체불명의 면 볶음을 먹는 그녀를 보았을 때처럼 욕정 그 자체에 당황한 것이 아니라 그것이 전혀 의외의 순간에 생겨난 때문이었다.

"근데요……."

여전히 방울토마토를 먹으며 윤이 시환을 보았다.

"나, 어머님 침실 써요?"

"네."

"그래도…… 괜찮아요……?"

"공주풍의 방을 내가 쓸 순 없잖습니까?"

"그게 아니라……."

"죽은 사람의 방이라 기분이 좀 그럽니까?"

"아뇨. 그런 뜻이 아니구요……."

윤은 고개를 살랑살랑 젓다가 멈칫했다.

"엄마의 방, 그러면 뭔가…… 특별하게 느껴져서요. 내가 엄마가 없어서 그럴지도 모르지만……."

윤의 말을 들으며 시환은 커피를 연거푸 몇 모금 마셨다.

"엄만 처음부터 없었어요. 아빠 말이, 나 낳고 돌아가셨대요. 아빠랑 정식으로 결혼도 하기 전이었나 봐. 사진도 없고, 그래서 그립다, 뭐 그런 감정은 없는데 가져 보지 못한 것에 대한, 뭐랄까, 환상 같은 거죠? 그래서요, 시환 씨 기분을 묻는 거죠……."

말을 끝낸 윤은 시환의 대답을 기다리며 손에 든 방울토마토를 입에 물었다. 시환은 대답하지 않았다. 그는 자리에서 일어나, 그다음 윤을 잡아 일으켰다. 놀란 윤은 입술 사이에 방울토마토를 문 채로 그에게 끌려가 또한 입술을 빼앗겼다. 사실은 방울토마토를 먼저 빼앗겼다고 해야겠다. 그것은 공평하게 두 사람의 입으로 반씩 들어가 이내 다시 만났다. 방울토마토에서 나온 풍부한 즙이 내 것과 네 것의 구분 없이 섞이고, 서로 누구의 방울토마토를 먹고 있는 것인지, 그것이 입맞춤인지 다만 서로의 입을 붙인 채로 방울토마토를 먹고 있을 뿐인지 알 수 없게 두 사람은, 어느 새 형체도 없이 사라진 방울토마토의 운명과 함께했다.

"어……, 나 사실은……."

시환의 입술에서 풀려난 윤은 제 눈을 어디에 둘지 몰라 당황한 얼굴로 말했다.

"씻어야……."

윤은 두 손으로 시환의 가슴을 밀고 도망쳤다. 주방을 나와서 계단을 빠르게 밟고 올라 공주풍의 침실로 뛰어들었다. 들어와 보니 제 커다란 가방이 눈에 띄었다. 시환이 가져다놓았을 그것은 티 테이블 옆에 놓여 있었다. 그다음으로 눈에 띈 것이 분홍빛 문이었다. 그전에도 보았던 기억이 어렴풋했다. 아마도 욕실인가 보다 하고 윤은 그 문을 열었다.

윤의 짐작이 맞았다. 공주풍의 침실에 딸린, 역시나 공주풍의 욕실은 침실보다 더했다. 온통 분홍색의 향연이었다. 규모는 크지 않았다. 천장에 매달린 작은 샹들리에, 바로 그 아래에 있는 짧은 다리가 달린 욕조, 그 머리 쪽으로 장식용 콘솔이 있고 좌우로 변기와 세면대가 있는, 전체적으로 아기자기한 꾸밈이었다. 샤워 부스는 욕조 하단에서 오른쪽, 그 왼편에 거울과 수납장이 있어 윤은 그곳에서 옷을 벗었다. 카디건을 가장 먼저 벗고, 셔츠를 벗고, 바지를 벗었다. 속옷만 남았을 때 그녀는 거울에 제 몸을 비추어 보았다. 샤워를 한 지 오래되지 않아 굳이 또 씻을 필요는 없었다. 제 방에서의 그 더러운 사건만 없었다면.

윤은 샤워 부스에서 몸을 씻고 나와 수납장의 문을 열었다. 흰색 목욕용 가운이 있어 젖은 몸 위에 그냥 입었다. 그러다 문득 그 가운이 시환의 어머니 것일지도 모른다는 데에 생각이 미쳤다. 유품을 정리했을 테니 그냥 새것일까. 윤은 기분이 묘했다.

욕실의 문이 천천히, 조심히 열렸다. 그 문 사이로 윤의 얼굴이 먼저 빼꼼히 보였다. 그녀의 눈빛에는 어떤 종류의 기대감과 그 기대감에서 비롯된 긴장감이 동시에 어려 있었지만 이내 수그러들었다. 침실 안은 윤이 욕실로 들어가기 전과 전혀 다름없이 그대로였다. 욕실 문을 열기 전에 그녀는 시환이 와 있지 않을까 하는, 기대 반 걱정 반의 심정이었다.

"씻는다고 했는데……."

그런데 그가 못 알아들었는지 모른다고, 또 그것이 적이 실망스러우면서 한편으로는 안도도 되는 묘한 이율배반의 감정을 윤은 스스로도 어이없어 했다. 막연한 상상 속의 욕망이라서, 경험해 보지 못한 욕망이라서 그럴 테지. 그러면서 아쉬움이 조금 더 큰 것도 사실이었다.

"바보……."

윤은 아쉬움을 그 한마디로 풀었다. 그리고 '가방이나 정리하자' 했다. 그녀는 가방을 먼저 소파 위에 놓고 붙박이장으로 눈길을 던졌다. 벽 한 면을 다 차지하고 있는 붙박이장은 연한 분홍과 은색이 섞인 것 같은 투명한 빛에, 얼핏 보면 그것이 옷장인지 그냥 벽인지 알기 힘들었다. 윤은 그 앞으로 다가갔다. 그리고 다소의 머뭇거림 끝에 제일 왼쪽의 문을 열었다. 텅 비어 있었다. 유품을 모두 정리했을 터였다. 그 칸만으로도 윤이 제 옷과 소지품을 모두 넣어두기에 충분했다. 그녀는 그 옆의 문을 또 열었다.

역시나 비어 있었다. 비어 있지 않은 곳은 제일 오른쪽에 있는 문이었다. 윤은 깜짝 놀랐다. 그 안에는 다양한 모양의 가방들이 빼곡이 진열돼 있었다. 윤이 잡지에서나 봤을 법한 고가의 가방들이었다. 또 대부분이 악어가죽 소재였다. 뿐만 아니라 한눈에도 보석함으로 보이는 고급스러운 케이스들도 한편에 가지런히 정렬돼 있었다. 윤은 얼이 빠진 것 같은 얼굴로 그것들을 바라봤다. 그때 갑자기 똑똑, 노크 소리가 들렸다. 윤은 급히 옷장 문을 닫았다.

시환은 침실 문을 열고 그 자리에 서 있었다. 그의 눈에 윤은 흰색 목욕용 가운 차림으로 옷장 오른편에 서서 두 손을 앙가슴에 모은 채 발그레한 얼굴을 하고 있었다.

"들어가도 됩니까?"

시환이 물었다.

"네에……."

윤은 옷장을 뒤로한 채 걸음을 옮겨, 문을 닫고 들어온 시환과 마주했다.

"옷장…… 열어봤어요."

윤의 말에 시환은 고개만 끄덕거렸다. 그가 말이 없어 윤은 그 다음의 말을 이으려 했으나 딱히 생각나는 화제가 없어 머뭇거렸다. 옷장에 있는 가방이 예쁘다고 할 수도 없고 어쩌지, 하는데 얼굴에 그의 손길이 느껴졌다. 시환이 윤의 얼굴에, 정확히 얼굴 옆의 머리카락에 손을 댔다. 약간 젖어 있는 머리카락.

"씻었어요?"

시환이 물었다. 묻지 않아도 윤의 가운 차림과 해맑은 민낯과 젖은 머리로 알 수 있음에도.

"네? 아, 네에……."

윤은 다시 얼굴을 붉혔다. 가슴이 격하게 고동쳤다. 시환은 윤의 머리카락을 만졌던 그 손으로 그녀의 뺨을 감쌌다.

"그 안에……."

말과 함께 시환의 눈이 윤의 가운 앞으로 내려갔다.

"발가벗었나요?"

윤은 대답 대신 눈을 둥그렇게 떴다. 아주 잠깐. 그녀의 눈꺼풀은 금세 아래로 내려갔다. 얼굴은 이제 홍당무가 되고 말았다. 그녀의 붉은 뺨을 쥐고 있던 시환은 그 손을 천천히 내려 그녀의 턱 밑을 들어 올렸다. 윤은 거부하지 않고 그가 이끄는 대로 따랐지만 눈을 뜨지는 못했다. 눈을 감은 채로 그의 얼굴이 다가오는 것을, 이어 그의 입술이 조심히 제 그것에 닿는 것을 느꼈다. 그녀는 허락의 의미로 입술을 살짝 벌렸다. 그 수줍은 허락이 무색하게도 시환의 입맞춤은 물밀 듯 시작되었다.

"음……."

윤은 입술을 빼앗긴 채 짧은 신음을 흘렸다. 시환이 윤의 허리를 낚아채 잡고 다른 손으로 그녀의 목덜미를 움켜잡았다. 그리고 얼마 지나지 않아 윤의 몸에서 흰 가운이 마치 뱀의 허물처럼 미끈한 등허리를 타고 내려가 엉덩이에서 찰나에 멈추더니 이내 소리도 없이 바닥으로 떨어졌다. 희고 탐스러운 윤의 엉덩이 아래로 쭉 뻗은 다리에 약간 긴장된 근육이 드러나고 발꿈치는 위로 들려 있었다.

윤은 아찔함을 느꼈다. 놀이기구를 타고 빠른 속도로 내려갈 때의 기분과 흡사했다. 입맞춤의 달콤한 도취는 제 몸이 휑해진 것을 그 순간보다 더디 깨닫게 만들면서 그렇게 갑작스럽게 돌변

했다. 그 아찔함 속을, 제 등을 훑으며 내려가는 시환의 손길이 뱀처럼 파고들었다. 그 '뱀'은 그녀의 허리를 휘감고 이어 능선을 타고 넘듯 엉덩이를 휩쓸더니 이윽고 그것을 움켜쥐었다.

"아……."

윤은 고개를 뒤로 젖히며 저도 모르게 소리를 냈다. 몸이 위로 붕 뜨는 것 같았다. 얼마 안 있어 등 뒤로 구름 같은 푹신함이 전해졌다. 침대 위로, 시환이 윤을 안고 쓰러진 찰나였다. 발가벗은 윤의 몸 위에서 그의 등은 일정한 율동을 보이며 꿈틀댔다. 그러는 사이 윤의 하얀 손이 시환의 등에서 그의 셔츠를 그러쥐었다. 단단히 쥐어, 시환이 몸을 일으키려 할 때도 놔주지 않았다. 그는 윤에게 잡힌 채로 셔츠를 벗었다. 그녀는 그의 셔츠로 제 몸을 가렸다. 그러나 금세 빼앗겼다. 시환의 손에 그것은 침대 밖으로 날아갔다. 윤이 이제 제 부끄러움을 방어할 방법은 두 손을 앙가슴에 모으고 눈을 감는 수밖에 없었다. 수줍은 욕망은 아직 시환의 눈앞에 모든 것을 던져 버릴 만큼 대담하지 못했다. 앞에 모은 팔 사이로 함께 모인 윤의 젖가슴이 특히 그랬다. 그렇게 모인 탓에 누워서도 둥글게 부풀어 오른 것들 중 하나는 팔 아래에 젖꼭지를 감추고 있어 더욱 수줍어하는 것처럼 보였다. 가슴 아래에서 움푹 꺼진 배는 배꼽 아래에서 완만하게 올랐다가 다시 내려가는 길에 검은 숲과 만났다.

시환이 그 수줍은 여체를 한눈에 담고 몸을 내렸다. 먼저 윤의 어깨를 물었다. 움츠려 있던 그녀의 어깨가 더욱 움츠러들었다. 그 가녀린 어깨에서 그는 천천히 고개를 들었다. 윤의 흰 어깨에 잇자국이 선명했다. 다음에 그는 그녀의 팔을 물었다. 입술로 먼저 물고, 그다음 지그시 이를 박았다. 윤이 이번에는 파르르 몸을 떨었다. 희미한 통증. 그런데 그것을 쾌락과 구분할 수가 없었다. 또 그 불분명한 감각이 정말 몸에서 오는지, 저 혼자만의 착각인지도 알 수 없었다. 희미한 통증에 뜨겁고 진한 타액이 섞이듯 어쩌면 혼합된 감각일지도 모르겠다.

"하아……."

윤은 신음을 탄식처럼 토했다. 시환의 머리칼을 움켜잡은 것과 함께였다. 그의 이가 부드럽고 연한 젖무덤 살을 파고들었다. 천천히, 깊이. 이어 잘근잘근 젖꼭지도 씹었다. 감미로운 통증이 윤을 사로잡았다. 그녀는 시환의 머리를 좀 더 당겨 보듬었다. 그가 꿈틀대었다. 그 꿈틀거림이 바지를 벗고 있는 움직임이라는 것도 알았다. 비로소 윤은 그의 살갗을 선명히 느낄 수 있었다. 살과 살이 닿은 곳이 무척 뜨거웠다. 뜨거우면서도 소름 끼쳤다.

시환의 손이 그녀의 아랫배 끝에서 숲을 덮었다. 이어 미끄러지듯 내려갔다. 숲의 깊은 곳으로. 이어 탐색하듯 섬세하게 더듬었다. 윤은 소름에 이어 등골을 타고 오르는 전율에 사로잡혔다. 전율은 동시에 깨달음이었다. 이전에는 몰랐던, 저의 것이지만 제 것인 줄 몰라 잠자고 있던 감각이 깨어나 의식을 지배했다. 의식은 점점 예민해졌다. 보고 있지 않은데도, 느끼고만 있는데도, 깊고 은밀한 숲에서 시환이 무엇을 하는지 머릿속에 선명히 그려질 정도였다. 시환은 그 숲을 무례하게 헤집었다.

"옷……."

윤은 허리를 움찔한 것과 동시에 몸을 옆으로 틀었다. 제 깊은 숲이 불길에 휩싸인 것처럼 뜨거웠다. 윤은 새우처럼 움츠러들어 제 품에 들어와 있는 시환의 머리를 따라 그의 등으로 손을 내렸다. 그의 살갗을 쓸어내리는 제 손바닥에서도 그녀는 열기를 느겼다. 그 열기가 저에게서 나는 것인지 그의 살갗에서 전달되는 것인지 구분되지 않았다. 다만 좋았다. 마른 듯 탄탄한 남자의 살갗을 애무하는 느낌. 윤은 충동을 이기지 못하고 시환의 귀를 깨물었다. 깨물고서야 알았다. 물어뜯지 않기 위해 인내심을 발휘해야 한다는 것을. 이상한 일이지만 그의 귀에서는 바다 냄새가 났다. 동해안이 연상됐다.

"하아⋯⋯."

윤이 한숨과도 같은 소리를 길게 흘렸다. 움츠려 있던 그녀의 어깨는 다시 시트 위로 떨어졌다. 허리 아래가 묵직했다. 시환의 머리가 그녀의 배꼽 밑에 있었기 때문이다. 시환은 윤의 아랫배에 얼굴을 묻었다가 살며시 떼기를 반복했다. 묻었을 때는 한 입 베어 물듯 하고, 떼었을 때는 미세한 솜털의 간질임을 코끝으로 느꼈다. 코끝은 어느새 풍성한 숲과 만났다. 늪지로 이르는 길에 그곳의 위험성을 경고하듯 형성된 역삼각형의 숲. 수풀은 모두 늪지 쪽을 향해 누워 있었다. 시환은 그곳에 손을 대 그 반대 방향으로 아주 천천히 쓸어 올렸다. 반대로 꺾인 수풀은 제 깊은 곳을 드러냈다가 조금씩 원래의 방향으로 빠르게 누웠다. 그것이 다 눕기 전에 시환이 덥석, 그녀의 허벅지 안쪽을 물었다.

"헉⋯⋯."

윤이 짧게 몸을 떨었다. 시환은 저가 문 자리로부터 죽 타액의 자국을 남기며 그녀의 숲으로 숨어들었다. 숨어들자마자 혀를 내어 숲의 중앙을 훑었다. 아래에서 위로 훑고 다시 위에서 아래로, 마치 가르듯 훑었다. 그렇게 가르고 들어가, 수줍고 연약해저 깊은 곳으로부터 나오려 하지 않는 꽃에게 정중히 춤을 청했다. 어쩐 일인지 꽃은 금세 춤을 추었다.

"으흑……."

윤은 허리를 틀고 제 가랑이 사이에 있는 시환의 머리를 허벅지로 급히 조였다. 감각이 의식을 지배한 지 꽤 됐다. 의식은 감각의 노예로 쉽게 굴복했다. 그런데 정말 굴복한 쪽은 시환이었다. 그가 제 머리를 조인 윤의 허벅지를 잡아 힘껏 벌렸다. 더 이상 버틸 수 없다는 의미였다. 윤이 소스라치듯 놀라 눈을 부릅떴다. 눈앞에 시환이 보였다. 그가 한 손에 그녀의 턱을 움켜잡았다. 그때였다.

"악……."

윤은 부릅뜬 눈을 도로 질끈 감았다. 날카로운 흉기가 몸을 관통하는 충격에 한순간 정신까지 멍해졌다. 저가 비명을 질렀다는 것도 그 순간이 지나고서야 알았다. 그런 후에야 그녀는 가냘프면서도 다소 비틀린 신음을 길게 토했다. 그것이 시환의 귀에는 흐느낌처럼 들렸다. 그는 윤을 한 팔에 감아 제 가슴으로 바짝 끌었다. 윤도 재빨리 그의 몸을 팔로 꼭 감았다. 그런 그녀의 팔 안에서 시환은 천천히 움직였다. 윤은 아픈 티를 내지 않으려 어금니를 꽉 깨물었지만 제 팔에 힘이 절로 들어가는 것만큼은 어쩌지 못했다. 아랫도리가 꽉 차다 못해 터질 듯 팽창하는 쓰라림과 그것이 빠지는 잠시의 안도가 규칙적으로, 또한 느리게 반복되었다.

"아까…… 물었죠?"

시환이 숨결처럼 낮은 목소리로 말을 했다.

"어머니 침실인데 괜찮냐고……."

"으응……."

윤은 대답인지 신음인지 모를 소리를 냈다.

"괜찮아요. 바라던 일이니까……."

윤은 누가 바라던 일이냐, 어머니냐, 시환 자신이냐 묻고 싶었지만 말이 나오지 않았다.

"보여주고 싶었으니까……. 아마 보고 있을 거야……."

시환의 말소리가 너무 작아 윤의 귀에는 잘 들려오지 않았다. 그가 뭐라 더 말하는 것 같아 윤은 제 거친 숨소리를 죽여 귀를 기울였지만 그 순간에 아찔한 통증이 밀려와 숨이 턱 막혔다. 몸이 크게 흔들린 것과 동시였으며 시환은 그녀에게 좀 더 깊이 들어와 있었다. 그는 재차 거칠고 깊게 윤을 몰았다.

"으……."

윤은 어쩔 수 없는 신음을 토했다. 참으려 했는데, 아파하면 그가 미안해할까 봐, 부담을 가질까 봐. 그런 그녀의 마음을 아는지 모르는지 시환은 그녀의 다리 하나를 잡아 무릎을 그녀의 어깨 쪽으로 올려 꾹, 눌렀다. 그렇게 하면 그는 더욱 깊숙이 들어갈 수 있었다. 동시에 첫 경험의 윤에게는 잔인한 일이었다. 시환은 어깨를 세워 윤을 내려다보았다. 윤은 고개를 옆으로 돌렸다. 저가 아파하는 모습을 그에게 보이기 싫었지만 완전히 숨길 수는 없는 노릇이었다. 행위는 점점 빨라지고 그녀는 심하게 흔들렸으며 고통은 조금도 줄지 않았다. 윤은 시트를 손에 그러쥐고, 신음을 삼켰다. 원래 그런 것이라고 이해를 하면서도 눈물을 흘렸다. 윤의 고통은 고스란히 시환의 건조한 눈빛에 담겼다.

소파에 있는 윤의 가방은 그 입구에 꺼내다 만 옷들이 걸린 채였다. 그 상태에서 시간이 흐르지 않은 것 같았다. 침실도 원래의 밝은 불빛 그대로였다. 변한 곳이라고는 침대뿐이었다. 공주풍의 로맨틱한 침실에서, 역시나 공주가 사용할 것 같은 침대는 각 모서리마다 기둥에 묶여 있던 면사포 같은 흰색 휘장이 모두 풀려 있었다. 휘장의 그 얇은 천에 윤과 시환의 나신이 얼비쳤다. 조용하면서도 치열한 격정의 모습으로.

"아……."

윤이 미간을 좁히며 신음을 흘렸다. 시환의 손에 잡힌 그녀의 젖가슴은 터질 듯했다. 그는 제 손에 잡힌 젖가슴에, 심지어는 이를 아주 깊이 박았다. 마치 물어뜯을 듯. 윤은 저도 모르게 시환의 어깨를 밀었지만 그는 바위처럼 끄덕도 하지 않았다. 시환은 제 아래에서 꿈틀대는 윤을, 그녀의 몸에서 살을 발라내듯 탐닉하고 있었다. 윤의 몸에는 어깨에서부터 온통 붉은 자국이 산재했다. 윤에게 그것은 짜릿함과 동시에 괴로움이었다. 괴로움이 더 컸다. 어쩐지 그는 점점 심해지는 것 같았지만 남자의 격정이라 이해하려 했다. 시환은 그녀의 부드러운 아랫배도 물고 허벅지도 물었다. 그녀의 무릎을 활짝 벌려 그녀의 수줍음도 물었다. 윤은 다시 깊은 신음을 토했다. 그는 그것에도 점점 더 집요하게 굴었다. 빨고, 핥을 뿐만 아니라 손끝으로 살살이 헤집고 벌려, 그 노골적인 애무에 윤은 몇 번이나 몸서리를 쳤다. 기절할 것만 같았다. '그만 두라' 소리치고 싶었다.

"읏……."

윤은 얼굴을 일그러뜨렸다. 아래가 빠듯하게 조여왔다. 어깨가 모두 시트에 닿아 있는 그녀였지만 허리 아래만은 옆으로 돌아, 한쪽 골반이 위로 오고 두 다리는 골반이 돌아간 방향으로 모여 있었다. 그런 그녀의 뒤로부터 시환이 들어와 있었다.

"허억……."

막힌 숨이 터지는 것 같은 소리를 내며 윤은 어깨를 골반의 방향 쪽으로 틀었다. 그렇게 하면 고통이 좀 줄어들까 하는 본능적인 행동이었지만 소용없었다. 달아나고 싶을 만큼 고통스러웠다. 그러나 이미 시환에게 잡혀 그럴 수 없었다. 앞선 삽입보다 윤은 더 고통스러웠다. 앞선 것이 날카로운 고통이었다면 이번에는 잔인한 그것이었다. 첫 경험에 아직 몸이 제대로 열리지 않은 여자에게 그런 식의 후배위는 실제로 힘든 체위다. 시환이 그것을 모를 리 없었다. 아니, 너무나 잘 알았다. 그는 제 체중을 윤의 몸위에 싣고 그녀의 어깨를 팔로 감았다.

"괜찮아……."

시환이 속삭였다. 윤의 일그러진 얼굴을 보면서.

"처음이라 그래."

윤의 대답은 비틀린 신음 소리였다. 그것도 몸이 크게 흔들리며 낸 소리였다. 시환의 피스톤 행위는 윤의 아래에서 타격과도같은 충격으로 그녀에게 전해졌다. 윤이 바랄 수 있는 것은 그것이 조금씩이라도 수그러드는 것뿐이었다. 그의 말대로 처음이라서 그럴 테니까.

"헉……."

숨이 가쁜 소리를 내는 윤의 입에서 뜨거운 입김도 함께 나와 그것이 그대로 시환의 얼굴을 덮었다. 시환은 윤의 얼굴에서 눈을 떼지 않은 채 어째서 그녀에게 참을 수 없는 욕정을 느끼는지를 되짚었다. 답은 바로 떠오르지 않았다. 윤을 이곳에 처음 데려온 날도 그랬지만 아까 주방에서 그녀가 과일을 먹었을 때의 그 갑작스러운 욕정도 마찬가지였다. 실은 욕정이 아닐지도 모른다. 욕정이라고 착각하는 것일지도 모른다. 욕정이 아닌 기억이

다. 그것도 나쁜 기억.

그때 불현듯 윤의 신음이 시환의 귀를 파고들었다. 얼굴을 보니 그녀는 여전히 괴로워하고 있었다. 시환은 등골에서 찌르르한, 마치 감전된 것 같은 전율을 느끼고 행위를 멈췄다. 그리고 곧장 윤의 어깨를 깨물었다. 그렇게 사정을 참아냈다. 앞에서 한 번 참았던 것보다 더 힘들었지만 기어코 참아냈다. 쉽게 끝내지 않겠다. 가능한 오래 끌 것이다.

"으으……"

윤은 다시 괴로움의 소리를 냈다. 이어 몸을 꿈틀댔다. 시환에게서 달아나려는 듯. 그러자 그가 그녀를 더욱 옭아맸다. 사정이 참을 만해지자 그는 다시 행위를 시작했다. 그것도 말에 박차를 가하듯 거칠게 시작했다.

"흐윽……"

윤은 흐느낌의 소리를 냈을 뿐 아니라 정말 울고 있었다. 소리를 내어 울고, 정말 많은 눈물을 쏟았다. 그녀의 눈물을 보며 시환은 더욱 힘 있게 허리를 놀렸다. 윤이 괴로워하면 할수록 그의 욕정은 더욱더 미쳐 날뛰었다.

＊

어둠이 모든 것을 삼켰다. 공주풍 침실의 화려함도, 그 화려함 속에서의 전쟁 같았던 격렬함과 그 상흔까지도 모두 덮었다. 덮지 못한 것은 하나였다. 그 전쟁에서 살지도 죽지도 못한 한 여자의 혼란이 그것이었다. 윤은 몸이 푹 가라앉는 것 같은 느낌을 받았다. 몸이 이완되는 것 같으면서도 편안함의 그것이 아닌, 꼭 잡고 있어야 할 줄을 놓아버린 것 같은 체념과도 비슷했다. 그 체념에는 안도감도 함께였다. 이제 끝났구나 하는. 흡사 악몽을 꾸고 깨어난 것 같았다. 그런데 윤은 그것도 이해할 수 없었다. 아직은 뿌연 안개 속을 헤매는 것 같았다. 짜릿하고 낯선, 그러면서 가슴 설렌 애무로 시작되었던 사랑이 어디서부터 어떻게 '악몽'으로 바뀌었는지. 그때 마치 그것에 대한 답을 주듯 윤의 몸을 포근하게 감싸는 손길이 있었다. 그 손길은 한없이 따뜻했다. 위로 같았다. 이어 '안 잤어요?' 하는 시환의 나직한 음성이 들려왔다. 윤은 눈물이 핑 돌아 바로 대답하지 못했다. 시환이 제 품 안으로 윤을 바짝 끌었다. 그리고 그녀의 움츠러든 몸을 부드럽게 어루만졌다. 새우처럼 굽힌 등을 쓸어내리고 엉덩이를, 아이에게 하듯 토닥였다. 윤은 눈을 감고 가만히 그것을 느끼고 있었다. 눈시울을 살포시 적셨던 눈물은 서서히 말라갔다. 불현듯 저가 바보 같았다. 여자라면 누구나 거치는 통과의례일 텐데, 했다. 윤은 미소 지었다. 시환의 가슴에 머리를 비볐다. 그의 품에서 잠을 청했다.

7. 허기진 기억

　반짝, 윤은 눈을 떴다. 꿈을 꾸다가 깨어, 아, 꿈이구나 했다. 그리고 저가 눈을 뜬 곳이 연립주택의 제 소박한 방이 아니라는 것도 금세 깨달았다. 시환은 곁에 없었다. 침실 안은 온화한 빛의 일렁임으로 가득했다. 침대의 레이스 휘장을 뚫고 들어온 빛은 특히나 뽀얀 우윳빛 같았다. 이른 아침임이 분명했다. 윤은 힘없이 도로 눈꺼풀을 내렸다. 몸이 무겁게 느껴졌다. 꼼짝도 하기 싫어 그렇게 눈을 감고만 있는데 달칵, 문소리가 났다. 다시 눈을 뜬 윤은 휘장에 어른거리는 그림자를 보았다. 그림자는 휘장을 젖혔다. 윤은 미소 지었다. 시환은 손에 든 머그잔을 먼저 침대 옆 테이블에 놓고 나서 윤의 얼굴에 손을 댔다.

　"열이 있어요."

　윤의 얼굴에 손을 대고 시환이 말했다. 그는 그녀의 몸에서 열을 느끼고 먼저 눈을 떴었다. 늘 자던 시간에 잔 것이 아니라 깊은 잠을 못 이뤄 쉽게 깨어난 까닭도 물론 있었다.

"아…….'

시환의 말을 듣고서야 윤은 제 몸의 열을 느낀 듯, 알았다는 의미의 탄사를 흘렸다. 몸이 무겁고 축 처지는 느낌이 있더니 가벼운 몸살이 왔나 보다 했다.

"다행히 그리 심하진 않은 것 같은데……."

그는 말과 함께 윤의 얼굴에서 손을 뗐다.

"일단 물을 좀 마셔요."

시환이 윤을 잡아서, 그녀가 상체를 일으킬 수 있도록 도왔다. 그 와중에도 윤은 이불을 주섬주섬 잡아 제 앞을 가렸다. 그리고 시환이 건넨 머그잔을 받아 그 안에 든 따뜻한 물로 목을 적시고서야 입안이 말라 있었다는 것도 알았다.

"더 자요. 학교 가는 건 무리니까."

윤이 머그잔을 거의 비울 때쯤 시환이 말했다.

"옷을…… 입어야겠는데 가방 좀 갖다 줄래요?"

윤은 쑥스러운 얼굴로 말하며 소파에 있는 큰 가방을 가리켰다. 시환이 가방을 가져왔다. 윤은 그 안에서 미니 원피스처럼 길이가 아주 긴 노란색 면 티를 꺼냈다. 그것을 손에 든 그녀는, 곁에 서서 내려다보고 있는 시환을 힐끔 쳐다봤다. 그런데도 그는 가만히 있다가 윤이 다시 힐끔 쳐다보자 그제야 가방을 다시 소파에 갖다 놓고, '더 자요' 하고 침실을 나갔다. 그가 나가고 문이 닫히자 윤은 면 티에 팔부터 끼워 넣었다. 이어 머리를 넣고 또 그것을 허리 아래까지 내리려고 몸을 꿈틀댔다. 그러느라 밀려난 이불 사이로 그녀의 무릎 아래에서 무엇인가 눈에 띄었다. 시트에 묻은 손바닥만 한 크기의 거무스름한 얼룩이었다. 또 바

싹 말라 있었다. 윤은 얼른 그 위로 이불을 도로 덮고 다시 누웠다. 생각 같아서는 시트를 갈고 싶었지만 새 시트가 어디에 있는지 알 수 없지 않은가. 이곳은 그녀의 집이 아니다. 그 새삼스럽지도 않은 사실이 미묘한 불안을 불러일으켰다. 제집이 아닌 곳에 무방비 상태로 던져진 것 같은 마음의 불안과 불편. 언제든 돌아갈 수 있는 편안한 집, 아버지와 함께 살던, 비록 넉넉하지는 않은 살림이나 저와 아버지에게는 결코 모자람도 없었던 그 집은 이미 존재하지 않았다. 어쩌다 이렇게 된 거지? 윤은 그 하릴없는 상념 속으로 빠져들었다.

윤은 다시 반짝, 눈을 뜨고서야 저도 모르게 잠들었음을 알았다. 꽤 뒤척였던 기억이 남아 있어 막 깼을 때는 여전히 뒤척이던 중인 줄 알았다. 더구나 절로 깬 것이 아니라 시환의 목소리를 듣고 깼다. 이어 그의 손길을 느꼈다.

"식은땀을 흘렸군요."

윤의 얼굴에 손을 대고 시환이 말했다.

"약 먹어요."

"몇 시예요?"

"11시 조금 넘었어요."

시환은, 몸을 일으키는 윤을 도와주며 대답했다. 그런 후 침대 아래에 있는 자그마한 상을 그녀 앞에 놓아주었다. 윤의 눈이 휘둥그레졌다. 작은 상에는 죽이 든 그릇과 밑반찬이 담긴 작은 종지 두 개, 약봉지, 물컵이 올려 있었다.

"산 겁니다."

상 맞은편에 걸터앉아서 시환이 말했다. 그가 말하지 않아도 죽집에서 산 죽이라는 것쯤 금세 알 수 있었다. 다만 그릇에 옮겨 담았을 뿐인데 그 정성만으로도 윤을 감동시켰다. 식당이 열리는 시간을 기다렸다가 시간 맞춰 사온 것일 터였다. 시환은 '죽 먼저 먹고 약을 먹어' 했다.

"시환 씨는요……?"

시환은 대답도 없이 숟가락을 들어 윤에게 내밀었다. 윤이 받아서 한 술 떠먹었다. 그리고 미소 지었다.

"왜 웃어요?"

윤의 미소를 보고 시환이 물었다.

"맛있어서요……."

윤은 그렇게 말했지만 막 자고 일어나 먹는 죽이 맛있을 턱이 없었다. 그녀의 '맛있다'는, 죽이 아닌 시환의 마음을 향해 있었다.

"시환 씬 잠 좀 잤어요?"

"잠깐 졸았어요. 윤 씨 약 먹고 잘 때 나도 좀 자든가……."

시환은 말끝을 흐리다 '물론 내 방에서'라고 이어 윤을 또 미소 짓게 만들었다.

"근데 이제 말 놔요. 그냥 윤아, 라고 불러요."

"윤아."

시환이 바로 부르자 윤이 이번에는 소리 내어 웃었다. 그녀는 죽 그릇을 다 비우고 약도 먹었다. 욕실에서 양치질을 한 후에 다시 자리에 누워 시환의 가벼운 입맞춤으로 잠을 청했다. 눈을 감고, 토닥토닥 해주는 그의 손길을 다정하게 느꼈다. 기분이 한결 나아지고 편안해졌다. 그 때문인지 아니면 약 기운 때문인지 윤은 얼마 안 있어 고른 숨소리를 냈다. 시환은 잠든 윤의 얼굴을 가만히, 꽤 오래 내려다보다가 상을 들고 침실을 나왔다. 나와서 뒤로 문을 닫고도 그 자리에서 움직이지 않았다.

"걱정 마……."

시환은 나직이 중얼거렸다. 입술도 거의 달싹이지 않았다.

"부탁한 대로 다 돌려줄 거야."

목소리는 더욱 잦아들었다.

"당신 딸에게……."

＊

어둠 속에서 윤은 기분 좋게 눈을 떴다. 숙면을 취하고 나서 자연스럽게 깨어나듯 그렇게, 눈꺼풀이 아무 힘도 들이지 않고 위로 올랐다. 몸이 개운한 느낌과 함께 머리도 맑았다. 그녀는 어둠에 눈이 익을 때까지 잠시 기다렸다가 침대에서 내려와 스탠드 불을 켰다. 다소 환해진 침실을 눈으로 훑었다. 변한 것은 없었다. 아마도 시환은 다시 다녀가지 않았나 보다. 지금 작업 중일까. 밥은 잘 챙겨 먹고 있는 걸까. 궁금하기도 하고 걱정도 되는 윤이었다. 그녀는 숄더백에서 휴대폰을 꺼냈다. 시간은 8시가 다 돼 가고 있었다. 세 시간 전에 고모에게서 전화가 한 번 와 있었고, 그보다 전에는 승연과 진미가 단체 대화방에서 윤을 기다린 흔적이 남아 있었다. 윤이 수업에 빠져 친구들이 궁금해하는 모양이었다. 윤은 친구들의 대화를 대충 읽고 나서 충전기를 꺼내 휴대폰을 끼워 넣은 뒤 욕실로 들어갔다.

쏴아아, 기분 좋을 만큼의 힘으로 떨어지는 온수가 윤의 나신을 적셨다. 물줄기는 그녀의 몸을 때리고 그 몸의 굴곡을 따라 아래로 흘렀다. 적당히 봉긋하고, 무엇보다 형태가 아주 예쁜 젖가슴 사이로, 그리고 활처럼 휜 등허리 아래에서 바로 풍만하게 올라온 엉덩이의 골을 따라 물은 쉬지 않고 흘렀다. 허리와 엉덩이가 짧아 하체가 긴 그녀의 체형은 가는 허벅지와 종아리 선을 더욱 돋보이게 했다.

윤은 욕실에 비치된 은은한 향의 샤워 젤로 거품을 내 몸을 닦고 같은 향의 샴푸로 머리를 감았다. 욕실을 나올 때는 어제 벗어두었던 옷들을 가지고 나와 빈 옷장에 두었다. 그중 속옷은 빨아야 하지만 차차 하기로 했다. 소파에 놔두었던 가방도, 당장 입을 옷과 속옷만을 꺼낸 뒤에 일단 옷장에 넣었다.

미등만 켜 있는 1층은 조용했다. 주방의 불은 꺼져 있었다. 계단을 내려온 윤은 곧장 화실 앞으로 가 문을 열었다. 당연히 시환이 있을 것이라 생각했는데 안은 텅 비어 있었다. 불이 환한 것으로 보아 잠시 자리를 비운 것 같았다. 윤은 화실 방을 나와 화장실 앞을 기웃거렸다. 전등 스위치가 내려가 있어 문을 열어 보니 역시나 안은 어둡고 사람의 기척도 없었다.

"응……? 어디 있지?"

윤은 화장실 맞은편 복도로 눈길을 옮겼다. 평상시에는 발길을 할 일이 없어서 그저 남자들의 구역 정도로 알고 있는 곳이었다. 복도의 왼편과 오른편에 각기 문이 있었다. 윤은 저가 있는 위치에서 가까운 왼편의 문을 먼저 조심히 열어보았다. 막 여는 찰나 밝은 빛이 새어 나와, 안에 사람이 있구나, 금세 알 수 있었다.

시환은 누운 모습으로 윤을 맞았다. 윗도리를 다 벗은 몸이 땀에 젖어 반질하게 윤이 났다. 윤은 눈을 동그랗게 뜨고 놀라면서도 제 입에 떠오른 웃음을 감추지 못했다. 시환은 벤치프레스라 불리는 운동기구 위에 있었다. 몸을 뉘여 역기 모양의 덤벨을 들어 올리는 방식으로 상체 운동에 사용되는 기구인데 시환의 것은 그 기본적인 형태에서 보다 기능이 추가된 것인 듯 외양이 다소 복잡했다.

"계속해요."

마침 덤벨을 위로 든 시환을 보며 윤이 생글거렸다. 시환은 덤벨을 천천히, 안전 스틱의 다소 높은 위치에 내려놓고 몸을 일으켰다.

"언제 일어났어요? 몸은?"

"보다시피 완전 괜찮아요."

윤이 해맑은 얼굴로 대답했다. 시환의 눈에도 그녀는 정상 컨디션을 회복한 듯 보였다.

"근데…… 설마 여기가 시환 씨 방?"

벤치프레스 외에도 러닝머신이 있는 방은 꽤 컸다. 운동기구들 안쪽으로 갤러리 문이 달린 붙박이장이 있고 테이블과 의자, 그리고 무엇보다 창가에 침대가 있어서 침실임을 짐작하기 어렵지 않았다. 그런데 보통의 침실이라고 보기에는 방 안의 전체 풍경이 다소 휑하고 어수선했다. 단지 두 개의 운동기구 때문만은 아니었다. 방 안에 있는 모든 것은 마치 막 이사 와서 아직 정리를 못했거나 혹은 그 반대로 이사를 가려고 준비하는 것 같은 인상을 주었다. 시환의 대답은 그중 전자였다. 바빠서 정리를 못 했고, 또 잠만 자는 방이라 굳이 꾸밀 필요를 느끼지 못했다고 했다.

"그래도 너무했다. 운동하는 방이 있다고만 알았는데 그게 시환 씨 방일 줄이야. 차라리 여길 운동만 하는 방으로 만들지 그랬어요? 화장실도 따로 있어 운동하고 바로 씻기도 좋을 것 같은데……."

윤은 침대의 발치 쪽에 있는 문을 눈으로 확인하며 말했다.

"침실은 2층에 꾸미면 되고……."

그리고 보니 그가 왜 2층을 사용하지 않았는지 윤은 새삼 의아했다. 그녀가 사용할 것을 미리 계획했을 리도 없고.

"계단 오르내리기 귀찮아서."

윤의 생각을 읽은 듯 시환이 변명했다. 그녀에게 등을 보이고 러닝머신에 걸려 있는 타월을 획 잡아채면서 대수롭지 않다는 투였다. 윤은 그가 타월로 땀을 닦는 동안 그의 등을 보고 있었다. 역시나 땀에 젖어 전등 빛에 반짝 빛을 내고 있었다. 윤은 가슴이 두근두근하는 것을 느꼈다. 누가 보는 것도 아닌데 눈길을 떨어뜨리며 수줍어했다. 마냥 수줍기만 한 것이 아니라 수줍음으로 포장한 욕망이었다. 시환을 처음 만났을 때도 그의 등을 보며 그녀는 그랬다.

"어휴, 그림 그리는 거 말고는 만사가 다 귀찮은 사람이라니까. 먹는 기쁨도 모르고……."

윤은 제 욕망에서 깨어나듯 평소와 같은 목소리를 내면서도 시환의 등이 눈에 안 보이게끔 그의 앞으로 움직였다.

"용케 운동이라도 하는 게 다행이야, 정말."

"마감을 하려면 체력이 있어야 하니까."

"그럴 줄 알았어. 시환 씨 머릿속엔 그림, 마감, 이런 것밖엔 없죠?"

윤은 침대를 마주하고 서서 팔짱을 척 꼈다.

"이 방, 내가 꾸며볼까요? 일단…… 침대 시트하고 커튼의 컬러가 너무 안 맞아. 커튼을 새로 하기엔 손이 많이 가니까 침대 시트만이라도 바꾸면……."

윤은 제 뒤로 뜨거운 열기를 느끼며 말끝을 흐렸다. 시환이 다가와 있었다. 윤의 뒤로부터, 그는 그녀의 어깨에 팔을 둘렀다. 윤은 그의 몸이 발산하는 열기를 고스란히 전해 받았다. 방금 전까지 운동을 해서인지, 아니면 다른 이유에선지 알 수 없지만 그는 뜨거웠고, 무엇보다 땀을 흘려 진한 체취를 풍겼다.

"아 참, 시트 여분 있어요?

윤이 짐짓 딴청 부리듯 물었다.

"있어요⋯⋯. 2층 어딘가에⋯⋯."

윤의 목덜미로 고개를 기울인 시환이 속삭이듯 대답하고 그녀의 귓불을 입술로 물었다. 윤은 간지러워 웃음을 띠며 그의 얼굴 쪽으로 고개를 기울였다.

"아직도 말을 못 놓네⋯⋯? 그냥 윤아, 하고 부르라니까."

"윤아⋯⋯."

숨결처럼 들려오는 시환의 목소리에 윤은 더욱 간지러움을 느꼈다. 목소리에 이어 축축한 혀가 귓불을 훑고 귓속을 파고들었다. 더욱 간지럽고 묘하게 짜릿해 윤은 어깨를 움츠렸다. 시환은 윤의 어깨를 감쌌던 팔을 내려, 그 손으로 젖가슴을 더듬었다. 브래지어를 하지 않아 옷 밖으로도 젖가슴 원래의 형태가 고스란히 그의 손끝에 읽혔다. 손끝은 젖무덤 중앙에서 볼록 올라온 젖꼭지를 살살 건드리다가 이내 젖가슴 전체를 천천히 손아귀에 넣었다. 그의 손아귀 안에서 젖가슴은 이리저리 출렁거렸다. 윤은 시환의 얼굴로 기울였던 고개를 그 반대편으로 옮겼다. 그러자 그가 따라와 길게 드러난 그녀의 목덜미를 물었다. 윤은 제 목덜미를 파고드는 그의 이를 느꼈다. 그것은 곧장 어젯밤의 정사를 떠올리게 했다. 미지의 것에 대한 기대 어린 설렘과 야릇한 흥분과 난생처음 느껴본 감각과 전율, 그리고 고통이 뒤섞인 섹스.

시환은 윤의 목덜미를 물고서 손으로는 그녀의 긴 면 티를 걷어 올렸다. 그 안으로 손을 넣어 그녀의 알몸을 진하게 애무하다가 금세 젖가슴을 움켜쥐었다. 옷 위로 쥐었을 때보다 훨씬 부드러워 흡사 푸딩 같았다. 그 '푸딩'을 시환은 조금 더 쥐어짰다.

　"으음……."

　윤은 가슴에 이는 짜르르한 전율에 저도 모르는 신음을 흘렸다.

　"갖고 싶어."

　시환이 윤의 귓가에 속삭였다. 윤은 미소 지었다. 어제의 고통은 어느새 잊고 그의 체취와 애무에 흠뻑 빠져들었다. 그녀는 손을 올려 그의 얼굴을 더듬어 진하게 어루만졌다. 그사이 시환은 손 하나로 윤의 배를 쓸어내렸다. 그리고 그대로 그녀의 바지 안으로 밀어 넣었다. 실내용 바지는 허리선이 고무줄로 돼 있어 그의 손을 아주 쉽게 허락했다. 시환은 팬티 위로 윤의 치골 부위를 손으로 오롯이 감쌌다. 약간의 사이를 두고 그 아래로 손가락을 내렸다. 손끝은 능숙하게 그곳을 더듬었다. 팬티 밖으로도 꽃의 모양새가 손끝에 선명하게 읽혔다. 윤의 아랫도리가 움찔했다. 시환의 얼굴에 닿아 있던 손으로는 그의 머리칼을 움켜잡았다. 또 그것이 신호라는 듯 시환은 팬티 안으로 거침없이 들어가 검은 숲을 헤쳤다. 숲은 이미 젖어 있었다. 그 은밀한 숲에 내려앉은 이슬이 시환의 가운데 손가락 첫마디를 흠뻑 적셨다.

　"아……."

　윤은 다시 한숨 같은 신음을 흘렸다. 시환이 그녀의 이슬로 숲을 온통 헤집고 다닌 지 얼마 되지 않아서였다. 동굴의 입구는 그 자체로 살아 숨 쉬는 생물처럼 그의 손끝을 빨아들였다. 저가 빨아들이고도 그녀는 허리를 움찔하고 다시 신음을 토했다. 시환은 윤의 깊은 동굴로부터 천천히 손가락을 도로 빼는가 싶더니 그 첫마디만 남았을 때 다시 찔러 넣었다. 더욱 깊숙이. 그러자 윤의 허벅지가 절로 벌어졌다. 손가락은 다시 동굴을 빠져나오는 척하다 도로 들어가고, 이어 몇 번을 규칙적으로 반복하는 동안 윤이 다시 옅은 신음을 토했다. 손가락은 마침내 완전히 나왔지만 끝이 아니라 새로운 시작이었다. 빠져나온 그것은 즉시 위로 올라 클리토리스를 위아래로 문지르듯 애무했다. 윤은 못 견디겠다는 듯 고개를 흔들었다. 그곳에서 불이 난 것 같았다. 쾌락보다는 괴로움에 가까웠다. 윤은 허리 아래를 뒤틀었다.

"으읏……."

윤의 다소 격해진 신음을 듣고 시환은 그녀의 면 티를 급히 벗겼다. 이어 그녀를 번쩍, 안아 들었다. 그리고 바로 코앞의 침대에 그녀를 눕힌 것이 아니라 반대로 돌아섰다. 그는 그녀를 운동 기구인 벤치프레스의 베드 위에 올려놓았다.

"괜찮아."

윤이 놀라고 긴장한 듯 토끼 눈을 해 보이자 시환은 그녀의 머리를 쓰다듬었다. 그 역시 벤치프레스에 윤과 마주 앉았다. 두 사람은 말 탄 자세로 바짝 붙어 앉아 입을 맞췄다. 윤은 긴장이 풀려 시환이 이끄는 대로 몸을 내맡겼다. 시환은 그녀의 입술을 정복하고 내려와 그녀의 목을 핥고 어깨와 젖무덤을 차례로 물었다. 윤의 몸은 그의 팔에 잡힌 채로 뒤로 꺾였다. 그렇게 서서히 꺾여 마침내 누웠다. 시환은 그녀 위에 마치 지붕처럼 그늘을 드리웠다. 그때 철컥, 소리가 났다. 시환이 제 오른쪽 발로 벤치프레스 베드 아래의 페달을 풀었다. 이어 그는 베드를 잡아 죽 밀었다. 윤은 누운 채 제 위로 덤벨의 바가 지나는 것을 보았다. 덤벨

바는 윤의 허리 아래쯤에서 멈췄다. 모든 것이 쇠와 단단한 플라스틱으로 돼 있어 윤은 다시 조금 긴장이 되었지만 시환을 믿고 가만히 있었다.

시환은 일어나 있었다. 윤의 다리를 잡아 위로 굽혀 덤벨 바를 지나게 한 다음 바로 그 바 위로 걸쳐 놓았다. 윤이 놀라 '어' 하는 사이 그녀의 나머지 다리도 덤벨 바에 걸쳐졌다. 무릎 바로 아래쪽이 걸려 혼자 힘으로 다리를 빼기는 힘들었다. 더구나 시환이 곧장 베드를, 이번에는 반대편으로 잡아당기니 덤벨 바 아래로 윤의 엉덩이가 빠지면서 더욱 그녀 혼자 힘으로 빠져나오기는 불가능해졌다.

"시환 씨……."

윤이 당황해 그의 이름을 불렀지만 그는 대꾸도 없이 그녀의 엉덩이 아래로부터 바지와 팬티를 한꺼번에 잡아 내려 곧바로 무릎 쪽으로 올렸다. 윤의 아랫도리가 적나라하게 드러났다.

"싫어요."

윤이 강하게 말했다. 얼굴까지 벌게졌다. 훤히 드러난 치부도 치부려니와 자세도 치욕스러웠다. 그런데도 시환은 묵묵히 그녀의 다리에서 옷을 마저 분리해내 완전히 발가벗겼다.

"싫다구요……."

윤이 다시 소리쳤음에도 시환은 마치 그 외침을 못 들은 듯 덤벨 바를 짚고 서서 그녀를 내려다보고만 있었다. 건조한 눈빛과 표정으로 그녀의 사나운 얼굴을 마주했다. 그의 그 무미건조한 낯빛을 윤은 이해할 수 없었다. 그래서 불안했다. 그런데 그가 갑자기 미소 지었다. 한쪽 입술 끝을 삐뚜름하게 올리고, 눈을 윤의 얼굴에서 곧장 아래로 내렸다. 수줍고 은밀한 숲. 그것이 밝은 빛 아래에 활짝 벌어진 채로 드러나, 제 주인만큼이나 충격을 받은 듯 그 본래의 붉은빛을 잃고 다소 바래 있었다. 시환은 그곳에 엄지를 가져가 중앙을 갈랐다.

"제발……."

윤이 얼굴을 찌푸리며 사정했다.

"이러지 말아요……. 싫어……."

윤이 싫다고 하면 할수록 시환은 미칠 것 같은, 사나운 욕정에 사로잡혔다. 그녀의 음부를 보고 또 그것을 마음껏 헤집고, 조롱하고, 난폭히 다뤘다. 그러면서도 그는 제 안에서 고삐 풀린 말처럼 날뛰는 일그러진 욕망과 싸워야 했다. 그것이 너무나 생생해 한순간 현기증도 일었다. 허기다. 먼 기억으로부터의 허기. 욕정은 다만 그 허기진 기억의 심술 맞은 발현에 불과할 뿐이다. 어젯밤도, 오늘도. 그런데 구분되지 않았다. 기억과 욕정을 구분할 수 없었다. 그 어느 쪽도 이렇게 생생했던 적이 없었다.

윤의 울음소리를 듣고 시환은 그 '생생함'에서 깨어났다. 윤은 너무 화가 나서 절로 터진 것처럼 그렇게 울음소리를 냈다. 어젯밤에 이어 그녀를 또 울렸다. 시환은 급히 윤의 다리를 잡아 차례로 덤벨 바로부터 내렸다. 이어 베드를 죽 잡아당기자 윤이 그에게 발길질부터 해댔다. 시환은 그녀의 발목을 낚아채듯 잡아 제 앞으로 쭉 당겨 허리에 두르고 곧장 그녀의 팔을 잡아 일으켰다. 짝, 윤은 몸을 일으키자마자 시환의 뺨을 때렸다. 그는 맞으면서 그녀를 부둥켜안았다. 그녀가 반항하는 데도 제 품으로 바짝 당겼다. 두 사람은 다시 벤치프레스의 좁은 베드 위에 마주 앉아, 윤이 시환의 허리를 두 다리로 휘감은 모습으로 있었다.

"장난이 심했어."

시환의 말에 윤은 주먹으로 그의 등을 팍팍 때리는 것으로 응답했다.

"장난이야."

윤은 여전히 꿈틀대며 반항했다. 시환의 변명을 받아들일 수 없다는 뜻이었다.

"허기져서 그래."

말과 함께 시환은, 반항하느라 들썩이는 윤의 엉덩이를 움켜잡아 제게 꼭 밀착시켰다. 윤은 가만히, 숨만 쌕쌕 몰아쉬었다. 저항하느라 힘도 빠졌지만 그가 한 말을 얼핏 들었던 때문이다.

"너무 허기져서……."

이어진 시환의 말에 윤이 귀를 기울였다.

"머리가 어떻게 됐었나 봐."

윤에게 하는 말이기보다는 독백 같았다. 또 건조한 목소리였다. 침묵이 뒤를 이었다. 그사이 윤은 꼭 주먹을 쥐고 있던 손을 천천히 풀었다. 그렇게 푼 손을 시환의 몸에 가져다 댔다. 그리고 바보 같은 줄 알면서 '배고파요?'라고 물었다. 시환의 머리가 위아래로 움직이는 것을 그녀는 제 몸의 감각으로 느꼈다.

"그럼 밥 먹어야지……."

윤은 바로 식사 준비를 할 것처럼 시환의 품에서 꿈틀댔지만 그가 놔주지 않았다. 그는 도리어 그녀를 안은 팔에 더욱 힘을 줘 그녀는 옴짝달싹도 할 수 없었다.

"나쁜 기억이 있어."

시환이 다시 입을 열었다. 이번에도 독백 같았다.

"무슨…… 기억인데요?"

"배고팠던…… 기억……."

말하는 중에 잦아든 시환의 목소리가 또한 갈라졌다. 정말 허기진 목소리여서 윤은 갑작스레 머리가 멍해진 기분이었다. 무엇을 생각하기 전 가슴이 먼저 반응했다. 심장이 싸하고 살짝 저미듯 하는 느낌. 비록 찰나였지만 언젠가 비슷한 느낌을 받은 적이 있다 했더니 하나 떠오르는 것이 있었다. 화실에서 지하철역까지 시환과 함께 걸었던 날이었다. 그날 그는 말했다. 그림이 친구였다고. 대화하고, 고민을 털어놓고, 의지하고, 위로받는 친구였다고.

윤은 숨죽인 채 시환의 다음 말을 기다렸다. 그러나 더는 아무소리도 들려오지 않았다. 꽤 긴 시간이 흐르는 동안에도 그는 윤의 어깨와 목덜미 사이에 머리를 기댄 채로 꼼짝도 않고 있어, 그대로 잠든 것이 아닌가 싶을 정도였다. 이윽고 시환이 고개를 들었다. 그리고 제 이마를 윤의 이마에 가져다 댔다.

"화났어?"

그가 물었다.

"나빠요."

"맞아."

"앞으론 배고프게 두면 안 되겠어. 포악해지나 봐."

"그것도 맞아."

"나도 배고프면 화가 나기는 해. 우리, 밥 먹어요."

시환은 윤의 엉덩이를 두 손에 잡아 힘을 주었다. 그리고 윤이 '어' 하는 소리는 연이어 두 번 내는 사이 그녀의 엉덩이를 받쳐 들고 자리에서 일어나 벤치프레스의 베드에서 물러났다. 그사이 윤은 그의 목덜미에 팔을 두른 채 매미처럼 달라붙어 있다가 바로 눈앞에 거울을 발견하고 소스라쳤다. 위아래로 긴 벽걸이 거울이었다. 그곳에 발가벗은 몸의 '매미'가 그대로 비쳤다.

"그, 그냥 있어요……."

윤은 얼굴이 빨개져서 급히 소리쳤다. 시환이 어떤 움직임을 보여서 그런 것이 아니라 그가 거울로 돌아설까 봐 미리 선수 친 것이었다.

"나 내려놓고 이쪽……."

윤이 손으로 문 쪽을 가리켰다.

"이쪽으로 돌아서 있어요. 알았죠?"

"왜?"

"그냥 시키는 대로 해요."

시환은 시키는 대로 했다. 그런 그의 등 뒤에서 윤은 재빨리 침대로 쪼르르 달려가, 길이가 긴 면 티를 주워 급히 입고서야 '됐어요' 했다.

"어휴, 미워, 정말."

윤은 이어 벤치프레스 아래에 떨어져 있는 제 바지와 속옷을 주워 들며 짜증 섞인 소리를 냈다. 시환이 아무 반응이 없기에 그녀는 눈을 가늘게 뜨고 그를 노려보았다. 그는 다시 '왜?'라고 묻지만 않았지 물은 것과 진배없는 얼굴로 윤의 눈초리를 받다가, 이내 슬며시 새끼손가락을 귀로 가져갔다. 마치 실없이 귀를 후비는 것처럼. 윤은 옷을 뻗했다.

✳

불이 환한 주방에서 탁탁탁 하는 소리가 경쾌하게 들려왔다. 윤이 무를 채 썰고 있는 소리였다. 강판을 이용하지 않고 부엌칼을 이용해 직접 채를 써는 그녀의 솜씨는 보통의 그것이 아니었다. 먼저 무를 얇게 저며 썰고 그 저민 것들을 한데 모아 아주 빠르게 칼질을 하는데도 그렇게 썰린 채의 굵기가 매우 고르고 가늘었다. 윤은 '무밥'을 지을 생각이었다. 마감 후 금요일 밤의 냉장고에 다양한 식재료가 남아 있을 리 없어, 있는 재료 중에서 무엇을 해 먹을까 고민하다 택했다. 무는 특유의 단맛을 갖고 있어 밥을 아주 맛있게 만들 뿐 아니라 소화가 특히 잘 돼 속을 편안하게 해준다. 그래서 오랜 택시 기사 생활로 늘 소화불량에 시달리던 아버지가 무밥을 무척 좋아했다고, 윤은 무밥과 함께 아버지를 추억하기도 했다.

윤은 적당한 크기의 냄비를 꺼냈다. 무밥을 지을 때는 전기밥솥보다는 가마솥과 같은 묵직한 쇠로 된 재질의 전통 밥솥이 좋은데 그것이 없어 대신 택한 것이 냄비였다. 그곳에 깨끗하게 씻은 쌀을 먼저 얇게 깔고 그 위에 무를 깔고 다시 쌀을 까는 식으로 안을 채웠다. 물 조절을 잘해야 했다. 무에 수분이 많아서 그것을 감안하지 않고 물을 붓다가는 밥이 아닌 죽을 만들기 십상이기 때문이다. 밥을 안치고 나서 윤은 마늘과 청양고추, 잔멸치를 다져 고춧가루와 깨, 참기름을 넣고 양념간장을 만들었다.

윤이 식사를 준비하는 동안 화실 방에서 일을 하고 있던 시환은, '다 됐다'는 윤의 부름을 받고 주방으로 왔다. 식탁에 무밥과 맑은 된장국, 양념간장, 데친 양배추, 양념된장, 계란말이, 김무침, 김치가 정갈하게 준비돼 있었다. 그 외에 밥그릇 옆에 양푼 크기의 커다란 사기그릇도 있어, 시환은 자리에 앉으며 그 사기그릇을 의아하게 쳐다봤다.

"거기다 밥을 비벼 먹으라구요."

윤이 사기그릇을 가리키며 말했다. 그리고 저가 직접 제 밥그릇의 밥을 몇 숟가락 떠서 사기그릇에 넣고 그 위에 양념간장 한 숟가락을 끼얹어 보였다.

"무밥에 이렇게 양념간장을 비벼 먹으면 정말 맛있어요. 간이 세진 않지만 청양고추 땜에 살짝 매우니까 양을 적당히 조절해서 먹어봐요. 원래 살짝 매워야 입맛이 확 살거든요. 하지만 무가 중화를 해주기 때문에 아주 맵지도 않아요. 양배추 데친 것은 양념된장에 싸 먹거나 찍어 먹구요. 그것도 무밥이랑 궁합이 아주 잘 맞아요."

윤이 열심히 설명하는 동안 시환은 숟가락을 들어 밥을 살짝 헤집었다. 밥도 하얗고 무도 같은 색이라 윤의 설명을 듣기 전까지는 밥에 무가 섞인지도 몰랐다. 또 무밥은 처음이라 신기하기도 했다. 익힌 무는 마치 짧은 국수처럼 보였다. 그는 그것을 밥과 함께 숟가락에 조금 떠서 코 밑으로 가져갔다. 그런 그를 윤이 유심히, 기대에 찬 눈빛으로 바라봤다. 그녀의 눈빛은 '향긋하죠?' 묻고 싶은 것 같았으며 이윽고 그가 숟가락을 입으로 가져갔을 때는 '어때요?'라고, 노골적으로 묻고 있었다. 시환은 입을 천천히 움직였다. 마치 입안의 것을 씹는 것이 아니라 굴리듯 했다. 그리고 별말이 없었다.

"별로…… 예요?"

결국 윤이 못 참고 물었다. 시환이 바로 대답하지 못하자 '솔직히'라고 그녀는 단서도 붙였다. 솔직한 소감을 말해달란 의미였다.

"글쎄 뭐……."

시환은 매우 시간을 끌다가 뱉어놓은 제 말을, 결국 예의 그 애매한 고갯짓으로 마무리했다. 그의 그 고갯짓은 경상도 사투리의 '아, 쫌'과 같은, '이도 저도' 아닌 만능 키였다.

"입맛 정말 까다롭네. 혹시 맛을 못 느끼는 거 아녜요?"

윤의 서운해하는 말에도 불구하고 시환은 대꾸도 없이, 조금 전 윤이 그랬듯 사기그릇 안에 밥을 옮겨서 양념간장을 쳤다. 그러고 나서 '이렇게 먹으면 되지?' 했다. 그는 평소처럼 식사했다. 묵묵히, 천천히, 다만 살기 위해 먹는 사람처럼 무덤덤한 얼굴로. 윤은 그의 입에서 '맛있다'는 소리를 듣고 싶은 것이 아니었다. 아무 말을 하지 않아도 정말 맛있어하는, 맛있게 먹는 모습을 보고 싶었다. 맛있는 음식 앞에서 늘 똑같기만 한 그를, 윤은 처음에는 성품이라 생각했었다. 그런데 방금 저가 아무 생각 없이 던진 말처럼 혹시 그의 미각에 문제가 있는 것이 아닐까, 불현듯 그 생각도 들었다. 나쁜 기억이 있다 했지, 그 기억이 배고픈 기억이라 했지. 더불어 윤을 벤치프레스에 눕히고 그가 보였던 행동이 그녀에게는 낯설고 기이한 인상으로 남았다. 평소에 그녀가 알던 '어른 남자' 시환이 아니었으니까. 도리어 심술 맞은 어린애 같았다고나 할까. 윤은 지금이라도 그의 그 '허기진 기억'에 대해 묻고 싶었지만 차마 입이 떨어지지 않았다. 나쁜 기억을 떠올리는 것을 좋아할 사람은 없다. 나쁜 기억이 좋은 기억보다 훨씬 질기다는 것을 너무 잘 아는 윤이기에 그것을 함부로 캐물어서는 안 된다는 것도 알았다. 언젠가 기회가 있겠지. 자연스럽게 물을 수 있을 기회가. 물론 그보다 더 좋은 것은 그가 스스로 말을 하는 것이지만.

식사 후 시환은 커피 한 잔과 함께 곧장 작업에 들어갔다. 그 사이 윤은 2층을 구석구석 찾아다니며 저가 아는 방 외에 무엇이 있는지를 익혔다. 생활에 필요한 물품을 따로 보관하는 방도 그렇게 찾아내 다행히 침대 시트도 새것으로 갈 수 있었다. 교환

한 시트는 1층의 세탁실로 갖고 내려왔다. 그 세탁실도 처음 와본 곳으로, 작업 중인 시환을 방해하지 않기 위해 윤이 직접 찾아냈다. 세탁기를 작동시켜 놓고 다시 2층의 침실로 올라온 윤은 옷장에 넣어두었던 가방을 꺼내서 옷들을 옷장에 잘 정리하고, 노트북과 책 등도 적당한 곳에 놓았다. 시간은 어느덧 자정을 넘어가고 있었다.

시환은 화실에서 여전히 작업 중이었다. 윤이 안에 들어온 것도 모르고 있었다. 그녀는 노트북을 들고 들어와 먼저 저의 자리에 놔두고 그의 옆으로 가까이 갔다. 그는 그제야 고개를 들었다.

"잔 비었네요."

윤이 커피 잔에 눈길을 던지며 말했다.

"타줘요?"

"안 자?"

시환은 고개를 끄덕인 뒤에 물었다.

"오늘 나 거의 하루 종일 잤잖아. 기운이 남아돌아서 집도 좀 익히고……, 지금 세탁 중이에요."

"내일 아주머니 올 텐데."

이어 그는 원래 오늘 청소하는 아주머니가 오는 날인데 윤이 아픈 바람에 내일 오라고 했다고 알려주었다. 그러니 빨래를 빨래통에 놔두면 아주머니가 세탁할 텐데 왜 직접 하느냐는 뜻이, 그 말에 포함되었다.

"세탁기 돌리는 게 뭐 힘들다고……."

윤은 얼버무렸지만 내심 참 둔하네, 하는 눈빛으로 시환을 슬쩍 흘겼다. 어젯밤의 흔적이 남아 있는 시트를 누구 손에 맡긴다는 말인가.

"왜?"

윤의 눈길을 의아하게 받으며 시환이 물었다.

"됐거든요."

윤은 퉁명스럽게 뱉어내고 시환의 태블릿으로 눈길을 던졌다.

"어……, 콘티네."

윤이 짐짓 아는 체를 했다. 태블릿에는, 그림의 연출과 마치 크로키 하듯 인물의 형체만 그린 초벌 데생, 말풍선, 그리고 대사가 한곳에 모인 네모난 칸이 있었다. CF계나 영화계의 스토리보드와 비슷한 그것을 만화계에서는 '콘티'라고 부른다. 스토리 작가와 함께할 경우에 스토리는 흔히 시나리오 형식으로 넘어와 그것을 만화가가 다시 컷으로 나눠 연출을 하는데 그것이 바로 '콘티 작업'이다. 시환은 스토리를 직접 쓰기 때문에 바로 콘티 작업부터 할 수 있었다. 지면 만화가 대세였을 때는 스토리 작가가 콘티까지 하는 경우도 적지 않았으나 만화의 대세가 웹툰으로 넘어가면서 스토리는 거의 시나리오 형식으로 일반화되었다.

"난 이렇게 컷을 나눠 이야기를 진행하는 게 신기하기도 하고, 어려워 보여요."

"그걸 알면 만화에 대해 다 아는 거지."

만화에서 '컷을 나눈다' 하는 것은 가장 만화다운 특징으로, 영화에서의 편집과 흡사하다고 시환은 설명을 이어갔다.

만화 콘티를 이해하는 데 가장 중요한 것은 원론적으로 만화 그 자체다. 다시 말해 한 컷 안에 들어와 있는 세계를 이해하는 것이다. 지금 한 컷을 앞에 두고 있다면 그것은 만화의 모든 것이며 수백, 수천 컷의 시작이다. 그 한 컷을 이해하지 못하고 설명할 수 없다면 만화를 이해하지 못하는 것이며 나머지 수천 컷도 의미가 없다. 그 한 컷에 무엇을 넣어야 할지부터 결정하는 것이 콘티의 기본이다. 콘티의 기본이 잡혀 있다는 전제하에 작가의 개성은 한 컷 안에 무엇을 '넣고', 컷과 컷 사이의 공간에 무엇을 '버리는'지로 결정된다. 콘티는 한 컷에 무엇을 넣어야 할지를 고민하는 것을 시작으로 무엇을 버리는지로 끝이 난다고 보면 된다. 그것은 '이야기'를 버리는 것이 아니다. 이야기 속에서 자신의 개성에 따라 비개성을 버리는 것이다. 만화에서 작가의 개성은 한 컷 안에 무엇을 넣느냐보다는 컷과 컷 사이에 무엇을 버리느냐로 결정되는 경우가 많다. 여기서 중요한 것은 '무엇'을 버리는 것이지, '많이' 혹은 '적게' 버리는 것이 아님은 물론이다. 그것은 다시 말해 컷과 컷 사이에 버려지는 것, 즉 버리는 행위는 다른 말로 작가의 개성과 상상력을 채워 넣는 것이기도 하다. 즉 컷과 컷 사이에, 그려지지 않아 버려지는 그 공간에 독자의, 혹은 작가의 상상력을 채우는 것이며 작가의 개성 또한 거기서 드러난다.

윤은 시환의 설명을 매우 진지하게 듣고 때로 묻기도 했다. 이제는 만화가 어떻게 만들어지는지 머릿속에 온전히 그릴 수 있었다. 그림을 전혀 못 그리면서 그녀는 저도 이상하다 싶을 만큼 만화에 흥미가 생겼다. 때문에 시환에게 커피를 새로 타줘야 한다는 것도, 제 자리로 가 노트북을 열고 과제를 해야 한다는 것도 잊고 그의 옆에서 그가 구도를 짜고, 연출을 하고, 초벌 데생을 하는 것을 지켜보았다.

시환은 작업을 하면서 윤이 옆에서 지켜보는 데에 별로 구애를 받지 않았다. 또 그것을 스스로도 이상하다 여겼다. 스토리 콘티를 짤 때 누가 곁에서 지켜본 적도 없지만 지켜본다고 상상만 해도 무척 귀찮고 성가실 것 같은데 전혀 그렇지 않았기 때문이다. 또 만화에 뜻이 있거나 앞으로 만화계에서 일을 할 것도 아니면서 윤만큼 만화가 만들어지는 과정에 관심을 갖고 세심한 부분까지 궁금해하는 사람을 본 적도 없었다. '여자들'에게서는 더욱 그랬다. 그가 만났던 여자들은 인기 웹툰 작가 '시환'에 관심을 가질 뿐이지 만화 그 자체에는 보통의 호기심 이상을 보이지 않았었다.

윤은 시환의 콘티 작업을 꽤 오래 지켜보았다. 그러다가 '아, 커피' 하며 갑자기 생각난 것처럼 말하고, 커피를 만들어 와서는 또 한참 그가 하는 작업을 지켜보다가 마침내 물러날 때도 더 보고 싶은 마음을 억지로 누르고 몸을 돌린 티를 역력히 냈다. 그 뒤로 윤은 죽 저의 자리를 지키다가 어느 순간에 사라졌다. 그녀의 마지막 말은 '세탁 다 끝났어요' 였다. 시환은 그녀의 빈자리를 망연히 바라봤다. 이상하게도 그녀를 보내고 나서 오히려 작업이 잘되지 않았다.

화실에서 정원으로 바로 통하는 창을 통해서 시환은 밖으로 나왔다. 두 개의 가로등 불빛에 제 모습을 의지한 작은 정원은 깊은 밤의 정적을 간직한 채 신의 나지막한 한숨 소리 같은, 바람결이 싣고 온 자연의 소리를 속삭임처럼 들려주었다. 그 소리의 정체가 정확히 무엇인지 알 수 없었다. 밤에도 자지 않는 벌레들의 울음소리인지, 약한 바람결에도 제 몸 하나 추스르지 못한 나뭇잎이 내는 소리인지, 그도 아니면 정적의 또 다른 소리일까. 그 소리에 가만히 귀 기울이던 시환은 제 발밑에서 나는 바스락 소리를 갑자기 의식했다. 발 하나를 조심히 떼었다. 화실의 베란다용 슬리퍼 발이었다. 그가 발을 떼자 그 밑에 깔려 있던 잔디가 파르르 몸을 떨다 이내 천천히 몸을 일으켰다. 그러나 다 일어서

지 못하고 다소곳한 모양새로 멈췄다. 그것을 한참 내려다보고 있던 시환이 갑자기 성큼성큼 걸어 주택의 앞으로 와 2층을 올려다보았다. 어두운 침실 창이 보였다. 윤이 화실에서 사라지고 왜 일이 안 되었는지 비로소 알게 되었다. 올라가고 싶었다. 올라가서, 방금 제 발에 밟힌 잔디처럼 쓰러뜨리고 발가벗겨 뽀얀 피부를 물어뜯고 그녀의 은밀한 숲을 난폭히 유린하고자 하는 짐승 같은 욕정에 사로잡혔다. 그녀를 정복하지 않으면 아무것도 할 수 없었다. 이 허기가 채워질 때까지!

시환은 뒤로 한 발자국 물러서며 두 손에 머리를 감쌌다. 그리고 천천히 머리칼을 뒤로 넘겼다. 허리 아래의 욕망도 제 주인만큼이나 팽배해 도리어 주인을 괴롭혔다.

2층의 침실에서 윤은 아직 잠들기 전이었다. 불을 끄고 누운 지 얼마 되지 않았지만 잠이 쉬이 오지 않을 것 같은 예감에 괜스레 뒤척이고만 있었다. 특별히 생각이 많은 것도 아닌데 아무래도 낮에 너무 많은 시간을 잤던 탓이라 여겼다. 더구나 연립주택의 소박한 제 방에 비해 너무 크고 화려한 침실에 적응하려면 시간이 걸릴 것이라고, 윤은 그 핑계도 대보았다. 침대의 휘장은 모두 모서리의 기둥에 묶여 있었다. 몸을 뒤척이던 중 문득 그것이 눈에 띈 윤은 휘장을 치면 잠이 잘 오겠다 싶어 몸을 일으켰다. 바로 그때였다. 문이 갑자기 열렸다. 노크도 없이, 그렇다고 큰 소리를 낸 것도 아니면서 급히 열리고 시환이 성큼 다가왔다.

"악……."

윤은 저도 모르게 짤막한 소리를 질렀다. 그 소리가 먼저인지 시환이 그녀를 덮친 것이 먼저인지 모를 찰나였다. 그리고 조용했다. 잠시 뒤에야 타액이 내는 소리가 속삭이듯 들려왔다. 샌드 위치처럼 포개진 두 사람은 입술도 붙은 채였다. 둘은 입맞춤으로 대화를 하듯 끊임없이 속삭이는 소리를 냈다. 시환이 윤의 면 티 안에 손을 넣어 그녀의 몸을 진하게 애무하고 그녀는 그의 머리칼을 움켜잡고서였다. 한참 만에 입술이 떨어졌다. 시환은 단숨에 윤의 면 티를 올려 벗겨냈다. 그러자 윤이 그의 셔츠 단추를 풀었다. 그녀는 마치 기다리고 있던 사람 같았다. 시환은 약간 놀라면서도 싫지는 않은 듯 그녀가 하는 대로 내버려 두었다. 윤이 그의 셔츠 단추를 다 풀자 벗는 것은 그의 몫이었다. 그사이 윤은 시환의 바지 앞을 잡았다. 버튼을 풀고 지퍼를 내렸다. 단단한 것이 팬티를 뚫을 것 같은 기세로 그녀의 손에 닿았다. 윤은 얼굴이 달아오르는 것을 느꼈다. 그다음 어쩌지? 그 생각도 했다. 머릿속까지 뜨겁게 달아오르는 것만 같아 어찌 할 바를 몰랐다. 다행히 시환이 저 알아서 바지를 벗고 속옷도 벗었다. 그는 이어 윤의 손을 잡아 제 그것에 가져다 댔다. 윤은 가슴이 마구 쿵쾅거려 숨까지 가빠지는 것을 참고서 그의 남성을 지그시 손에 쥐었다. 그것은 막대기처럼 단단하고 또 의외로 차가워 쇠 같았다. 시환은 제 중심을 윤의 손에 맡긴 채 그녀의 젖가슴을 탐했다. 두 손에 가득 모아 쥐고 젖무덤을 힘 있게 빨았다.

"웃……."

윤은 가슴 안을 파고드는 자르르한 느낌에 몸을 떨었다. 그의 중심을 잡고 있어선지 민감하게 느껴졌다. 제 젖꼭지를 그가 잘근잘근 씹고 빨아대는 것이 너무도 선명해 머리가 핑 돌 지경이었다. 시환은 천천히 윤의 가슴 아래로 입술을 옮겼다. 배꼽과 아랫배를 핥으며, 그녀의 엉덩이 밑으로 손을 넣어 한쪽 골반이 위로 오게 세웠다. 윤은 아직 팬티를 입고 있었다. 그는 그 팬티를 엉덩이 쪽에서 잡아 뜯듯 벗겨냈다. 작은 천 쪼가리는 힘없이 찢겨 침대 아래로 떨어졌다.

"아······."

윤은 시트에 얼굴을 묻고 약간 괴로운 소리를 냈다. 뽀얗고 통통한 그녀의 엉덩이가 시환의 손아귀에서 찌그러진 밀가루 반죽인 양 잡혀 있었다. 얼마나 사정없이 쥐어짜는지 그 가늘고 긴 손가락이 닿았던 자리가 금세 새빨갛게 변해 버렸다. 엉덩이 다음으로 시환은 윤의 다리 하나를 팔에 감아 단숨에 벌리고 그녀의 허벅지 안쪽을 콱, 물었다.

"헉······."

윤은 가슴을 크게 들썩였다. 물린 곳으로부터 마치 감전된 것 같은 전율이, 가장 예민한 중앙으로 몰리는 것 같은 느낌이었다. 그녀의 허벅지가 파르르 떨렸다. 그 떨림은 그가 더욱 맹렬히 그곳을 빨아댈수록 심해졌다. 윤은 괴로운 듯 제 다른 다리로 시환의 어깨를 밀었다. 그는 순순히 물러났다가 그녀의 다른 쪽 허벅지를 무는 것으로 재차 공격을 이어갔다.

"흐읍······."

시환에게 물린 윤의 허벅지 안쪽이 핏빛으로 붉게 물들었다. 시환은 그렇게 야금야금 그녀를 정복해 마침내 검은 수풀이 우거진 내밀한 땅을 밟았다. 이미 비옥한 땅이었다. 꿀이 흐르는 땅이었다. 그가 더 보탤 것도 없었다. 그래선지 그는 먼저 그 꿀을 가져갔다. 혀끝에 적셔 입술로 가만히 물었다. 입술 사이에서 그것은 잠깐 머물다가 스미듯 안으로 새어들었다. 그 맛은 아마도 상상 속에서만 가능하겠지만 그렇기 때문에 오히려 맛을 그려낼 수도 있었다. 욕정이 그려낸 맛일까. 이것은 정말 욕정일까. 허기

진 기억이 소환해 낸 분노일까. 다시 기억과 욕정이 섞였다. 이제
는 아무래도 좋았다. 맛이 느껴졌다. 시환은 윤의 은밀한 숲으로
더욱 깊이 들어가 꿀을 약탈했다.

"아아……."

윤은 허리를 비틀고 허벅지를 조였다. 저릿하다 못해 뜨거워
미묘하게 괴로웠다. 그녀는 발뒤꿈치로 시환의 등을 밀었지만 그
는 더욱 그녀에게 파고들었다.

"으흑……."

세상에 이런 이상하고 징그러운 감각이 있다니. 윤은 아래의
어딘가가 터져 버릴 것 같아 몸부림치며 침대 머리맡으로 달아났
다. 달아난 만큼 그가 쫓아왔다. 그녀는 계속 달아나 베개를 등
지고 등을 비스듬히 세웠다. 두 손으로 그의 머리를 밀었다. 그
는 밀리지 않았다. 도리어 뱀처럼 치고 올라왔다.

"헉……."

윤은 눈앞에 시환의 얼굴을 보며 격한 신음을 토했다. 아래가
빈틈없이 꽉 들어찬 것과 동시였다. 이어 조이듯 하는 압박이 느
껴졌다.

"맛있어……."

격하나 낮고 뜨거운 숨결이 시환의 목소리와 함께 윤의 얼굴을
덮었다.

"맛있어, 너."

시환은 더욱 뜨겁게 읊조렸다.

8. 맛있는 섹스

오후의 햇살이 정원의 나무들과 잔디를 다소 창백하게 만들 만큼 밝고 쨍했다. 햇살은 또 격자무늬 창 안으로 쏟아져 내려와, 창의 바로 앞에 있는 등받이가 낮은 소파 위를 비추었다. 소파에 윤과 시환이 서로 얽혀 있었다. 얽혀 있을 뿐 일방적이었다. 소파 팔걸이 쪽으로 비스듬히 몸을 누인 윤을 시환이 틀어잡고, 일방적으로 그녀의 몸을 탐하고 있었다. 살아 있는 먹이를 잡아 살을 발라먹는 허기진 짐승처럼. 그가 지금 먹고 있는 부위는 윤의 브래지어 캡을 잡아당겨 드러낸 탐스러운 젖무덤이었다. 뽀얀 살빛의 푸딩 같은 그것이 온통 그의 잇자국과 타액에 점령당했다. 젖꼭지는 점령당하기 전부터 빳빳하게 서 있다가 이내 그의 입안으로 빨려 들어갔다.

"으읏······."

윤은 어깨를 떨며 시환을 밀어내려 했다. 그는 꿈쩍도 안 했다. 밀어내려 한 것도 다만 저가 느낀 전율의 표현일 뿐이었다. 가슴에서 전해지는 저릿저릿한 전율은 쾌락이면서 동시에 기묘한 괴로움이었다. 그것은 등줄기로도 퍼져 나갔다. 윤은 낮고 옅은 신음을 다시 길게 토했다. 꼬리를 단 신음은 고요한 화실 안을 유유히 부유했다. 윤은 불과 이십여 분 전만 해도 화실의 중앙 테이블에 있는 저의 자리에서 노트북을 켜놓고 과제를 하고 있었다. 시환의 식사 시간에 맞춘 늦은 점심과 커피를 그와 함께하고 얼마 안 된, 일요일 오후의 한때였다. 시환 역시 그의 자리에서 작업을 하고 있었는데 어느 틈에 윤의 자리로 와 그녀가 하는 일을 들여다보았다. 윤은 그가 화장실을 가려고 일어났다가 잠시 걸음을 멈춘 것이라고 생각했다. 그런데 그는 그녀의 얼굴에 입을 맞추고 몸을 애무했다. 지난밤에도 정사를 나눠 설마 했던 윤은, '설마가 사람 잡는다'고, 결국 소파로 끌려가 그의 먹이가 되었다. 거부할 수 없었다. 실은 거부하기 싫었다. 그가 너무 맛있어 했기 때문이다. 그에게서 그런 생동감을 다른 상황에서는 찾기 힘들었다. '맛있다'는 소리를 그런 순간에 들을 줄은 물론 몰랐지만, 또 그런 순간에 듣게 된 것을 기분 좋아해야 하는지 아니면 그 반대인지도 알 수 없었지만, 정성껏 준비한 음식으로 성공할 수 없다면 이것도 나쁘지 않다고 생각했다.

툭하고, 윤의 브래지어가 소파 아래에, 이미 뱀의 껍질처럼 흩어져 있는 그녀의 옷 위로 떨어졌다. 윤의 몸에서 브래지어가 있던 자리는 시환의 손이 대신하고 있었다. 그것도 브래지어보다 훨씬 강한 힘으로 젖무덤을 압박했다.

"아……."

윤은 소파 팔걸이 쪽으로 머리를 툭, 떨어뜨렸다. 등허리에 쿠

션이 걸려 있어 자세가 편치 않아 보였는데도 시환은 아랑곳 않고 윤의 허리를 물고 집요하게 빨았다. 그러자 시환의 허리에 감겨 있던 윤의 다리가 허공을 향해 발길질을 했다. 시환이 그런 그녀의 발목을 잡아 위로 올렸다. 무릎이 그녀의 어깨 위로 갈 만큼 올리고 팬티의 중앙을 더듬었다. 그곳은 이미 축축이 젖어 있었다. 그 끈끈함이 넘치게 배어 나와 시환의 손끝을 젖게 만들 정도였다. 그는 윤의 팬티를 벗겨 무릎에 두었다. 위로 올라가 있는 그녀의 무릎은 팬티가 늘어나는 만큼만 벌어졌다. 그 무릎 사이로 시환이 머리를 집어넣었다. 그리고 아래를 보니 바로 눈앞에 검은 숲이 습지대처럼 보였다. 무엇이든 빨아들일 블랙홀 같기도 했다. 시환은 가만히 손끝을 가져가 엄지와 집게손가락만으로 숲의 가장 윗부분을 벌렸다. 그러자 연한 핑크빛의 진주가 수줍게 저를 드러냈다. 그 진주를 그는 입술로 물었다. 그리고 아주 맛있게 빨았다.

"으흡……."

윤은 몸서리를 쳤다. 또 금세 흐느끼듯 했다. 시환은 진주를 물어뜯지 않기 위해 아쉬운 듯 물러나 그 아래를 향했다. 강줄기를 따라 내려갔다. 강은 홍수였다. 시환은 물 만난 고기였다. 양껏 먹었다.

"웃……."

윤은 짤막하게 소리를 질렀다. 빨려 들어가는 느낌이었다. 빨려 들어가다 옆으로 쏠리고, 때로 거친 파헤침으로 유린당하는 것 같았다. 윤은 허리를 힘껏 비틀었다. 때를 같이해 시환이 뱀처럼 꿈틀대며 위로 올라왔다. 팬티에 잡힌 윤의 두 무릎 사이가 벌어지는 데에 한계가 있어 시환의 몸을 모두 수용하기 버거운

데도 그는 끝내 비집고 올라왔다. 제 바지 앞을 끌러 내리면서. 결국 윤의 팬티는 있는 대로 늘어나다 찢겨서 튕기듯 저만치 날아가 버렸다. 그 순간에 두 사람은 하나가 되었다.

윤은 시환의 엉덩이 윗부분에 살포시 손을 올렸다. 단단했다. 그 단단한 것이 위아래로 강하게 움직였다. 단조로우면서도 리드미컬한 반복이었다. 윤을 꽉 채웠다 빠지고 다시 채우는 것의 반복이며 또한 관계의 여운이었다.

"맛있어요?"

윤이 시환의 귓가에 대고 물었다.

"응."

"어떤 맛이에요?"

"글쎄……? 한 가지 맛이 아니야."

"생각나는 대로."

"윤을 먹는 맛……."

"그건 나도 알아."

"소윤을 먹는 맛."

"안다니까."

"기억의 맛."

"응……? 좋은 기억?"

"나머지 맛은 잘 모르겠다. 숨어 있어."

그 숨어 있는 맛을 끝내 그 자리에서 알아야 했을까. 그는 점점 윤에게 깊이 들어가, 시간이 지나도 도무지 나올 생각을 안했다.

격자무늬 창밖의 햇살이 조금 기울었다. 빛은 좀 더 부드럽게 바뀌어 있었다. 그 빛은 또한 격자무늬 안으로, 소파 위에 홀로 앉아 있는 윤의 나신을 연한 주황빛으로 물들였다.

윤은 소파 아래에 다리 하나만 내린 채 비스듬히 앉아서 손가락으로 대충 빗어 넘긴 머리를 뒤에서 하나로 모아 위로 올렸다. 그때 '그대로' 하는 시환의 목소리가 바로 곁에서 들려왔다.

"응……?"

윤이 소리가 난 쪽으로 고개를 돌리자 시환이 그녀를 향해 막 손을 뻗고 있었다. 흔히 무엇인가를 저지할 때 하는 손짓이었다.

"그대로 있어. 꼼짝 말고 그대로."

먼저 바지를 챙겨 입은 그는 막 담배에 불을 붙이려던 차였는지, 손에 든 라이터를 중앙 테이블에 던져 두고 급히 자신의 자리로 몸을 돌렸다. 윤이 어리둥절해서 가만히 있는 새에 시환은 스케치북과 연필을 들고 금세 그녀 앞으로 돌아왔다.

"아까처럼 해봐. 손 위로 하고……."

"이, 이렇게……?"

그새 팔을 내린 윤이 다시 팔을 올려 머리를 만졌다. 시환은 중앙 테이블의 의자를 하나 빼서 소파와 적당한 거리에 두고 앉았다.

"혼자 있다고 생각하고 자연스럽게."

스케치북을 펼치며 시환이 윤에게 다시 주문했다. 윤은 마음을 가다듬었다. 그가 옆에 있는데 완전히 혼자라는 상상까지야 물론 힘들지만 머리를 쓸어 올리던 조금 전의 그 순간으로 되돌아가려는 마음을 가져 보았다. 그래서 눈을 잠시 감았다가 떴다. 허리를 펴고, 고개를 약간 숙이고, 두 손으로 천천히 머리를 쓸어 올렸다. 윤의 손이 머리 뒤통수에 머물 때 시환이 '그대로' 하며 그녀의 행동을 멈추게 했다. 그의 시야에 그녀의 모습은 4분의 3각도 정도. 반듯하게 편 허리가 활처럼 휘어 아름다운 선을 만들어내고, 그 선은 엉덩이로 이어져 소파 아래로 내린 다리를 따라 발가락 끝에서 마침표를 찍었다. 날씬한 배 중앙에 움푹 파인 배꼽 위로 두 개의 젖가슴은 적나라하게 드러났지만 도발적이기보다는 무심한 관능에 가까웠고, 고개를 다소 숙여 같은 방향으로 내리뜬 눈가는 그 무심함에 수줍은 유혹을 보탰다.

기우는 햇살은 시간이 지나면서 더욱 온화하고 풍부한 빛깔을 띠었다. 그 빛깔은 또 그대로 윤을 물들였다. 피부는 투명하게 빛났고 그 투명함 속에서, 흡사 바다 속 해초처럼 흐느적대는 솜털이 보석처럼 반짝였다. 그 모든 것을 하나도 빼놓지 않고, 시환은 스케치북에 담았다. 윤은 물론이고 그녀가 옷 대신 입고 있는 늦은 오후의 햇살까지. 그의 스케치북 안에서 윤은 햇살과 하나였다. 그런데 불완전했다. 얼굴 없는 햇살이었기 때문이다. 그의 연필 끝은 달걀로만 표현돼 있는 윤의 얼굴에서 꽤 오래 머뭇거렸다.

윤은 편안함 속에 있었다. 갑작스럽게 모델이 되면서 처음에는 좀 어리어리했지만 시간이 지나면서 차분한 마음을 가질 수 있었다. 설명할 수는 없지만 행복한 기분마저 들었다. 그런 그녀의 생각과 기분은 탁, 소리가 나면서 현실로 돌아왔다. 시환이 스케치북을 덮는 소리였다. 현실로 돌아온 윤은 먼저 소파 아래에 있는 셔츠를 주워 몸을 가렸다.

"다 그렸어요?"

그렇잖아도 팔이 아프다 느낄 쯤이라 알맞게 끝났다고 윤은 생각했다. 그런데 시환은 아무 대답도 하지 않았다.

"어디…… 봐요."

옷으로 몸을 대충 감싼 윤이 소파에서 일어났다. 시환은 스케치북을 제 뒤로 감췄다.

"왜요?"

윤이 발끈했다.

"날 그린 거면서, 그럼 나도 볼 권리가 있잖아요?"

"나중에."

시환은 말과 함께 윤의 허리를 확 끌어당겼다. 그녀가 더 조르지 못하게 하려는 듯. 윤은 꺅, 소리를 내지르며 시환의 무릎 위로 주저앉았다. 옷은 바닥으로 떨어졌다. 시환은 윤의 목덜미 뒤를 잡아 제 얼굴로 당겼다. 그녀의 입술은 자연스럽게 그의 입술을 덮었다.

늦은 오후의 햇살 가득한 화실은, 의자 위에 앉아 입맞춤에 빠져든 잘생긴 만화가와 벌거벗은 여인을 그림처럼 만들어놓았다.

계절의 여왕 5월은 그 마지막 주 중에서도 끄트머리에 접어들어, 점점 짙어가는 녹음 아래 한 여대의 캠퍼스를 형형색색으로 수놓았다. 멋 부리기 가장 좋은 계절답게 5월은 모든 여자들을 여왕으로 만들고 싶은 모양이었다. 캠퍼스뿐 아니라 강의실도, 과방도, 복도도, 모두 5월의 화사함에 지배돼 있었다. 다만 복도로 막 들어선 윤에게서만 그 화사함을 발견하기 어려웠다. 휴대폰을 귀에 대고 있는 그녀의 얼굴은 어둡고 무겁게 내려앉아 있었다.

"당분간 친구 자취집에서 지내려고……."

윤은 휴대폰에 대고 말하며 복도를 지나는 사람들을 피해 창가로 걸음을 옮겼다.

"어쩌면 여기서 계속 지내게 될지도 몰라. 친구도 원하고 있어서……."

[그래? 그럼 네 방 은석이가 써도 되지?]

고모의 목소리에 반가운 기색이 역력했다. 그렇잖아도 은석의 방이 너무 작아서 그 덩치 큰 애가 몹시 불편해했는데 다행이라는 말까지 서슴없이 했다. 고모의 수다를 윤은 묵묵히 듣고만 있었다. 고모가 걱정해 주기를 기대하지는 않았다. 함께 사는 조카가 갑자기 사라졌는데도 고작 전화 한 번 하고, 그것도 통화가 되지 않았음에도 두 번도 걸지 않던 고모였으니까. 그렇다고 대놓고 '다행이다' 할 줄이야. 윤은 말문이 막혀 버리고 말았다.

"내 물건에 손대지 마. 곧 가지러 갈 거야."

고모의 수다를 윤이 퉁명스러운 목소리로 잘랐다.

[응? 아, 그래. 알았어. 기집애. 뭐 값나가는 거나 있다고 그러냐? 아 참, 고모부가 접때 너무 취해서 실수했다고 미안하다고 하시더라. 안방인 줄 알고 잘못 들어갔대.]

윤은 대꾸도 없이 전화를 끊었다. 몸에 소름이 돋았다. 집에 들어가고 싶지 않은 데에는 고모부의 얼굴을 다시 보고 싶지 않은 까닭이 가장 컸다. 제 방을 빼앗긴 억울함도 덩달아 따라왔다. 방뿐이 아니지. 아예 집을 빼앗겼잖아. 윤은 즉시 걸음을 옮기지 못했다. 창틀에 몸을 기댄 채, 그냥 그 자리에서 먼저 심호흡을 크게 했다. 연립주택보다 훨씬 좋은 집을 얻었다고 스스로를 위로하며. 그러다 보니 자연스레 시환의 얼굴이 떠올랐다. 학교 정문까지 차로 데려다준 그와 바로 조금 전에 헤어졌다. 시환을 생각하며 기분을 바꾸자, 하고 윤은 비로소 걸음을 옮겼다. 친구들과 과방에서 만나기로 했다.

윤의 친구들은 먼저 과방에 와 있었다. 이어 윤이 도착하자 함께 각자의 음료를 사서 다시 모여 앉았다.

"응? 뭐야?"

윤이 내민 책을 보며 승연이 의아한 얼굴을 해 보였다. 물론 그녀는 그 책을 바로 받았다. 만화책이었다.

"나한테 있는 책인데……."

"넘겨봐."

윤의 말에 겉표지를 넘긴 승연은 눈을 크게 떴다. '어' 하는 외마디의 짧은 외침이 약간의 사이를 두고 뒤를 이었다.

"사인이잖아. 진짜 시환 작가 꺼……?"

승연이 들고 있는 책으로 얼굴을 들이민 진미가 놀라 물었다. 속표지에 있는 사인을 보면서였다.

"어떻게 네가 이걸 구했어?"

"그냥…… 우연히……."

윤은 어깨를 으쓱했다.

"암튼 나보단 승연이, 네가 시환 작가 팬이니까 너 가져."

윤이 승연에게 준 책은, 전에 시환에게서 받은 그 책은 아니다. 화실에 증정용 책이 꽤 많았고, 이제 윤이 시환의 사인을 받는 일은 그리 어려운 일이 아니었다.

"나는?"

희희낙락하는 승연 곁에서 진미가 짐짓 뿌루퉁한 얼굴로 물었다.

"한 권뿐인데? 넌 별로 팬도 아니잖아."

"그래도…… 없는 거보단 낫지."

"팬이 아닌 게 아니라 이거 완전 안티야, 안티."

승연이 책으로 진미를 가리키며 끼어들었다.

"그 미친년 말에 일리가 있다나 뭐라나……."

"나 참, 또냐? 또 갈궈? 뭐 하나 맞장구쳤다가 내가 아주 제대로 가루 되네."

"내가 뭘 얼마나 갈궜다고……."

"너 땜에 진짜 안티 되고 싶다, 이 빠순아."

진미와 승연이 장난기 섞인 악담으로 티격태격하는 사이 윤은 제 휴대폰을 힐끔 쳐다봤다. 금요일에 새 연재분이 올라오자 다시 '어그로'의 악성 댓글이 쏟아졌다. 벌써 삼 주째다. 그런데 관리하는 측에서 악성 댓글을 삭제해선지 악담의 강도는 전에 비해 한층 누그러졌다. 경고를 받은 모양이었다.

"여기 봐봐……."

진미가 제 휴대폰을 보며 친구들의 주의를 환기시켰다.

"내가 시환을 좀 아는데 인성 아주 더럽다. 특히 여자를 아주 무시한다. 작품에도 보이지 않느냐. 여혐의 성격도 짙다. 만화 중에 아동을 학대하는 것도 모두 여자다."

"지랄하네. 인성? 시환이랑 잘 안대냐?"

진미가 그 '미친년'의 댓글을 읽는 중간에 승연이 내뱉었다. 그러자 진미가 '조용히 해봐' 했다.

"시환은 제 엄마 죽은 날에도 여자랑 그 짓 한 인간이다……."

진미는 거기까지 읽고 입을 다물었다. 윤과 승연도 입을 열지 못해, 모두는 잠시 동안 서로의 얼굴만 번갈아 쳐다보며 눈을 껌벅댔다. 그러다 '뭐지?' 하고 먼저 입을 연 이도 진미였다.

"시환 작가를 잘 아는 여잔가……?"

"그걸 말이라고 하냐?"

버럭 소리를 지른 승연은 정말 화가 난 표정이었다.

"뭐 이런 또라이가 다 있어? 이거 진짜 고소각이다……."

최근 시환의 연재 웹툰 '황무지'에 달린 한 '어그로'의 악성 댓글을 보면서 그동안 윤은 비교적 초연했었다. 그 대부분이 너무나 노골적인 악의와 터무니없는 억지, 그리고 조잡한 인신공격으로 가득 차 있었기 때문이다. 그런 윤도 이번만큼은 기분이 몹시 나빴다. 다른 것도 아닌, 부모의 죽음을 악성 댓글의 재료로 이용한다는 것은 사람이 할 짓이 아니라 여겼다. 그 댓글은 얼마 안 가 사라졌지만 윤의 마음에서는 그렇지 못했다. 강의를 모두 끝내고 화실로 돌아온 뒤에도 그녀의 마음 한편이 내내 께름칙했다.

월요일의 화실은 평소처럼 석주와 세형이 먼저 와 있다가 윤과 반갑게 인사했다. 세 사람은 이제 한 화실의 동료로서 임의롭게 서로를 대했다. 모든 것이 평소와 같았다. 아직 그리 바쁘지 않은 때라 석주와 세형이 비교적 느긋하게 커피를 만들거나 1층의 홀을 돌아다니는 것도, 오직 시환만이 많은 시간 자리를 지키고 앉아 있는 것도, 윤이 세형과 함께 마트에 가서 식재료를 골라 배달을 주문한 것도, 그 길에 꼭 따라붙는 세형의 예수님 얘기까지도 평소와 다르지 않았다. 달라진 것은 오직 하나, 바로 윤이었다. 그녀는 더 이상 화실로 출퇴근하지 않아도 되었으니까. 그것을 석주와 세형에게 숨길 수는 없는 노릇이어서, 그 사실을 두 사람에게 어떻게 전하고 설명할지에 대해 윤은 이미 시환과 의견을 나눴다. 시환은 저가 알아서 한다고 했다.

"윤 씨, 안 가요?"

세형이 물었다. 식사 후 모두 화실에 있을 때였다. 다들 각자의 자리에서 다시 슬슬 작업에 들어가기 위해 커피도 마시고 자료도 살필 쯤이었다. 평소라면 보통 그 시간에 윤이 갈 준비를 했었다. 그런데도 그녀는 '네?' 하고, 마치 잘 듣지 못한 체했다.

"소윤 씨는 이제 여기서 살아."

시환이 그의 '어시들'에게 말했다. 그러자 이번에는 세형이 시환을 향해 '네?' 했다.

"2층이 소윤 씨 집이야."

"그게 무슨……."

세형의 말은 석주의 눈짓에 이내 잘렸다. 석주는 세형에게 눈짓한 뒤, 의식적인 기침 소리를 내고는 이내 펜을 들고 태블릿 위로 고개를 숙였다. 뒤이어 세형도 얼른 펜을 들었지만 금세 그것을 놓고 커피 잔을 들었다가, 입에 대기도 전에 도로 놓는 등 저가 당황했음을 숨기지 못했다. 윤이 이곳에서 산다고, 마치 통보하듯 툭 던진 시환이 더구나 더 이상 입을 열지도 않아 화실은 순식간에 찬물을 끼얹은 듯 조용해졌다. 그 분위기에서 정말 당황한 사람은 윤이었다. 그녀는 시환이 던진 말을 보완하는 어떤 변명이라도 해야겠다고 생각했지만 입이 떨어지지 않았다. 당황한 머릿속에 변명의 말이 떠오를 리 없었다. 침묵이 길어질수록 변명의 기회는 더욱이 멀어져 마침내 완벽히 사라져 버렸다. 화실은 미묘하고 불편한 침묵으로 가득 찼다. 그런데도 정작 그렇게 만든 시환은 윤의 심정을 아는지 모르는지 제 작업에만 몰두해 있었다. 윤은 자리에서 일어나 그곳을 나왔다. 침묵을 견딘지 한 시간여 만이었다.

윤은 곧장 주방으로 들어왔다. 컵을 집어 들고 정수기 앞으로

가 찬물을 받아 벌컥벌컥 들이켰다. 이어 '후' 하는 소리가 날 정
도로 숨을 내쉬었다. 뭐라 설명할 수 없는 기분이었다. 굳이 기
분을 설명하고 싶지도 않았다. 그저 머릿속에 여러 가지 잡념이
일정한 형태도 없이 떠돌아다녔다. 윤은 정수기 앞에서 손에 빈
컵을 든 채 멍하니 있다가 누가 들어온 것을 갑자기 느끼고 소스
라쳤다. 시환이었다. 그런데도 윤은 잡념의 바다에서 불쑥 헤어
나온 제 의식을 바로 수습하지 못해 또다시 멍한 얼굴이 되었다.

"왜 그래?"

빈 커피 잔을 들고 중앙 조리대 앞으로 온 시환이 의아한 얼굴
을 해 보였다. 윤은 여전히 말이 없었다. 무표정하고 어두운 안색
을 하고서. 시환은 커피머신의 커피를 잔에 따르고 나서야 그런
윤을 의식하고 그녀 앞으로 다가왔다. 그리고 '윤아'라고 부르며
그녀의 어깨에 손을 댔지만 그녀는 그 손길을 툭, 밀쳤다.

"자기가 알아서 한다고 하더니 겨우 그거예요?"

윤은 화가 난 얼굴로 따지듯 했다.

"그냥 내가 여기서 산다고……, 그게 다냐고."

"그럼……."

시환은 윤의 얼굴을 가만히 보며 말을 받았다.

"동거한다고 해?"

"그게 아니라……."

윤은 말을 잇지 못하고 어설픈 손짓만 해 보였다. 그가 어떻게
해야 한다고, 구체적으로 표현할 길이 없었다.

"내 입장은 생각 안 해요?"

윤은 손짓 후에야 그렇게 말을 이었다.

"갑자기 집이 없어진 여자 모양…… 내 꼴이 뭐냐고……. 더구

나 그런 식으로 말하면 석주 씨랑 세형 씨랑 날 어떻게 생각하겠
어요?"

"어떻게 생각하는데?"

시환은 정말 모르는 사람처럼 물었다. 윤은 다시 손짓을 먼저
했고 뒤이어 입을 벌렸지만 이번에는 말도 나오지 않았다. 사귀
는 사이라고, 연인이라고만 말해줘도 좋지 않은가. 그것이 여자
를 위한 배려 아닌가. 그러나 그것도 윤이 시환과 한집에서 살고
있는 사실을 완화하는 데는 역부족이라는 것을, 그녀는 모르지
않았다. 평범한 여자라면 누가 벌써 '동거'를 하겠는가.

"이 집……, 내 집 아녜요……."

윤은 혼잣말처럼 말했다. 팔을 축 늘어뜨리고 나서였다.

"석주 씨와 세형 씨가 마음속으로 어떤 생각을 하든 상관없이,
……실은 그게 더 비참하네요. 갈 곳이 없다는 거……."

돌아갈 집이 없다는 불안감은 윤의 마음 한구석에 죽 자리 잡
고 있었다. 사라질 수 없는 불안감이었다. 그것이 사람을 얼마나
자신 없고 의기소침하게 만드는지 새삼 들춰낼 필요도 없다. 시
환이 다가왔다. 그는 윤의 얼굴에 손을 댔다.

"이 집, 네 집이야."

윤의 얼굴을 두 손에 잡고 시환이 말했다.

"어떠한 경우라도 네가 나갈 일은 없어. 나가도 내가 나가."

그 말을, 윤은 저를 향한 위로라 생각했다. 그의 입술이 그녀
의 이마에 닿았을 때도 위로는 계속되었다. 그의 입술은 그다음
으로 윤의 입술을 찾고 그녀의 목을 더듬었다. 위로는 끝났다. 윤
은 그의 가슴을 밀치는 것으로 그의 위로 아닌 위로를 거부했다.

"그럴 기분 아녜요……."

윤은 몸을 움츠렸다. 시환은 다시 그녀의 몸에 손을 댔지만 그녀는 바로 뿌리쳤다.

"어떻게······."

윤은 완강했다. 큰 소리를 내지는 않았지만 그 이상의 감정을 역력히 드러냈다.

"내 기분은 생각도 안 해요?"

시환이 그제야 윤에게서 물러나 그녀를 잠시 바라봤다.

"달라진 게 없어."

시환은 무덤덤하게 대꾸했다. 그리고 몸을 돌려 커피 잔을 들고 나갔다.

"달라진 게 없다고······?"

윤은 중얼거렸다. 가슴이 답답했다. 그의 말이 너무 이기적으로 느껴졌다. 사랑한다면 어떻게 상대의 기분을 모를 수 있을까. 그가 '사랑한다'고 고백한 적은 물론 없다. 그녀 역시 마찬가지다. 그러나 그것은 꼭 말하지 않아도 알 수 있지 않은가. 알 수 있으니 몸도 섞은 것 아닌가. 윤은 힘없이 주방을 나와 2층의 다락방으로 숨어들었다. 화실 방으로 돌아갈 자신이 없어 대신 선택했다. 침대 위에서 그녀는 두 다리를 올리고 오도카니 앉아 몸을 한껏 움츠렸다. 그러다 얼마 지나지 않아 옆으로 툭, 쓰러졌다. 그대로 잠이 들었다.

윤은 소스라치며 눈을 떴다. 눈을 뜬 순간, 그녀를 소스라치게 했던 꿈은 사라지고 깜박 잠들었구나, 하는 것을 알았다. 그녀는 몸을 일으키려다 저도 모르게 신음 소리를 냈다. 한 자세로, 그것도 불편하게 자다 보니 몸이 굳었기 때문이다.

"얼마나 잔 거지······?"

다락방 안에 시계도 없고 휴대폰도 들고 오지 않아 시간을 알수 없었지만 오래 잔 것 같지는 않았다. 그녀는 일어나 머리를 손으로 빗어 정리하고 문고리를 잡아당겼다.

"어……."

문이 꼼짝도 하지 않았다. 윤은 다시 당겼다. 여전했다. 더욱힘을 주어 당겨봐도 마찬가지였다.

"어, 어떻게 된 거지……?"

윤은 문을 두드렸다. 당황했다. 문이 잠길 리 없어 더욱 그랬다. 잠금 장치도 따로 없는 데다 설사 있다고 해도 잠글 수 있는사람은 시환뿐인데 그가 잠글 이유는 없지 않은가. 윤은 침대에주저앉았다. 그러나 금세 도로 일어나서 몇 발자국 되지도 않은공간을, 한쪽 끝에서 다른 쪽의 끝까지 걸어 몇 번을 왕복했다.그러다 다시 문고리를 잡아당겼다. 문은 여전히 꿈쩍도 안 했다.그녀는 다시 주저앉았다. 시환을 기다리는 수밖에 없었다. 윤이없어진 것을 눈치챈 시환이 2층의 침실을 먼저 가보고 그다음 여기로 와주기를. 그 생각에 윤은 문 앞으로 자리를 옮겨 앉아서문에 바짝 귀를 가져다 댔다. 얼마나 기다려야 할까. 설마 이튿날이 돼서도 윤이 학교 간 것으로 알고 여기에 와보지도 않는 것은 아닐 테지? 갑자기 갇히게 되자 그녀는 불안해서 미칠 것 같았다.

불안과 초조 속에서 기다리는 시간은 길었다. 윤은 점차 시간감각조차 잃어 불과 몇 시간밖에 안 되는 것을 길게 느끼는 것인지, 아니면 그 반대인지도 알 수 없게 되었다. 화장실을 가고 싶다는 욕구도 불쑥 들었다가 불안한 심리 속에서 수그러드는가 하면 다시금 되살아나 그녀를 괴롭혔다. 윤은 그 좁은 공간 속을 서성이고, 침대에 눕고, 문가에서 귀를 기울이는 일을 번갈아, 끊임없이 반복하며 지쳐 갔다.

윤은 희미해진 의식 속에서 소리를 들었다. 스륵 하는 소리. 그 소리를 듣자마자 벌떡, 몸을 일으켰다. 문이 열리고 있었다. 시환의 모습도 보였다.

"여기 있었어?"

시환의 눈에 윤은 침대에 앉아 멍한 얼굴을 하고 있었다. 그런 그녀가, 시환이 다가오기도 전에 그를 밀치고 밖으로 뛰쳐나갔다. 리빙 룸에서 그녀는 소파 위로 쓰러지듯 주저앉았다.

"문이……."

윤은 그제야 숨이 터지듯 말문을 열었다.

"잠겼어요……."

"잠글 수 없어."

시환이 태연히 반박했다.

"안 열렸다구요."

윤은 제 목소리에 힘을 줬다. 시환이 이번에는 말없이 고개만 갸웃해 보였다. 그는 문을 살펴보려고도 하지 않았다. 윤이 일어나 다락방 문 앞으로 갔다. 리빙 룸에서 보면 서가의 한 부분인 다락방 문은, 적어도 외견상으로는 잠금 장치를 갖추고 있지 않았다. 그 사실을 윤이 모르는 것도 아니었다. 그러나 저가 갇힌 것도 분명한 사실이기에 그녀는 몇 번이고 다락방 문을 살피고 또 살폈다. 그런 윤의 뒤에서 시환이 그녀의 어깨를 잡았다. 윤은 마치 그 손을 뿌리치듯 몸을 휙 돌려 그를 마주했다.

"아무리 열려고 해도 안 열렸어요. 안 열렸다구요……."

답답하다는 듯 윤이 목청을 높였다.

"정말이에요……."

"앞으론 들어가지 마."

"설마…… 안 믿는 거 아니죠?"

"믿어."

시환은 건조하게 대답했다.

"내가 화나서 숨어버렸다고……, 생각하는 거죠?"

윤은 따지듯 했지만 한편으로는 투정이었다. 저는 긴 시간 동안 무서워 죽을 뻔했는데 그런 제 심정을 시환이 조금도 몰라주는 것 같아서였다. 시환은 말없이 윤을 품으로 끌었다. 뒤늦게나마 그녀의 마음을 눈치챘다는 듯 등을 토닥여 주기도 했다. 그의 품에 안겨 윤은 서서히 안정돼 갔다. 그의 가슴에 얼굴을 묻고 그의 따뜻한 체온을 느끼니 비로소 안도가 되었다. 그 안도를 좀더 충분히 만끽하고 싶어 꽤 오래 그의 품에서 얼굴도 들지 않았다. 그때, 그 기분 좋은 안도 속으로 시환의 나직한 목소리가 들려왔다. '어땠어?'라는.

"응……?"

시환의 온기에 취해 그의 말소리를 제대로 듣지 못한 윤이 그의 가슴에 머리만 슬쩍 비볐다.

"어땠어? 그 안에 갇혀 있을 때."

시환은 다시 물었다.

"음……, 너무 무서웠어요……."

"또……?"

"답답하고…… 숨이 막힐 것 같고……."

"또?"

"또? 또…… 멍해지기도 하고……."

눈을 감고 말을 하던 윤이 말끝에 눈을 천천히 떴다. 왜 그리 집요하게 물을까.

"근데…… 왜요?"

"그냥."

윤은 이상한 느낌에 사로잡혀 고개를 들었다. 고개를 들자마자 익숙한 얼굴과 바로 만났다. 그녀가 너무나 잘 아는 시환의 얼굴. 이상할 것이 없었다. 그런데도 이상한 느낌은 사라지지 않았다.

"몇 시…… 예요?"

윤은 그 이상한 느낌에서 벗어나려는 듯 시환의 품에서 몸을 빼고 그제야 창밖을 의식했다. 밖은 깜깜했다.

"새벽 4시 넘었어."

"아……."

다락방에서 얼마나 있었는지 대략 짐작이 되었다. 화실 방의 불편한 분위기를 못 견디고 나온 때가 지난밤 11시경이었다.

"석주 씨랑 세형 씨는?"

"둘 다 자."

그는 이어 '가자' 하고 윤의 어깨를 끌었다. 두 사람은 함께 리빙 룸을 나와 자연스럽게 침실로 향했다. 시환이 침실 문을 열었다. 그리고 윤이 먼저 안으로 들어가기를 기다렸지만 그녀는 그 자리에서 선뜻 발을 떼지 않았다.

"씻고 바로 잘 거예요. 그래야 학교 갈 시간을 간신히 맞출 수 있을 것 같거든요. 오전 강의라……."

다소 주저하는 말투로 윤이 말했다.

"시환 씨도 내려가서 자요. 피곤할 텐데."

시환은 아무 말 없이 윤을 보고만 있었다. 이 자리에서 헤어지자는 그녀의 말을 못 알아들은 것은 분명 아니었다. 결심은 윤이 해야 했다. 그녀는 '잘 자요' 하고 침실 안으로 몸을 돌렸다. 그런 그녀를 시환이 잡아챘다. 입술을 덮쳤다. 오래 굶은 사람처럼 그는 윤의 입술을 급히, 격하게 빨았다. 그녀의 몸을 더듬고 바지 안으로 손을 밀어 넣어 엉덩이를 움켜쥐었다. 윤은 그럴 기분이 아니었다. 몸도 피로했지만 무엇보다 마음이 피로해 섹스보다는 위로가 필요한 그녀였다. 그가 너무 이기적이라고 생각되었던, 주방에서의 서운함이 그대로 재생되었다. 윤은 힘껏 몸부림쳤다.

"안 돼……."

시환의 팔에서 빠져나온 윤이 말했다.

"그만해요."

"왜……?"

"석주 씨와 세형 씨가 와 있을 때는…… 좀 그래요……."

윤은 그것을 의식하지 않을 수 없었다. 그런데도 시환은 다시 그녀를 잡아끌어 몸을 더듬었다.

"싫다니까……."

윤은 그를 세게 밀며 언성을 다소 높였다.

"나를 좀 배려해 줄 수 없어요?"

윤은 화를 냈다. 그 화내는 얼굴을, 시환은 물끄러미 쳐다보다 순순히 몸을 돌렸다. 윤은 맥이 빠졌다. 그런데 갑자기 가슴이 철렁 내려앉은 것은 도리어 그의 뒷모습이 눈앞에서 완전히 사라지고 난 다음이었다. 불현듯 악성 댓글이 떠올랐다.

"엄마가 죽은 날에도 여자와 그 짓을 했다……."

윤은 그 악성 댓글을 소리 내 중얼거렸다. 소름이 끼쳤다.

＊

윤은 학교에 가지 못했다. 날이 밝도록 뒤척이다 겨우 잠이 들어, 눈을 떴을 때는 이미 학교 가기에 너무 늦어버렸다는 것을 알았다. 오전에 두 시간짜리 강의 하나만 있는 날이었다. 그녀는 정오쯤에 2층에서 내려왔다. 내려오기 전까지 마음이 몹시 무거웠다. 어떤 얼굴로 석주와 세형을 대해야 할지, 일단 그것이 가장 마음에 걸렸지만 달리 방법이 없다고 여겼다. 피할 수 없다면 부딪치는 수밖에.

"마침 밥하려던 중이었는데."

1층 홀에서 마주친 세형이 윤을 보자마자 웃는 낯으로 말을 걸었다. 인사 대신이었지만 학교에 있어야 할 윤이 2층에서 모습을 보였는데도 그는 아는 체하지 않았다.

"석주 형이요, 뜬금없이 비빔국수가 먹고 싶다네요. 실은 나도 땡기지만."

세형은 말끝에 헤헤 웃었다. 그의 표정과 말투 모두 평소와 같았다. 뒤이어 만난 석주도 마찬가지였다. 특별히 부자연스러워 보이지 않았다. 자연스럽지 못한 쪽은 도리어 윤이었다. 별다른 대꾸도 못 하고 그저 어설피 웃어 보이기만 했으니까. 그러는 한편으로는 안도했다. 얼마 안 가 의식적으로 태연하게 행동하려고도 했다. 어쩌면 그들도 의식적일지 몰랐다. 속으로는 윤을 어떤 식으로 판단하고 있을지 알 수 없었다. 그렇다고 해도 감수하는 수밖에.

"역시 끝내줘."

다 함께 식탁에 모여 비빔국수를 먹는 자리에서 석주가 한 입

먹고 엄지를 척, 세웠다. 곁에서 세형이 '미 투' 했다. 둘은 윤이 만든 음식 앞에서 맛있다고 찬양하는 것에도 평소와 다를 바 없는 모습을 보였다.

"전에, 윤 씨 없을 때요. 이 자식이 한 번 비빔국수를 만들고 나서 한다는 소리가⋯⋯."

석주는 턱으로, 비빔국수를 입안 가득 물고 있는 세형을 가리켰다.

"아, 형. 비빔국수를 만들었더니 손톱의 때가 싹 빠졌지 뭐야, 이러는 거예요. 내가 그 자리에서 오바이트했잖어."

윤이 웃음을 터뜨렸다.

"음식은 손맛이래서 손으로 직접 한 건데, 뭐? 잘못됐어?"

"에이, 드런 새끼⋯⋯. 너 그때 내 손에 안 뒈진 거, 하필 그날이 마감이라서 그랬단 것만 알아둬라."

"뭐, 그래도 쌤은 잘만 드셨는데."

"시환이 형 입맛이야 원래 변태고."

두 사람이 시환을 힐끔 보며 소리를 낮춰 대화하는 사이 윤의 눈길도 시환을 향했다. 그는 으레 그렇듯 묵묵히 먹고 있었다. 역시나 평소와 다르지 않은 모습이었다. 식사 전에 화실 방에서 마주쳤을 때도 마찬가지였다. 그는 간밤에 아무 일도 없었던 것 같은 얼굴로 말하고 행동했다. 그러나 윤은 달랐다. 석주와 세형의 여느 때와 다름없는 얼굴과 태도에는 안도했던 그녀였지만 시환에게는 그럴 수 없었다. 안도가 아니라 화가 났다.

식사가 끝난 뒤 얼마 안 있어 모두는 다시 화실에 모여 작업을 시작했다. 작업 중에 화실에서의 말소리는 대체로 석주와 세형 사이에서 들리는 경우가 많은데 둘이 배경을 담당하고 있어, 보통은 그 자료에 관해 나누는 내용이 대부분이었지만 그 사이사이 실없는 농담이나 석주가 세형을 면박 주는 장난 섞인 욕설도 심심찮게 섞이고는 했다. 시환이 가장 말을 많이 하는 경우는 전화 통화를 할 때였다. 보통 만화 관련 협회나 단체, 에이전시, 혹은 영화 쪽 관계자들과의 통화였다.

휴대폰 벨소리가 잔잔히 화실 안에 울려 퍼졌다. 그 소리가 시환의 것이라는 사실을 모두 알기에 아무도 관심을 갖지 않았다. 화실에서 가장 자주 울리는 것이 시환의 휴대폰이었다. 통화가 시작되자 시환에게 전화를 건 상대가 누군지 모두 알게 되었다. 목청이 크고 더구나 소리를 지르고 있어 그 소리가 휴대폰을 새어 나와 화실 전체에 웅웅 울렸기 때문이다. 정확히 뭐라고 하는지는 거의 알아들을 수 없었지만 그 목소리의 주인이 장대성 대표라는 것은 쉽게 알 수 있었다. 또 그것만으로도 윤은 통화 내용을 짐작했다.

"그냥 내버려 두라니까."

통화 내내 거의 듣기만 하던 시환이 퉁명스럽게 한마디 하고, 휴대폰 너머에서 여전히 웅웅 소리가 나고 있음에도 일방적으로 끊었다. 이어 그는 곧장 '여기 커피 좀' 했다. 그 소리에 윤이 자리에서 일어났다. 시환은 스스로 커피를 타러 가기도 하고 또 지금처럼 시키기도 하는데 그가 작업 중에 입을 여는 또 하나의 경우였다.

윤이 주방에서 커피를 데우는 중에 세형이 들어왔다. 손에 빈 머그잔을 들고서였다.

"아까 쌤 통화한 거요……."

윤이 조심스레 입을 열었다. 세형은 개수구의 물에 머그잔을 씻고 있었다.

"악성 댓글 때문인 것 같지 않아요?"

"네. 나도 그런 생각이 들더라구요."

세형은 고개를 주억거렸다.

"쌤은 왜 고소를 안 하죠? 고소를 한다면 어차피 에이전시에서 맡아서 할 텐데. 그럼 번거로울 것도 없잖아요?"

"원래 쌤이 그런 거 신경 안 써요. 작품에 대해 뭐라 씹어도 그러려니 해요."

"작품에 대해선 그렇지만 인신공격은……."

윤은 말끝을 흐렸다. '엄마가 죽은 날에 그 짓 했다'는 댓글을 의식한 것이었는데, 채 한 시간도 안 돼서 삭제가 됐기에 세형이 봤는지 아닌지를 알 수 없어서였다.

"신경 쓰여요?"

세형은 그 말을 무심코 던진 것 같았다. 윤이 '네?' 했다. 그러자 세형은 얼른 그녀를 외면하더니 제 머그잔에 먼저 커피를 따라서 주방을 나가 버렸다. 나가면서 자연스럽게 '오늘 분량 다 하려면 죽었다'고 혼잣말을 했지만 너무 의도적이라 도리어 부자연스러웠다. 윤은 잠시 멍했다. 무슨 의미지? 신경 쓰이냐는 질문보다는 그 뒤에 보인 그의 행동이 더 마음에 걸렸다. 이미 드러나 버린 저와 시환의 사적인 관계만으로는 설명할 수 없었다. 그것을 깜박 잊고 신경 쓰이냐, 물을 수 있다 쳐도 저처럼 당황할 필요는 없었으니까. 순간 짐작되는 것은 세형도 그 악성 댓글을 봤다는 사실이었다.

"설마……."

윤은 손끝을 입술에 갖다 대며 곤혹스러운 신음을 옅게 흘렸다. 시환이 '엄마가 죽은 날에 그 짓 했다'는 상대를 윤으로 생각하는 것인가.

화실의 밤은 깊어갔다. 윤은 새벽 2시가 넘어갈 쯤에 먼저 잔다고 인사하고 화실 방을 나왔다. 학교를 가야 하니 더 늦게까지 있을 수도 없었지만 이상하게 기진맥진해 원고에 집중할 수가 없었다. 머리가 복잡해서 그런가. 윤은 그런 제 머리를 더 복잡하게 만들고 싶지 않아, 2층의 침실에 오자마자 씻고 바로 침대에 누웠다. 빨리 잠들고 싶었다. 몸이 가라앉는 느낌이 들어 쉬이 잠들 수 있을 줄 알았다. 그런데 소리가 들렸다. 문을 열고 들어오는 발자국 소리다. 누구지? 분명 의식은 있는데 몸을 꼼짝할 수가 없었다. 말도 나오지 않았다. 그때 고모부의 더러운 손길이 몸을 더듬었다. 윤은 몸서리를 치며 눈을 떴다. 눈앞에는 고모부가 아닌 시환이 있었다.

"꿈꿨어?"

그가 속삭이듯 물었다. 윤은 그의 얼굴을 보고 그의 목소리를 들으며 제 팬티가 허벅지에 걸려 있는 것도 동시에 깨달았다. 그녀는 그것을 도로 급히 당겼다. 그런데도 시환은 그녀의 가랑이 깊은 곳으로 손을 밀어 넣었다.

"싫어……."

윤이 눈살을 찌푸렸다. 그럴수록 시환은 제 무게로 그녀를 누르고 그녀의 아래를 더욱 움켜쥐었다.

"싫어. 싫다니까……."

"왜……?"

시환은 태연히 물었다.

"왜냐고 묻지 마."

윤은 꽉 다문 이 사이로 뱉어냈다.

"싫으면 그냥 싫은 거야."

"그래."

시환은 마치 수긍한다는 듯 고개를 작게 주억거렸다.

"싫으면 그냥 싫은 거지. 이유 없이 싫을 수 있어. 잘 알아."

"알면서 왜……?"

"아니까."

시환은 윤의 면 티를 잡아 빠르게 위로 벗겼다. 헐렁한 티는 윤이 저항할 사이도 없이 그녀의 몸에서 사라졌다. 그녀는 뒤늦게야 제 몸을 탐하는 시환을 밀치고 때리며 저항했다. 낮으나 격한 소리로 '하지 마'라고 사정도 했지만 그는 막무가내였다. 시환은 윤을 반대로 확 뒤집어 버리는 것으로 그녀의 저항을 무력화시켰다. 이어 그녀의 허벅지에 걸려 있는 팬티를 찢어내 그녀를 완전히 발가벗겼다.

"제발……."

베개에 얼굴이 반쯤 파묻힌 채로 윤이 울먹였다.

"날…… 사랑하긴 한 거예요?"

시환은 대꾸도 없이 윤의 다리를 벌리고 그 사이로 들어왔다.

"사랑한 거냐구……. 악……."

윤은 짤막하게 비명을 터뜨리고 곧장 베개에 얼굴을 완전히 묻었다. 시환이 그녀의 뒤로부터 침입하듯 들어온 찰나였다. 베개에 파묻힌 윤의 뒤이은 비명은 질식의 고통처럼 둔하고 무력했다. 시환은 윤의 몸부림에도 불구하고 그녀 안으로 더욱 깊숙이 들어가 두 팔로 그녀를 꼭 끌어안았다. 마치 결박하듯.

"맛있다고 했잖아."

윤의 귓가에서 시환이 뜨겁게 속삭였다. 윤은 온몸으로 거부했다. 그러다 그 거부보다 더 세찬 흔들림에 다시 비틀리는 신음 소리를 토했다.

"때론……."

윤의 어깨를 혀로 핥고 나서 시환은 속삭임을 이었다.

"네가 아파하면 더 맛있어."

그는 윤의 어깨를 물었다. 그 연약한 살에, 아주 서서히 이를 박아 넣듯 지그시 물었다. 윤이 꿈틀댔다. 그 꿈틀거림을, 시환은 저가 문 자리로부터 고스란히 느꼈다. 그는 서서히 힘을 주었던 만큼 또한 서서히 힘을 뺐다.

"너무 아파하지는 마."

시환이 윤의 머리를 쓰다듬어 그 머리칼을 모두 한 손에 넣었다.

"조금만…… 조금만 더 시간을 끌어……. 조금 더."

그는 손에 잡은 윤의 머리채를 당겼다. 베개에 묻은 그녀의 얼굴이 드러나도록.

"우욱……."

목이 뒤로 꺾여 위로 들린 윤의 얼굴은 온통 젖어 있었다.

"헉……."

윤의 몸이 크게 흔들렸다. 점점 더 빠르게 흔들렸다. 시환은 말의 엉덩이를 있는 대로 후려쳐 속도를 내듯 거침없이 내달렸다. 윤의 머리는 다시 베개로 떨어졌다. 더 이상 울 수도, 소리도 낼 수 없고, 얼마 후에는 생각조차 할 수 없었다. 그녀는 인형처럼 흔들렸다. 인형은 너덜너덜해질 때까지 흔들렸다.

고통의 시간은 긴 터널이었다. 어둠의 터널이었다. 그 긴 어둠

속에서 윤은 간신히 빛을 만났다. 영원히 오지 않을 것 같더니, 고통을 참아내고 기다리니 오기는 오는구나. 그러나 진짜 고통은 따로 있었다. 손바닥 뒤집어지듯 뒤집혀진 현실. 그 현실이 윤에게는 시환이었다. 그녀가 본 그는 정말 그가 맞을까? 시환은 정말 그녀가 아는 백시환일까. 꿈이 아닐까. 그녀가 아는 시환이 오히려 꿈이었나. 그렇다면 꿈에서 깨지 말아주기를.

윤은 욕실의 바닥을 밟았다. 차가운 기운이 올라왔다. 주운 계절이 아닌데도 그 차가운 기운에 심장까지 얼어붙는 것 같았다. 윤은 샤워 부스 안으로 들어가 물을 틀었다. 쏴아아, 처음에는 찬물이 나왔다. 그것을 그녀는 고스란히 맞았다. 얼마 지나지 않아 따뜻한 물로 바뀌어 이내 그녀의 벌거벗은 몸 위로 뽀얀 김이 안개처럼 올라왔다. 아침이었다. 어떻게 잠들었는지 기억나지 않았다. 어쩌면 까무러쳤을지도 모르겠다. 깨어나 보니 빛이 눈안으로 가득 들어왔다.

물이 흐르는 타일 바닥 위로 새빨간 피가 뚝뚝 떨어졌다. 피는 윤의 다리에도 묻었다가 차츰 물과 함께 사라졌다. 다시 뚝, 타일 바닥 위로 떨어진 피는 오백 원짜리 동전만 한 크기로 번졌다. 윤은 다리를 후들거리던 끝에 주저앉았다. 쌕쌕, 잠시 숨을 몰아쉬고서야 생리할 때가 되었다는 것을 떠올릴 수 있었다.

9. 겨울이 오히려 따뜻했다

회색 구름이 낀 하늘은 우중충했다. 비가 올 것 같지 않아 더욱 을씨년스러운 날씨. 시환의 화실이 가장 바쁜 수요일 오후의 날씨가 그랬다.

윤은 4시에 강의를 모두 마치고 학교를 나와 지하철을 탔다. 그녀가 향하는 곳은 화실이 아니라, 전에는 그녀의 집이었고 지금은 고모네 집이 돼버린 연립주택이었다. 딱히 볼일이 있어서 가는 것은 아니었다. 친구들과 있자니 그 앞에서 웃는 얼굴을 하고 있기도 힘들고, 혼자 도서관에 있기도 답답했다. 그러자니 갈 곳이 없었다. 갈 곳이 없을 때 찾는 곳이 흔히 집이듯, 윤은 원래 제집이었던 곳으로 그냥 끌리듯 움직였다.

연립주택에 도착해 1층 현관 앞에 선 윤은 아연실색했다. 현관의 잠금장치가 바뀌었다. 원래는 구식의 잠금장치가 전자식으로 바뀌어 있었다. 당연히 윤이 가진 열쇠로는 열 수 없었다. 윤은 초인종을 눌렀다. 아무 반응이 없었다. 휴대폰을 꺼내 고모에게 전화를 걸었다. 가까운 곳으로 놀러 간 것이기를 바라며.

[윤아. 왜?]

고모는 평소와 같은 목소리로 전화를 받았다.

"어디야?"

윤은 굳은 얼굴로 물었다.

[응? 여기 시댁.]

"뭐……?"

[어머님이 아프셔서 내려왔어. 마침 은석이도 수련회 가고 해서.]

"열쇠는 왜 바꿨어?"

[뭐? 너 지금 집에 와 있는 거야? 기집애, 전화를 하고 오지.]

"열쇠 왜 바꿨냐구?"

윤은 소리를 질렀다.

[왜 소리를 지르구……. 누가 요즘 그런 열쇠 쓰니? 다 간편하게 전자식 쓰지.]

"비번 뭔데?"

[애 그러지 말고 오늘은 그냥 가고 나중에 와. 나중에 전화하고. 응?]

"내 집, 내가 들어가는데 왜?"

[네 방 은석이가 쓰고 있어서……. 암튼 나중에 다시 와. 알았지?]

고모는 마치 남에게 비밀번호를 가르쳐 줄 수 없다는 투였다.

[아니면 고모부 올 때까지 좀 기다리든지. 8시나 9시쯤 올 거야. 고모부는 여기 안 왔거든. 고모부한테 전화해서…….]

윤은 그냥 전화를 끊었다. 이어 쿵, 현관문에 등을 부딪치고 그대로 죽 미끄러져 주저앉았다. 그녀는 한동안 망연함에 사로잡혔다. 의지를 갖고 생각이라도 할 수 있기까지는 꽤 시간이 지나야 했다. 또 생각을 한들 뾰족한 수가 있는 것도 아니어서 다시금 멍해지기를 반복했다. 보나마나 제 방은 없어졌을 테고, 여기서 고모네를 쫓아내는 것은 불가능하니 아예 팔아버리려 집을 내놓는다고 해도 집을 사기 위해 보러 오는 사람을 고모가 작심하고 방해하면 또 그만이었다. 집을 나오는 게 아니었다고 뒤늦은 후회를 해보지만 고모부의 얼굴을 떠올리니 후회도 의미 없었다. 그녀는 도리어 문 앞에서 지체하다 고모부를 만날까 봐서 비틀비틀, 서둘러 연립주택을 빠져나왔다.

해 저문 거리는 퇴근 인파로 가득했다. 윤은 그 인파에 밀리고 치이며 목적도 없이 걸었다. 애초에 집을 찾은 것이 잘못되었다고 그녀는 마음을 정리했다. 들어갈 수 있었다 쳐도 어차피 도로 나왔을 테니까. 제집에 들어갈 수 없어 화가 나고 억울했을 뿐 결국 화실로 돌아갈 수밖에 없음을 깨달았다. 적어도 오늘은 가야지, 가서 마감을 하고 그 뒤의 일을 생각해도 해야지 싶었다. 마감을 두고 사라져 버리면 석주와 세형이 또 그것을 어떻게 해석하겠는가. 아니다. 그들이 저를 어떻게 보고 어떻게 해석하는지는 중요하지 않다. 다만 저가 맡은 일을 끝내고 나서 그만둬도 두려 했다. 그렇게 실컷 용감한 체하고 나서 윤은 오히려 울컥한 감정을 감추려 고개를 떨어뜨렸다. 실은 시환을 보는 것이 무서웠다. 혹시 마주칠까 봐 오전에 화실에서도 일찍 나왔다. 윤은 목구멍에서 뜨거운 것이 올라오는 것을 꾸역꾸역 삼켰다. 그러나 삼켜도, 삼켜도 자꾸 올라왔다.

밤이 내려앉은 시환의 화실은, 깨끗하고 고적한 거리에 여전한 모습으로 있었다.

"좀 늦었네요?"

언제나처럼 1층 홀에서 윤을 맞아주는 세형이 인사했다. 윤은 억지로 미소를 지으며 과제 회의가 있었다고 둘러댔다.

"마감이라 바쁠 텐데 얼른 들어가서 일해요. 난 옷 갈아입고 내려올게요……."

평소라면 화실 방에 먼저 들러 시환에게 인사를 하는 것이 보통인데도 윤은 그냥 계단으로 걸음을 옮겼다.

"쌤 지금 없어서 잠깐 농땡이 중이에요. 오늘 딥따 서둘러 진도도 괜찮게 나갔고……."

"네?"

계단에 발을 올리던 윤이 돌아보았다. 가장 바쁜 수요일 밤에 시환이 자리를 비우는 일은 좀처럼 없는 일이기 때문이었다.

"들어오실 때 됐어요."

"어디 가셨는데요?"

"이모님 모시러 고속터미널에요. 오늘이 제사거든요."

"제사……?"

윤은 시환의 아버지 제사라고 생각했다. 그런데 아버지 제사에 어째서 이모가 오는 것인지, 그것이 좀 이상했다.

윤이 들어온 지 채 십 분도 지나지 않아 시환의 차가 들어왔다. 차는 주택의 현관 앞에 서고 때맞춰 세형과 석주가 나왔다.

그들은 운전석에서 내린 시환이 뒷좌석 문을 여는 사이 트렁크에서 보따리 두 개를 꺼내 각자 들었다. 뒷좌석에서는 예순 전후의 여인이 내렸다.

"잘들 지냈어?"

시환의 이모는 석주와 세형의 인사를 반갑게 받고서 이내 의아한 표정을 지었다. 눈길을 현관 쪽으로 옮긴 것과 동시였다. 그곳에 윤이 있었다. 뒤늦게 나온 그녀는 두 손을 제 등 뒤로 감춘 어색한 모습으로 있었다.

"아, 새 어시예요."

석주가 얼른 윤을 소개했다. 윤은 이모를 향해 정중히 고개를 숙였다.

"그래?"

이모는 활짝 웃었다.

"여자 어시는 첨이네? 그것도 이렇게 예쁜 아가씨가……."

이모는 말을 하며 가까이 가서 반갑다는 듯 윤의 팔을 잡았다.

"반가워요. 난 시환이 이모예요, 이모. 우리 조카 잘 부탁해요."

"별말씀을……."

윤은 몸 둘 바를 몰라 했다. 시환이 그런 윤에게 가만히 눈을 두고 있었다. 그녀가 부러 저와 눈을 마주치지 않으려는 것도 금세 눈치챘다.

"근데 뭘 이렇게 많이 가져오셨어요?"

모두 안으로 들어가던 중에 세형이 말했다.

"제사 음식뿐은 아닌 것 같은데요?"

"석주 좋아하는 오이소박이 좀 담그고 세형이, 너 좋아하는 돌나물김치도 좀 해왔다."

"역시 이모님 최고야."

"그렇잖아도 윤 씨 음식 솜씨가 수준급이어서 우리 다 잘 먹고 있는데 이모님 김치까지 더해지면 이건 뭐 그야말로 진수성찬이네, 진수성찬."

석주와 세형이 번갈아 가며 한 마디씩 했다.

"이런, 이런……."

이모는 석주와 세형에게 도리어 눈을 흘겼다.

"참한 아가씨가 도둑놈들 틈에서 고생이 많나 보네."

"도둑놈들이라뇨? 이모님. 여기 진짜 도둑은 쌤밖에 없는데……."

세형은 '쌤밖에 없는데'에서 목소리를 확 낮췄다. '쌤'은 이미 화실로 몸을 돌리던 찰나여서 그 직후 그의 뒤로 웃음이 따라붙었다. 석주와 세형도 보따리를 주방에 옮겨놓자마자 화실로 들어가 금세 이모와 윤, 둘만 남았다.

"차라도 한 잔 드릴까요?"

식탁 앞에 앉은 이모에게 윤이 물었다.

"그래요. 커피 말고 딴 거 있으면. 난 커피는 못 마셔."

"설록차 괜찮으세요?"

"좋아요."

"말씀 편하게 하세요."

"그럴까? 아효, 다시 봐도 참 예쁘게 생겼네."

윤은 미소로 답례를 대신하고 가스레인지에 물을 올려놓았다.

"다들 식전이지?"

윤이 설록차를 만드는 것을 보며 이모는 물었다. 화실의 식사 시간을 몰라 묻는다기보다는 그저 확인차 건넨 말인 듯 윤이 대답도 하기 전에 '제사상에 올릴 음식으로 밥 먹으면 돼' 했다.

"데우기만 하면 되니까 나 혼자 해도 돼. 그러니 차 주고 들어가서 일해. 제사는 10시쯤 할 거야."

"네에……."

윤은 이내 찻잔을 이모 앞에 놓아주었다.

"아버님 제사죠?"

윤은 무심코 물었다. 차만 놓아두고 바로 몸을 돌리기도 어색하고 또 딱히 다른 말을 찾기 어려웠다.

"아니. 내 동생."

이모는 살짝 고개를 젓고는 입가에 잔잔한 미소를 띠었다. 너무나 오래 간직해 이제는 익숙해져 버린 것 같은 아련한 슬픔이 배어난 미소였다.

"시환이 엄마."

화실 방에 어시스턴트들만 있었다. 시환은 제사 중이었다. 윤은 다른 두 어시스턴트와 똑같이 제 할 일을 하고 있었지만 이따금 다른 생각에 빠져들고는 했다. 시환에게 생모가 따로 있다는 사실을 갑자기 알게 된 뒤로 죽 그랬다. 생모는 시환이 다섯 살 때 췌장암으로 세상을 떴다고 이모는 말했다. 그렇다면 윤의 아버지와 함께 사망한 한지영은 시환의 계모라는 의미였다. 시환은 왜 진즉 그 말을 하지 않았을까. 그의 아버지 사망 후에 홀로 남은 어머니가 다른 남자와 함께 사망했다면 생모가 아닌 계모라고 더욱이 밝힐 법했음에도 그는 그 힌트가 되는 말조차 입에 담은 적이 없었다. 계모와의 사이가 좋았나, 하는 생각도 해보지만 윤은 이내 고개를 저었다. 이제 와 새삼스럽게 드는 생각이지만 시환에게서 한지영의 죽음을 슬퍼하는 느낌을 받은 적이 한 번도 없었다. 또 그때는 원래 무덤덤한 그의 성품 때문이려니 했다.

달칵, 문 열리는 소리가 나자 모두의 눈길이 문을 향했다. 문가에 검은 슈트를 입은 시환이 서 있었다. 그는 윤에게 나오라 손짓했다. 윤은 일어나 방을 나왔다.

"이모, 오늘 밤 여기서 주무실 거야."

문을 먼저 닫고 시환이 말했다.

"식사 후에 2층에다 자리를 좀 봐드려."

시환이 말하는 내내 눈을 아래로 향하고만 있던 윤은 고개를 한 번 끄덕여 보이고 주방으로 몸을 돌렸지만 바로 시환에게 팔을 잡혔다.

"날 봐."

윤은 그를 보는 대신 손을 뿌리쳤다. 그러나 금세 도로 잡혔다.

"봐……."

윤은 다시 시환을 뿌리치려 했으나 안 되자 온몸으로 저항하며 그에게서 벗어나려 했다. 그러는 중에도 그녀는 여전히 그를 보려 하지 않았다. 반대로 시환은 그녀가 저를 볼 때까지 안 놔주겠다는 듯 버티었다. 윤은 주먹으로 시환을 팍팍 쳤다. 결국 그는 윤을 놓아주었다. 주방에서 이모가 모습을 보인 것과 동시였다. 뒤늦게 돌아본 윤도 이모를 보고 소스라쳤다. 그 찰나에 이모는 급히 주방으로 도로 들어갔다. 마치 못 보았다는 듯. 윤은 몹시 당황했다.

제사 음식으로 모두가 함께 식사를 한 뒤에 윤은 이모와 함께 주방을 치우고 정리했다. 이모는 혼자 해도 된다고, 바쁠 텐데 들어가 일하라 했지만 윤은 이것도 제 일이라며 남아 있었다. 설거지는 보통 세형이 했지만 바쁜 수요일만큼은 그것도 윤의 몫일 때가 심심찮게 있어 틀린 말도 아니었다. 원고 마감은 윤이 없어도 차질이 없지만 세형이 없으면 안 되기 때문이었다.

주방을 치운 뒤 윤은 이모와 함께 2층으로 올랐다. 머그잔 두 개가 놓인 쟁반을 들고서 그녀는 이모를 침실로 인도했다. 침실에서 이모는 천천히 안을 둘러보았다. 소파 등받이에 걸려 있는 옷가지와 낮은 테이블 위에 놓인 노트북과 책들, 그리고 화장대 위에 있는, 그 비싼 가구와 통 어울리지 않는 몇 개의 화장품이 차례로 이모의 눈과 만났다.

"차 드세요."

머그잔을 티 테이블 위에 올려놓고 윤이 말했다.

"공주 방 같구먼."

이모는 티 테이블을 향하는 중에 중얼거렸다.

"여기 처음이신가요?"

"2층은 처음이지."

이모는 말을 하며 티 테이블 앞에 앉았다.

"이사할 때 한 번 왔었는데 2층엔 안 올라갔으니까. 그땐 며느리랑 같이 와서 김치만 주고 금방 갔어."

"네에……."

"뭐해? 앉지 않고. 바빠도 차는 마시고 내려가."

아직 서 있던 윤에게 이모가 손짓했다. 윤은 맞은편에 앉았다.

"근데 나더러 여기서 자라고? 너는?"

"아, 작은 방이 하나 더 있어요."

"그럼 거기서 내가 자면 되겠네."

"아녜요. 여기서 편히……."

"안 편해. 남의 방에서 자는 거. 여기 네가 쓰는 것 같은데……?"

윤은 대답을 못 하고 머그잔만 만지작댔다. 이모가 재차 '아니야?'라고 물었을 때도 윤은 그냥 눈길을 아래로 떨어뜨리기만 했다. 여기서 살고 있다는 것이 무엇을 의미하는지 상식적으로 모를 리 없잖은가. 더구나 윤은 시환과 실랑이하는 모습을 이모에게 들키기까지 했다.

"나무라는 거 아닌데……."

이모는 머그잔을 들어 차를 한 모금 입에 머금고 천천히 삼켰다. 마치 생각을 고르듯.

"뭐랄까. 시환이 녀석, 나이도 있고……, 잘됐다 싶지. 솔직히 그래. 연애가 뭐 죈가……?"

"그게…… 사실은……."

뭐라도 말을 해야겠다 싶어 윤은 입을 뗐지만 잇지를 못했다. 그런데 이모는 금세 '알아' 했다.

"시환이……, 어려울 거야."

이모는 손에 든 머그잔을 테이블에 올려놓았다.

"쉽지 않아."

이모는 저 혼자만 아는 사연을 마음에 품은 사람처럼 고개를 주억거렸다. 윤은 이모의 입이 다시 열리기를 기다렸다.

"아파서 그래."

이모는 한참 만에 다시 입을 열었다.

"그놈, 보기에만 멀쩡해. 사실은 정상 아니야."

그 말을 듣는 순간 윤은 묘하게 가슴이 싸했다. 가슴이 아린 느낌. 이제는 낯설지도 않은 그것이었다.

"이 집으로 들어온 것만 봐도 그렇지……. 미친놈……."

이어진 이모의 말은 입속에서 뇌까리는 혼잣말이었다. 그러나 윤이 알아들을 수 없을 만큼은 아니었다. 그래서 이모의 그다음 말을 더욱 기다렸으나 이모는 짧은 한숨으로 마무리해 버리고 다시 머그잔을 들었다. 그 뒤의 대화는 주로 이모가 윤에 대해 궁금한 것을 묻고 윤이 답하는 내용이었다. 어른이 묻는 질문이 으레 그렇듯 부모님은 계시냐, 등의 주변 환경에 관한 것이었고 그도 잠깐이었다. 윤이 곧 내려가야 했기 때문이다. 그녀는 새벽 3시 반까지 마감에 참여했다.

이튿날 오전, 윤은 학교 갈 준비를 하고 2층에서 내려왔다. 마감을 하고 모두 자고 있을 시간이었다. 이모는 깨어 있을 것 같아 인사를 하고 싶었지만 2층에서 전혀 기척을 느낄 수 없는 데다 부러 침실 문을 열어보기도 부담스러워 그냥 내려왔다. 식사는 학교에 가서 할 요량이었다. 윤이 1층 홀에 막 내려섰을 때 '윤아' 하고 부르는 소리가 났다. 이모가 주방 입구에 서서 오라 손짓했다.

식탁 위에 일 인분의 식사가 준비돼 있었다. 따뜻한 김이 오르는 밥과 맑은 콩나물국에 돌나물김치, 오이소박이, 나물 두 종류, 굴비 구이가 그것이었다.

"아침 굶으면 안 돼. 아니다. 시간이 10시가 넘었으니 아점이네, 아점."

윤에게 앉으라 하고 나서 이모는 말했다.

"난 속이 좀 안 좋아서 흰죽 만들어 한 술 먼저 떴어. 어서 먹어."

"네. 고맙습니다."

윤은 숟가락을 들었다. 그리고 그것을 콩나물국에 담갔지만 바로 뜨지 못하고 국을 휘휘 젓기만 했다. 철이 채 들기 전부터

아버지의 식사는 물론 저 먹을 것도 죽 제 손으로 챙겨왔던 윤은
다른 이가 차려준 따뜻한 아침상에 그리 익숙지 못했다. 더구나
'꼭 먹고 가라'고, 다독이듯 건넨 말 한마디는 아버지를 떠올리게
했다. 밥 많이 먹어라, 하고 곁에서 지켜봐 주고, 밥을 먹었는지
늘 걱정해 주던 이 세상 유일의 존재.

국물을 가득 담은 숟가락이 바들바들 떨렸다. 숟가락은 제 안
에 국물을 반도 남겨놓지 않은 채로 윤의 입술 사이로 들어갔다.
그러더니 그렇게 들어간 것보다 더 많은 양의 눈물이 국그릇 안
으로 뚝뚝 떨어졌다. 그 모습을 물끄러미 쳐다보던 이모가 윤의
등을 가볍게 한 번 두들기며 '먹어라' 하고 주방을 나갔다.

강의 중에 윤은 뜻밖에도 이모의 문자를 받았다. 아마도 윤의
번호를 시환이나 세형에게서 알아내 보낸 듯했다.

〈나 시환이 이모. 지금 내려간다. 나 춘천에 살아. 언제 시환이랑 같이
놀러 와.〉

〈편안한 길 되세요. 전 밥을 너무 잘 먹어서 공부가 정말 잘되고 있어요.
잊지 못할 거예요. 고맙습니다.〉

윤은 강의를 모두 마친 뒤로 죽 도서관에 있다가 학교를 나왔
다. 열람실에 조금 더 있고 싶었지만 생리 중이라 컨디션이 좋지
않아서 읽던 책을 접고 일어섰다. 그래도 이미 어두워진 후였다.
그녀는 별로 망설이지 않고 화실로 향했다. 갈 곳이 그곳밖에 없
어서만은 아니었다. 왜 그런지 설명할 수는 없었지만 시환의 이
모를 만난 뒤로 마음이 조금 편해졌다. 용기가 생겼다고 할까. 두

려움이 조금은 사라졌다.

화실에 도착해 윤은 초인종을 누르지 않고 대문 열쇠를 이용해 안으로 들어왔다. 2층의 주인으로 이 집에 들어올 때 시환이 현관 열쇠와 함께 건넨 것이었다. 현관은 열쇠와 함께 비밀번호로도 열 수 있는데 그 번호도 포함해서다. 윤이 1층의 홀에 들어섰을 때 시환이 막 화실 방에서 나왔다. 소리를 듣고 나온 모양이었다.

"옷 갈아입고 내려올게요."

윤은 그가 가까이 오기도 전에 말하고 2층의 계단을 빠르게 밟았다. 시환은 고개를 쳐들고 2층에 오른 윤이 시야에서 사라질 때까지 지켜보았다. 윤은 제 말대로 간단히 씻고 나서 편한 옷으로 갈아입고 내려왔다. 시환은 주방에 있다가 그녀가 들어오자 커피머신에서 막 내린 커피를 건넸다. 두 사람은 중앙 조리대를 사이에 두고 마주 앉았다.

"어머님……, 암으로 돌아가셨다고……."

윤이 먼저 입을 뗐다. 말없이 커피를 마시던 잠시 후였다.

"이모님한테 들었어요. 기억나요, 어머님……?"

시환은 천천히 고개를 저었다.

"시환 씨 다섯 살 때의 일이었다니……, 기억을 못 하는 게 자연스럽겠네요. 그래서 그런가……?"

윤은 묘한 웃음을 머금었다.

"어머님 제사가 있는 날에 여자를 겁탈하다니."

윤은 말을 하면서 시환의 눈을 피하지 않았다.

"어머니에 대해 애틋한 기억이 있다면 그런 짓 못 하죠. 아니, 보통의 기억만 있어도 못 할 거야, 아마 그런 짓."

"무슨 말을 하고 싶은 거야?"

시환은 별다른 표정 없이 물었다.

"그냥 하고 싶은 말을 하는 거예요. 아, 기억났다. 시환 씨에 관한 악플 중에 그런 것도 있더라. 어머니 돌아가신 날에 그 짓 했다고……. 사실이에요?"

시환은 망설이지 않고 고개를 끄덕였다.

"2층의 다락방을 잠근 것도 시환 씨 짓이죠?"

그는 같은 고갯짓을 반복했다. 이번에도 망설이지 않았다.

"왜……? 나한테서 원하는 게 뭐예요?"

시환의 고갯짓을 보며 윤이 공격적으로 물었다. 우연한 사고로 만나, 같은 날 저의 아버지와 시환의 계모를 잃은 것으로 시작된 인연. 그 인연은 시환이 만든 것이었다.

"사랑하지도 않으면서 왜……? 아니, 질문이 잘못되었네요. 왜 하필 나예요?"

"너니까."

"우연인가요?"

"아니."

"날 찍어, 우연도 아니고 의도적이라면…… 왜요? 원하는 게 뭐냐구요?"

"이미 원하는 걸 하고 있어."

"그 짓……. 그럼 언제까지요?"

"몰라. 오래 걸리진 않아."

"그다음은요?"

"말했잖아. 내가 여기서 나간다고."

"그런 말도 안 되는……."

"같은 말 되풀이하지 마. 있는 그대로 받아들여."

"그럼 있는 그대로 처음부터 말하지 그랬어요? 나한테 원하는 건……, 그것뿐이라고……. 그랬다면 더없이 불쌍하고 구차한 인생 하나 구제하는 셈치고, 기꺼운 마음으로 받아주었을지도 모르는데."

윤의 빈정대는 독설에, 시환은 말없이 그녀를 쳐다보고만 있었다. 단순히 그냥 보는 것은 아니었다. 얼핏 무덤덤해 보이는 그의 눈빛에는 무엇을 살피고자 하는 응시가 담겨 있었다. 그 응시는, 또한 오늘 낮의 어떤 기억과 닿아 있었다. 시환은 평소보다 마감을 서둘러 끝낸 뒤 잠깐 눈을 붙이고 나서 이모를 고속터미널역까지 차로 배웅했다. 가는 길에 이모는 윤의 이야기를 했다. 대부분 시환도 아는 내용이었다. 오히려 시환이 더 잘 알고 있을 터였다. 지난밤에 윤과 잠깐의 대화뿐이었던 이모가 윤에 대해 아는 사실이라고는 그녀가 엄마 없이 자랐다는 것 정도였으니까. 보탠다면 엄마 대신으로 고모의 보살핌을 받았다는 것. 그런데 나이 든 이의 통찰이었을까. 이모는 마지막에 의미심장한 말 한마디를 던졌다. '윤에게 잘 대해줘라' 하는 말끝에 나온 것이기도 했다.

"윤의 고모라는 사람, 좋은 사람 같지가 않더구나."

이후의 시간은 두 사람의 대화만큼이나 건조하고 덤덤히 지났다. 윤은 평소처럼 식사를 차려 시환과 함께했고, 그런 뒤에 2층에 올라 다시 내려가지 않았다. 학과 공부를 하던 중에 커피 잔이 비어 더 마시고 싶었지만 그냥 참다가 잠자리에 드는 쪽을 택했다. 내려갔다가 시환과 마주치기라도 하면 어색함도 어색함이 려니와 그가 손을 댈 빌미를 주게 될까 봐 저어되었다. 지금도 그 녀는 그가 올라오면 어쩌지, 그러면 생리 중이라고 말을 해야 하 나, 하는 걱정에서 벗어나지 못하고 있었다. 그 걱정은 잠자리에 들어서까지, 심지어 잠의 경계에 걸터앉아 그 너머로 아스라이 기우는 순간까지도 계속되었다.

그때였다. 경계 저편으로 기우는 윤을 난번에 현실로 불러들 이는 소리가 들렸다. 문이 열리는 소리였다. 이어진 자박, 자박, 발자국 소리. 그녀의 등 뒤에서 들려왔다. 심장이 팔딱팔딱 뛰었 다. 그럴수록 윤은 모른 척, 꼼짝하지 않았다. 초대하지 않은 방 문객의 손길을 어깨에 느꼈을 때도 그녀는 저를 시체로 만들기 위해 애를 썼다. 방문객의 손길은 윤의 어깨에서 목덜미로 올라 왔다. 목에서도 팔딱팔딱하는 것을 그녀 스스로 느끼고 있어 정 신이 아득해 왔다. 들킬 것 같았다. 그런데 다행히 그의 손은 그 녀의 뺨으로 올라 그것을 더듬고 있었다. 코를 더듬고 입술을 더 듬었다. 그 손끝에서 희미한 담배 향이 났다. 손은 천천히 물러 났다. 윤은 제 뒤로부터 멀어져 가는 발자국 소리를 들을 수 있 었다. 문이 열리고 또 닫히는 소리도. 그런 뒤에도 그녀는 꽤 오 래 꼼짝하지 않았다. 후우우, 안도의 한숨은 더 한참 뒤에야 쉴 수 있었다.

이튿날 오전 중에 윤은 시환을 다시 만났다. 그의 차를 타고 학교에 갔다. 그도 나갈 일이 있다며 함께 나가자 한 것을 굳이 거절하지 않았기 때문이다.

"몇 시에 들어와?"

윤이 내릴 때쯤에 시환이 불쑥 물었다.

"생리 중이에요."

시환만큼이나 윤도 불쑥 대답했다. 그의 질문에 대한 적절한 대답이라고 스스로는 생각했다. 시환이 선뜻 다음 말을 잇지 못하고 차를 세우자 윤은 급히 내렸다. 시환은 차창 밖으로 멀어져가는 그녀의 뒷모습을 한참 바라보았다.

윤은 강의를 하나 끝낸 뒤 친한 친구들인 승연, 진미와 함께 점심을 먹고 후문 근처의 카페에 자리를 잡았다. 다음 강의까지 시간 여유가 많았다.

"그 미친년, 왜 안 보이지?"

승연이 휴대폰의 화면을 손끝으로 죽죽 밀며 툭 던졌다. 승연과 함께 있는 윤과 진미도 마찬가지로 각자의 휴대폰을 보고 있었다.

"그러게. 아이피 차단당했나……?"

진미가 말을 받았다. 시환의 연재 웹툰이 실리는 날이라 윤과 친구들은 평소처럼 그 웹툰에 대해 대화를 나누던 중이었다. 특히나 최근에 한 '어그로' 때문에 더욱 화제에 올라 있던 터였으니까.

"어그로가 아이피 좀 차단당했다고 백기 들 리 없지. 가족, 친구, 사돈의 팔촌이라도 쫓아다니며 더 지랄하면 했지. 근데 사라지니 또 섭섭하네."

"쌈은 계속인데, 뭐."

'어그로'는 사라졌지만 그 '어그로'가 남겨놓은 후유증은 매우 컸다. '어그로'에 동조하는 댓글들이 하나둘 늘면서 이제는 그들이 '어그로'를 대신해 열혈 팬들과 싸우고 있었다. 물론 막말이 오고 가는 수준은 아니었고 또 나름 진지하게 분석해 '까대는' 글

겨울이 오히려 따뜻했다 251

들도 많아 묘하게 화제성이 더욱 집중되는 아이러니한 결과를 낳고 있기도 했다. 때문에 혹시 기획된 '어그로' 아니냐, 노이즈 마케팅일지도 모른다, 이미 충분히 인기 있는 만화고 인기 작가인데 그런 짓을 왜 하느냐 등의 논쟁으로까지 발전되는 중이어서 이제는 '황무지'에 관한 그 다양한 논쟁을, 유저들의 블로그나 SNS에서 보는 일도 그리 어렵지 않게 되었다.

"내용이 진짜…… 요즘 샛별이 때문에 더 그런 것 같아. 진짜 한 회, 한 회 볼 때마다 간 떨어진다니까……."

진미가 휴대폰에 눈을 두고 말했다.

"진짜…… 샛별이 어떡해……."

승연의 안타까운 목소리가 뒤를 이었다. '샛별'은 '황무지'에 나오는 여섯 살 여자아이의 이름이다. 작중 남자 주인공과 여자 주인공 사이에 끼어 있지만 작품은 거의 샛별을 위주로 돌아간다고 해도 과언이 아니었다. 황무지로 대변되는 삭막한 도시 속에서 유일하게 맑은 영혼이고 동시에 학대받는 존재였다. 윤도 휴대폰으로 샛별을 보았다. 단발에 눈이 크고 늘 무표정한 얼굴. 그 얼굴에 늘 훈장처럼 달고 다니는 한두 개의 상처는 그 어린 소녀에게 가해지는 학대와 상처가 일상적인 일임을 시사하고 있었다.

샛별을 가장 학대하는 이는 남녀 주인공이다. 고의거나 때로 실수거나, 혹은 전혀 의식을 못한 채 샛별에게 고통을 준다. 그런데 그들은 가족이 아니다. 표면적으로만 가족으로 지내는, 도시 속에서 우연히 만난 관계일 뿐이다. 그 관계 속에서 남녀 주인공은 원래 샛별의 보호자였다. 남자가 먼저 샛별을 만났고 그 남자의 연인으로 여자가 합류했다. 그 셋은 혼자보다는 함께 있기를 택하면서 서로의 외로움을 달랬다. 그러나 사건이 진행하면서 그

외로움을 달래는 방식이 철저히 파괴적이라는 것을 보여준다. 파괴당하는 자는 가장 약한 자이다. 바로 샛별이다. 보호자는 시간을 두고 천천히 학대자의 모습으로 소름 끼치게 변모한다. 아니, 소름 끼치게 까발려진다고 해야 할까.

샛별을 학대하는 이는, 비단 소녀의 보호자인 남녀 주인공뿐이 아니다. 샛별과 남녀 주인공을 둘러싼 여러, 다양한 인물들역시 샛별의 영혼을 조금씩 갉아먹고 산다. 그들은 샛별보다 나이가 많은 어른으로서의 현명함을 앞세워 실제로는 어린아이만도 못한, 치졸하기 짝이 없는 이기심을 드러내기 일쑤다. 그것은큰 범죄의 외양을 띠고 있지도 않다. 도리어 흔히 볼 수 있는 일상의 작고 어리석은 욕심의 충돌이고, 그래서 더욱 역겨울 수밖에 없다. 그렇게 작은 일로 그렇게 극도로 치졸하고 사악할 수 있다는 것은, 일상의 가면을 한 꺼풀 벗겼을 때의 모습이 얼마나끔찍할 수 있는지를 역설하기 때문이다.

샛별은 그 어린 눈으로 일상의 가면이 벗겨지는 순간을 하나하나 목격한다. 원래 혼자였다가, 외로움을 서로 달래기 위해 '가족'이, 혹은 '관계'가 형성되면서 드러나는 위선. 그 부분에서 시의 한 구절이 반복됐다. '겨울이 오히려 따뜻했다'고. 봄이 오고만물이 소생하면서 드러나는 지난겨울의 삭막함. 정작 겨울에는몰랐다가 봄이 돼서야 비로소 알게 된 그 삭막함이 오히려 따뜻했다는 역설이야말로 '황무지'가 던진 화두였다. 그 가볍지만은않은 화두를 안고 이제 샛별은 최대 위기에 봉착해 있다. 소녀는재개발을 앞둔 지역의 어느 건물에 갇혀 버렸다. 건물은 이미 무너지기 시작했고, 그 안에는 샛별 혼자뿐이 아니었다. 샛별의 반대편에 이십여 명의 사람들이 갇혀 있었다. 그 사람들 중에는 남녀 주인공을 비롯해 그동안 샛별과 알고 지낸 여러 사람이 있었다. 구조 작업이 진행되지만 문제는 그때부터였다. 이미 무너지기 시작한 건물의 위험성은, 샛별을 구조하려면 그 반대편 사람들의 목숨을 보장할 수 없는 지경에 이르고 말았다. 동시에 반대편 사람들의 목숨은 샛별의 구조를 포기하느냐, 마느냐에 달려 있었다. 둘 중 하나는 죽어야 했다. 샛별과 이십여 명의 목숨 중에서.

"안 됐지만…… 샛별이가 죽어야 한다는 의견이 압도적으로 많아."

진미가 하는 말이 윤의 귀에 들어왔다.

"진짜…… 욕 나온다, 욕 나와. 샛별이가 지금껏 어떻게 버티어 왔는데……."

승연은 정말 욕을 뱉어낼 것 같은 표정이었다.

"그럼 넌 샛별일 살려야 한다는 쪽?"

"맘 같아서야 샛별일 살리고 이 잡것들을 죽여야지……. 말이 되냐? 이것들이 그동안 샛별일 얼마나 괴롭혔는데. 더구나 건물에 갇히게 된 것도 다 이 잡것들 때문이잖아."

"근데 그쪽엔 사람들이 많잖어. 샛별이와 전혀 상관없는 사람도 있고."

"많으니까 살리고 적으면 죽인다?"

"이런 건 진짜 답이 없어. 답이. 나, 시환 작가 이래서 싫다니까."

"암튼 난 샛별인 못 죽여. 절대."

"그럼 샛별이 살리고 나머지 깡그리 죽인다?"

"몰라. 묻지 마."

"윤이 넌 어때? 어느 쪽이야?"

진미가 윤을 보며 물었지만 윤 역시 명쾌히 대답할 수가 없었다. 세상에는 대답할 수 없는 문제들이 얼마나 많은가. 심지어 그녀는 지금 제 문제에도 답을 내지 못하고 있었다. 시환과 함께할 수도, 나갈 수도 없는 애매한 처지. 어쩌다 그렇게 되었는지 아무리 돌이켜 보고 저가 어떤 실수, 어떤 잘못된 선택을 했는지를 성찰해 봐도, 이상하게 지난 시간은 흡사 뿌연 안개 낀 길을 헤매는 것 같은 모습으로만 다가올 뿐이었다. 왜일까.

그날 밤, 시환은 늦게 귀가했다. 윤은 2층 침실에서 그의 차 소리를 들었다. 소파 앞에서 노트북을 켜두고 책을 읽던 중이었다. 차 소리를 듣고는 더 이상 글이 눈에 들어오지 않아 노트북으로 눈을 옮겼지만 아무것도 보이지 않기는 마찬가지였다. 가슴에서는 어느샌가 방망이질이 시작되었다. 그가 올라올까.

달칵, 침실 문이 열렸을 때 윤은 욕실에서 막 나와 있었다. 시환이 꽤 오래 모습을 보이지 않아, 다행이다 하며 양치질을 하고 나온 때였다. 생리 중이라고 했는데 잊은 걸까. 시환은 천천히 안으로 걸음을 옮겼다. 양손을 바지 주머니에 찌르고, 옷도 갈아입지 않은 모습이었다. 이윽고 침대 가까이에서 걸음을 멈추고, 욕실 문 앞에서 꼼짝도 않고 있는 윤에게 가까이 오라 손짓했다. 윤은 한 발, 한 발, 마치 겁먹은 아이처럼 위태롭게 그의 앞으로 다가갔다. 윤의 경직된 눈빛을 시환은 잠깐 응시했다.

"언제 끝나?"

그가 갑자기 물어, 윤은 그 질문의 뜻을 바로 이해하지 못했다.

"내일……."

그러나 이내 이해하고 윤은 대답과 함께 눈길을 아래로 떨어뜨렸다.

"아니면 모레……."

시환은 고갯짓을 하고서 몸을 돌려 방을 나갔다. 털썩, 윤은 침대에 주저앉았다. 그녀가 느끼는 감정은 두려움이 맞지만 그전에 가졌던, 갈 곳이 없기에 시환의 그 어떤 무자비에도 무방비일 수밖에 없다는 데서 오는 그것만은 아니었다. 그것보다 더한 두려움이 있었다. 저가 뭘 잘못했는지 성찰조차 할 수 없게 만드는 두려움. 왜일까, 묻고 있으면서도 답을 알고 동시에 회피하는 두려움. 그것이 더 컸다.

*

이상하리만큼 평온한 시간이었다. 토요일에도 외출했던 시환은 그 시간을 제외하고는 거의 화실 방에 있었고 식사를 할 때만 윤과 만났다. 윤은 또 그와 식사할 때가 아니면 2층에서 내려오지 않았다. 때문에 일요일 밤, 두 사람이 2층에서 만났을 때는 그것을 매우 특별한 만남처럼 보이게 했다. 시환은 마치 그 시간만을 기다린 사람처럼 윤의 침실로 왔다. 윤 역시 피할 수 없다는 것을 알기에 비교적 태연히 그를 맞았다. 침실은 이미 희미한 불빛 속에 있었다.

두 사람은 마주 섰다. 둘 다 아래를 보고 있었지만 한 사람은 지배자였고 또 한 사람은 그 반대였다. 윤이 바닥을 보고 시환이 그런 그녀의 머리를 보고 있었기 때문이다. 그는 그녀의 목덜미로 손을 가져가 손끝만을 꿈틀거려 어루만졌다.

"네 얘기, 해봐."

시환이 말했다. 윤이 말이 없자 그는 그녀의 턱을 위로 올렸다.

"무슨 얘기요?"

그의 눈과 강제로 만난 윤이 물었다.

"어릴 때."

"어릴 때?"

"행복했어?"

윤의 눈동자가 애매하게 움직였다. 어떤 대답을 해야 할지 생각하는 눈빛이었다.

"네."

윤은 아버지와의 추억을 떠올렸다.

"다행이군."

그 말과 함께 시환의 손이 윤의 턱 밑으로부터 뒤로 가 목 뒤를 움켜잡았다. 윤은 제 목덜미에 압박을 느끼며 그에게 끌려가 입술을 빼앗겼다. 빼앗긴 입술은 온순했다. 입술이 힘없이 빨려 들어가고 잘근잘근 씹혀도 아파하는 티를 내지 않았다. 입술 사이가 강제로 벌어지고 그 안으로 거침없이 들어온 침입자가 무례하게 안을 헤집어도 그저 순종했다. 저항하면 두려움이 커질 것 같았다. 그녀는 두려움과 싸우고 있었다. 사랑에 빠질 때는 몰랐다. 빠진 곳에서 다시 나오는 것이 이토록 힘들 줄은. 시환의 정체를 알아버렸으니까, 저를 사랑하지 않는다는 것을 알아버렸으니까 그것으로 저의 사랑도 끝이라 생각했는데 그 끝을 내는 것이, 사랑을 시작했을 때와는 비교도 할 수 없을 만큼의 많은 대가를 치러야 할 줄은 몰랐다. 그것이 그녀를 절망케 했다.

시환은 윤의 면 티를 급히 벗겼다. 브래지어도 하지 않아 바로 젖가슴이 드러난 그녀의 몸은 씻은 지 얼마 되지 않아 상큼한 비누 향을 풍겼다. 그 향에 취한 듯 시환은 다시 입을 맞췄다. 이번에는 그녀의 젖가슴에. 그 바람에 몸이 뒤로 확 꺾인 윤이 낮은 신음을 흘렸다. 꺾인 그대로 침대에 등부터 떨어졌다. 시환은 제 상의를 벗어 던진 뒤, 윤의 바지와 팬티를 차례로 벗겼다. 서둘지 않으나 망설임도 없이.

"아⋯⋯."

윤은 고개를 옆으로 돌리며 얼굴을 찌푸렸다. 시환이 그녀의 다리를 잡아 양쪽으로 크게 벌렸기 때문이다. 그는 아직 침대에 올라오지도 않고 그녀의 무릎부터 벌려 그 중앙을, 먹이를 노리는 눈빛으로 탐욕스럽게 응시했다. 윤이 못 견디어 하는데도 그는 오히려 그녀의 무릎을 더 벌어질 수 없으리만큼 벌렸다. 윤은 그가 저를 괴롭히는 것이라고 생각했다. 그녀의 무릎을 잡고 뒤늦게 침대에 오른 그가 그녀의 허벅지 안쪽을 아프게 물고, 수치스러워 죽을 것 같은 그곳을 마구 희롱할 때도 당연히 그렇게 생각했다. 결국 달아나려 몸을 꿈틀댔다. 손으로 시환의 머리를 밀었다. 순종하려 했는데, 저항하지 않으려 했는데, 자칫 더 비참해질지 모른다는 것을 알면서도 그만 참지 못했다. 윤이 발버둥을 치자 시환은 침대 모서리 기둥에 묶여 있는 휘장을 풀었다. 면사포 같은 휘장은, 그 한 면이 풍성하기는 하나 천이 얇아서 그것을 한 손에 모아 잡아도 겨우 신문 한 면으로 둥글게 말아 쥔 정도밖에 되지 않았다. 그는 그것으로 윤의 발목을 감아 묶었다.

"뭐, 뭐 하는 거예요?"

묶였다는 사실만으로도 겁을 먹은 윤이 소리쳤다. 동시에 더욱 힘 있게 발을 내질렀지만 발목 하나는 이미 묶였고 다른 발도 시환의 손에 금세 잡혔다.

"아, 안 돼…… . 하지 말아요. 하지 마아…… ."

윤이 이어 비명에 가까운 소리를 질렀지만 아무 소용없이, 이미 묶인 발목의 기둥과 대각선 방향에 있는 기둥의 휘장으로 다른 발목도 묶였다. 제 아무리 발버둥 쳐도 두 다리는 모일 수 없었다. 결국 윤은 제 걱정대로, 저항하다 더 비참해진 꼴이 되고 말았다.

"얌전히 있어."

윤의 위로 몸을 기울인 시환이 말했다. 위협적이지도, 그렇다고 사정조도 아닌 평소와 같은 말투였다.

"입 막아버릴 거야."

팍, 윤이 주먹으로 그의 얼굴을 냅다 갈겼다.

"손도 묶을 거야."

한 대 맞고도 그는 여전한 말투로 겁을 주었다. 침대 기둥은 아직 두 개나 더 남아 있었다. 윤은 숨을 쌕쌕 내쉬며 시환을 노려보았다. 충혈된 눈빛은 젖어 있고 아랫입술이 입안으로 말려들었다. 그런 그녀의 얼굴을 시환이 쓰다듬자 그녀는 고개를 세차게 저었다.

"괴롭히는 거죠?"

윤이 내뱉듯 물었다. 시환은 대답 대신 다시 그녀의 얼굴을 쓰다듬었다. 그녀를 괴롭히려는 것인가. 아니면 다만 욕정인가. 실은 저도 구분할 수 없었다. 여전히 허기진 기억과 욕정을 구분 못했다. 허기져 먹는 것인지, 맛있어서 먹는 것인지 구분할 수 없는 것과 비슷했다. 그가 분명히 아는 것은 '맛있다'는 것뿐이었다. 윤이 맛있다.

시환은 윤을 잠시 내려다보다가 몸을 일으켜 침대 아래에서 바지를 벗었다. 침대에 묶여 있는 윤에게서 눈을 떼지 않은 채였다. 은은한 불빛 아래 더욱 희고 뽀얗게 빛나는 윤의 살을 집요하게 훑었다. 시환은 이윽고 적나라하게 벌어진 윤의 다리 사이로 들어가 그녀 위로 몸을 기울였다. 윤의 고개는 그를 거부하듯 옆으로 돌아가 있었지만 그는 오히려 그런 그녀의 뺨을 어루만졌다. 목덜미를 만지고, 쇄골을 만지고, 젖무덤을 손안 가득 쥐었다. 그때까지 묵묵히 있던 윤은, 다만 참고 견디고 있었을 뿐이라는 듯 느닷없이 팔을 휘둘러 그의 손을 팍, 뿌리쳤다. 시환은 즉시 침대의 기둥에서 휘장을 잡아챘다.

"안 돼⋯⋯."

윤은 잡히지 않으려고 두 팔을 마구 휘둘렀지만 금세 잡혔다. 시환은 그녀의 손목 하나를 휘장에 한 번 감고 뒤이어 다른 손목을 낚아채 한데 모아 결박했다. 얼마나 결연한지, 저를 방해하는 그 어떤 것도 용납하지 않겠다는 듯했다. 윤은 저항을 포기했다. 저항할 수도 없었다. 울지 않으려 혀를 깨무는 것밖에 할 수 있는 일이 없었다. 윤은 비참해졌지만 시환은 그 반대였다. 그는 이제 아무런 방해도 받지 않고 만찬을 즐길 준비가 된 사람 같았다. 그리고 즐겼다.

"으⋯⋯."

윤은 꽉 다문 이 사이로 옅은 신음을 흘렸다. 소리를 내지 않으려 했지만 시환이 젖무덤을 꽉 물어 어쩔 수 없이 나온 소리였다. 그는 또 윤의 등 뒤로 팔을 넣어 그녀를 꼭 끌어안고 꽤 오래 젖꼭지를 물고 있었다. 그러다가 다시 애무를 이어갔다. 그것도 천천히, 음식을 꼭꼭 씹어 먹듯 야금야금 진행되었다. 윤은 다른 생각을 하려 했다. 그의 애무를 느끼지 않으려, 설사 느껴도 그것을 끔찍한 것으로 생각하려 했다. 그럴수록 시환의 애무는 그녀의 젖가슴에서 겨드랑이로, 옆구리로, 배꼽 주변으로 종횡무진했다. 그런 그의 애무가 너무도 정성스러워, 사랑하는 여자에게 하는 것이라 해도 쉽지 않을 만큼이었다. 시환은 저만을 위한 것이었다. 그에게는 오직 저만을 위한, 저가 맛있어서 하는 애무였다.

"으음⋯⋯."

윤은 다시 옅은 신음을 입술 사이로 내보냈다. 그러더니 곧장, 그것은 제 의지가 아니었다는 듯 입술을 꼭 깨물었다. 그녀는 저를 탓했다. 시환이 어떤 행동을 하든 초연하게 굴고, 그것으로 시환에 대한 감정을 서서히 끊어내자 했건만 초연하지도 못했고, 감정도 끊어내지 못하고 있다 자책했다.

"아⋯⋯."

자책하면서도 윤은 다시 신음을 토했다. 시환은 그녀의 하얀 허벅지에 잇자국을 아주 촘촘히 내며 아주 맛있게 탐하는 중이었다. 여전히 저만을 위한 탐닉, 저만의 만찬이요, 맛이었다. 이제 마지막이 남았다. 마지막에 가장 맛있는 것을 먹는 법이다. 그 가장 맛있는 것에, 그는 먼저 손을 가져갔다. 얕게 슬쩍 훑었다. 중지 끝에 이슬이 따라왔다. 그것을 엄지와 맞대어 슬쩍 비볐다. 탄력 있고 미끈하며 끈끈했다. 중지를 살짝 들자 이슬은 가는 실이 돼 따라 올라왔다. 시환은 그 손을 다시 윤의 그곳으로 가져가 중지를 밀어 넣었다. 아무 거리낌 없이 깊이 들어갔다. 도로 빼고 다시 넣기를 반복했다. 윤은 싫다는 듯 고개를 흔들었다. 그녀의 고갯짓을 보고 시환은 그 손을 그대로 둔 채 클리토리스를 입술로 물었다. 물고 혀로 희롱하니 그것은 진미 중의 진미였다.

"흐읍……."

윤은 더 이상 참을 수 없는지 격한 소리를 토했다. 그녀의 엉덩이가 들썩이고 허리가 힘겹게 뒤틀렸다. 그럴수록 시환도 맹렬해졌다. 그녀의 반응은 조미료였고 향신료였다. 시환이 윤의 허벅지를 잡았다. 힘이 잔뜩 실려 있는 허벅지는 단단했다. 시환은 고개를 들고 그녀의 양쪽 허벅지를 다 삽아 제 앞으로 바짝 끌었다. 시환의 남성은 제 주인의 욕망을 대변하듯 더할 수 없이 팽창해 있었다. 그것이 단번에 윤의 몸으로 들어갔다. 거칠 것이 없었다. 윤은 제 아랫도리에 포만감을 느끼며 도리어 편안해졌다. 그것이 앞선 쾌락의 폭풍을 도리어 잠재웠다.

시환은 앉은 자세에서 행위를 시작해 시간을 두고 윤 위로 몸을 기울였다. 윤은 눈을 감고도 그의 눈길을 느꼈다. 그녀는 천천히 눈꺼풀을 위로 올렸다. 그의 눈과 바로 만났다.

"여전히……."

윤은 그의 행위에 흔들리며 간신히 말을 뱉어냈다.

"맛있어요?"

시환은 고개를 끄덕였다.

"윤의 맛……, 기억의 맛……, 그리고 그 나머지……, 숨어 있는 맛은…… 찾았나요?"

시환은 고개를 가로저었다.

"얼른 찾아요……."

윤은 한숨처럼 뱉어놓고 다시 눈을 감았다. 그가 그 숨어 있는 맛을 찾으면 끝나겠지 싶었다. 단물 빠진 껌을 뱉어내듯 그렇게. 끝나면 그전으로 되돌아갈 수는 있으려나. 평범했던 그전의 일상으로. 최근에 아무리 고모네 때문에 힘들었어도 지금에 비하면 차라리 낫다 싶었다. 아버지가 죽고, 당장 다음 학기의 등록금이 걱정되고, 아르바이트가 고단하고, 졸업 후 앞날이 불투명해도, 그래도 지금보다는 나았다. 그래, 그때가 오히려 따뜻했다.

윤의 얼굴은 평온하게, 규칙적으로 흔들리고 있었다. 그러다 느닷없이 팍, 마치 공기가 꽉 찬 풍선이 터지듯, 그것도 물이 든 풍선이 터져 물도 함께 뿜어 나오듯 윤의 오열이 터졌다. 그 무엇으로도 제어되지 않는, 그 누구의 의지도 아닌 오열. 참지 않았고 참지 못했다. 윤은 그냥 제 안에서 터져 나온 그것에 온전히 저를 맡겼다.

목메어 우는 소리가 침실을 가득 메웠다. 그 소리 속에서 시환의 행위는 계속되었다. 윤의 오열이, 그가 행위를 멈출 이유는 되지 못했다. 오히려 그는 지금까지 거의 매번 윤을 울려왔다. 그녀의 눈물이, 그녀가 느끼는 고통이 그의 욕정을 더욱 부채질했다. 이번에도 그랬다. 그런 줄 알았다. 그런 그가 갑자기 힘을 잃었다. 더 이상 행위를 할 수가 없었다. 그의 의지가 아니었다. 다만 욕정이 죽었다. 그것도 갑작스럽게.

풀썩, 울고 있는 윤 위로 시환이 쓰러졌다.

10. 암연

6월의 하늘은 다가오는 여름을 준비하듯 낮에는 뜨거웠다가
해가 지면 다시 봄의 기운을 희미하게 담아냈다. 그렇게 봄도 아
니고 여름도 아닌 하늘을 이고 윤은 제가 다니는 대학가의 한 길
목에서 나와 지하철역을 향했다. 화실이 가장 바쁜 수요일이라
걸음을 서둘렀다. 학교에서 나온 길이 아니었다. 다른 볼일이 있
어 그 일로 시간을 지체하고 나니 어둑해졌다. 윤은, 바로 사흘
전에 서럽게 오열하던 그 일이 있고 나서도 여전히 시환의 어시스
턴트였다. 화실을 떠나지 못하는 한 일도 계속할 수밖에 없었다.
이틀 전에는 월급도 받았다. 처음 약속했던 대로, 윤이 카페에서
하루 다섯 시간씩 아르바이트하는 시급을 삼십 일로 계산한 만
큼이었다. 시환은 그녀에게 계좌를 물어 송금해 주었다. 그러고
보니 그의 어시스턴트로 일한 지 한 달이 넘었구나, 했다. 그 한
달이 천 일 같았다. 그리고 사흘 전에 종지부를 찍었다고, 윤은

생각했다. 그날 그녀는 시환이 침실을 떠난 뒤에도 꽤 오래토록 울었다. 탈진하도록 울었다. 그렇게 울고 나서야 건조해진 몸과 마음으로 비로소 정리할 수 있다는 마음을 먹었다. 끝을 낼 수 있을 것 같았다.

지하철역이 코앞으로 다가오자 윤은 휴대폰을 꺼내 고모의 번호를 찾아 통화 버튼을 눌렀다. 시끄러운 거리를 벗어나 통화를 하기 위해서였다. 마침 역에 들어서니 통화음이 떨어졌다. 윤은 고모에게 오백만 원을 만들어달라 했다. 학교 근처에서 하숙을 할 것이란 이유를 댔다. 실제로 그녀는 어제와 오늘, 방금 전까지 하숙을 알아보고 다녔다. 고모는 그런 큰돈이 어디 있느냐며 펄쩍 뛰었다. 윤도 당연히 예상한 반응이었다.

"고모가 내 집을 빼앗았으니 그 정도는 내놔야 하지 않아? 방 세 개짜리 집에 비하면 아주 싸게 부른 건데. 고모네 사정을 빤히 아니까."

윤은 냉정하게 말했다.

"싫으면 당장 집 비워줘."

[얘, 네가 들어와 살면 되잖아. 네 방 다시 비워놓을게.]

"방을 비워주려면 가장 큰 방을 비워줘. 내가 주인인데 당연히 제일 큰방에서 살아야지."

[윤아. 너 왜 그래? 얘, 너 윤이 맞어?]

고모는 황당하다는 말투였다.

"응. 난 소윤 맞고, 고모 조카도 맞아. 일주일 안에 오백만 원 만들어놔. 고모가 기를 쓰면 그 정도는 어려운 일 아닌 거 알아. 만약 못 하면 나도 수단 방법을 안 가리고 고모네 쫓아낼 거야. 나 한다면 해. 고모도 모르지 않을걸?"

윤은 통고하듯 하고 전화를 끊었다. 이어 숨을 크게 훅 들이켰다. 독하게 마음먹자고 다짐했다. 오백만 원만 받아낼 수 있으면 하숙을 시작할 수 있었다. 꼭 받아낼 것이다. 아버지가 남긴 통장도 있어서 그 돈으로도 일단 하숙집에 들어가는 것은 무리가 없었지만 오백만 원의 반도 안 되는 돈만으로는 너무 불안했다. 아르바이트로 생활비를 번다고 해도 어떤 변수가 있을지 모르니 오백만 원이 꼭 필요했다. 마지막 학기의 등록금은 학자금 대출을 받으면 되었다.

윤이 화실에 도착했을 때 날은 완전히 어두워 있었다. 윤은 초인종 대신 열쇠로 대문을 열고 들어가 정원을 향해 천천히 걸음을 옮겼다. 그녀의 그 느린 걸음은 시환을 발견하고서였다. 대문을 닫고 돌아본 정원의 가로등 아래에서 그가 담배를 피우고 있었다. 보통 수요일에는 저리 여유를 부리지 않아 윤은 좀 의아했다. 정원이 아주 넓은 편은 아니라 윤의 느린 걸음으로도 두 사람의 거리는 금세 좁혀졌다. 시환은 고개를 약간 기울인 모습으로 윤에게서 눈을 떼지 않았다. 윤은 그 앞에서 잠깐 멈춰 섰다. 인사 대신이었다. 그리고 곧장 현관을 향했다. 뒤로 그의 눈길이 느껴졌지만 돌아보지 않았다. '그 일'이 있은 지 오늘까지 사흘 동안 그녀는 시환과 별다른 마찰 없이 지내고 있었다. 그냥 평범하게 지냈다. 완전한 평범함이 아니라는 것도, 언제든 특별하게 깨질 수 있다는 것도 알지만 그것도 며칠 남지 않았다고, 그러니 혹 그사이 감당할 것이 있으면 감당하자고 각오도 했기에 그녀는 담담할 수 있었다.

윤이 들어가고도, 또 담배를 다 피우고도 시환은 정원에 그대로 남아 있었다. 사흘 전 일요일 밤에, 오열하는 윤에게서 무기력하게 물러난 뒤로 그는 계속 무기력했다. 그녀의 눈물은 더 이상 욕정의 촉매가 되지 못했다. 도리어 그 반대였다. 그날 그의 욕정을 죽게 만들었으니까. 가슴이 싸하고 아렸다. 그것도 처음에는 미약하게 시작했다. 그러더니 가슴 전체로 퍼져, 결국 그를 무기력하게 만들었다. 그리고 나서 깨달았다. 윤의 눈물이 그의 욕정을 깨우고, 또 이제는 죽이고 있다는 사실을. 시환은 꽤 오래 정원을 서성거렸다.

수요일의 화실은 늘 그렇듯 시간이 갈수록 긴장감이 높아갔다. 그 긴장이 그나마 완화될 때는 보통 밤 9시에서 10시 사이에 있는 식사 때였다. 또 그 시간에 밥을 먹어둬야 이튿날 새벽까지, 늦어질 경우에는 아침까지 이어지는 작업 시간을 견디어 낼 수 있었다.

"친구 놈이 다음 회에 어떻게 되냐고, 징그럽게 물어오네요."

식사 중에 세형이 딱히 누구에게랄 것도 없이 말했다.

"그걸 너 따위가 어떻게 안다고? 스토리 다 아는 건 형뿐인데."

석주가 세형의 말을 받으며 시환 쪽을 힐끔 봤다. 시환은 스토리를 미리 알려주는 법이 없어서 윤도 몇 번 물어본 적이 있지만 원하는 답을 한 번도 듣지 못했다. 그는 늘 '나도 몰라' 했다.

"그러니까 지금 하고 있는 내용을 알려달란 거지."

"낼모레면 알 수 있다 그래."

"요즘 내용이 막 스릴 있잖아. 샛별이 땜에."

"샛별이 살려야 되는데……."

석주는 말끝에 다시 시환을 힐끔 쳐다봤지만 시환은 어시스턴트들의 대화에 관심이 없다는 듯 밥만 먹고 있었다.

"그럼 나머지 다 죽으라고?"

세형이 석주를 향해 반박하듯 말을 받았다. 윤은 애매한 웃음을 머금었다. 학교 친구들의 대화가 여기서도 이어지는 느낌이었다. 현재 연재분의 내용은, 샛별이 하나의 목숨이고 그 나머지는 많은 수의 목숨이니, 그 많은 목숨들이 저들이 살아야 한다고 항변하는, 갖은 이기심들의 향연이 펼쳐지는 중이었다. 스토리상으로는 스릴이 있을지 모르나 윤이 보기에는 너무 괴로운 내용이었다. 맑디맑은 한 어린 영혼이 추악한 이기심들 사이에서 병들어가는 것을 어찌 편히 볼 수 있겠는가.

"샛별이는 죄가 없잖아."

석주가 말했다.

"유일하게 죄가 없는 애잖아. 나머지는 다 나쁜 년놈들에, 그중에는 쳐 죽여 마땅한 놈도 있다."

"어차피 하나님 아래에서는 다 죄인이야, 형."

"어, 그래. 하나님이 등장할 때가 됐지. 깨갱이다."

석주는 두 손을 살짝 들어 보였다.

"샛별이가 죄인이라고요?"

그때 윤이 끼어들어 세형을 바라봤다.

"겨우 여섯 살이?"

"뭐……, 하나님 앞에서는 그렇다고요."

"여섯 살이 하나님 앞에서 죄인이라서……, 그래서 고통받는 것도 당연하다고?"

"네……?"

윤의 도전적인 어투에 세형이 살짝 당황했다. 시환과 석주의 눈길도 모두 윤에게 모였다.

"말해봐요. 우리는 죄인이라서 고통받는 게 당연하다 쳐요. 그런데 어린애는요? 막 태어난 애도 죄가 있어요? 죄인이라서, 그래서 그렇게 맞아 죽고, 병들어 죽고, 굶어 죽어도 당연해요?"

"당연하다는 게 아니라……. 그, 그게…… 다 하나님의 깊은 뜻이 있어서……."

"무슨 뜻이오? 어떤 뜻이오?"

"너무 깊은 뜻이라서 인간의 지혜로는……."

"하나 알려드리죠. 그 깊은 뜻이 우주를 구원하고 억만 년을 천국으로 이끈다 해도, 지금 이 순간에 아무 죄 없이 고통받고 죽어가는 단 하나의 어린 생명과도 맞바꿀 가치가 없어요, 그건."

윤은 들고 있던 젓가락을 식탁 위에 팽개치고 일어나 주방을 나갔다. 식탁 주변은 찬물을 끼얹은 듯 조용했다. 움직임조차 없었다. 가장 먼저 움직인 이는 시환이었다. 그것도 그저 고개만 천천히 돌려 윤이 나간 주방의 입구를 바라본 것뿐이다. 셋 중 가장 놀란 사람은 다름 아닌 시환인 듯싶었다.

윤은 정원에 나와 있었다. 괜한 말을 했다고, 밤하늘을 보며 금세 후회하는 중이었다. 실연당하면 아무 슬픈 노래에 제 처지를 이입시키듯, 저 역시 제 곤궁한 처지를 샛별과 나눠 가졌나 보다, 했다. 이 세상에 존재하지도 않는 아이인데, 샛별이란 아이. 그래서 다행이다. 어릴 적에 나쁜 기억이 없는 사람들은 모른다. 그 기억이 얼마나 질기게 오래가는지를, 얼마나 질기고 오래 사람을 괴롭히는지를. 그래도 저는 아버지의 사랑으로 많은 부분 치유받았지만 샛별은 누구에게, 어디서 치유받을 수 있을까.

윤은 밤하늘에 눈을 고정하고, 조용한 정원에서 나직이 들려오는 풀벌레 소리에 귀를 기울였다. 평화로운 소리였다. 그런데 이질적인 소리가 끼어들어 그 평화를 방해했다. 현관문 열리는 소리, 잔디가 밟히는 소리. 윤은 돌아보지 않고도 시환이라는 것을 알았다. 라이터 켜는 소리가 그녀의 그 짐작에 힘을 실었다.

"새 어시 구해요."

윤이 불쑥 말했다. 말하고 나서 천천히 몸을 돌려, 한 발자국의 거리에 있는 시환을 향했다. 마침 그의 얼굴 앞으로 뽀얀 담배 연기가 퍼지고 있었다.

"난 곧 떠나요."

윤은 말을 이었다.

"떠날 사람은 나라고 했을 텐데."

시환의 말에 윤은 고개를 저었다.

"내가 못 떠날 줄 알았나요?"

고갯짓에 이은 윤의 말투는 사뭇 도전적이었다.

"집도 절도 없어서? 그래도 난 떠나요. 그동안 날 못 떠나게 한 것은……, 힘들게 한 것은 집도 아니고 절도 아니고……."

윤은 말을 잇지 못했다. 사랑을 버리는 일이야말로 너무 힘들었다고. 그것에서 빠져나오고 정리하는 일이 저의 발목을 잡았다고. 차라리 '현실'이 쉬웠다. 현실을 헤쳐 나가는 것이 제아무리 힘들고 어렵다 해도 저 한 입 해결 못 할까 싶었다. 윤은 말을 잇는 대신 고개를 가로로 저었다. 저도 모르게 시환에게서 옮았는지 꼭 시환처럼 그랬다. 그녀는 더 말하지 않고 걸음을 뗄 때 그를 스쳤다. 시환은 그녀를 잡으려 뭐라도 말을 하고 싶었지만 적당한 말이 생각나지 않았다. 손을 뻗어보기도 했지만 허망한 몸짓이었다. 그가 머뭇거리는 사이 윤은 이미 현관문을 열었고, 이내

모습을 감췄다. 시환은 다시금 제 가슴의 가운데를 스치는 시린
바람을 느꼈다.

✱

[윤아. 너 어디야? 학교야?]

고모의 흥분한 목소리가 휴대폰을 타고 윤의 귀를 찔렀다. 마
감을 끝낸 목요일에 두 번째 강의를 마치고 나서 얼마 후였다.

[지금 올 수 있으면 올래? 집으로. 응? 빨리…….]

"왜? 오백만 원 마련했어?"

[지금 그깟 오백이 문제가 아니야. 빨리 와. 빨리.]

"왜 그러는데? 강의 하나 남았단 말이야."

[애가, 애가……, 지금 강의 따위가 중요한 게 아니라니까 그러
네. 네 엄마, 네 엄마 일이야…….]

"뭐……?"

윤은 놀라기보다는 '벙쪘다'. 뜬금없이 엄마라니. 윤은 그것이
무슨 소리냐고 더 캐묻고 싶었지만 일단 오라고만 하는 고모의
숨넘어가는 소리에 결국 남은 강의를 포기하고 지하철에 올랐다.
그렇잖아도 고모를 한 번 만나 얼굴 맞대고 돈을 재촉하려고 하
기는 했었다. 어젯밤에 시환에게 '떠난다'고 말한 뒤부터 마음이
급해졌다. 원래는 오백만 원을 손에 넣은 뒤에 말하려고 했었는
데 어쩌다 불쑥 입에서 튀어나오고 말았는지.

윤이 연립주택의 집에 와보니 고모부도 함께 있었다. 고모는
윤이 현관에 들어서자마자 조카의 손목을 잡아끌고 식탁 앞에
앉혔다. 고모부도 함께 앉았다.

"그……, 한지영 말이야……."

고모는 숨넘어가는 소리로 말했다.

"네 아빠랑 같이 죽은 여자, 바로 그 여자가 네 엄마야. 너 낳은 생모……."

윤은 망치로 머리를 한 대 얻어맞은 것 같았다. 여전히 놀라기보다는 황당한 기분이 앞섰지만 이번에는 쇼크와 함께였다.

"그렇게 갑자기 말하면 윤이가 알아들어?"

고모부가 아내를 보며 나무랐다.

"차근차근 얘기를 해야지."

고모부의 말에 의하면 이틀 전에 경찰로부터 윤의 아버지인 소재성 소유의 택시를 찾았다는 연락을 받았다고 했다. 발견된 장소는 어느 고급 백화점의 주차장이었다. 드넓은 백화점의 주차장은 한 번 주차하고 차를 빼지 않으면 그대로 방치되는 경우가 있다고 했다. 경찰은 택시에 블랙박스가 있다면서 혹시 당시의 사고에 대한 단서가 있을지 모르니 블랙박스의 녹화 영상을 보자고 했다는 것까지가 고모부의 설명이었다.

"그 영상을 네가 직접 봐."

고모부는 먼저 일어나, 원래 윤의 방이었던 문을 열었다. 윤과 고모가 뒤따랐다. 윤의 방은 침대와 책상, 옷장 등의 가구는 그대로였다. 다만 그 나머지의 것들이 지금은 은석의 방임을 말해 주고 있었다. 책상 위에 은석이 사용하는 컴퓨터가 켜져 있었다. 이미 본체에 블랙박스의 메모리를 끼워 넣고 윤을 기다리고 있었던 듯 고모부는 바로 영상을 재생시켰다.

"사고 당일 영상이야."

모니터에 윤의 아버지가 나타났다. 아버지의 얼굴을 보자 윤은 바로 눈시울을 붉혔다. 그런데 모니터 속의 아버지는 무척 화가 난 얼굴이었다. 운전 중에 이어폰으로 통화를 하면서.

[이제 와서 뭐? 네 딸? 뻔뻔하기가……. 낳으면 다 자식이야? 낳자마자 버린 자식도 자식이야? 닥쳐. 겁도 없이……. 대체 무슨 짓을 해서 유전자 검사까지 한 거야? 잘 들어, 한지영. 윤이에게 손만 대봐. 내가 너, 죽일 거야. 허투루 듣지 마. 내가 몇 번을 말해? 그딴 더러운 돈 없어도 윤이 잘 살 거라고. 잘 살게 해줄 거야, 내가. 개소리 말고 너나 잘 살어. 뭐? 그래, 만나자. 만나.]

통화는 거기서 끝났지만 녹화는 계속되었다.

[오늘……, 결판낼 거다. 네가 죽거나 내가 죽거나……, 아니면 둘 다.]

혼잣말을 마지막으로 얼마 후 윤의 아버지는 모니터에서 사라졌다. 주차를 하고 차에서 내린 것과 동시였다.

"윤아……."

고모가 소리쳤다. 윤이 비틀하고 바닥으로 무너지자 고모는 얼른 조카를 부축해 침대에 앉혔다.

"애, 윤아. 괜찮니? 괜찮어?"

"말로만 그러지 말고 물이라도 한 잔 떠 와."

고모부의 말에 고모는 얼른 나가서 물 한 잔을 갖고 돌아왔다. 윤은 물을 마시다 사레가 들려 심하게 기침을 했다. 고모는 '천천히 마시지' 하며 윤의 등을 두들겼다.

"저 영상 보고 가만히 지난 기억을 더듬으니까……. 비로소 생각나는 거야."

윤의 등을 두드리다 말고 고모가 말했다.

"오빠가 사귄 여자가 고아라고……, 엄마가, 그러니까 네 할머니가 했던 말이 얼핏 기억나더라고. 암튼 너 낳기만 하고 네 아빠한테 던져 놓고 그냥 도망갔다고, 네 할머니가 세상에 그런 나쁜 년이 어디 있냐고 엄청 욕했다. 근데 네 아빠가 그런 얘기 너한테 일절 하지 말래서⋯⋯, 뭐 입 닫고 살다 보니 나도 다 잊고 있었지. 네 엄마, 죽은 걸로 돼 있으니까.”

윤은, 엄마가 저를 낳고 죽었다고, 아버지가 그렇게 말해 그런 줄 알았다. 동시에 엄마가 ‘나쁜 년’이라는 것도 알았다. 입 닫고 살았다는 말과 달리 고모는 어린 윤에게 ‘너 네 엄마 닮아서 그래’ 하는 말과 함께 ‘니네 엄마 나쁜 년이거든’ 하는 말을 꼭 했었다. 그것도 윤의 뺨을 사정없이 후려치거나 30센티미터 자로 머리를 마구 때리고 나서 그랬다. 그때 윤이 너무 어려서 기억을 못할 거라고 고모는 생각했겠지만 윤은 기억하고 있었다. 비록 뿌연 어둠 속의 단편적인 기억일지라도. 아니, 잊을 수 없었다고 해야겠다. 알몸으로 차가운 타일 바닥에서 떨었던, 가장 나빴던 그 기억과 함께.

“근데 말이야, 윤아⋯⋯.”

고모가 갑자기 은근한 목소리를 내며 제 남편과 눈짓을 나눴다.

“네 엄마 말이다⋯⋯, 전에 한 번 말했었지? 한지영이 어마어마한 부자라고⋯⋯. 그게⋯⋯.”

고모는 속내를 숨기지 못하듯 침을 꼴깍 삼켰다.

“몇 억⋯⋯, 뭐 그 수준이 아닌가 봐. 훨씬 많대. 근데 네 엄마가 고아잖아. 말하자면 네가 유일한 상속인이다, 이 말이지.”

“아들이 있다니까. 의붓아들.”

고모부가 아내의 말을 받았다.

"그래, 그 만화가……. 그 말도 내가 전에 윤이한테 한 적 있어. 그 아들이 만화 나부랭이 그린다고. 근데 의붓자식은 상속권이 없다며?"

"그렇긴 한데……, 그 뭐냐, 법무사한테 물어보니까 양아들로 입적했으면 상속권이 있다 그러대. 그래도 윤이랑 반반이지. 윤이도 자식이니까, 더구나 친자잖어. 당당히 엄마 재산의 반을 받을 수 있는 거지."

"반만 해도 어디야……?"

고모 내외는 주거니 받거니, 마치 각본을 미리 짜놓은 것처럼 말했다. 상속권이 어찌 되는 지까지 이미 다 알아봤다는 의미였다. 그렇지만 윤은 빈정댈 기운도 없었다. 머리 한편이 계속 멍했고, 고모 내외의 대화가 이따금 잡음 섞인 라디오처럼 윙윙거리는 소리로 들려와 머리를 더욱 어지럽게 했다.

"당장 그 만화가한테 연락해서, 일단 이 사실을 알려야 해."

고모부는 신중하게 말했다.

"그쪽에서 윤이 엄마한테 친자가 있다는 사실을 모를 수 있으니까."

"만약 재산 안 내놓으려고, 친잔지 어떻게 아냐고……, 막 그러면 어쩌지?"

"유전자 검사 받았다잖아."

"우리한테 그 서류가 없잖아. 그걸 우리가 어디 가서 찾어? 윤이 엄만 죽었고. 뭘로 증명하냐고……."

"방법이 있을 거야. 방법이……. 나한테 맡겨. 내가 다 알아서 할 테니."

"당연히 당신이 해야지. 윤인 세상물정도 잘 모르고……."

고모는 이어 윤의 손을 잡고 '고모부만 믿어' 했다. 윤은 고모의 손에서 제 손을 뺐다.

"내가 왜 세상물정을 몰라?"

윤은 눈을 똑바로 뜨고 말했다.

"이래 봬도 초등학교 때부터 집안 살림하고, 공과금 다 알아서 내고, 아빠 챙기고, 할 거 다 했어, 나. 이번 일도 내가 알아서 할 거야. 고모랑 고모부는 절대 끼어들지 마요."

윤이 말하고 일어서자 고모도 따라 일어서며 당황한 기색을 역력히 내비쳤다.

"아니, 얘. 그걸 네가 어떻게……."

"왜 못 해? 집은 빼앗겼어도 그건 안 뺏겨."

윤이 고모의 눈을 빤히 보며 말했다. 고모 내외는 아무 말도 못 했다.

연립주택을 나온 윤은 지하철역까지 천천히 걸어 안으로 들어가지 않고 역 부근의 카페로 발길을 돌렸다. 그녀는 에스프레소 한 잔을 주문했다. 충격에서는 벗어났으나 머리를 완전히 정리하지 못해 진한 에스프레소에 의지할 생각이었다. 물론 그 정리의 출발은 시환이었다. 그는 처음부터 모든 것을 알고 윤을 만났다. 그의 계모가 윤의 생모라는 사실까지도.

"그게…… 그 뜻이었어……."

쓰디쓴 커피 한 모금으로 목구멍을 적시고 윤은 중얼거렸다. 시환은, 화실의 그 집이 윤의 것이라 했다. 화실에서 나갈 사람은 윤이 아닌 저라 했다. 의문은 풀렸다. 아니 풀리지 않았다. 윤이 '왜 하필 나냐' 물었을 때 그는 '너니까'라고 답했다.

"왜……?"

윤은, 그러나 더 깊이 들어가기를 주저했다. 그가 했던 의미심장한 말들을 하나하나 맞춰보기가 겁났다. 그 퍼즐이 모두 완성되었을 때 어떤 모습이 그려질지 두려웠다.

"끝났다고 생각했는데……."

그 일요일 밤의 오열로 간신히 마음을 정리했다고 믿었는데 그 지점에서 다시 뒤집혀진 현실을 감당하기가 윤은 너무 버거웠다.

어둠이 내렸다. 전쟁 같았던 마감을 끝낸 화실은 가로등 불빛이 만들어낸 아름답고 아담한 정원을 품은 채 고요했다. 또한 그 빛 아래를 홀로 거니는 한 남자로 인해, 마냥 고요하지만은 않은 생기를 더불어 띠고 있었다. 남자의 걸음이 비록 반경 1미터를 제대로 나가지 못하고, 서성이듯 제자리에서만 맴돌고 있다고 해도 말이다. 흔히 사람이 품은 속내, 그 속내로부터 나오는 기운은 감추기 힘들다고 하던가. 고적하기만 한 정원에서, 또 그 분위기를 결코 흩뜨리지 않는 작은 움직임만 보이는 시환에게서는 역설적이게도 그것을 모두 배신하는 미묘한 생동감이 일렁였다. 아직은 숨죽인 채로, 미처 저도 감지하지 못할 만큼의 일렁임이었다. 그가 대문으로 눈길을 보낼 때에야 비로소 파동을 약간 크게 그리는 정도의 일렁임이었다. 누군가를, 혹은 무엇인가를 기다리고 있는 것이 분명했다. 기다리지 않은 사람에게서, 아무것도 기대하지 않는 사람에게서 그러한 생동감이 존재할 리 없었다.

덜컹, 대문이 열리는 소리를 시환은 제 뒤에서 들었다. 이어 닫히는 소리, 잔디를 밟는 소리가 이어졌다. 그 소리를 들으며 그는 천천히, 소리가 나는 쪽으로 돌아섰다. 윤은 어제에 이어 시환을 또 정원에서 만났다. 그는 담배도 피우고 있지 않았다.

"왜 나와 있어요?"

윤이 별다른 내색 없이 물었다. 시환은 대답 대신 어깨를 한 번 살짝 움츠려 보였다. 딱히 대꾸할 말이 없을 때의 몸짓이었다. 윤은 이어서 석주와 세형이 갔느냐며, 이 시간에 당연히 그럴 줄 알면서도 할 말이 없어서 그냥 물었다. 시환은 역시나 입을 여는 대신 고개를 주억거렸다. 윤은 그를 스쳐 먼저 현관을 향해 걸음을 옮겼다. 시환이 재빨리 따라붙었다. 그녀의 뒤로, 그것도 바짝 따라붙어, 그녀는 당연히 제 뒤를 의식할 수밖에 없었다.

"배고파."

윤의 힐끔 돌아보는 눈길을 의식하며 시환이 말했다.

"밥 줘."

이어진 그의 말에, 그저 '힐끔'에 지나지 않았던 윤의 눈길이 그대로 고정되었다. 그녀의 눈은 휘둥그레지기까지 했다. 묻지도 않았는데 배고프다는 말을 하는 경우도 드물지만 밥 달라는 말 역시 좀처럼 하지 않는 시환이었기 때문이다. 시환에게서 '밥 줘' 라는 말을 들은 적이 있던가, 윤은 기억을 더듬어야 했다.

식탁 위에 소박한 한 끼를 차렸다. 배고프다는 시환을 위해, 빠른 시간에 최대의 효과를 줄 수 있는 한 끼를 만드느라 윤은 매우 부지런히 움직였다. 마침 물오징어가 있어, 그것이 들어간 구수한 국과 또 그것을 살짝 익혀 맛깔스러운 무침을 만들었다. 이모가 가져온 돌나물김치와 오이소박이가 있어 사실 반찬 걱정은 없었다. 그런데 '밥 줘' 했던 시환이 '맛있어' 하는 것에는 여전히 인색했다. 그는 평소처럼 먹을 뿐이었다. 묵묵히, 기계적으로.

"혹시 음식에 대해 나쁜 기억이 있어요?"

식사 중에 윤이 지나가는 말처럼 물었다. 마침 젓가락으로 반찬을 집던 시환이 멈칫했다.

"시환 씨처럼 맛없게 밥 먹는 사람도 없을 거야."

그런 시환을 윤이 못 본 척하며 여전한 얼굴로 말했다. 물론 그는 금세 아무렇지도 않은 얼굴로 식사를 계속했다.

"우리 아빠는 밥을 맛있게 먹어야 복이 온다고, 나한테 넌 복 엄청 받을 거다 그랬는데……. 지금 내 꼴 보면 그런 것 같지도 않지만. 근데요, 뭘 먹고 된통 체하면 한동안 그거 못 먹고, 그렇잖아요. 나 초등학교 때 찐 계란 먹고 한 번 체해서 진짜 한동안 계란만 보면 막 구역질하고 그랬거든요. 그런 거 보면 음식이란 게 기분에 따라 많이 좌우되고, 또…… 기억이랑도 관계있는 것 같아요. 어떤 특별한 날에 뭘 먹었지, 보통 그렇게 기억하잖아요?"

"식욕부진이야."

시환은 불쑥 말했다.

"신경성 식욕부진."

"응? 신경성……?"

"한때. 지금은 아니고."

"예민했어요?"

"글쎄……?"

"어떻게 보면 예민했을 것도 같고…… 어떻게 보면 무지 둔하고. 아니다. 무심하다는 쪽이 맞겠다. 맛을 모른다는 것은 마음이 메말랐다는 거야. 마음이 없는 거죠. 그런데……."

윤은 거기까지 말하고 목소리를 확 낮춰 혼잣말처럼 '그 맛은 어찌 느꼈나 몰라'라고 이었다. 그녀가 말하는 '그 맛'이 무엇을 의미하는지 시환도 모를 리 없었다. 그래선지 그는 다시 밥만 먹었다.

"설거지는 좀 하시죠. 밥만 먹고 날름 나가지 말고."

식사 후 자리에서 일어난 시환에게 윤이 말했다. 시환은, 태어나서 한 번도 설거지를 안 해봤던 사람의 얼굴로 '뭐?' 했다.

"일할 땐 그렇다 쳐요. 또 내가 막내 어시니까 그것도 그렇다 쳐요. 지금은 그냥 동거인이잖아요. 내가 밥을 차렸음 시환 씨가 최소한 설거지는 해야죠."

시환은 약간 놀란 눈빛을 윤의 얼굴에 가만히 두고 있다가 고개를 끄덕거렸다. 윤은 설거지할 것들을 개수구에 담았다. 얼마 안 되는 것이라 저가 해도 상관없었건만 왜 불쑥 그랬는지 저도 알 수 없었다. 시환은 개수구의 물을 틀어놓고, 샤워기의 물처럼 분사돼 쏟아지는 수돗물에 그릇을 대고 어설픈 솜씨로 설거지를 시작했다. 그사이 윤은 냉장고와 식탁을 정리하다가 어느 순간에 갑자기 그의 목소리를 들었다. 분명 그가 뭐라고 하는 소리였는데 물소리 때문에 그 내용을 전혀 알아들을 수가 없었다. 더구나 고개를 돌려서 보니 그는 윤을 보고 있지도 않았다. 그녀는 저가 잘못 들었나 했다. 그런데 그 순간에 시환이 다시 뭐라고 말을 했다.

"네? 뭐라 그랬어요?"

윤이 큰 소리로 물었다. 시환은 먼저 수돗물을 잠그고 윤에게 눈을 주었다.

"가지 마."

그는 조용한 목소리로 말했다. 그 말을 윤은 또 즉시 못 알아들었다. 소리를 듣지 못한 것이 아니라 내용을 이해 못 했다가 또 금세 알아들었다.

"때가 되면 내가 나가."

"그……, 때라는 게 언젠데요? 날짜를 지정할 수 없으면 힌트라도 줘야죠. 예를 들어……."

윤이 시환의 눈빛을 정면으로 응시했다.

"섹스가 더 이상 맛이 없어질 때까지라거나……."

"난 섹스가 맛있다고 한 적 없어."

시환은 딱 잘랐다.

"윤, 네가 맛있다고 했지."

윤은 할 말이 없었다. 실제로 그는 그렇게 말했으니까.

"원한다면……."

시환이 말을 이었다.

"2층에 안 올라갈게."

✳

출발을 앞둔 고속버스가 나란히 줄지어 있었다. 윤은 그중에서 저가 타야 할 버스를 찾아서 올랐다. 자리는 왼쪽 중간쯤에서 창 쪽이었다. 그녀는 학교에서 4, 5교시의 강의를 마치고 곧장 이곳으로 왔다. 금요일이라서 표가 있을까 걱정했는데 다행히 살 수 있었다. 승객은 빈자리 없이 꽉 들어찼다. 윤이 탄 버스는 춘천을 향해 출발했다. 그녀는 학교에서 시환의 이모와 통화를 했다. 윤이 걸어 만나기를 청했다. 저가 춘천으로 내려간다 했다. 이모는 다소 의아해하면서도 거절하지 않았다.

버스는 어느덧 서울을 벗어났다. 윤은 창밖으로, 고속도로 너머의 산야와 흐린 하늘을 바라봤다. 가는 길이 편치 않았다. 밤새 고민하다가 어렵게 한 결심이었다. 마음 한편에 도사린, 지금 눈앞에 보이는 흐린 하늘보다 훨씬 어둡고 답답한 불안감을 떨치고 마음먹어야 했으니까. 어떻게 생각해 봐도 시환이 유산을 노리고, 윤에게 가야 할 유산에 눈이 멀어 그녀를 속이고 있다는 결론은 맞지 않았다. 차라리 유산 때문이라면 얼마나 좋을까. 그랬다면 해결하기도 쉬웠다. 이렇게 마음이 무겁지도 않을 것이다. 어젯밤 시환은 저가 한 말을 지켜, 윤이 2층에 올라간 뒤로는 2층에 얼씬도 하지 않았다. 그가 '어떤 때'를 기다리고 있는지는 알 수 없으나 떠날 준비를 하고 있는 것만은 분명했다. 그것이 윤을 더 착잡하게 만들었다.

버스가 춘천역에 도착했다. 윤은 거기서 택시를 타고 시환의 이모가 가르쳐 준 곳으로 움직였다. 이정표가 있는 곳으로부터 그녀가 찾는 식당은 쉽게 눈에 띄었다. 일식 퓨전 식당으로 이모가 룸을 예약을 해놓고 먼저 와서 기다리고 있었다. 마침 시간이 6시가 넘어가고 있어 저녁 식사 때였다.

"오래 기다리셨어요?"

직원의 안내로 룸에 들어온 윤이 먼저 인사차 물었다.

"아냐. 십오 분쯤."

윤은 이모의 맞은편에 앉았다. 4인석 좌식 룸으로 규모는 아주 작았다.

"제일 저렴한 코스 주문해 놨어."

이모가 웃음 띤 얼굴로 말했다.

"비싼 건 양이 너무 많아."

"네. 맞아요."

두 사람은 웃는 낯으로 평범한 대화를 나누었다. 전채 요리가 들어오고, 초밥과 회 등 주요 요리가 들어올 때까지 죽 그랬다.

"시환이 때문에 온 거지?"

이모는 지나가는 말처럼 물었다. 저는 얼추 식사를 끝냈다는 듯 젓가락을 놓으면서였다. 그리고 윤의 대답이 있기 전에 물컵을 들어 입에 댔다.

"네……."

윤은 조금 늦게 대답했다.

"궁금한 게 뭔데? 하긴…… 그놈이 좀 이상하긴 할 거야. 궁금한 게 한두 가지가 아닐걸?"

이모의 말투는 부러 그러듯 가벼웠다.

"네. 제일 이상한 건 맛을 모른다는 거예요. 그런 병이 있나 모르겠지만……, 맛을 못 느끼는 그런 병 말예요."

윤도 너무 어둡지 않게 말을 받았다.

"그런 병 있지. 몸에 있는 게 아니라 마음에."

"시환 씨 말로는 신경성 식욕부진이라고……."

이모는 고개를 끄덕였다.

"식욕부진 겪으면서 맛도 잃었어. 의사 말로는 몸엔 이상이 없대. 그것도 신경성이래."

"언제부터요?"

"언제부터라……."

이모는 먼 과거를 끌어오듯 눈을 가늘게 떴다. 그리고 꽤 오래 말이 없었다.

"혹시……."

이모의 입만 쳐다보고 있던 윤이 제 답답한 속을 못 이기듯 말을 꺼냈다.

"계모와…… 관계 있나요?"

"이미 죽은 사람 얘기, 별로 하고 싶진 않지만……. 천벌 받았어, 그년."

윤은 순간 몸에 소름이 돋았다. 이모가 마지막 말을 할 때의 목소리 변화는 한 사람이 낸 그것이 맞나 싶게 극적이었다. 윤은 울렁거리는 속을 진정시키려 물컵을 들었지만 손이 부들부들 떨려 금세 도로 내려놓았다.

"계모 들어왔을 때가 시환이 일곱 살 땐가……, 그래."

이모는 말을 이었다.

"그때 나도 그년을 처음 봤지. 빼꼬롬하니 반반하게 생겨, 저런 게 의붓아들을 제 새끼처럼 키우겠나 싶었지만…… 이모인 내가 어쩔 거야? 가까이 사는 것도 아니고. 그래도 애비가 옆에 있으니 뭐 큰일이 있으랴 그랬어. 그러고 나서 시환일 다시 본 게 삼 년 후인가 그래. 내가 그때 생각하면 지금도 심장이 벌렁거려. 애가 아주 삐쩍 말라 갖구 얼굴은 시커먼 게……. 이게 사람인지 뭔지……."

계모 한지영은, 시환이 그렇게 된 이유를 모두 시환의 '이상한 성격'으로 몰았다고 했다. 시환이 밥투정이 심하고, 거짓말을 잘하고, 심지어는 도벽이 있다고 주장했다. 저는 시환에게 보약까지 지어 먹이며 최선을 다했다고, 억울하다고도 했다.

"당시 내가 시환이 방학 때만이라도 데리고 있겠다고 했어. 데리고 있으면서 보니까……, 애가 밥을 못 먹어. 자다가 뻑하면 비명을 지르면서 깨기 일쑤고……. 내가 그때 억장 무너진 거 생각하면……."

이모는 눈시울을 붉혔다. 어린 시환은 건강에도 심각한 문제가 와서 여러 차례 병원 신세를 지기도 했다. 그러다 중학교에 입학하면서 계모의 노골적인 학대는 줄었지만 이미 시환이 입은 내상은 돌이킬 수 없었다. 중학교는 졸업을 했지만 고등학교를 제대로 다니지 못했다. 신경정신과 치료를 받아야 했다.

"아, 아버지가 계시잖아요……. 아버진 뭐하고……."

윤은 떨리는 가슴을 누르고 조심스럽게 말했다.

"사내놈이란 게 여자한테 빠지면 제 자식도 제대로 안 보이나봐."

이모는 헛웃음을 한 번 허탈하게 웃고 말했다.

"제 마누라 말만 믿어. 시환이 오히려 제 아빠한테 맞기만 했대. 난 그것도 나중에 알았어. 정말 나중에……. 대체 어떤 일을 당했는지……."

이모는 고개를 흔들었다. 차마 입에 담기조차 끔찍하다는 듯.

"한 번은 시환이가 그러더라고. 밥에서 냄새가 난다고. 그래서 못 먹겠다고. 이모가 정성껏 만든 밥인데 무슨 냄새가 나, 하고 물으니 썩은 냄새가 난대. 엄마가 밥에다 쓰레기를 넣었대. 설마 그럴 리 있나 했더니…… 사실인 것 같더라고. 썩은 음식물 쓰레기, 그걸 애한테 먹인 모양이더라고. 뿐이야? 국에 소금을 왕창 넣거나 이상한 조미료를 써서 먹을 수 없는 걸 내놓고 억지로 먹게 했대. 심지어는 애가 불안 증세 때문에 오줌을 싸니까 또 그걸 핥아 먹게 했대……."

윤은 고개를 떨어뜨렸다. 가능한 내색하지 않고 들으려 했지만 듣는 것만으로도 너무 괴로웠다.

"내가 그래서 그년한테 따졌더니……."

윤이 흘린 눈물이 테이블 위로 뚝 떨어질 때 이모의 목소리가 계속 들려왔다.

"시환이가 거짓말하는 거라고, 저가 계모라서 모함 받는다고 울고불고 되레 난리를 치더라니까……."

한지영에 대한 주변의 평가는 대체로 좋았다. 예쁜 외모에 애교가 많고 상냥한 성품이라 모두 그녀를 좋은 사람이라 여겼다고, 이모는 말했다. 특히 시환의 아버지는 아내, 지영이 하는 말이면 팥으로 메주를 쑨다고 해도 믿었다고 했다. 때문에 아들이 병들어가는 것조차 다만 아들이 신통치 않아서라고 생각했다는 것이 이모가 전한 말이었다.

"시환이가 대학은 여기서 다녔어."

이모는 말을 계속했다.

"내가 아예 내려오라 했지. 고등학교를 제대로 못 다녀서 검정고시 치르고 대학 갔어. 그림을 워낙 잘 그려서 미대 들어가는 게 어렵지 않았어. 다만 그때까지도 너무 말라서 군대를 못 갔어. 당시 내가 녀석 붙잡고 통사정을 했지. 정신 똑바로 차려라, 이놈아. 너 이러다 죽는다. 죽으면 누구 좋은 일 시켜주냐, 꼭 살아야 한다고 말이야. 어느 날엔가부터 시환이도 노력하더라. 병원 꼬박꼬박 잘 다니고, 먹으려고 노력하고, 운동도 하고……."

이모는 그 말을 하면서 처음으로 입 끝에 살짝 미소를 지었다. 서글픈 미소였다.

"그러더니 대학 졸업할 무렵엔 거의 정상이 됐어. 적어도 외적으로는……."

"이모님이…… 고생이 많으셨네요……."

윤은 간신히 한마디 했다. 그러자 이모는 대번에 고개를 저었다.

"내가 한 건 없어. 녀석을 살린 건 내가 아니라 그림인 것 같어. 그림 그리고 싶어서 바득바득 살려 했던 것 같더라고. 그년이 시환이 벌줄 때 방에 가둬놨대. 그럴 때마다 그림 그렸대. 그럼 배고픈 것도 잊고, 구역질 나는 것도 잊고……, 미움도 잊었다고 하더라…….”

윤은 다시 눈물이 나는 것을 참느라 입술을 깨물었다. 언젠가 그가 말한 적이 있었다. 그림이 친구였다고. 대화하고, 고민을 털어놓고, 의지하고 위로받는 친구였다고. 그때처럼 윤은 가슴속이 싸하고 에이듯 했다.

“근데 그놈, 사실은 아직도 정상 아니야. 겉만 멀쩡하지…….”

이모는 말끝에 손끝으로 제 가슴 한가운데를 툭툭 찌르듯이 쳤다.

“속은 아직도 저 어릴 적 먹던 음식처럼 썩어 있을 거야. 걔가 밥 먹는 게, 그게 먹는 게 아니거든. 맛을 못 느껴. 그래서 상한 음식도 모르고 먹다가 식중독도 걸리고 그랬어. 물이나 커피, 이런 거 말고는 지금도 여전히 음식에 대해 저항감이 있어. 제 말로는 밥 먹을 땐 아무 생각도 안 한대. 머리를 비운대. 왜 그러냐 물었더니……, 생각을 하면 냄새가 난다는 거야. 썩은 냄새가 난대. 구역질이 난대.”

윤은 식사할 때의 시환을 떠올렸다. 그는 늘 묵묵히 먹었다. 그것이 아무 생각도 안 하려고 그런 것이라니.

“그런데…… 외람되지만…… 한 가지 더 여쭤도 될까요?”

윤의 조심스러운 말에 이모는 물을 마시다 말고 고개를 끄덕였다.

“그 계모는 왜……, 왜 그렇게까지 의붓아들을 학대한 건가요? 그냥 심성이 나빠선지…… 아님 무슨, 다른 이유라도 있는지…….”

윤은 물어야 했다. 저를 낳은 생모가 얼마나 '나쁜 년'인지는 충분히 알았다. 그런데 모두 남의 입을 통해서다. 한지영은 죽었다. 그것은 그녀의 변명을 들을 기회도 사라졌음을 의미했다. 만약 지영이 아무 까닭 없이, 그저 심성이 나빠 의붓아들을 그리도 괴롭혔다고 한다면 윤은 차라리 숨통이 조금 트일 것 같았다. 지영의 죽음은, 단순히 '심성이 나쁘다'는 까닭만이 아닌, 피치 못할 어떤 사정도 함께 갖고 사라진 것이라고, 그러니 피치 못할 사정이 있었을지도 모른다고 막무가내로 믿어버릴 수도 있으니까. 생모를 변호하기 위해서가 결코 아니었다. 저의 생모가 세상에서 가장 끔찍한 존재였다는 그런 참담한 현실을 다만 피하고 싶을 뿐이었다. 저를 낳은 사람이 최소한 '인간'이기를, 윤은 정말 간절히 바랐다.

"이유가 있지."

이모는 입 끝에 냉소를 머금고 바로 답했다. 그리고 곧장 '돈'이라고 했다. 시환의 아버지는 사업 수완이 매우 좋은 사람이었다. 특히 투자에 능해 빌딩도 여러 채 보유했다. 그런데 어떤 이유에선지 아이를 쉽게 가지지 못해 시환의 생모인 전 부인과의 사이에서도 시환을 아주 늦게 얻었다. 시환의 아버지와 나이 차가 많이 나는 지영은, 그래서 더욱 다급히 남편의 아이를 가지려 무척 노력했다고, 시험관 아이도 여러 차례 시도했으나 모두 실패했다고 이모는 전했다.

"시환일 제 아버지와 갈라놓고 저는 임신하려 하고……. 양심도 없는 것. 그런 거 보면 신이 있나 봐. 그런 나쁜 년한테 아이를 안 준 거 보면 말이야."

이모의 말에 윤은 고개를 들지 못했다.

"애초에 돈 보고 시환 아버지한테 들러붙었다, 짐작은 했지만 애도 못 낳아 더 욕심을 부렸는지……. 그년이 제 남편을 꾀어서 꽤 많은 재산을 제 앞으로 해놓은 거야. 어느 정도 그랬을 거라는 건 나도 짐작을 했지만 세상에……, 제부 죽고 나서야 나도 정확히 알았어. 거의 다……, 그년 것이 돼 있더라고."

시환의 아버지는 고혈압으로 쓰러져 육 개월간의 투병 끝에 숨을 거두었다.

"그나마 제부 앞으로 돼 있던 것도 유언장에 제 마누라한테 모두 주라나 뭐라나. 그래서 법정 유류분인가, 그것만 시환이 몫으로 떨어졌는데 그게 육 억 얼마야. 수백 억 자산가의 제부가 죽으면서 제 아들한테 남긴 게 꼴랑 그거라고. 녀석이 그걸 날 주대. 저는 많이 번다고……."

이모는 허탈하게 웃었다. 웃고 그 끝에서 '쳐 죽일 년' 하고 뇌까렸다.

"시환이한테서 아버지 뺏어가, 재산 다 뺏어가……, 그리 다 뺏어놓고 제 년도 그리 허망하게 죽을 줄 저도 몰랐겠지."

윤은 더 이상 입을 열지 않았다. 그저 고개를 약간 떨어뜨린 채 꼼짝도 않고 있었다. 맥이 풀린 듯, 이모의 말이 계속 이어지고 있음에도 더 이상 주의 깊게 들을 수도 없었다. 그러다 불현듯 모니터에서 보았던 아버지가 떠올랐다. 그때는 한지영이 생모라는 충격적인 사실을 접하고 의식을 못 했었는데 아버지가 그처럼 화를 내는 모습을, 그렇게 험악한 말을 입에 담는 모습을, 전에는 한 번도 본 적이 없다는 데에 생각이 미쳤다. 윤은 인정해야 했다. 저가 '인간'이 아닌 여자의 몸에서 태어났다는 사실을.

"이제 네 얘기해 봐."

식사가 모두 끝나고 후식이 나올 때쯤 이모가 말했다.

"시환이 얘기 들으러 여기까지 왔을 때는…… 시환일 많이 사랑하는 거겠지?"

시환과 윤이 동거한다고 생각하는 이모가 그런 질문을 하는 것은 어찌 보면 당연했다. 윤은 머뭇거리지 않고 고개를 끄덕였다.

"제가 왔었단 거, 시환 씨한텐 말하지 마세요. 자존심 상해할지 모르니까."

"그래. 가만 보면 어린 나이에 참 속이 깊다니까."

이모는 흐뭇해하면서도 연민 어린 눈빛과 미소를 보였다.

"난 이제 너만 믿는다. 남자든 여자든 나이 들어 제 짝만 잘 찾으면, 그게 바로 진짜 행복이야. 그래, 그게 진짜 거지. 그럼 어릴 적 나쁜 기억도 다 잊을 수 있어. 시환이뿐 아니라 너도……."

이모는 말하지 않아도 안다는 듯 의미 있는 눈빛을 보냈다.

윤은 도착했던 곳으로부터 다시 고속버스를 타고 서울로 향했다. 돌아가는 길은 버스 안도, 길도 한산했다. 좌석이 삼분의 이 정도 밖에 차지 않아, 윤의 옆자리도 비어 있었다. 그녀는 무료함을 달래려는 듯 휴대폰에서 웹툰을 열었다. 시환의 '황무지'였다. 그렇다고 내용을 보고 있는 것은 아니었다. 그저 샛별의 얼굴이 크게 나온 장면을 고정시켜 놓았을 뿐이다. 샛별이 바로 시환이었구나. 그는 어린아이였어. 그런 생각 끝에 윤은 피식, 무기력하고 서글픈 웃음을 옅게 뱉었다. '어른 남자'라고, 그 넉넉함에 반했더니 이제 와 이 무슨 배신인가 싶었다.

윤은 창밖으로 밤 풍경을 내다보았다. 이따금 한숨도 쉬었다. 숨을 한껏 들이켰다가 천천히 내쉬는 매우 의식적인 한숨이었다. 실은 한숨을 빌려왔다. 다른 어떤 것을 참고 버티느라 한숨이 필요했다. 후우우, 윤은 다시 한숨을 쉬었다. 멀리 터널 입구를 보면서였다. 입구가 뿌옇게 보였다. '그 어린아이'는 얼마나 강한가. 그리고 얼마나 어리석고 또한 자비로운가. 윤을 2층에 가둔 것으로, 겨우 그것으로 그 나쁜 기억의 터널을 통과하려 하다니. 대신 윤은 참 운이 좋구나. 이제 조금만 참으면 곧 엄청난 유산을 받게 되니 말이다. 순간 버스가 터널의 입구를 통과했다. 동시에 윤의 몸이 앞으로 확 쏠렸다. 그녀는 두 손에 얼굴을 묻었다.

11. 힐링 캠프

밤이 깊어가는 화실의 정원 풍경은 여느 때처럼 고적하고, 마감이 끝난 지 하루밖에 되지 않은 터라 어제와 같은 여유 속에 있었다. 또 어제처럼 가로등 아래에 시환이 서서 발아래 잔디를 툭툭 차고 있었다. 그런 그에게서는 지루해하면서도 초조해하는 상반된 감정이 느껴졌다. 그는 대문을 잠깐 바라보고 나서 휴대폰을 켜, 자정이 다 돼가는 시간만 확인하고 다시 껐다. 그러다 도로 켜서 윤의 번호를 한 번 열어봤다가 또 껐다. 그때 대문에서 소리가 났다. 그러자 시환은 오히려 대문을 등지고 현관 쪽을 향해 성큼 걸음을 옮겼다. 몹시 급하게 걸어 또 급하게 멈춰 서더니 역시나 또 급히 바지 주머니에서 담뱃갑을 꺼냈다. 몸을 다시 대문 방향으로 슬쩍 돌리면서였다.

윤은 대문을 열고 들어와 정원으로 걸음을 옮기다 시환을 발견했다. 현관 가까운 곳에서 담배에 막 불을 붙이고 있는 시환의 모습은, 담배를 피우기 위해 안에서 방금 나온 것처럼 비쳤다. 이어 그는 뒤늦게 윤을 발견한 사람 모양 '어' 하는 눈길을 던졌다. 윤은 손에 약간 큰 비닐 백을 들고 다가왔다. 또한 평소와 다름없는 얼굴이었다.

"일이 있어서 좀 늦었어요."

시환 가까이 와서 선 윤이 말했다. 그는 그저 '응' 했다.

"근데…… 우리, 계속 정원에서 만나는 것 같지 않아요? 벌써 사흘쨴 거 같은데?"

그러자 시환이 이번에는 '응?' 했다. 마치 전혀 의식을 못 했다는 듯.

"우연인가? 설마……."

윤은 새치름한 눈빛을 보냈다.

"기다린 건 아니죠?"

"담배……."

시환은 제 손가락 사이에 낀 담배를 보였다. 적어도 지금은 담배를 피우러 나왔다는 의미다.

"혼자 있는데 그냥 안에서 피우지……."

윤은 혼잣말처럼 하고 먼저 현관으로 발길을 옮겼다. 시환이 곧바로 뒤따랐다.

"다 피우고 들어와요."

윤이 휙 돌아보며 말했다.

"안에서 피우라며?"

"혼자 있을 때 그러라는 거지. 지금은 내가 있잖아요."

시환은 바로 잔디를 벗어나 담배를 밟아 껐다. 그 모습을 보고 현관을 열던 윤이 다시 휙 돌아보았다.

"밥 안 먹었죠?"

윤은 안 먹은 줄 안다는 듯 물었고 시환은 당연하다는 듯 고개를 주억주억했다.

"그럴 줄 알고 마트 들러 왔어요. 나도 안 먹었구."

윤이 손에 든 봉투를 보였다. 시환은 그제야 그것을 받아 들어 그녀와 함께 주방으로 들어왔다. 시환이 봉투를 중앙 조리대에 놓자 윤은 봉투에서 대파와 당근, 마늘 등을 꺼냈다.

"배고프니까 일단 밥부터 먹고 씻어야겠다. 밥은 전기밥솥에 남았을 테고 밑반찬은 있으니까 그냥 김치찌개 할 거예요. 어때요?"

시환은 크게 고개를 한 번 세로로 움직였다.

"이거 씻어요. 난 신김치 꺼내서 준비할 테니까."

"응?"

시환은 이미 몸을 돌린 윤과 조리대 위의 대파 등을 번갈아 쳐다보다가 이내 그것들을 개수구로 옮겨서 씻기 시작했다. 그가 그것들을 다 씻자 윤은 도마와 칼을 꺼내라, 냉장고에서 계란 두 개를 꺼내라, 계속 심부름을 시켰다. 화실 방에서는 윤이 시환의 어시스턴트였지만 주방에서는 그 반대였다. 윤은 김치에 물과 들기름을 조금 넣고 센 불에 올려놓았다. 이어 당근을 가는 채로 썰고 마늘을 다져 계란 푼 것에 섞었다. 그사이 김치찌개가 끓자 대파를 썰어 넣은 후 불을 줄여 아주 약하게 해놓았다. 준비한 계란은 프라이로 부쳤다.

어느덧 식탁에는 반찬들이 하나둘 놓였다. 밥도 놓였다. 그런데 가스레인지 위에 있는 김치찌개는 아직도 자글자글 끓고 있었다.

"다 된 거 아냐?"

김치찌개의 냄비에서 김이 폭폭 올라오는 모습을 보며 시환이 물었다.

"난 김치찌개를 잔불에 푹 고아 먹는 편이라서요. 오늘처럼 그냥 김치만 고아 먹기도 하고 때로는 새우젓을 넣고, 때로는 멸치를 넣어요. 새우젓은 특히 소화가 잘돼서 아빠가 엄청 좋아하셨죠. 근데…… 배고프다. 이 정도만 해야겠네요. 나중에 김치가 더 푹 삭으면 그때 찌개로 완전 풀어버릴 거야."

윤이 하는 말을 반은 알아듣고 반은 못 알아들은 시환이 그냥 그 특유의 고갯짓만 해 보이다, 그녀의 손짓을 보고 가스레인지 앞으로 다가갔다. 윤은 불을 끄고 냄비 뚜껑을 연 다음 커다란 조리용 숟가락으로 김치찌개의 국물을 적당히 떴다. 그리고 호호 불어 식힌 뒤 시환 앞으로 내밀었다. 그는 움찔하듯 고개를 뒤로 젖혔다.

"안 뜨거워요."

윤이 태연하게 말했다.

"맛봐요."

망설이는 시환을 보고 그녀는 '어서요' 했다. 그는 마지못하듯, 그러면서 굳은 얼굴로 그녀가 내민 숟가락에 입을 가져갔지만 금세 또 입을 뗐다.

"이건 내 솜씨가 아녜요. 이모님 솜씨지."

'어때요?'라고 물을 필요도 없어, 윤은 시환의 떨떠름한 얼굴을 보며 웃음을 참고 그렇게 말했다.

"김치가 맛있으면 찌개 만들 때 굳이 이것저것 안 넣어도 돼요. 그냥 그대로 맛있거든."

윤은 시환이 입술만 대다 만 숟가락을 제 입으로 가져가 맛을 봤다.

"아, 맛있다."

두 사람은 식사를 시작했다. 그리고 식사가 시작되자 윤은 입을 다물었다. 머리를 비워야 하는 시환의 식사를 방해하지 않기 위해서였다.

"왜……."

그런데 시환이 입을 열었다.

"아무 말 안 해?"

"응……? 무슨 말?"

윤은 시큰둥한 눈빛을 던졌다.

"우리가 뭐 식사하면서 정답게 대화할……, 그런 사이인가? 현재?"

듣고 보니 그랬는지 시환은 입을 다물었다.

"할 얘기가 있긴 해요."

그 얘기가 무엇이냐 시환은 눈짓으로 물었다.

"밥 먹고 나서 해요. 좀 야한 얘기라……."

순간 시환이 들고 있던 젓가락을 멈칫했다. 이어 윤을 빤히 쳐다봤지만 그녀는 눈도 주지 않고 밥만 먹었다. 시환은 그 '야한 얘기'가 무엇인지 당장 알고 싶은 눈치였다.

식사 후 윤은 설거지를 시환에게 맡기고, 씻고 옷 갈아입는다며 먼저 주방을 나갔다. 시환은 군소리 없이 설거지를 하고, 설거지 후에는 커피머신으로 커피를 내렸다. 그사이 양치질도 하고 돌아와 머그잔도 꺼냈다. 이제 커피를 따르기만 하면 되는데 윤이 내려오지 않았다. 시환은 중앙 조리대 앞에 앉아서 그녀를 기다렸다. 조리대에서 그가 자주 앉는 자리는 주방의 입구를 등지고 있어서, 이제 곧 제 뒤에서 들리게 될 기척을 기대하며 그는 귀를 쫑긋 세웠다. 시간이 흘렀다. 아무 기척도 느껴지지 않았다. 시환은 일어나 주방을 나가 홀 중앙에서 위를 올려다보았다. 샤워를 좀 꼼꼼히 한다고 해도, 아니 아예 욕조에 물을 받아놓고 목욕을 한다고 해도 내려올 시간이 지났다. 시환은 계단을 바라봤지만 2층에 올라가지 않는다고 약속을 했기에 계단을 밟을 엄두도 내지 못했다.

"야한 얘기 한다면서……."

시환은 중얼거렸다. 그 찰나에 위에서 기척이 들렸다. 시환은 소리 안 나게 발꿈치를 들고 살금살금, 재빨리 주방으로 숨었다.

윤이 주방으로 들어왔다. 시환은 그녀를 등지고 앉아 있다 기척을 듣고 비로소 고개를 돌리는 척했다. 윤은 아주 크고 헐렁한 체크 셔츠 하나만 입고 있었다. 거즈처럼 얇은, 편안한 면 소재로 길이도 길어 허벅지의 반을 가렸는데 방금 씻어 상큼한 비누 향을 풍기는 윤에게 무척이나 잘 어울렸다.

"통화 좀 하느라고 늦었어요."

시환이 조리대 위에 미리 준비해 놓은 머그잔에 커피를 따르는 것을 보며 윤이 말했다.

"우리 아빠 택시 찾았거든요. 그거 고모네가 알아서 좋은 가격에 팔아주겠다고 낮에 전화 왔었는데 내가 싫다고 했거든요. 팔아도 내가 판다고요."

말을 하며 윤은 시환의 맞은편에 앉았다.

"그랬더니 이 시간에 전화를 해서 고모부의 친구가 차를 산다고 했다나. 그러면서 계약금을 미리 받았다는 둥, 그 가격이면 좋은 가격이라는 둥, 그러네요. 아빠 돌아가시고 보험금도 못 받아냈는데 차라도 좋은 가격에 팔아야지, 그래야 고모부 체면이 선다, 하는데…… 할 말 없더라구요."

"보험금 지불됐어."

시환은 무심히 말하고 커피를 입에 댔다. 윤 역시 '아, 그래요?' 하고 말았다. 윤은 그 사실을 지금 처음 알았지만 별로 놀라지 않았다. 집을 빼앗긴 처지에 보험금으로 놀랄 일도 없었다. 그것들을 빼앗고도 고모는 또 어디에 돈이 그리 급한지 지금은 택시를 노리고, 앞으로는 조카의 유산을 노릴 것이다.

시환은 머그잔을 내려놓고 윤에게 뭔가를 묻고 싶은 듯 입술을 조금 달싹였지만 말을 내놓지 못했다. 그녀의 고모가 좋은 사람이 아니라는 것을 이모에게서 들은 후 비로소 그것을 알려주는 징후들을 눈치챌 수 있었지만 아직은 조심스러웠다. 어쩌면 두려운지도 모르겠다. 그녀에게서 저와 같은 상흔을 발견할까 봐. 그래서 윤이 '알고 싶어요?' 하고 물었을 때 그는 깜짝 놀랐다.

"야한 얘기."

윤은 씩 웃었다. 시환은 '아' 하는 얼굴로 고개를 끄덕거렸다. 물론 그것도 알고 싶었다.

"사실은 내가 알고 싶어요."

윤이 말을 이었다.

"맛."

"맛?"

"그 맛."

윤이 말하는 '그 맛'을 시환은 금세 알아들었다.

"시환 씨는 맛있다며? 맛있어하는 그 맛, 같이 좀 알자구요.

나도 아주 모르는 건 아닌데……, 돌이켜 보면 난 울기만 했던 것 같아."

윤이 그 말을 할 때 시환은 그녀의 눈을 슬쩍 피했다.

"울기 싫어. 맛있고 싶어."

윤은 미소 지었다.

"맛있는 기억은 좋은 기억으로 남을 테니까. 틀림없이."

시환의 눈은 다시 윤의 눈을 만나, 두 사람은 서로를 응시했다.

"진심이야?"

시환이 이윽고 물었다. 윤은 대답하지 않고 일어나 천천히 조리대를 돌아 그의 곁으로 왔다. 그녀는 조리대를 뒤로 기대고 서서 그를 비스듬히 마주 보았다.

"직접 봐요."

"뭘?"

"내 진심을."

윤의 진심은 그녀의 손끝에 있는지 시환은 제 눈앞에서 움직이는 그것을 따라갔다. 윤은 손끝으로 셔츠 아랫부분을 잡아 천천히 위로 올렸다. 허벅지의 가장 윗부분이 드러나고 살이 드러났다. 셔츠 안에 아무것도 입지 않았다는 의미였다. 윤은 금세 다시 내렸다.

"유혹당했어요?"

시환은 고개를 한 번 끄덕했다.

"맛봐요."

윤의 속삭임에 시환은 별로 머뭇거리지 않고 그녀의 허벅지에 손을 댔다. 허벅지에 손을 대고 그 부드러운 살결이 손바닥을 통해 전해지니, 윤이 어떤 마음으로 '유혹'을 하고 어떤 이유가 있는

지에 대한 잠깐의 의혹과 생각은 날아갔다. 그는 그 부드러운 살결을 따라 손을 죽 올려 셔츠 안으로 들어가 샅을 거쳐, 습기를 촉촉이 머금은 대지 같은 아랫배에서 멈췄다. 로션을 발랐는지 '대지'는 미끈했다. 시환은 배꼽을 더듬어 그 안으로 손끝을 지그시 찔러 넣었다. 간지럽다는 듯 윤의 배가 꿈틀대고 안으로 움츠러들었다. 시환은 그녀의 아랫배를 한 손에 감싸 미끄러지듯 그 반대편으로 내려가 샅을 지났다. 순간 까슬한 것이 그의 손을 건드렸다. 그것은 또 다른 윤의 유혹이었다. 유혹은 그가 건드릴수록 살아나 그의 손끝을 휘감았다. 시환은 끌리듯 접근해 그 까슬한 것의 전체를 손바닥으로 오롯이 덮었다. 그 손을 그대로 둔 채 그는 눈을 들어 윤의 눈과 만났다.

"올려봐."

그가 시키는 대로 윤은 셔츠를 잡아 올렸다. 셔츠의 끝자락이 소리 없이 올라 그녀의 아래를 드러냈다. 시환의 손에 검은 숲만 모두 가려진 아래. 시환은 제 손을 조금도 떼지 않은 채 손끝이 아래로 가게 손목을 틀었다. 이어 손가락 두 개를 윤의 가랑이 사이로 넣었다. 까슬한 숲은 그곳에서도 이어져 그의 손가락을 간질였다. 두 개의 손끝은 그 까슬함을 즐기듯 앞뒤로 움직였다. 그러자 그 희롱을 덩달아 즐기는지, 아니면 부끄러운 것인지, 까슬함 속 깊은 곳으로부터 전해 온 떨림이 온전히 손끝에 닿았다. 그 떨림의 의미가 무엇인지 알아보려 손끝 하나가 까슬함의 비좁은 틈 사이를 비집었다. 손끝은 금세 달아올랐다. 불이 붙은 듯 뜨거웠으나 그것은 불이 아닌 물, 그것도 꿀물이었다. 시환은 다시 눈을 들어 윤을 보았다. 화장기 없는 민낯은 양 볼을 발그레 물들이고 있다가 그의 눈을 만나자 아닌 척했다.

"좀 거칠게 해도 돼요."

수줍음을 숨긴 민낯이 대담하게 말했다.

"묶어도 되고……, 때려도 돼요……."

윤의 말이 떨어지자마자 시환이 제 의자를 뒤로 빼며 갑자기, 급히 일어섰다. 윤은 그가 움직였다고 느낀 순간에 끌려가 그의 팔에 안겼다. 어찌나 세게 안겼는지 숨이 콱 막히고 격한 압박감에 몸에 통증을 느낄 정도였다. 그런데도 소리 한 번 내지 못했다. 이미 입술을 빼앗겼으니까. 시환은 제 두 팔에 윤을 빈틈없이 부둥켜안고 입술조차 빈틈없이 삼키는 중이었다. 입술이 떨어지기까지는 시간이 걸렸다.

"가요."

윤이 말했다. 그녀는 시환의 손을 잡아끌고 달리듯 주방을 나갔다. 그녀의 보조에 맞춰 그도 달렸다. 두 사람은 1층 홀을 가로질러 계단을 뛰어올랐다. 복층의 높은 천장으로 윤의 해맑은 웃음소리가 파문을 그리듯 퍼져 갔다. 그녀의 웃음소리는 침실로 이어졌다. 털썩, 푹신한 침대 위로 쓰러지면서도 그녀는 웃었다. 시환은 그녀의 셔츠 위를 잡아 내려 젖가슴을 우악스럽게 움켜쥐고 젖꼭지를 콕 물었다.

"바로 그거예요……."

웃음 끝에 윤은 마치 유치원생에게 '참 잘했어요' 하듯 소리쳤다. 시환은 젖무덤까지 실컷 빨고서야 윤의 셔츠를 이번에는 위로 올려 푹신한 아랫배와 검은 숲에 정신없이 입을 맞추었다. 이어 그녀를 홀랑 뒤집어 엉덩이에도 똑같은 입맞춤 세례를 퍼부었다. 입맞춤뿐 아니라 핥고 물다가 제 격정에 못 이겨 너무 세게 힘을 주고도 저는 의식을 못 했다. 윤은 아파도 즐겁게 참았다.

시환이 다시 그녀를 뒤집었다. 윤은 재빨리 다리로 그의 몸을 감았다.

"이제 내 차례……."

말과 함께 윤이 그를 감은 제 다리에 힘을 줘 당기자 그가 알아서 그녀 위로 몸을 기울였다. 윤은 시환의 셔츠 단추를 풀었다. 다 풀고 그의 목에 팔을 걸었다.

"일어나시고."

윤의 지시에 시환은 말 잘 듣는 아이처럼 몸을 일으켰다. 윤은 여전히 그의 몸에 다리를 휘감은 채여서 두 사람은 딱 붙어 마주 앉은 모습이 되었다.

"맛 좀 볼까요?"

윤이 그의 귓가에 속삭였다. 그는 고개를 끄덕였다. 윤은 시환의 셔츠를 어깨 쪽으로 벗겨내고 그의 목덜미로 얼굴을 가져갔다. 먼저 코를 지그시 눌러 숨을 들이켰다. 익숙한 냄새가 났다. 그의 체취. 냄새가 식욕을 끌어 올리듯 욕망도 끌어 올렸다. 윤은 시환의 목덜미를 덥석 물었다. 또 시환처럼 이를 지그시 눌러 박았다. 해보니 생각보다 절제가 필요했다. 힘을 주는 만큼 따라오는 야릇한 쾌감에 압도되지 않기 위해서. 맛있을수록 천천히, 음미하면서 먹어야 하는 것과 같은 건가. 윤은 신나게 시환의 몸 여기저기에 잇자국을 냈다. 그다음에 무엇을 할지 상상하며 흥분하기도 했다. 그녀는 제 상상과 욕망이 이끄는 대로 시환의 허리로 손을 내려 바지 앞을 열었다. 손을 넣었다. 막대기처럼 딱딱한 것을 손에 쥐었다. 그녀의 손안에서 그것은 팔딱팔딱 뛰었다.

"들어오고 싶어요?"

윤이 물었다.

"응."

"문은 열렸나요?"

윤이 시환을 맛보는 사이 시환 역시 그녀의 엉덩이 아래에서, 활짝 핀 꽃을 갖고 놀았다. 여전히 그의 손아귀에 들어와 있는 꽃은 저와 그의 손을 흠뻑 적셔 놓고 있었다.

"충분해."

"내가 데리고 들어갈게요."

윤은 시환의 그것을 손에 쥔 채 엉덩이를 들어 그에게 좀 더 바짝 붙었다. 그녀는 병의 좁은 주둥이에 코르크 마개를 끼우는 것을 상상했다. 시작은 비교적 수월하면서도 주둥이와 마개 사이에 바람 한 점 들어올 수 없을 만큼 빠듯했다. 그다음은 묵직하게, 그 안을 모두 빈틈없이 채우며 들어갔다. 윤은 아랫배 전체가 살짝 조이는 것 같은 느낌을 받았다.

"흡……."

윤은 딸꾹질하듯 가슴을 들썩였다. 엉덩이를 완전히 내려 '코르크'가 다 들어왔다고 생각했는데 그가 그녀의 허리를 잡아 더욱 밀착시키자 코르크에 가슴을 찔린 것 같은 느낌을 받았기 때문이다. 윤은 시환의 목덜미를 두 팔에 안고 쿡, 웃었다. 그것이 가슴까지 올라올 리는 없잖은가 하면서.

"왜?"

윤의 등을 어루만지며 시환이 물었다. 왜 웃느냐는 의미였다.

"포만감이 들었어요."

"맛도 알기 전에?"

"시환 씬 다 찾았어요? 아직 못 찾은, 숨어 있는 맛……."

"글쎄……?"

"바보."

"그런가?"

"맛을 몰라, 당신은."

"너도 아직 모르잖아. 내가 얼마나 맛있는지."

"바보……."

"응……?"

어리둥절한 시환의 얼굴을 윤은 두 팔에 인았다. 그녀는 미소 지었다.

'당신이 얼마나 맛있는지 난 진즉에 알았는데…….'

윤에게 '시환의 맛'은 사랑의 맛이었다. 사랑의 맛은 물론 달콤 하지만은 않았다. 때로 쓰고, 아프고, 눈물이 쏙 빠질 만큼 매웠 다.

✳

이튿날 아침이 돼서 윤은 2층에서 내려왔다. 1층 홀에서 주방 가는 길에 그녀는 시환의 방이 있는 곳을 슬쩍 쳐다보았다. 시환 은 보통 새벽 4, 5시 전후로 잠자리에 들어 정오가 되기 전쯤에 깨기 때문에 아직 자고 있을 시간이었다. 어젯밤의 정사 후에도 그는 습관처럼 화실 방으로 향했다. 윤은 과일로 간단히 배를 채 우고 시환이 일어날 때까지 화실에서 책을 읽었다. 시환은 11시 넘어 화실 방으로 들어왔다.

"잘 잤어요?"

윤은 활짝 웃으며 그를 맞았다. 반갑게 두 팔을 벌려 그를 안 았다. 그녀가 너무나 자연스럽고 살갑게 다가와, 시환은 잠깐 어리둥절했지만 금세 그녀를 힘 있게 안고서 심지어 그녀의 바지 속으로 손을 쑥 넣었다.

"아침부터 이러는 거 반칙."

"아침 아닌데?"

시환은 도리어 그녀의 엉덩이를 손에 꽉 쥐었다.

"시환 씨한텐 아침이잖아. 아직 오전이고. 커피?"

윤은 잠시 후 순한 모닝커피를 가져다주고 함께 마트에 가자고 했다. 시환은 흔쾌히 수락했으나 마트에 가는 일이 그에게 그리 익숙한 일은 아니었다. 더구나 카트를 끌고 식료품 구역을 도는 일은 거의 완전하게 낯선 일이었다. 밥을 차려주는 사람이 없으면 사 먹는 것이 당연했으니 그가 직접 식재료를 사러 갈 일이 있을 리 없었다.

"알밥 쌈을 해 먹으려구요."

윤이 시환과 함께 어류 코너로 들어와서 말했다. 두 사람이 있는 곳은 대형 마트로 식료품 구역도 매우 넓었는데 낮 시간대라선지 그리 붐비지 않았다.

"생선 알이랑 소고기도 좀 사야 해요. 소고기를 샤브샤브 식으로 살짝 삶아서 알이랑 같이 채소에 싸 먹는 건데 그때 함께 먹는 양념이 맛을 좌우하죠. 내가 그 양념을 좀 잘 만들어요. 이게 별미라서 아빠가 수입이 좋을 땐 나 붙들고 알밥 쌈 좀 해 먹자고 조르고 그랬어요."

윤은 잘난 척을 했다.

"재료값도 좀 들지만 이게 은근 손이 많이 가서 좀 귀찮거든요."

윤은 해죽 웃었다.

"사실은 내가 먹고 싶어서요. 계산은 시환 씨가 다 할 건데 이럴 때 해 먹지 언제 먹어요?"

윤은 생선 알과 소고기를 사고 샤브샤브에 채소가 많이 들어가야 한다며 각종 채소를 부지런히 카트에 담았다. 그러고 나서도 계산대에서 '아차' 하고는 잊은 것이 있다며 혼자 다시 안으로 들어가, 카트에 있던 것들의 계산이 다 끝났는데도 돌아오지 않았다. 시환은 계산대의 직원에게 카드를 내밀었다.

"부인께서 오시면 한꺼번에 계산할까요?"

직원이 시환의 카드를 받고서 물었다. 시환은 바로 대답하지 못했다. '부인'이란 말에 약간 당황한 때문이었다. 그때 윤이 돌아왔다. 손에 생리대를 들고서. 직원이 그것을 받아 바코드를 찍었다. 그사이 시환은 멋쩍은 얼굴로 딴 데를 쳐다봤다. 그 생리대 하나로 시환과 윤은 영락없이 부부로 찍히고 말았다. 물론 계산대 직원의 머릿속에서만.

평범하면서도 평온한 일상이었다. 윤과 시환이 주말에 함께 보낸 시간이 그랬다. 둘은 함께 밥을 해 먹고, 화실 방에서 각자의 일을 하면서도 대화를 나누고, 정사를 가졌다. 물론 저만의 일정도 있어, 특히 시환은 토요일에 윤과 함께 '알밥 쌈'으로 식사한 뒤 늦은 오후에 외출해서 밤에 돌아왔다. 그는 보통 외부 일정을 금요일과 토요일에 소화했다. 모든 것이 해오던 대로였다. 윤이 식사를 차리고 그 식사에 시환이 '맛있다'로 보답하지 못하는 것도 변함없었다. 다만 윤은 이제 그에게 맛있냐고 묻지도, 눈치를 주지도 않았다. 식사할 때는 되도록 입을 다물거나 그의 신경을 거스르지 않을 만한 화제로 혼자 떠들었다. 음식의 맛을 느끼라, 그에게 강요하고 싶지 않았다. 그저 그것은 특별한 일이 아니라고, 은연중에라도 알려주고 싶었다. 사람을 망치고 기억을 망치는 것은 가장 상식적이고 당연해야 할 것들이 무너지는 데서 오는 것 같았다. 이 평범함과 평온이 지속될 수 있다면 얼마나 좋을까.

화실의 격자무늬 창이 활짝 열려 있었다. 그 창을 통해 들어오는 6월 밤의 선선한 바람은 정원의 풀 냄새도 더불어 실어왔다. 그 냄새를 맡으며 윤은 깊어가는 초여름 밤의 평범함과 평온을 즐기고 있었다. 그녀는 학과 공부 중이었다. 그런데 어느 순간부터 그 안온함을 깨뜨리는 무엇을 느꼈다. 윤은 고개를 돌려 시환의 자리를 쳐다봤다. 그는 태블릿에 눈을 두고 열중해 있었다. 스토리 콘티를 짜고 있다고 짐작되었다. 윤은 읽고 있던 책으로 다시 눈을 돌렸다. 그러다 얼마 지나지 않아 다시 시환을 쳐다봤다. 시환은 석고상 모양, 조금 전과 똑같은 그대로의 모습이었다. 윤은 천천히 책으로 눈을 돌렸다가 약 일 분 후 갑자기 휙, 빠르게 시환에게 고개를 돌렸다. 그는 여전했다.

"나 보고 있었죠?"

윤은 시환의 모습에 변화가 없는데도 따지듯 물었다. 그는 고개를 들어 눈짓으로만 무슨 말이냐 되물었다.

"몰래 훔쳐보고 있었죠?"

"왜 시비야?"

"실토해요. 내가 이래 봬도 한 육감 해요."

"그 육감을 논리적으로 설명해 봐. 내가 훔쳐볼 이유가 있는지."

"내가 너무 예뻐서?"

"또?"

"섹시해서?"

"또?"

"나한테 반해서?"

"또?"

"사지선다 하게요?"

"정답은 자뻑."

"이상하네…… 요기……."

윤이 손으로 제 관자놀이를 콕콕 찔렀다.

"요기에서 분명 찌릿찌릿한 뭔가를 느꼈는데, 혹시……."

윤은 눈을 가늘게 떴다.

"나 먹을 꿍꿍이였던 거 아녜요?"

윤의 말에 시환이 정색해서 가만히 있다가 이윽고 턱, 두 손으로 테이블 위를 짚었다. 이어 '폼 나게' 몸을 일으켰다.

"말도 안 돼……."

윤은 벌떡 몸을 일으켰다.

"낮에 해놓고……."

그녀는 문으로 달려갔다. 시환이 곧장 뒤를 쫓았다. 화실 방에서 뛰쳐나온 윤은 1층의 홀을 가로질렀다. 뒤를 돌아보고 '꺄악' 비명도 질렀다. 계단을 뛰어오를 땐 까르르 웃음을 터뜨렸다. 낮에 정사를 했다는 두 사람은 십 년 만에 만난 연인들처럼 차례로 침대에 뛰어들어 마치 싸우듯 서로의 옷을 벗겼다. 윤의 웃음소리는 계속되었다. 발가벗은 뒤 서로의 몸을 미친 듯 탐하는 중에도 그녀의 맑은 웃음소리가 이따금씩 이어졌다.

"그렇게 웃겨?"

시환이 물었다.

"응. 이상하게 몸이 점점 간지러워요. 좀 세게 해봐."

시환은 윤의 젖꼭지를 유륜까지 콱, 물었다. 입안에서 그것을 혀로 돌리고 이로 자근자근 씹었다. 윤은 그제야 '으음' 하는 신음을 흘렸지만 입꼬리가 위로 말려 있었다. 그는 세게 하는 시늉만 했지 실제로는 아이스크림처럼 달콤했다. 윤은 다시 웃음을 터뜨렸다. 시환이 그녀의 검은 숲에서 수줍은 꽃잎을 손끝으로 간질간질, 간질였을 때였다.

"좀 세게 해보라니까. 팍, 팍!"

윤의 요구에 그는 그녀의 허벅지를 힘껏 벌렸다. 숲을 벌리고, 꽃도 벌렸다.

"어, 야해……."

윤은 비로소 수줍어했다. 그 '야한' 꽃 안으로 시환이 혀를 깊숙이 밀어 넣었다. 윤은 얼마 안 가 격한 신음을 토하며 허리를 비틀었다. 윤의 몸부림이 절정에 달했을 때 시환이 그녀의 뒤로부터 들어왔다. 윤은 푹신한 시트에 뺨을 대고 엎드려 제 전신을 이불처럼 감싼 그의 체온을 기분 좋게 만끽했다. 충만함에 젖은 얼굴에서 입꼬리는 한껏 위로 올랐다. 그녀의 미소는 그대로 시환의 눈에 담겼다. 그는 그녀의 머리칼을 손으로 쓸어주었다. 동시에 그의 얼굴에도 엷은 미소가 떠올랐다. 다시 한 번 그녀의 머리칼을 쓸어 올렸다. 그러자 그의 얼굴에서 미소가 사라졌다.

"아빠가 만져 주는 것 같애."

그때 윤이 말했다. 눈을 감고 그의 손길에 취한 듯 나른한 목소리였다.

"어릴 때 나 자고 있으면 가끔씩 아빠가 와서 그렇게 머리 쓰다듬어 줬어. 아빤 나 자고 있는 줄 알았겠지만 실은 자다가도 그 손길에 깨곤 했어요. 근데 내가 깼다는 거 아빠도 아는 것 같았어. 녀석, 좋은 꿈을 꾸는 모양이네, 그랬거든. 아마 나도 모르게 웃었나 봐."

윤은 그때처럼 웃음을 띠었다. 시환은 다시 한 번 천천히 윤의 머리를 쓸어주고 쓰다듬었다. 미소는 다시 나타났다.

"맛있어, 너."

시환이 속삭였다. 윤은 소리 없이 웃었다. 지도 잘 안다는 듯 하얀 이까지 드러냈다. 그녀의 그 웃음을 보며 그는 온몸으로 행위를 시작했다. 시환의 입가에서 미소도 커져 그 역시 하얀 이를 드러냈다. 깨달음은 번개처럼 찾아왔다. 그의 얼굴에서 미소가 사라졌던 그 찰나였다.

'그녀가 맛있다.'

그녀가 웃고 있는 맛이다. 언제 울었냐는 듯, 원래부터 웃고만 있었다는 듯 윤이 행복해하는 맛. 바로 숨어 있는 맛이었다. 그 맛을 찾았다. 그것이 그녀의 진짜 맛이었다.

"오늘 뭘 해 먹을지 미리 생각해 왔어요."

윤이 세형을 보고 활짝 웃으며 말했다. 월요일에 학교에서 돌아와 1층 홀에서 세형을 만나자마자 인사 대신이었다. 세형은 서먹하면서도 '벙찐' 얼굴을 해 보였다. 전 주 마감 때 윤과 식탁에서의 일을 아직 염두에 둔 얼굴이었다. 물론 그날 윤이 먼저 사과하고 일단락되었지만 서먹한 감정만은 채 정리를 못 하고 헤어졌던 터라 세형은 그만 당황하기까지 했다.

"어, 왔어요?"
화실 방에서 뒤이어 나온 석주가 인사했다.
"석주 씨 게 좋아해요?"
윤은 대번에 석주에게 물었다.
"호, 게 맛을 아느냐 묻는 거라면 감히 안다고 답변 드리오."
"나도 게 무지 좋아하는데. 특히 밥도둑 게장."
세형이 슬쩍 끼어들었다.
"게장이 아니라 게찜 할 건데요."
"게찜!"
세형과 석주가 눈을 동그랗게 뜨고 반색했다. 이어 세 사람은 '여름에 게가 괜찮을까' 혹은 '게가 비싼데 쌤이 좀 부담스럽지 않을까' 등의 다양한 의견을 쏟아냈다. 그때 시환이 화실 방에서 나왔다. 그를 먼저 발견한 윤이 주먹 하나를 위로 들어 올리고 '게찜'을 연호했다. 마치 데모하듯. 눈치를 보던 세형과 석주가 차례로 동참했다.
"게찜, 게찜, 게찜……."
셋이 주먹을 위로 절도 있게 뻗으며 데모하는 꼴을 시환은 시큰둥하게 쳐다봤다.
"돈 벌어서 먹는 데 다 쓰겠네."
시환은 쌩하니 화장실 쪽으로 몸을 돌렸다. 세 명의 어시스턴트가 그의 뒤를 따르며 '게찜, 게찜' 했다. 시환이 화장실로 들어간 뒤에도 문밖에서 계속 연호했다. 시환이 화장실을 나와서도 마찬가지고, 그가 다시 화실 방으로 들어갈 때도 그의 뒤를 따르며 '게찜, 게찜' 했다. 시환은 마지못하듯 카드를 턱, 던졌다.
"만세!"

세 어시스턴트는 만세를 불렀다. 그런 뒤에 싱싱한 게를 사려면 마트보다는 수산 시장에 가야 한다고 일단 의견을 모았으면서도 노량진까지 너무 멀어 밥해 먹다 해가 지겠다느니, 석주가 운전할 줄 아니 시환의 차로 얼른 갔다 오면 된다느니 하는 괜한 의견 충돌을 보이다, 그럼 석주와 윤이 다녀오느냐, 세형도 따라가느냐 하는 하등 중요치 않은 문제로 또 가벼운 입씨름을 벌였다. 우여곡절 끝에 게를 사 온 후에는 그것을 손질하는 문제로 또 수방에서는 한바탕 난리가 났다. 게 껍질이 딱딱해서 남자의 손을 빌려야 하는데 게의 겉껍질을 까고, 내장을 빼고, 네 조각으로 자르는 일을 석주와 세형이 번갈아 가면서 하다가 실수 연발이었기 때문이다. 두 남자가 게를 손질하는 동안 윤은 양파, 파, 마늘을 썰고 다져서 그 위에 고추장, 간장, 고춧가루, 들기름, 매실 등을 저만의 비법으로 섞었다. 그리고 그 양념에 손질이 다 된 게를 쟀다.

"에……? 오늘 먹는 게 아니라구요?"

세형은 황당해하는 얼굴이었다. 석주 역시 그 곁에서 허탈해했다.

"하루 정도는 재놔야 해요. 그래야 깊은 맛이 나거든요. 내일 먹어요, 우리."

윤이 웃으며 말했다. 두 남자는 고생한 보람이 없다며 축 처져서 화실 방으로 돌아왔다.

"일 안 해?"

패잔병처럼 돌아온 두 어시스턴트에게 시환이 으르렁대자 두 사람은 재빨리 앉아서도 한숨만 푹, 푹, 내쉬었다. 그러나 그들의 실망은 이튿날 식사 시간이 돼 주방으로 들어온 순간에 보상

받았다.

"와, 냄새 죽인다······."

"비주얼 봐라. 진짜 맛있겠다······."

주방을 꽉 채운 게찜의 향과 식탁 가운데에 수북이 쌓여 있는 그 모습에 세형과 석주는 거의 '헬레레' 해서 자리에 앉았다.

"하루 동안 잰 데다 잔불로 오래 자글자글 끓여서 게에 양념이 잘 뱄을 거예요. 콩나물은 맨 마지막에 넣은 거구요."

윤의 설명을 들으며 석주와 세형은 저들 앞에 있는 접시에 게한 조각과 국물을 실어 날랐다. 이어 국물 맛을 먼저 본 그들은 양손의 엄지를 다 치켜세웠다.

"근데······."

석주는 이내 곤란한 표정을 지었다. 젓가락으로 게살을 바르다 만 뒤였다.

"껍질 때문에 살을 발라 먹기가 조금 난감하네."

"그냥 뜯어 먹어, 형. 푹 과서 껍질도 말랑해진 것 같은데?"

세형이 게 다리 하나를 껍질째로 자근자근 씹자 석주는 '에이, 하인스러운 놈' 했다.

"이리 줘봐요."

윤이 석주에게 손을 내밀었다. 석주가 접시째로 주자 윤은 주방 가위를 이용해 게 껍질을 조금 벗겨주었다.

"이런 식으로 하면 먹기 수월해요."

"오, 생큐."

"어, 그럼 나도 해줘 봐봐요."

세형도 얼른 제 접시를 윤에게 내밀자 윤은 받아서 껍질 벗기는 요령을 보여주었다. 그사이 시환은 제 앞에 게 조각 하나를 갖다놓은 채 구경만 하고 있었다.

"나는……?"

시환이 말과 함께 제 앞의 접시를 윤에게 슬쩍 밀었다.

"하는 거 봤을 거 아녜요? 직접 해봐요."

윤은 시환 앞에 주방 가위를 탁, 놔주었다. 시환이 어이없다는 듯 '왜 나만 안 해줘?' 하는 눈빛으로 윤을 빤히 바라봤지만 그녀는 저 먹기에 바빴다. 시환은 게에 손도 안 대고 콩나물만 집어 먹었다. 마치 반항하듯.

"게도 좀 드시지……."

세형이 시환을 의식하고 슬쩍 한마디 했다. 제 앞에 게 껍질이 수북이 쌓이고 나서였다. 그제야 윤이 시환의 접시를 가져와 주방 가위로 먹기 좋게 만든 다음 다시 내밀었지만 시환은 게에 눈길도 주지 않았다.

식사 후 설거지와 주방 정리는 세형과 석주의 몫이었다. 두 사람이 주방을 치우는 사이 윤은 커피를 준비해 화실 방으로 갔다. 시환에게 줄 커피였는데 그의 모습은 그의 자리가 아닌 격자무늬 창 너머에서 발견되었다. 그가 가장 먼저 식사를 끝내, 윤은 그가 이미 담배를 피우고 들어와 있었으려니 했다. 그녀는 창을 통해, 베란다에 비치된 슬리퍼를 신고 정원으로 나왔다. 시환은 등을 보이고 있었다. 그 등을 보며 윤은 천천히 다가갔다. 등은 정말 멋지단 말이야, 그 생각에 미소도 지었다. 어른의 등을 하고 어린아이의 마음을 가진 남자.

시환은 윤이 나온 것을 눈치채고 재빨리 담배를 꺼냈다. 벌써 세 개비째였다.

"계속 여기에 있었어요?"

윤이 머그잔을 내밀었다.

"아직 빛이 세요. 선크림도 안 발랐을 거면서. 차라리 그늘에 있든가요."

오후 3시경이라 윤의 말대로 초여름의 햇빛이 제법 쨍했다. 시환은 대꾸도 없이 머그잔을 받아 입에 댔다. 심지어 그녀를 쳐다보지도 않았다.

"담배도 좀 줄여봐요. 밥 먹고 나면 줄담배 두 개는 기본이야. 가만 보면……."

윤의 잔소리를 들으며 시환은 도리어 담배를 힘 있게 쭉 빨아 허공에 도넛을 그렸다. 윤은 그런 그를 째려보다가 몸을 돌렸다. 몸을 돌려 몇 걸음 걷다가 뒤를 돌아보았다. 시환은 딴 데를 보고 있었다. 윤은 고개를 갸웃했다. 그가 평소와 조금 달라 보인다고, 갑자기 느꼈던 때문이다. 그런 그녀의 예감은 몇 시간 후 화장실 문 앞에서 그와 '따닥' 맞닥뜨렸을 때 더욱 심화되었다.

"왜 여기 화장실 써?"

화장실에서 나오는 윤을 보고 시환이 약간 시비조로 물었다.

"네?"

화장실에서 나오다 문 앞에 있는 그를 보고 약간 놀랐던 윤은 어리어리한 얼굴을 했다.

"여긴 남자 화장실이니까 넌 2층 화장실 써."

"네에?"

2층에 있을 때면 모를까, 작업 중일 때는 윤도 늘 1층의 화장실을 이용했다. 화장실 한 번 가자고 매번 2층에 올라갔다 올 수는 없었다.

"무슨 공중화장실인가, 남녀 화장실이 따로 있게……."

시환은 윤이 말을 다 끝맺기도 전에 화장실로 들어가 문을 탁, 닫았다. 윤은 기가 막혀 '허' 하는 소리를 냈다. 그녀는 팔짱을 끼고 시환이 다시 나오기를 기다렸다.

"삐졌어요?"

시환이 나오자 윤은 다짜고짜 물었다.

"삐지긴, 무슨 애처럼……."

시환은 퉁명스럽게 뱉어놓고 먼저 화실 방으로 몸을 돌렸다. 그러다 갑자기 휙 돌아보았다.

"누구 돈으로 게를 산 건데……."

시환은 그 말을 입속으로 중얼거리듯 했다. 그래도 윤의 귀에다 들렸다. 윤은 다시 '허' 했다. 설마 게찜 못 먹어서 삐친 거?

밤 10시의 식사 때도 게찜이 나왔다. 남은 게찜을 데워 내놓은 것이다. 세형과 석주는 '진정한 밥도둑은 게장이 아니라 게찜이었어' 하며 각자의 접시로 게 조각을 부지런히 실어 날랐지만 시환만은 여전히 게에 관심 없다는 듯, 이번에는 아예 게에 묻어 있는 콩나물에도 젓가락을 대지 않았다.

윤은 말없이 시환의 접시를 가져와 게 한 조각을 담았다. 그리고 주방 가위로 정성껏 껍질을 도려내 살을 발라 먹기 좋게 만들어서 시환 앞에 놔주었다.

"먹고 나면 또 해줄게요."

윤이 상냥하게 말했다.

"쌤이니까 두 번, 세 번도 해드려야지."

그런데도 시환은 대꾸도 없다. 그 접시를 힐끔 쳐다보지도 않았다.

"우우~ 우린 한 번밖에 안 해줬으면서……."

세형이 끼어들어 장난스럽게 야유했다.

"쌤이라잖아, 쌤. 질투 나면 너도 부지런히 노력해서 얼른 쌤 돼라."

"형도 아직 정식 데뷔 못 했는데 내가 감히……. 참, 저번에 구상했단 거 스토리는 좀 썼어?"

"확실히 스토리가 힘들다. 캐릭터는 좀 잡아놨는데……."

석주와 세형이 대화하는 사이 시환은 윤이 발라놓은 게에 슬그머니 젓가락을 가져다 댔다. 윤이 눈치를 채고 입꼬리를 몰래 올렸지만 아는 체하지 않았다. 그가 접시를 비웠을 때도 무심한 척 그것을 가져가서 다시 게 한 조각을 마찬가지의 방법으로 만들어 돌려주었다. 시환은 곧 편하게 게를 먹었다. 윤은 그런 그를 훔쳐보며 혹시 맛을 느끼나 했는데 그렇지는 않다는 것을 금세 눈치챘다. 다만 윤이 게살을 발라주지 않아 섭섭했던 모양이었다. 윤은 속으로 픽, 웃고 어린애 같다고, 역시 어린아이였어, 했다. 그래도 그가 음식을 통해 감정을 드러낸 것이 신기했다. 감정이 살면 입맛도 살아나지 않을까, 그녀는 기대도 가졌다.

✱

두 번의 마감을 치르는 동안 화실은 전에 없이 활기에 넘쳤다. 너무 어수선하고 시끄러워서 시환이 일에 집중을 못 할 정도였다. 평소 같으면 조용히 하라고 했을 그였다. 그런데 그는 내버려 두었다. 덕분에 그 두 번째의 마감 때는 에이전시의 독촉 전화를 몇 번이나 받은 끝에 간신히 치러야 했다. 그리고 나서 피로한 몸을 이끌고 쓰러지듯 침대에 누운 시환은, 그럼에도 기분 좋게 잠에 빠져들었다. 자고 일어나면 윤이 와 있겠지, 했다.

시환이 잠에서 깼을 때 방 안은 어둑해 있었다. 시계를 보니 다섯 시간 정도 잤다. 단잠을 자 그 시간만으로도 충분했는지 몸은 개운했다. 침대를 벗어난 그는 가장 먼저 벤치프레스 앞으로 가 그곳에 올려둔 휴대폰을 집어 들었다. 자는 동안 진동으로 해둔 터였다. 휴대폰을 켜보니 전화도 와 있고 문자도 와 있었다. 문자는 윤의 것이라서 그는 그것부터 열어보았다. 과제 모임이 있어 늦는다는 내용이었다. 다음 주가 기말고사라서 그 준비를 해야 한다고도 했다. 그러면서 '시험 끝나면 여름방학이에요' 했다.

"여름방학……."

시환은 중얼거렸다. 문자를 읽는 내내 미소가 떠나지 않던 그의 얼굴에 먹구름이 드리웠다.

벌써 여름방학인가. 그는 휴대폰을 손에 꽉 쥐었다. 갑작스럽게 시간 속으로 들어와 버렸다. 변호사는 유산 상속 기간으로 육 개월을 말했었다. 시환도 그 기간을 약속했다. 윤과 만난 지 삼 개월째. 시간은 아직 남았다. 그러나 시환은 그 생각마저 하지 않으려 했다. 그때 그의 손안에서 휴대폰이 진동했다. 화면에 뜬 번호를 그는 한참 들여다봤다. 저장해 놓지 않은 번호였지만 낯익었다. 그가 받지 않아 진동은 이내 끊겼다. 그는 통화 기록을 살폈다. 그 번호로 전화가 몇 번 더 와 있었다. 휴대폰이 다시 진동했다. 이번에는 짧게 한 번이었다.

〈통화가 영 안 돼서 문자 남깁니다. 전화 원래 안 받아요? 저번에도 그러더니……. 암튼 나, 소재성 씨 매제 되는 정호섭이오. 우리 한 번 만났잖아요. 중요한 용건이니 통화 좀 합시다. 돈 달란 거 아니니 걱정 마시고.〉

해가 지고 어둠이 짙어질 무렵, 화실에서 시환의 감청색 승용

차가 빠져나왔다. 석주와 세형이 차례로 화실을 떠나고 난 직후였다. 차는 주택가를 벗어나 차도로 접어들었다. 시환은 굳은 얼굴이었다. 그는 사십 분 정도를 달려, 차를 한 유료 주차장에 주차한 뒤 그곳으로부터 약 칠 분 거리에 있는 카페로 들어갔다. 언젠가 호섭과 만난 적이 있던 바로 그곳이었다. 이번에도 호섭이 먼저 와서 기다리고 있었다. 그런데 혼자가 아니었다. 제 아내와 마주 보고 앉아 열심히 떠들고 있던 호섭은 맞은편에서 시환을 발견하고 반갑게 손짓했다. 남편의 손짓에 뒤늦게 돌아본 윤의 고모는 얼른 일어나 남편 옆으로 자리를 옮겼다.

"어서 와요. 또 보니 나름 반갑네."

호섭이 인사차 건넨 말에 그의 아내는 '참 잘생기셨네' 하고 호응했다. 시환은 윤의 고모가 앉았던 자리에 앉았다.

"우리, 여기서 이럴 게 아니라 어디 조용한 음식점으로 자리를 옮길까요? 참, 저녁 했어요?"

"됐습니다. 여기서 말씀하시죠."

시환이 차갑게 거절하자 호섭은 민망하다는 듯 헛기침을 했다.

"소재성 씨가 내 오빠예요, 오빠."

윤의 고모가, 남편이 헛기침하는 사이 시환을 보며 제 소개를 했다.

"오빠한테 딸이 하나 있는데, 나한텐 하나밖에 없는 조카예요."

"어허, 그렇게 얘기하면 두서없잖아. 여기서 중요한 건 형님이 아니라 한지영 씨야, 한지영 씨. 당신은 가만있어 봐."

호섭은 제 아내에게 말하고 시환에게 눈을 돌렸다.

"내 전화상으로 그쪽 어머님이신 한지영 씨에 관한 거라 말했죠? 실례지만 계모이신 걸로 아는데…….”

“네.”

“사실 이런 얘기……, 들으면 좀 놀라실 테지만……. 뭐 어차피
아셔야 할 거고 해서 그냥 단도직입적으로 말합니다. 그쪽 계모가
요, 아버님과 결혼하기 전에, 뭐랄까, 정식 결혼은 아니지만……
암튼 전남편이 있었어요. 바로 소재성 씨, 우리 형님이죠.”

“내 조카가 바로 한지영 딸이에요, 딸. 윤이, 소윤이…….”

“가만있으라니까.”

“왜? 우리 윤이 일인데…….”

호섭과 그의 아내가 저들끼리 토닥대는 사이 시환은 별다른 표
정 없이 꼼짝도 않고 있었다. 전혀 놀라지도 않았다. 호섭의 문
자를 보고 이어 통화를 하고 나서 모두 예상한 일이었다. 호섭은
한지영에 관한 것을 꺼내기 전에 ‘혹시 소윤이라는 여자의 전화
를 받거나 만난 적이 있느냐’ 먼저 물었다. 그것으로 모든 상황을
예측하기에 충분했다.

“갑자기 듣게 돼 믿지 못하실 수도 있는데…….”

호섭은 시환의 무표정한 얼굴이 신경 쓰이는 듯 그의 눈치를
살폈다. 이어서 증거가 있다며 제 휴대폰에 담긴 영상을 보여주
었다. 바로 블랙박스 영상이었다. ‘얼마 전에 형님의 택시가 발견
됐어요’ 하는 설명을 곁들었음은 물론이다. 시환은 ‘우리 아빠의
택시를 찾았다’는 윤의 말을 떠올렸다.

“우리 윤이가 아직 어려요. 학생이에요, 학생. 대학교 4학년.
저가 다 알아서 한다고 해놓고 아직 그쪽한테 전화도 안 한 거 봐
요. 뭘 어떻게 해야 할지 저도 모르는…….”

“시끄럽다니까, 이 여편네가…….”

"어휴, 깜짝이야……."

소리를 질러 놀란 아내에게 호섭은 이어 입 모양만으로 윽박지르며 눈치를 줬다. 윤의 고모는 움찔했다.

"실은 윤이가 우리에게 다 일임했어요."

호섭은 아내의 말을 고쳐 말했다. 윤의 고모가 '윤이 저 알아서 한다'고 했던 말과 호섭의 '윤이 우리에게 일임했다'는 말은 서로 맞지 않았지만 시환은 별 반응을 보이지 않았다. 윤의 고모는 제 실수를 깨닫고 나서야 입을 꾹 다물었다.

"암튼 그 문젠 우리랑, 아니, 나랑 말하면 됩니다. 나랑."

호섭은 손바닥으로 제 가슴을 탁탁 쳤다. 이어 한지영의 유산이 어떻게 관리되고 있는지, 법적 분쟁은 원치 않지만 혹시 모를 일에 대비해서 저희도 변호사를 선임할 계획이라는 등의 얘기를, 나름 전문 용어까지 섞어가며 장황하게 떠들어 댔다.

"소윤 씨와 말하겠습니다."

호섭의 말을 다 듣고 나서 시환이 말했다. 호섭 내외의 눈이 휘둥그레졌다.

"대학 4학년이면 법정 대리인이 필요하지 않은 성인인데 굳이 고모부님과 나눌 얘기는 아닌 것 같습니다. 그럼 이만."

"아니, 이봐요. 윤인 내 조카라구, 딸 같은 조카……."

시환이 일어서자 윤의 고모가 급히 말했다.

"내가 걔 젖먹이 때부터 키워서 딸이나 똑같거든. 딸이라고, 딸……."

호섭이 곁에서 '딸 이상이지' 하며 처음으로 아내의 말에 맞장구를 쳤다.

"그렇습니까?"

시환이 경멸적으로 내뱉었다.

"하시는 꼴들을 보니 그 딸을 어떻게 키웠는지, 상상이 가는군요."

시환은 뒤도 안 돌아보고 그 자리를 나왔다.

유료 주차장에 있던 감청색 승용차는 제 주인을 싣고 다시 그곳을 나왔다. 시환은 약 십 분 정도를 달리다 갓길에 차를 세우고 휴대폰을 들었다.

[시환 씨…….]

휴대폰 너머로부터 윤의 활기찬 목소리가 들려왔다.

"학교?"

[응. 시환 씬 잠 잘 잤어요? 배고프죠? 나 곧 들어갈게.]

"밖이야."

[어, 늦어요?]

"아니. 볼일 끝났어. 시간 맞으면 너 데리러 가려고."

[와, 딱 좋아, 딱.]

시환은 윤의 학교로 향했다. 가는 길에, 윤이 '야한 얘기' 좀 하자고 했을 때의 기억을 더듬었다. 그녀는 '맛 좀 보자'고, '묶어도 좋고 때려도 좋다'고 했다. 그런 그녀를, 그때 다소 낯설다 느끼지 못한 것이 아니라 부러 피했다. 아니, 취했다.

윤이 헤드라이트 안으로 들어왔다. 그녀는 활짝 웃으며 다가와 어느새 시환 곁으로 앉았다.

"언제 나가서 언제 외출했다가 여기까지 온 거예요? 늦게 일어났을 거면서."

안전띠를 매고 윤이 말했다. 시환은 다시 차도로 차를 돌리고 있었다.

"별로 못 잔 거 아녜요?"

"잘 잤어. 먹고 들어가자."

"들어가서 먹지……, 왜? 내가 차려준 밥 물렸어요?"

"들어가선 너 먹으려고."

"어, 쩐, 지, 사흘 동안 잘 참더라."

"석주와 세형이 와 있을 땐 건드리지 말라며?"

"아, 네. 너무너무 고마워서 오늘 맘껏 먹게 해드리죠."

윤은 소리 내어 웃었다. 몹시 급한 것처럼 말한 시환은, 그러나 그리 서둘지 않았다. 그녀와 함께 꽤 고급스러운 레스토랑에서 식사를 하고, 식사 후에는 번화한 쇼핑가에서 데이트를 즐겼다. 그는 윤에게 꽃무늬 원피스도 사주었다. 그녀는 마다하지 않았을 뿐만 아니라 원피스에 맞는 샌들도 사달라고 졸랐다. 두 사람은 쇼핑을 하고, 커피를 마시고, 손 붙잡고 걸었다.

윤과 시환은 자정이 넘어 화실로 돌아왔다.

"너무 뿌듯한 거 있죠?"

윤은 감격에 겨워했다. 시환의 손에 들린 쇼핑백 세 개를 보면서였다. 그는 그것을 소파 위에 올려놓았다.

"원피스랑 스커트, 바지, 티 두 개, 샌들 하나, 완전 횡재했어."

"그건 왜 빼?"

"어, 맞다."

윤은 제 머리에 잠깐 손을 댔다. 그녀의 머리에 반짝반짝 빛나는 핀이 꽂혀 있었다. 5밀리미터 정도의 폭에 길이가 5센티미터 되는 단순한 디자인에 크리스털이 촘촘히 박혀 있는 것으로, 고가의 브랜드 제품이었다. 그녀는 시환 앞으로 쪼르르 달려가 그의 목에 팔을 걸었다.

"고마워요."

윤은 장난기 어린 애교의 눈짓을 함께 해 보이고는 쪽, 소리가
나도록 시환에게 입을 맞췄다. 한 번만 맞추고 도망가는 그녀의
입술을 그가 잡았다. 그는 진하게 밀고 들어왔다.

"일단⋯⋯."

입술이 떨어지자 윤이 말했다.

"씻어야지."

"같이 씻자."

두 사람은 발가벗고서, 윤이 시환의 손을 잡고 함께 욕실로 들
어왔다. 그리고 성인 두 사람이 함께 사용하기에는 좁은 샤워 부
스에서 기어코 샤워를 했다. 사실은 애무였다.

"묶어도 된다고 했지?"

윤의 뒤에서 그녀의 젖가슴을 정성스럽게 씻겨주며 시환이 물
었다.

"응."

윤은 고개까지 끄덕끄덕했다.

두 사람은 욕실에서 곧장 침대로 자리를 옮겼다. 시환은 정말
윤을 묶었다. 그때처럼 침대의 휘장을 이용했다. 윤을 침대에 바
로 눕힌 채 머리맡에 있는 기둥의 것으로 그녀의 양팔을 각각 묶
었다. 다리는 묶지 않았다. 시환은 그녀를 묶고 나서, 티 테이블
위에 있던 그의 휴대폰을 가져왔다. 휴대폰에서는 곧 서정적인
관현악 선율이 흘러나왔다. 그는 음악이 흘러나오는 휴대폰을
윤의 머리맡에 두었다. 관현악에 이어 소프라노의 음성이 들렸
다. 윤이 듣기에 아리아 같았다.

"무슨…… 노래예요?"

"카스타 디바."

'카스타 디바(Casta Diva)'는 빈센쵸 벨리니의 오페라 '노르마' 중에서 나오는 아리아로, '카스타 디바'라고 가사가 시작되기에 그렇게 알려져 있다. 보통 '정결한 여신'으로 번역되고, 소프라노 마리아 칼라스가 부른 것이 가장 유명하다. 노래는 아름다우면서 어딘지 슬픔에 차 있었다. 그 멜로디에 가만히 귀 기울이던 윤은 이내 제 얼굴에 시환의 손길을 느꼈다.

"왜 묶었는지 알아?"

시환이 물었다. 윤은 고개를 흔들었다.

"오늘은 내가 널 먹기만 할 거니까."

"내가 자기 먹을 기회는 안 주고?"

"그래. 바로 그거야."

"알았어요. 먹이만 되는 것도 좋으니까."

"때려도 된다고 했던가?"

"응."

윤은 머뭇거리지 않고 대답했다. 불안한 기색도 전혀 보이지 않았다. 시환은 윤의 얼굴 위로 고개를 낮게 숙여 그녀의 얼굴을 핥았다.

"때리진 않아."

시환이 속삭였다.

"그런데…… 아플지도 몰라."

그는 윤의 얼굴을 다시 핥고 귓불을 입술로 물었다. 그녀는 벌써 미간을 잔뜩 좁히고 신음을 삼켰다. 시환이 그녀의 젖가슴 하나를 손아귀에 꽉 쥐었던 탓이다. 그의 손가락 사이마다 삐져나온 젖무덤의 살이 터질 듯했다. 그는 그 난폭한 제 손과는 다르게, 혀로는 윤의 목덜미를 부드럽게 핥았다.

"왜 하필 너냐고……."

시환이 다시 입을 열었다. 속삭이는 소리였고, 소리는 뜨거운 입김으로 윤의 귓가를 감돌았다.

"물은 적 있지?"

"으응……."

윤의 대답은 신음 같았다.

"너, 아프게 하려고."

"으음……."

윤은 다시 신음처럼 대답하다가 숨을 짧게 훅 들이켜는 소리를 내며 고개를 옆으로 휙 돌렸다. 그녀의 오른쪽 팔을 시환이 물었다. 아예 뜯어낼 것처럼 그는 머리까지 흔들었다. 윤은 괴로운 듯 이를 악물고 끅, 끅, 소리를 냈다. 시환은 천천히 문 자리를 놓았다. 희고 보드라운 살결이 핏빛으로 물들어 있었다. 잇자국도 아주 깊었다.

"또 널 울릴 것 같다. 윤아."

윤의 충혈된 눈을 내려다보며 시환이 말했다. 그러나 윤은 울고 있지 않았다.

"괜찮아요……."

윤은 미소 지었다.

"당신이 맛있게 먹으면 돼……."

시환은 맛있게 먹겠다는 듯 윤의 젖가슴으로 얼굴을 묻었다. 그녀 위로, 그녀의 몸을 다 가릴 만큼 완전히 올라타 두 팔로 부둥켜안았다. 윤은 제 젖무덤 살을 파고드는 그의 이를 선명히 느

껐다. 아플 것을 기꺼이 각오했다. 그런데 아프지 않았다. 시간을 두고 천천히 시환은 그녀의 몸을 따라 아래로 내려가며 그녀의 살에 이를 촘촘히 박았지만 그녀는 전혀 아픔을 느끼지 못했다. 그저 살을 누르는 약간의 압박감이 다였다. 그러자 윤은 도리어 눈물이 날 것 같았다.

'아프게도 못 하면서……'

시환은 윤의 아랫배에 얼굴을 비볐다. 비비다가, 잘 물리지도 않은 뱃살을 이로 더듬는가 하면 혀로 핥고, 그러다 다시 얼굴을 묻었다. 어찌 해야 할지 모르는 사람 같았다. 윤의 배는 물기에 축축했다. 타액이라고 하기에는 너무 많았다. 그 물의 한 줄기가 그녀의 배를 따라 흘러 검은 숲 앞에서 잠깐 멈추는가 싶더니 이내 천천히, 아주 천천히 숲으로 사라졌다.

카스타 디바는 소프라노의 풍부한 감성을 타고 절절히 이어졌다. 끝나면 다시 시작되고, 또다시 시작되며 끝없이 반복되었다.

✻

윤이 욕실로 들어왔다. 욕실의 전신 거울에서 그녀는 제 나신을 비추었다. 오른쪽 팔에 검푸른 멍이 들어 있었다. 팔꿈치 위로 중간 부분이었다.

"긴 팔 입어야겠다."

팔 외에 그녀의 몸 여기저기가 온통 울긋불긋했다. 꽃이 핀 거 같았다. 일종의 '키스 마크'였다. 윤은 제 뒤를 보았다. 엉덩이에 있는 여러 개의 키스 자국에 웃음이 푹 터졌다. 그녀는 간단히 씻고 나왔다.

침실은 환했다. 아침이었다. 침대에 시환이 잠들어 있었다. 윤은 소리 안 나게 조심히 침대로 다가갔다. 저가 침대에서 빠져나올 때 깨지 않은 걸 보면 깊이 잠들어 있는 것 같았다. 그와 처음으로 함께 잤다. 정확히 아침에 눈을 떠, 곁에서 자고 있는 그를 봤다고 해야 할까. 윤은 그의 잠든 얼굴을 물끄러미 내려다보았다.

"천사 같애……."

시환은 정말 편안한 얼굴로 잠들어 있었다.

윤은 외출복 차림으로 숄더백을 들고 내려왔다. 다음 주의 기말고사를 앞둔, 1학기의 마지막 강의가 있는 금요일이었다. 그녀는 주방으로 가 에이프런을 입고 식사 준비를 했다. 시환이 평소보다 일찍 잤으니 일어나는 시간도 평소보다 이를 것이라 짐작했다. 역시나 시환은 9시 반쯤에 주방에 모습을 보였다.

"와, 칼이다, 칼."

막 벗은 에이프런을 손에 들고 윤이 감탄의 소리를 질렀다.

"역시 우린 궁합이 너무 좋아."

윤은 강아지처럼 시환에게 달려가 그의 뺨에 입을 맞췄다.

"이쯤 내려오면 딱 좋겠다 했거든요. 밥 다 하고, 난 방금 먹었어. 이제 양치질하고 학교 가야 해."

"데려다줘?"

"아니. 식사나 해요."

"일어나자마자 무슨……."

일어나자마자 무슨 밥을 먹느냐는 의미로 시환이 중얼거렸지만 윤은 이미 밥을 푸고 있었다. 전기밥솥이 아닌, 가스레인지 위에 있는 가마솥 형태의 쇠로 된 밥솥 앞에서였다. 식탁 위에 반찬은 이미 차려져 있었다. 윤은 밥을 올려놓았다. 그것이 무밥인 것을 시환은 단번에 알아보았다.

"그럼 먹어요."

윤은 양치질을 한다며 주방을 나갔다. 시환은 앉지도 않고 그냥 서서 무밥을 내려다보기만 했다. 꽤 오래였다. 이윽고 그의 얼굴에 당황한 기색이 역력히 스쳤다. 그는 밥 위로 몸을 약간 낮췄다. 뜨거운 밥에서 올라오는 뿌연 김이 그의 코를 스쳤다. 무의 단맛이 섞인 향. 그게 느껴졌다. 무척 선명하게. 시환은 놀라서 몸을 확, 뒤로 젖혔다.

"어, 아직 안 먹고 뭐해요?"

어느 새 주방으로 돌아온 윤의 목소리가 뒤에서 들려왔다. 그녀는 중앙 조리대의 의자에서 숄더백을 집어 들었다.

"하긴 원래 먹는 시간도 아니니. 그럼 조금 이따 먹든가. 근데 무밥은 뜨거울 때 먹어야 제맛이거든요. 식으면 좀 별로야. 아, 참……."

윤은 가려다 말고 시환에게 바짝 붙었다.

"황무지 다음 회 살짝 스포, 안 돼요? 너무너무 궁금해. 결국 샛별이도 살아나겠죠?"

무너지는 건물에 갇힌 샛별은 저를 포기하고 다른 사람들을 살리는 데에 동의했다. 동의라기보다는 체념에 가까웠지만 소녀는 또한 의연했다.

"죽이지 말아요."

'스포' 하지 않겠다는 듯 입을 다물고 있는 시환을 보며 윤은 말을 이었다.

"그거 알아요?"

윤은 의미심장한 눈빛을 반짝이며 활짝 웃었다.

"어린 샛별이가 실은 젤로 어른스러운 거."

윤은 웃음소리를 남기고 사라졌다. 시환은 식탁 앞에 앉았다. 숟가락을 들었다. 적당량의 밥과 무를 숟가락에 담았다. 그것을 천천히 코 밑으로 가져갔다. 다시 향을 맡았다. 단맛의 향. 나쁜 기억은 떠오르지 않았다. 구토도 나지 않았다. 그녀의 얼굴이 떠오르는, 오히려 좋은 기억과 함께였다. 시환은 무밥을 입에 넣었다. 그리고 조심히 그것을 씹었다. 그러다 멈췄다. 그는 다소 멍한 눈빛을 허공에 두었다. 그 잠시 후 그의 입 끝에 옅은 미소가 떠올랐다. 미소는 입 전체로 번져 갔다.

시환은 밥을 한 숟가락 푹, 가득 떴다. 젓가락을 들어 나물을 집었다. 김치도 집고, 멸치볶음도 집었다.

12. 정결한 여신

이제 제법 해가 길어 8시가 가까워서야 어둑해졌다. 윤이 지하철역에서 나왔을 때는 완전히 어두워 있었다. 그녀는 화실 가는 걸음을 서둘렀다. 낮에 시환과 통화했었다. 그녀가 먼저 전화를 걸어 그에게 외부 일정이 있는지를 알아봤다. 일정이 있으면 저는 도서관에서 시험공부를 하다가 시간 맞춰 갈 요량이었다. 도서관에서는 자료를 다양하게 찾아볼 수 있어서 집에서 하는 것보다 편했기 때문이다. 그는 일정이 있다 하고 언제 들어올지는 모른다고 했다. 윤은 해 질 녘에 다시 시환에게 문자로 연락을 취했다. '나 곧 출발해요' 했다. 혹시 시간이 맞으면 그가 데리러 와주기를 은근히 기대하면서. 그런데 그에게서 아무 답도 돌아오지 않았다. 문자를 한 번 더 보내고 기다려 보았으나 마찬가지였다. 결국 기다리는 시간만 지체하고 도서관을 나왔다. 가는 중에 지하철역 내에서 문자 대신 전화를 걸어보았다. 받지 않았다. 그러다 보니 괜한 조바심에 그녀는 발길을 재촉하고 있었다.

주택은 어둠에 잠겨 있었다. 시환은 귀가 전이구나, 하며 윤은 현관문을 비밀번호로 열었다. 그런데 웬일일까. 1층 홀에 들어서는 순간, 윤은 알 수 없는 기분에 사로잡혔다. 등골에 서늘한 기운이 지나가고 팔에 소름이 돋았다. 그녀는 살얼음판을 딛는 것 같은 기분으로 화실 문 앞에 섰다. 문고리를 잡은 손에 힘을 주고 소리 나지 않게 천천히 열었다. 쿵, 불도 켜기 전에 윤은 제 심장이 아래로 떨어지는 것만 같은 충격을 받았다.

탁, 스위치가 올라가는 소리와 함께 방이 환해졌다.

"아……."

윤의 입에서 곤혹스러운 소리가 흘러나왔다. 방은 더 이상 윤이 알고 있던 그 화실이 아니었다. 그렇다고 텅 비어 있는 것도 아니었다. 다른 것으로 채워져 있었다. 우아하고 고급스러운 소파 세트와 흔들의자, 대리석 테이블, 이국적인 장식장, 콘솔, 벽에 걸린 그림 패널, 값비싸 보이는 조형물 등이 차례로 눈에 들어왔다. 이 방에 원래 리빙 룸이었다던 시환의 말이 떠올랐다. 윤의 어깨에서 숄더백 끈이 흘러내렸다. 툭, 가방은 곧장 그녀의 발아래로 떨어졌다. 그녀는 망연한 얼굴을 하고 있었다. 그 망연함에서 벗어나려는 듯 걸음을 한 발 떼어보지만 바로 휘청거렸다. 시환의 침실에 가보려고 했다. 그러나 몸이 말을 듣지 않았다. 그녀는 그냥 눈에 보이는 스툴에 주저앉았다. 그 방에 벤치 프레스는 이미 없을 것이다. 러닝머신도 없을 것이다. 마치 오늘의 일을 예정하듯, 잠시 머물다 가는 유목민의 거처 같던 그 방의 그 어수선함도 사라졌을 것이다. 윤은 꿈을 꾸는 것 같았다. 언젠가는 올 날이라는 것을 알면서도 꿈이기를 바랐다.

윤은 주방으로 들어섰다. 발을 질질 끌고 힘없이 들어와, 바로 그 순간에 눈을 반짝 빛냈다. 중앙 조리대에 있는 스케치북을 발견한 것과 동시였다. 윤은 얼른 집어 들었다. 시환의 스케치북. 물론 그의 많은 스케치북들 중 하나일 것이다. 윤은 한 장 넘겼다. 아무것도 없었다. 다시 한 장 넘겼다. 윤의 입이 절로 벌어졌다. 스케치북에 윤의 얼굴이 있었다. 약간 측면의 얼굴을 그린 소묘였다. 또 한 장 넘겼다. 그것도 윤의 얼굴이었다. 시환과 단둘이 화실 방에 있을 때 종종 그의 눈길을 느끼고는 했었는데-그런 윤의 육감을 그는 '자뻑'이라 했었다- 바로 그때였구나 싶었다. 태블릿 위에 스케치북을 올려두고 그렸을 것이라 짐작되었다.

"어……."

얼굴 소묘 세 장에 이어 나온 그림은 누드화였다. 언제 그린 누드화인지는 굳이 떠올려 볼 필요도 없었다. 저녁 햇살의 그윽한 빛과 하나 된 윤의 나신은 그림 속에서 더욱 투명한 관능으로 표현되었다. 얼굴까지 모두 그려 넣었고, 그 한편에 시환의 필체로 'Casta Diva'라 쓰여 있었다. 조리대를 등진 채 윤은 스케치북을 품에 안고서 주륵 미끄러져 주저앉았다. 울지 말아야지, 했다.

"나쁜 놈……."

✳

윤은 변호사를 만나기 위해 평소에는 잘 가지 않는 낯선 노선의 지하철을 탔다. 지난 월요일에 저를 변호사라 밝힌 남자에게서 전화를 받았다. 그는 '소윤 씨가 맞느냐' 묻고 한지영의 유산 상속 건으로 만나기를 청했다. 시험 주간인 윤은 시험이 한 과목

밖에 없는 수요일인 오늘을 택해 약속을 잡았고 가는 길이었다.

윤이 내린 지하철역 부근에는 변호사 사무실들이 밀집해 있었다. 윤은 그중에 한 사무실을 찾아 들어갔다.

"시간 잘 맞춰 오셨군요. 앉아요."

사무실에서 만난 쉰 살 전후의 변호사는 그렇게 말하고 소파를 가리켰다. 그리고 윤이 자리에 앉는 사이 그녀의 모습을 찬찬히 뜯어보는 것 같은 눈빛을 잠깐 던졌다. 변호사는 이어 손에 두터운 서류를 들고 윤의 맞은편에 앉아, 먼저 시환에 관해 언급했다. 윤에 대해 알게 된 것도 시환을 통해서였다고.

"시환이가 나머지 서류를 건네줬어요."

변호사는 말을 계속했다.

"어머님이 따로 보관했던 것을 찾은 것 같아요. 먼저 이걸 봐요."

변호사는 서류 뭉치에서 두 장짜리 용지를 빼 윤에게 건넸다. 윤이 받아서 보니 유전자 감식 결과였다. 그녀는 어처구니없었다. 저 모르게, 아버지도 모르게 한지영은 어떻게 이런 검사까지 할 수 있었을까. 하기는 머리카락 하나만 있어도 되니 마음먹고 방법을 찾으면 불가능할 것도 없다 싶었다. 그것은 곧 그 시기에, 한지영이 어디에선가 윤을 지켜보고 있었다는 뜻도 되었다. 윤은 소름 끼쳤다.

"검사 날짜를 보니 반년도 채 안 된 것인데……. 그렇다 해도 다시 해야 합니다. 마침 시환이가 고인의 혈액을 병원에 보관해 두었으니 소윤 씨가 그 병원에 가서 혈액이나 타액 등을 제공하면 돼요."

"네……."

"소윤 씨가 준비할 서류는……."

"저어……."

"네. 말씀하시죠."

"그분……."

"한지영 씨요?"

"네……. 아시나요?"

"물론이죠. 사실은 시환이 부친과 비교적 막역했어요."

"어떤…… 가요? 닮았나요……?"

윤의 질문을 알아들은 변호사는 먼저 그녀의 얼굴을 정면으로 쳐다보았다. 이어 '한눈에 알아볼 만큼은 아니지만' 하고 천천히 말을 꺼냈다. 윤은 변호사의 머리가 세로로 움직이는 것을 보고 제 무릎 위에 올린 손을 슬며시 그러쥐었다.

"닮은 데가 있네요."

"네에……."

윤은 눈길을 떨어뜨렸다. 그런 그녀의 얼굴에 실망의 빛이 스쳤다.

윤이 준비해야 할 서류는 많지 않았다. 주민등록 등, 초본 2부가 다였으니까. 가족관계증명서도 필요했지만 윤의 경우는 특수한 상황이라 유전자 감식 결과서가 대신할 것이라고 변호사는 설명했다. 윤은 이튿날에 변호사가 알려준 병원에 가서 혈액을 제공했다. 그리고 기말고사 마지막 날인 금요일에 시험을 모두 끝낸 뒤, 저가 살던 동네의 동사무소에 가서 등, 초본을 발급받아 근처 우체국에서 부쳤다. 연립주택에는 들르지 않았다. 그사이 고모의 전화가 몇 번 있었고 또 집에 오라 했지만 시험 중이라는 이유로 그때마다 방문을 미뤘다. 그 통화로 고모가 시환을 만났다는 사실을 알게 돼 꼴도 보기 싫었지만 짐을 가지러 어차피 한 번은 가야 했다.

윤은 다시 학교 근처로 돌아와, 정문에서 10분 거리에 있는 한 음식점을 찾아 들어갔다. 그 음식점의 넓은 방에서 윤의 과 동기들이 회식을 갖는 중이었다. 기말고사가 끝난 기념이었다. 6시 반까지 모이라 했는데 윤은 이십 분 늦게 도착했다. 교수도 두 명와 있어 윤은 먼저 교수들에게 인사하고 친구를 찾았다.

"윤아. 여기, 여기……."

승연이 구석의 테이블에서 소리쳤다. 손짓과 함께였다. 그 자리에는 승연, 진미뿐 아니라 다른 동기 셋이 더 앉아 있었다. 윤은 두 친구 사이에 자리를 잡았다.

"어디 갔다 온 거야? 시험 끝나자마자."

"시험 중에 뭐가 그렇게 바빠? 어제도 어디 간다고 하지 않았냐?"

친구들이 한 마디씩 했다. 윤은 제 앞에 있는 빈 소주잔을 척 내밀고 '한 잔 줘' 하는 것으로 대답을 '퉁쳤다'.

"밥부터 먹어, 이것아. 빈속에 소주가 짜릿하긴 하지만."

승연이 소주를 따라주며 말했다. 그사이 진미는 저쪽에 대고 여기 '공깃밥 하나요' 했다. 테이블에 있는 휴대용 가스레인지 위에는 생선찌개 종류가 끓고 있었다. 윤은 소주잔을 단숨에 비웠다. 진미가 '어쭈' 했다.

"원샷 하는 뽀다구가 아주 제법이다. 혼자 몰래 갈고닦았냐? 잘하면 승연이 뺨치겠다."

"그런 김에 한 잔 더. 이번엔 나랑 건배하자, 윤아."

승연이 윤의 잔과 제 잔을 차례로 채웠다.

"왜 니들만 해?"

진미도 잔을 내밀고 셋은 '건배' 하며 잔을 부딪쳤다.

"오늘 샛별이 땜에 기분이 좋다."

잔을 비우고 '캬' 한 다음 승연이 말했다. 시환의 연재 웹툰 '황무지'가 올라온 날이었다. 승연이 기분 좋다고 한 까닭은, 이번 회에 샛별이 무사하리라는 암시가 깔려 있었기 때문이었다. 윤도 이미 보았다. 내용도 내용이지만 저가 어시스턴트로 참여하지 않은 연재분을 보고 있는 기분이 참으로 묘했다. 저가 그 일을 했으면 얼마나 했다고, 또 그 일에 무슨 대단한 역할을 했다고 그런 기분이 드는지, 그 생각에 또 실소하기도 했었다.

"근데 양이 좀 모자라 보이지 않냐?"

진미가 승연의 말을 바로 받았다. 불만 어린 투였다.

"그림도 어째 좀…… 그렇고."

"그림이 뭐 어때서?"

"뭔가 좀 허술해 보이던데……. 난 솔직히 스토리보단 그림이 고퀄이라 더 보는데……."

"야, 연재를 하다 보면 좀 모자랄 때도 있고, 그림이 안 풀리는 날도 있는 거지. 매주 연재하는 게 쉽냐, 쉬워?"

"알았다, 이 빠순아. 근데 그 걱정을 우리가 왜 해? 고료 많이 받는 작가가 당연히 하는 일을."

승연과 진미는 언제나처럼 토닥댔다. 그사이 윤은 제 손으로 술 한 잔을 더 따라 마셨다. 이사를 가고 정리하느라 아무래도 작업 시간이 모자랐겠지, 하는 생각을 했다. 시환에게서는 아무 연락이 없었다. 윤도 연락하지 않았다. 서로 약속이나 한 듯이.

"야아, 밥을 좀 먹고 먹어야지. 내리 술만 마시냐?"

진미가 윤을 보며 나무라듯 했다. 윤은 '응' 하고 젓가락을 들었다.

"만약 말이야……."

밥을 몇 술 뜨고 나서 윤이 두 친구를 보며 입을 열었다.

"승연이 넌 남친이 있다 치고……."

진미는 사귀는 남자친구가 있어 윤은 승연에게만 단서를 달았다.

"남친이 알고 보니 무지 부자야. 아니면 로또에 당첨됐어. 그럼 기분이 어떨까?"

"그걸 지금 말이라고 묻냐? 완전 좋지. 일단 루이비통 가방을 하나 사 내놓으라고 하는 거야."

"에라, 이 된장아. 어디 가서 여성학과라고 불지나 마라."

진미의 말을 승연이 받아 냅킨 구긴 것을 냅다 집어 던지고 둘은 함께 낄낄댔다.

"정말 좋기만 할까?"

윤이 자못 진지하게 묻자 친구들은 이내 정색했다.

"진미, 너 네 남친이 로또 당첨돼서 한 오십 억쯤 돈벼락 맞았다면…… 가장 먼저 무슨 생각이 들 것 같아?"

"걔가 오십 억 있음 날 사귀겠냐? 김태희 만나러 토껴도 벌써 토꼈겠지. 그냥 자동 정리다."

"자격지심 쩐다."

승연이 말을 받았다.

"자격지심이 아니라 세상인심이 그렇잖어. 결혼이나 했으면 모를까, 결혼 전에 남친이 갑자기 벼락부자 되면 솔직히 위축되지 않겠어? 괜한 의심도 들고……."

"네가 오십 억 생기면?"

그러자 진미는 '으음' 하고 즉시 대답을 못 하더니 곧 '왜 나한테만 그래?' 하며 발끈했다.

"정말 사랑하면 오십 억이 축복이지만 그게 아니면 가족끼리도 칼부림 나는 게 돈이다, 돈."

"그래서 자본엔 피도, 눈물도, 국경도 없다잖어."

"근데 잘하면…… 돈 생기면 말이야. 진정한 사랑을 알아볼 수도 있는 거네? 사랑의 증명?"

"그게 증명이야? 시험에 들게 하는 거지?

"아, 그럼…… 오십 억은 됐고, 한 오 억 정도면 사랑이 더 깊어질 것 같지 않냐?"

"빙고."

친구들의 말을 들으며 윤은 묵묵히 밥을 입에 넣었다. 목이 메었다.

한때 화실이었던 집으로 윤은 약간 취해서 돌아왔다. 아니다. 취하지 않았다. 소주를 한 병쯤 마신 것 같은데 어째서 정신이 이토록 말짱한지, 윤은 억울한 기분마저 들었다. 집은 어둠에 잠겨 있었다. 정원에서 바라다본 그것은 괴물 같았다. 시환과 함께 살 때는, 때로 세형과 석주가 함께해 시끌벅적할 때는 몰랐다. 집이 괴물일 줄. 윤 혼자 상대하기에는 너무 버거운 거대한 괴물이었다. 현관을 열고 안으로 들어온 윤은 곧장 계단을 밟았다. 집에 혼자 남겨진 뒤로 윤은 1층에 잘 머물지 않았다. 눈을 뜨면 후다닥 학교에 가서 밥도 학교에서 먹고 집에 돌아오면 거의 2층에 머물렀다.

털썩, 윤은 가방을 든 채로 침대에 몸을 쓰러뜨렸다.

"빨리 알바를 구해야지……."

몸과 마음에 빈틈이 생기게 내버려 두면 안 된다, 약해지면 안 된다, 윤은 마음속으로 뇌까렸다. 이제는 방학이다. 그동안에 시험을 치르느라 정신없이 보냈으니 이제는 아르바이트로 바쁘게 살면 된다고, 몸을 고달프게 하자고 다부지게 마음먹고도 그녀는 몸을 옆으로 뒤척이고, 괴로운 듯 두 손에 머리를 감쌌다.

"당신은 잘 있어요……?"

중얼거리듯 말하고 나서 윤은 그것이 제 의지가 아니었다는 듯 바로 입을 다물고 몸을 반대편으로 뒤척였다.

"나한테 다 버리고 떠나서……."

윤은 금세 다시 중얼거렸다.

"아니……. 나까지 버리고 가서…… 당신은 홀가분한가요?"

윤은 다시 뒤척였다. 몸과 마음에 생긴 빈틈은 제 의지가 따로 있는 것처럼 주인을 희롱했다.

"맛은 찾았나요……?"

윤은 눈앞에 있는 가방으로 손을 뻗어 지퍼를 열고 안을 뒤적여 휴대폰을 꺼냈다. 하릴없이 꺼내 보는 휴대폰. 혹시 화면에 '만화가'라 뜨지 않을까 기대하면서.

"나 안 사랑했나 봐……."

사랑으로, 관심으로 접근한 남자가 아니었다. 도리어 나쁜 마음을 갖고 접근한 남자였다. 아프게 하고 상처를 준 남자였다. 떠날 것을 예정하고, 마침내 떠난 남자였다. 그가 떠나야 할 이유는 많았다.

"그런데……."

윤은 혼잣말을 이었다.

"그런데 만약 우리 사이에 그 상속이 없다면……, 그래도 당신은 날 떠났을까? 떠나야 했을까……?"

휴우우, 윤은 길게 한숨을 쉬었다. 그리고 그 찰나, 휴대폰 화면이 환해졌다. 벨소리가 뒤를 이었다. 윤은 화면에 뜬 '고모'를 보고 휴대폰을 침대 저편으로 내던졌다. 윤의 시험이 끝날 날만을 기다렸는지 오늘만 해도 벌써 여섯 번째였다. 제 볼일 급하면 낮이고 밤이고 아무 때나 전화하는 고모한테 윤은 새삼 진저리를 쳤다. 그래도 한 번은 만나야지. 한 번은.

윤이 고모를 만나러 간 때는, 시험이 끝나 여름방학이 시작된 날로부터 닷새 뒤였다. 간다고 미리 연락을 하고 커다란 여행용 가방을 들고 갔다. 연립주택의 집을 나오던 날에 함께 했던 가방으로 물론 속을 비워서 들고 갔다.

"어서 와, 어서……."

현관에서 고모는 몹시 반갑게 윤을 맞았다. 낮이라 집에는 고모 혼자였다.

"밥 먹었어? 안 먹었으면 지금 차리고. 마침 불고기 재놓은 것이 있어서……."

"먹었어."

윤은 고모의 말을 건조하게 잘랐다.

"그래? 그럼 커피 줄까?"

그러나 윤은 고모의 말을 뒤로하고 한때 제 방이었던 곳의 문을 열었다.

"네 물건들 다 이 방으로 옮겼지……."

고모가 다른 방의 문을 가리켰다. 은석이 쓰던 방이었다. 그

방에는 집안의 온갖 잡동사니들이 쌓여 있었다. 윤의 책들과 옷들도 아무렇게나 방치돼 있었다. 그런데도 윤은 아무 내색 없이 그것들을 뒤져 아버지의 유품이 담긴 박스부터 찾아내 가방에 담았다. 이어 꼭 필요한 책과 옷을 골랐다.

"그깟 것들 뭐하러? 다 버리지."

윤을 잠시 지켜보던 고모가 말했다. 윤이 청바지 하나를 툭툭 털어 가방 안에 집어넣을 때였다.

"그런 싸구려 옷들……. 암튼 그건 나중에 하고, 커피 마시자, 응? 고모랑 얘기 좀 해."

"고모랑 할 얘기 없어."

윤은 돌아보지도 않고 대꾸했다. 그러자 고모는 당장에 옆으로 와 앉으며 '애' 했다.

"그래도 너한테 혈육이라고는 이 고모……."

고모는 손바닥으로 제 가슴을 탁탁 쳤다.

"고모 하나뿐인데……. 너, 유산 그거 한두 푼이 아니야. 그거 너 혼자 관리 못 해. 괜히 사기나 당하면……."

"염려 마. 변호사님이 다 관리해 주신 댔어."

"변호사? 무슨 변호사?"

"무슨 변호사긴, 의사도 주치의가 있듯 변호사도 자문 변호사가 있거든. 원래 수백 억씩 재산을 갖고 있는 사람은 변호사나 회계사를 고용할 수밖에 없대."

고모는 '수백 억'이라는 데서 침을 꼴깍 삼켰다.

"그러니 고모는 걱정 마."

"그, 그걸 너 혼자 다 가지려고? 내가 그래도 널 키웠는데……."

"그래서 집 줬잖아. 집에서 나가라고는 안 할게. 뿐이야? 보험금도 줬지, 아빠 택시도 줬지…….”

“얘, 그게 무슨……. 보험금은 못 받았다니까…….”

그때 윤이 고개를 돌려 고모를 빤히 쳐다봤다. 고모는 ‘택시
는’ 하며 말을 이었지만 더듬거렸다. 윤은 가방의 지퍼를 잠그고
일어섰다. 고모는 윤을 잡았다.

“나 이제 고모 안 봐. 잘 있어.”

윤은 고모의 손을 뿌리치고 현관으로 향했다.

“윤아, 윤아……, 야, 이년아. 네년이 어떻게 나한테…….”

윤은 현관에서 돌아보았다. 그녀는 미소 짓고 있었다. 아니,
조소였다.

“거지 같애.”

윤은 조소에 이어 툭, 뱉어놓고 그 집을 떠났다. 고모의 악다
구니를 뒤로하고.

✳

창에 블라인드가 내려와 있었지만 창문은 열린 채였다. 직사
각형의 커다란 테이블이 그 창가에 있었다. 그곳에 앉아 있는 석
주와 세형의 모습이 무척 낯익다. 그들 앞에 놓인 모니터와 태블
릿도, 사십 평 정도 되는 넓은 실내의 두 벽면에 설치된 조립식
서가와 그 안을 꽉 채운 책과 각종 자료 파일들, 작은 회의용 테
이블과 의자, 소파 등도 그렇고, 무엇보다 시환이 앉아 있는 자
리는 기묘한 기시감마저 불러일으켰다. 책상으로 쓰는 원목 테이
블과 그 위에 놓인 와이드 모니터, 태블릿 그리고 그의 의자 뒤로
설치된, 역시나 조립식 서가 형태의 수납장과 그 안을 가득 메운

내용물이 특히 그랬다. 시환의 화실은 그 모습을 고스란히 간직한 채, 전에 있던 곳으로부터 순간 이동이라도 한 듯싶었다.

시환과 그의 어시스턴트들은 별다른 말도 없이 작업에 열중해 있었다. 에어컨을 켤 만큼 아직 덥지 않아서인지 대신 선풍기가 돌아가고, 윙윙 소리를 내며 도는 날개는 바람을 내보내고 시간을 빨아들이는 양, 모든 것이 정지된 것만 같은 화실 속에서의 유일한 움직임처럼도 보였다.

세형 앞에 있는 휴대폰이 짧게 진동했다. 그는 화면에 뜬 단체 대화방의 글을 눈으로 읽고, 그 눈을 그대로 시환의 자리로 옮겼다.

"쌤. 제가 말씀드린 어시 하고 싶단 애요. 마감 뒤에 오라 그럴까요? 이번 주에 오고 싶다는데…….

시환은 보지도 않고 '다음 주'라고 짧게 대답했다. 그 말을 받아 세형이 휴대폰에 글을 작성하는 사이 석주가 허리를 폈다.

"배고프다…….

석주가 손으로 제 목덜미를 툭툭 치며 벽시계로 눈길을 던졌다. 벽시계는 9시 25분을 가리키고 있었다.

"아이 씨, 뭘 해 먹지……?"

세형은 싱크대 쪽을 힐끔 쳐다봤다. 대형 냉장고와 6인용 식탁이 있는 싱크대 주변은 다소 어수선했다.

"시켜 먹을 거 뭐 없을까, 형?"

"낮에 시켜 먹었잖어. 이 시간에 끽해야 짱깨데 차라리 라면 먹고 말지."

"피자 어때?"

"토 쏠린다."

"난 피잔 안 물리던데. 그럼 족발?"

"술 생각나. 잔말 말고 밥 차려, 밥."

"돌나물김치도 다 먹고 오이소박이는 쉰 냄새 날라 그러고, 그냥 배추김치뿐인데? 계란 프라이랑 김만 내놔도 돼?"

"윤 씨는 김치만 갖고도 뭘 잘 만들더만, 비빔밥이나 볶음밥 같은 거……."

석주는 말하는 중에 시환 쪽을 의식하고 목소리를 낮췄다. 세형은 아주 불만 어린 얼굴로 일어났다. 저와 윤을 비교당해서가 아니라 화실의 갑작스러운 이사에 따른 스트레스 때문이었다. 그는 이 주 전 주말에 '오피스텔로 화실을 다시 옮겼으니 미리 와서 정리하라'는 시환의 메시지를 받고 황당했다. 같은 메시지를 받은 석주도 마찬가지였다. 이 오피스텔이 원래의 화실이었다. 그러니까 세형과 석주는 원래 일하던 곳으로 돌아왔을 뿐인데 그들이 느끼는 일상은 전과 같지 않았다. 어차피 돌아올 바에야 왜 화실을 잠시 옮겼었는지 그 이유는 차치하고-시환은 그 이유를 설명해 주지 않았지만 석주와 세형도 별로 궁금해하지 않았다- 되돌아온 화실이 석주와 세형에게 하나도 즐거운 일이 되지 못했기 때문이다.

정원이 딸린 넓고 쾌적한 분위기에서, 그에 비하면 감옥처럼 좁아터진 곳으로의 귀환이 돼버린 것도 그렇지만 가장 큰 스트레스는 먹을거리였다. 주문해 먹는 것은 그 메뉴가 빤할 뿐더러 질리기도 하고, 밤늦은 시간에는 그나마 그것도 쉽지 않았다. 그러니 마감하는 동안 최소한 세 번은 직접 밥을 해 먹어야 하는데 그것이 또 온전히 세형의 몫이다 보니 그의 불만이 가장 컸다. 윤이 있을 때는 최소한 '뭘 먹지?'로 고민할 필요는 없었다. 그냥 윤이 시키는 대로 양파 까고, 마늘 다지고, 설거지하고, 주방 치우고, 음식 쓰레기 갖다 버리면 되었다. 그것은 전혀 귀찮지 않았다. 그 모든 것을 다 합해도 뭘 해 먹을지로 고민하는 것보다는 한결 쉬웠으니까. '에효오오오' 하고, 싱크대 앞에서 세형이 저도 모르게 내쉬는 긴 한숨이 오피스텔의 분위기를 더욱 처량맞게 했다.

식탁 위에 김치, 오이소박이, 김, 계란 프라이, 계란을 묻힌 소시지 튀김, 그리고 계란국이 놓였다.

"야, 넌 암탉한테 미안하지도 않냐?"

숟가락을 든 석주가 식탁 위를 눈으로 훑으며 말했다.

"순 계란이야……."

석주는 숟가락으로 계란국을 떠서 주루룩 다시 흘렸다.

"내일 마트 가서 계란 한 판 더 사오지, 뭐."

"이게 진짜……."

석주가 숟가락으로 때리려는 시늉을 하자 세형은 젓가락으로 막는 시늉을 해 보였다. 그사이 시환은 묵묵히 먹고 있었다.

"쌤처럼 그냥 먹어. 세상에서 젤로 꼴불견이 반찬 투정하는 사람이거든."

"맛없어."

그때 시환이 퉁명스럽게 툭 뱉었다. 세형과 석주의 놀란 눈길이 시환에게 모였다.

"만들어진 반찬이라도 좀 사."

"네에……."

"거봐라. 오죽하면 시환이 형까지 그러냐?"

세 사람은 정말 맛없는 표정으로 식사를 하고 시환이 가장 먼저 일어났다. 밥그릇의 반도 비우지 못한 채였다.

"지금 안 드심 허기질 텐데……."

소파로 가는 시환을 보며 세형이 작은 소리로 중얼거렸다. 시환은 소파에 앉아 담배를 피워 물었다. 그는 다시 입맛을 잃었다. 그런데 전과 좀 달랐다. 전에는 '맛이 없다'는 것도 몰랐지만 지금은 맛이 없어서 먹을 의욕이 사라져 버렸다. 세형이 차리는 부실한 식탁 때문만은 아니었다. 주문해 먹는 푸짐한 음식에도 마찬가지였으니까. 화실을 옮긴 뒤 천천히 진행되어 지금은 바닥이었다. 전보다 더 괴로웠다. 허기가 훨씬 강렬해졌던 까닭이다. 그것은 목이 타는 갈증과도 비슷했다. 담배를 피우는 것이 아니라 손가락 사이에서 날로 태우던 시환은 겨우 두 모금 빨았을 뿐인 담배를 끄고 일어나 작업 자리로 옮겨 앉았다. 일에 몰두하고 있을 때가 그나마 편했지만 몰두하기까지의 시간이 평소보다 오래 걸리는 요즘이라 그것도 그를 괴롭혔다. 입맛을 잃은 것처럼 작품에 대한 의욕도 잃어, 한마디로 하는 일이 재미없었다. 재미없는 일에 몰두하려니 힘은 더 들고 더 죽을 맛이었다.

마감은 이튿날 오전 11시 반에 끝이 났다. 송고 후 두 어시스턴트는 방으로 들어가고 화실에는 시환 혼자 남아 의자에 앉은 채로 눈을 붙였다. 오피스텔에 방은 딱 하나였다. 평수가 커도 원룸이라, 파티션을 설치해서 잠만 자는 용도로 만들어놓은 작은 방이었다.

시환은 앉은 채로 두 시간가량 자고 깨어났다. 꿈을 꾸었는지 짧게 몸서리를 치며 눈을 떴다. 그는 몸을 앞으로 굽히고 두 손끝으로 눈가를 눌렀다. 두통이 일었다. 자리에서 일어나기까지는 시간이 걸렸다. 화장실에 가 양치질과 세수를 하고 나와, 제 작업 자리의 옷걸이에 걸려 있는 바지와 셔츠로 옷을 갈아입었다. 벗어놓은 트레이닝 바지와 면 티는 쇼핑백에 담아 화실을 나왔다.

날이 흐렸다. 정오 가까운 시간인데 흡사 해 질 녘 같았다. 시환이 차를 몰고 오피스텔을 나와서 채 일 분도 지나지 않아 비가 후둑후둑 떨어졌다. 6월에 마른장마라고 해서 통 비 구경을 할 수 없더니 7월에 그 한풀이를 하려는지 비는 순식간에 폭우로 변해 버렸다. 그 세찬 빗소리에 맞서듯 시환의 차 안에서는 아리아가 울려 퍼졌다. 카스타 디바. 그것은 조수석에 놓여 있는 시환의 휴대폰에서 흘러나왔다. 카스타 디바가 세 번째 반복될 쯤 시환의 승용차는 어느 빌딩 안으로 모습을 감췄다. 또 다른 오피스텔이었다.

시환은 문을 열고 들어왔다. 흐린 날씨에 커튼까지 모두 내려와 있는 실내는 다소 어두웠다. 실 평수가 이십 평쯤 되는 원룸이었다. 벤치프레스와 러닝머신은 이곳에 있었다. 그 외에 침대와 붙박이장, 식탁 겸용 테이블과 의자, 수납용 콘솔, 소파 등 딱 필요한 것만 갖추었으면서도 전체를 무채 색조에 맞춘 인테리어가 퍽 세련되었다. 또 지나치게 깔끔하고 정갈해서 아마도 이곳에 머무는 시간이 그리 많지 않으리라는 짐작을 가능케 했다.

그는 먼저 콘솔의 서랍에서 진통제를 찾아 그것부터 먹었다. 이어 옷이 담긴 쇼핑백을 다용도실로 던져 두고, 욕실로 가 샤워를 하고 다시 옷을 갈아입는 등, 지극히 일상적인 시간을 보낸 뒤 그 마지막에 침대에 누웠다. 이불도 덮지 않고 그냥 쓰러지듯 누워 생기 없는 눈빛을 허공에 두었다. 잠이 올지 걱정이 되었다. 새벽에 세형을 시켜 라면 하나를 끓이게 했지만 그것도 반을 먹지 못해 배가 고팠다. 그러나 먹을 의욕은 생기지 않았다. 무기력했다. 아무 의욕도 생기지 않았다. 불현듯 저의 생활이 원래 이토록 무미건조했나 싶어 새삼스러웠다. 변한 것이 없는데. 마감을 하고 들어와 푹 쉬고, 이후 외부 일정이 있으면 그 일정을 소화하고 다시 화실에 나가서 다음 스토리를 구상하고 연출하는 몰입만으로도 무료할 틈이 없었던 생활이었다. 지금과 그때가 다른가? 다르다. 변했다.

시환은 손을 뻗어 머리맡 스탠드용 탁자 위에 놓아둔, 충전 중인 휴대폰을 집어 다시 카스타 디바를 틀었다. 눈을 감았다. 마음속에 떠오르는 윤을 굳이 피하지 않았다. 피하려 했다면 카스타 디바도 틀지 않았을 터이다. 그는 몇 번 뒤척이다 잠이 들었다. 자다가 깨서 여전히 귀를 파고드는 아리아를 듣다 다시 잠이 들고 또 깨기를 반복했다. 몇 번을 깨고 몇 번을 다시 잤는지 헤아릴 수 없었다. 그럴 때마다 윤이 떠올랐다. 아리아 때문만은 아니다. 꿈속에서도 나타났으니까. 이렇게 보고 싶을 줄 몰랐다. 아니, 보고 싶은 것을 못 보는 것이 이토록이나 힘든 일일 줄 몰랐다고 해야겠다. 돌려줄 것을 돌려주고 돌려보내야 맞는데, 그래서 그렇게 했는데, 미처 다 못 돌려보내고 제 가슴에 품고 온 것이 이리 끔찍한 고통이 될 줄이야. 목을 태운 갈증이 가슴까지 바짝 말려 버리는 것 같았다. 시환은 일어나 냉장고 문을 열고 생수를 꺼내 병째로 벌컥벌컥 들이켰다.

다시 밤이 됐다. 시환은 차를 몰고 주거 오피스텔에서 나와 화실을 향했다. 화실까지는 십여 분 거리였다. 비는 그쳤지만 거리는 온통 젖어 있었다. 그는 화실에 도착해 차만 주차시켜 놓고 나와 음식점을 찾아 들어갔다. 닭백숙 전문점으로 석주, 세형과도 전부터 자주 들르던 데라 주인도 시환을 잘 알았다. 주인은 '어떻게 혼자 오셨네요?' 했다. 시환은 오로지 허기만을 채우기 위해 백숙을 먹었다. 입맛이 살아난 것이 아니기에 또 반도 못 먹었다. 아예 맛을 거부하고 못 느꼈을 때보다 그는 더 못 먹고 있었다. 잃었던 맛을 윤이 찾아줬는데 그녀로 인해 다시 잃고 말다니.

화실은 비어 있었다. 또 마감 후 어수선했던 데에서 깨끗하고 정리 정돈된 모습으로 바뀌어 있었다. 세형의 솜씨였다. 시환은 바로 자리에 앉지 않고 담배를 피워 문 채 안을 거닐었다. 한쪽 끝에서 다른 쪽 끝으로 갔다가 다시 오고 또다시 가는 걸음의 끝 없는 반복. 이따금 한숨 소리인지 그저 담배 연기를 내뱉는 소리인지 알 수 없는 그것만이 그 속절없는 걸음에 빛바랜 탄식을 보탰다. 그렇게 한참 거닐던 그가 마침내 멈춰 섰다. 그리고 고개를 약간 들었다.

"다타."

허공을 향해 그는 나직이 읊조렸다.

"다야드밤. 담야타."

시환이 하는 말은 산스크리트(Sanskrit)어로, T. S. 엘리어 트의 시 '황무지'에 나온다. 총 5부로 나뉘어 있는 '황무지'는 그 마지막인 제5부 '천둥이 전한 말'에서 구원의 키워드를 제시하는 데 그것이 바로 '다타, 다야드밤, 담야타'였다. 각기 '주어라, 공감하라, 자제하라'는 의미를 담고 있었다.

시환은 이튿날까지 화실에 있었다. 그 대부분의 시간을, 다음 연재를 위한 작업 준비보다는 제 속의 갈증과 싸우며 그냥 흘려 보냈다. 표면적으로는 독서를 하거나 음악을 들었지만 활자는 눈 에만 머물 뿐 머릿속에 저장이 안 됐고, 음악은 시간을 집어 삼 키는 방편 외에 아무것도 아니었다. 그런 그가 가끔 눈을 빛낼 때는 휴대폰이 소리를 낼 때였다. 그러다 매번 실망하기는 했지만 또 매번, 심지어는 졸다가도 휴대폰이 소리를 낼라치면 그는 번쩍, 눈을 떴다.

[나다.]

식탁 앞에서 시환은 휴대폰을 귀와 어깨 사이에 끼고 머그잔에 커피를 따랐다. '네' 하며. 그는 파티션으로 만들어놓은 방에 들어가 잠깐 자고 나온 지 얼마 되지 않았다.

[가만……, 지금 마감 아니지?]

"어제 끝났습니다."

[아, 맞아. 소윤 씨 상속 건 말이야. 이상 없이 거의 마무리되고 있어.]

"네."

[근데…… 문제가 좀 있어…….]

변호사는 애매하게 말꼬리를 흐렸다.

"문제요?"

[이걸 문제라고 해야 하나. 암튼 전화상으로는 좀 그렇고……, 나올 수 있으면 사무실로 좀 와라. 난 조금 전에 재판 하나 끝내고 돌아가는 길이야.]

시환은 통화가 끝나자마자 서둘러 차를 몰고 변호사의 사무실로 향했다. 윤의 상속에 문제가 될 만한 것이 뭐가 있는지, 가는 내내 의아하면서도 걱정이 앞섰다.

변호사가 먼저 사무실에 도착해 있었다. 시환은 들어오자마자 '무슨 문젠데요?' 했다. 인사하는 것도 잊어버렸다.

"일단 앉아. 급한 일은 아니야."

변호사는 자리를 권하고 느긋하게 커피까지 만들었다. 시환은 재촉하지 않았지만 그런 변호사에게서 눈을 떼지 못하는 것으로 초조한 제 심정을 숨기지 못했다.

"소윤 씨가 말이야⋯⋯."

시환의 맞은편에서 변호사가 마침내 말을 꺼냈다.

"상속 재산 전부를 증여하겠대. 기부가 아니라⋯⋯ 증여다."

"네⋯⋯?"

"바로 시환이 너한테 증여한단다."

시환은 듣고 있으면서 그 말이 즉각 뇌로 전달되지 않는 사람의 얼굴을 하고 있었다.

"증여세가 또 얼만데⋯⋯. 거의 절반이 또 날아가겠군."

변호사는 혀를 찼다. 이어 커피 잔을 들어 입에 댔다 곧장 떼면서 '아 참' 했다.

"그 아가씨가 자기한텐 오백만 원만 달래. 그걸 또 나한테 미리 꿔달래서 내가 속으로 좀 웃었다. 암튼 알았다고 했지."

"언제요?"

"어제. 솔직히 너무 놀라서 왜 그러냐 이유를 물었지. 유전자 검사 결과도 친자 맞고, 또 한두 푼이 아니잖아. 네 입장을 봐서 양심상 너랑 반씩 나눈다고 하면 그건 그러려니 하겠는데 전액을 증여한다니⋯⋯, 진심이냐고도 내가 몇 번이나 물었어."

"이유를⋯⋯ 말해요?"

"말하긴 했는데 그게 참⋯⋯. 암튼 고대로 전하면, 저한테 엄마는 원래 없었고, 또 없는 게 좋다고⋯⋯, 그러더라."

시환은 변호사 사무실을 나오자마자 휴대폰을 꺼내 윤의 번호를 열었다. 바로 걸지는 못했다. 주차장으로 내려가는 약 삼 분가량의 시간에도 걸지 못했다. 차에 타서도 마찬가지였다. 막상 통화를 한다 생각하니 묘하게 가슴이 벅차올라 쉬이 진정이 되지 않았다. 그래도 차를 출발시키기 전에 통화해야 한다고 마음먹고서 마침내 윤의 번호에 손을 댔다. 신호는 가는데 받지 않았다. 두 번, 세 번, 네 번을 걸어도 통화음은 끝내 떨어지지 않았다.

시환은 급히 차를 출발시켰다. 얼마 전까지 그가 화실로 사용했고, 상속 대상에도 포함돼 있으며 지금은 윤이 살고 있을 아름다운 2층 주택을 향해서. 그는 서둘렀다. 무슨 정신으로 가는지 저도 의식을 못 했다. 마음만 몹시 급했다. 손에 땀이 계속 차는 바람에 핸들에서 미끄러지는 것을 꽉 다잡아야 했다. 어느덧 눈앞에 한지영의 집, 아니, 윤의 집이 보였다. 시환은 리모컨으로 두 개의 대문 중 큰 쪽을 열고 들어갔다. 집을 떠날 때 작은 대문과 현관의 열쇠는 두고 갔지만 제 차 열쇠고리에 함께 달아놓았던 리모컨을 깜박 잊고 그냥 갖고 갔었는데 이제 와 그것이 퍽 다행이다 싶었다. 윤이 집에 없는 것 같았기 때문이다. 예상대로 현관은 잠겨 있었다. 시환은 비밀번호를 눌렀다. 윤이 번호를 바꾸지 않았다면 열릴 것이다, 생각하는 순간 띠링, 소리가 났다. 시환은 묘한 안도를 느꼈다.

안은 고요했다. 1층 홀의 커다란 창으로 늦은 오후의 햇살이 흐릿하게 비추었다. 방학 중인데 그녀는 어디에 있을까. 이 넓은 집에 혼자 있기 싫어 학교에 있는 것일까. 아니면 친구를 만나러 나갔을까. 시환은 이 생각, 저 생각을 머리에 담고 리빙 룸의 문을 열었다. 전에 화실 방으로 쓰던 곳이다. 화실로 꾸밀 당시 리빙 룸에 있던 것들을 이삿짐센터의 물류 창고에 보관시켰다가 그대로 다시 배치해 두었다. 그것은 여전히 그대로의 모습이었다. 시환의 발길은 이어 주방을 향했다. 윤의 성품대로 언제나 정갈한 주방. 그는 그저 눈으로 훑고 발길을 돌리다 멈칫했다. 그는 그 발길을 다시 돌려 냉장고 앞으로 갔다. 문을 열었다. 동시에 그의 가슴이 철렁했다. 냉장고는 텅 비어 있었다. 전원도 들어와 있지 않았다. 시환은 거의 뛰는 걸음으로 주방을 나가 홀을 가로지르고 계단을 올랐다.

2층의 침실은 청소를 해놓은 것처럼 깨끗했다. 침대 시트도 흐트러짐 없이 반듯하고, 사람이 산다면 흔히 눈에 띌 수 있는, 아무 데나 벗어놓은 옷가지나 빈 컵 등이 보이지 않았다. 시환은 붙박이장의 문을 열었다. 냉장고처럼 텅 비어 있었다. 윤이 이곳에 살지 않는다는 사실을 확인하기 위해 다른 곳을 더 뒤져볼 필요는 없었다. 시환은 휴대폰을 꺼냈다. 여전히 신호는 가는데 받지 않았다. 몇 번을 걸어도 마찬가지였다.

"빌어먹을……."

침실 안을 왔다 갔다 하며 여러 차례를 통화를 시도하던 시환이 나직이 뱉어냈다. 윤이 피하고 있다고 밖에 볼 수 없었다. 그는 메시지를 남겼다.

〈윤아. 어디 있어? 여기 네 집이야. 전화 받아.〉

＊

윤은 계산대 앞에서 바코드를 찍고서 '만천오백 원입니다' 했다. 그녀는 제 앞에 서 있는 남자에게 카드를 받아 계산하고 '봉투에 담아드릴까요?' 하고 묻고서 담아달라는 남자의 요구에 계산된 물건들을 검은 비닐봉지에 담았다.

"안녕히 가세요."

계산대에서 몸을 돌리는 남자에게 인사하고 윤은 뒤이어 계산대 위에 라면과 우유팩 등을 놓는 여자를 맞았다. 편의점 안이었다. 윤은 계산 중에 진열대 너머로 잠깐 눈길을 옮겼다. 편의점 내 후문 방향이었다. 그쪽에서 젊은 남자의 얼굴이 보이자 윤은 그와 목례만 나누고 금세 하던 일을 이어갔다. 윤과 눈만 맞춘 남자는 다시 후문 방향으로 몸을 틀어 창고 문처럼 보이는 문을 열고 들어갔다가 다시 나왔다. 윤이 입고 있는 것과 같은 편의점 유니폼인 갈색 에이프런을 갖추고서였다.

윤은 계산할 손님이 없는 새 에이프런의 주머니에서 휴대폰을 꺼내 시간을 확인했다. 7시 10분 전. 그것만 확인하고 그녀는 얼른 휴대폰을 도로 집어넣었다. 그렇게 넣자마자 그것은 주머니 안에서 진동했지만 다시 꺼내지 않았다.

"꽤 더워요. 들어오니 살겠네."

윤과 교대할 남자가 다가와 인사처럼 말했다.

"있다 보면 금세 추워요. 에어컨 온도 좀 높였는데 그래도 추워서 카디건 입었잖아요."

긴 소매 카디건을 입고 있는 윤은 손으로 제 팔을 비비는 시늉까지 해 보였다. 두 사람의 짧은 대화는 계산대 앞으로 온 손님으로 인해 중단되었다. 그 계산을 하고 나니 그 남자가 손님처럼 윤 앞에서 커피 상품 하나를 내밀었다. 종이컵 모양으로 포장이 된 것으로 물만 부어 즉석에서 마시는 커피였다. 윤이 말없이 바코드를 찍자 남자는 현금으로 계산하고 곧장 정수기 쪽으로 몸을 돌렸다. 윤은 썩 마땅치 않은 기색으로 그 남자의 움직임을 눈으로 좇았다. 그러다 남자가 몸을 돌릴 때 그녀도 눈을 돌렸다. 남자는 뜨거운 김이 모락모락 피어오르는 컵을 들고 와 윤에게 내밀었다.

"따뜻한 카푸치노 한 잔이면 에어컨 추위가 싹 가실 겁니다."

"고마워요."

컵을 받고 윤은 별다른 내색 없이 말했다.

"자, 나와요. 시간도 다 됐는데. 저기서 편안하게 마셔요."

윤은 계산대를 나와, 손님들이 컵라면이나 즉석 도시락을 사서 먹는 바(Bar)로 움직였다. 그곳에서 윤은 지가 있던 자리로 들어간 남자의 눈길을 받으며 카푸치노를 마셨다. 남자가 그것을 살 때부터 그녀는 알고 있었다. 저를 주려고 한다는 것을. 얼굴을 알게 된 지 불과 나흘인데, 그것도 교대 때 잠깐 얼굴을 보고 말 뿐인데 첫 대면서부터 호감을 보여왔던 남자였다. 물론 아직 이렇다 할 분명한 언사는 없고, 다만 사정상 교대에 늦거나 하는 일이 있을지 모르니 번호를 알려달라 해서 알려주었더니 어젯밤에 '톡'을 보내온 것이 다였다. 그것도 특별한 내용은 아니고 그저 일상적인 안부였지만 그것에서조차 남자의 호감을 느끼는 일이 전혀 불가능하지만은 않았다. 그런 남자에게 윤이 취할 수 있는 태도는 같은 시간제 직원으로서의 관계를 유지하는 것뿐이었다. 차라리 남자가 분명한 언사를 보였다면 딱 거절할 수 있지만 그것도 아니기에 지금의 태도가 최선이라 여겼다. 커피는 오늘이 처음이라 대놓고 거절하기 애매해 그냥 받았다. 그렇지만 다음에는 분명하게 거절하자, 윤은 그 생각도 했다. 그녀는 카푸치노가 반쯤 남아 있는 컵을 그냥 버리다가 계산대 안의 남자와 눈이 마주쳤다. 남자는 미소를 지었지만 윤은 무표정하게 고개를 돌렸다. 내심 화가 났다. 원하지도 않은 호의에 어떻게 대처해야 할지 고민하는 것도 피곤해 아무도 저에게 관심을 가져 주지 않았으면 싶었다.

여름이라 해가 길어 7시가 넘은 거리는 아직도 빛이 우세했다. 윤은 지하철에 피곤한 몸을 실었다. 아침 9시에서 저녁 7시까지 꼬박 열 시간을 일하고 있어, 일을 끝내고 돌아가는 시간이면 절로 어깨가 축 처졌다. 전에도 방학 때면 아르바이트를 꼭 해왔지만 하루 여섯 시간을 넘긴 적은 없었다. 그래봤자 겨우 네 시간 더 하는 거라고, 아직 며칠 안 돼서 그렇지 익숙해지다 보면 괜찮아질 거라고 스스로를 다독여 보지만 실은 몸이 아닌 마음의 문제라는 것도 그녀는 잘 알았다. 몸보다 마음이 피로했다. 그녀의 그런 피로한 마음을 두드리듯 가방 안에서 휴대폰의 진동이 다시 시작되었다. 시환이 변호사를 만났나 보구나, 윤은 짐작했다. 그래야만 전화를 하는 그가 미웠다.

윤이 탄 전동차는 그녀의 학교로 가는 방향이었다. 그녀는 학교 앞 지하철역보다 한 정거장 전에 내렸다. 그 역에서 팔 분 정도를 걸어 회색 벽돌의 3층짜리 주택으로 들어섰다. 윤이 살고 있는 하숙집이었다. 학교 근처보다 하숙비가 약간 저렴해서 택한 곳이었다. 윤이 1층에 들어서니 나이 지긋한 여자가 '이제 와?' 하고 먼저 인사를 건넸다. 1층에는 하숙인들의 식사를 위한 커다란 식탁이 있었다. 윤은 그 앞에 가방을 놓고 싱크대에서 손을 씻은 뒤 저 먹을 식사를 차렸다. 곁에서 아주머니가 국을 떠주는 등 도왔다. 다 함께 하는 저녁 식사 때보다 늦을 수밖에 없는 윤은 퇴근 후에 직접 상을 차려서 먹고 위층으로 올라갔다. 1층은 주인아주머니의 가족이 살고 2층과 3층이 하숙방인데 윤의 방은 3층에 있었다.

식사를 하고 3층에 올라온 윤은 304호의 문을 열고 들어갔다. 방은 아주 작았다. 그 작은 방을 채운 가구는 싱글 침대와 책상, 의자, 조그만 책장 겸 수납장이 전부였고, 그 밖에 선풍기 한 대와 많은 옷을 걸 수 있는 기능적인 행거가 벽에 설치돼 있을 뿐인데 윤의 옷들이 그 행거의 반도 채우지 못했다.

윤은 가방을 든 채로 침대에 털썩, 소리 나게 앉았다. 옷을 갈아입고 공용 화장실에 가서 씻고 와야지, 그래야 편하게 쉴 수 있지 하면서도 도리어 몸을 옆으로 쓰러뜨렸다. 또 마음의 피로다. 시환에게서 전화가 온 것을 확인한 때부터 심해졌다. 그전까지는 어떻게든 버티었는데, 그렇게 버틴 것이 이제 와 신기할 정도로 그 전화 한 방에 몸과 마음이 다 바닥으로 가라앉는 것만 같았다. 윤이 이곳으로 이사 온 지는 일주일이 조금 넘었다. 이사라고 해봐야 택시를 불러 트렁크와 뒷좌석에 짐을 실은 것이 다였지만. 그래도 그곳을 떠나 이곳에 짐을 푼 첫날의 그 기분은 뭐라 말로 형언 못 할 정도였다. 울지 않으려고 정말 이를 악물었다. 윤은 비스듬히 누운 채로 가방을 열어 휴대폰을 꺼냈다. 이제 안 오네, 하며 통화 기록을 확인하니 무려 34통이었다.

"조금 고소하다……."

윤이 억지로 기운을 내 옷을 갈아입고 씻고 오니 그새 숫자는 '35'로 바뀌어 있었다. 윤은 전화를 걸었다.

[윤아…….]

신호가 채 세 번도 울리기 전에 시환의 다급한 목소리가 들려왔다.

[어디야? 내가 지금 갈게.]

"왜요? 나갈 땐 언제고?"

쌩한 윤의 목소리에, 휴대폰 너머는 곤혹스러운 신음 소리로 대답을 대신했다.

[대체 왜……?]

신음에 이어 그는 물었다.

"그게 궁금해서 전화했어요?"

[윤아…….]

"그래야 미워할 수 있으니까. 그래야 시환 씨한테 화낼 수 있으니……."

말하는 중에 눈물이 핑 돌아 윤은 끝을 맺지 못했다.

"난 그냥 우리 아빠 딸이야……."

윤은 눈물을 꿀꺽 삼키고 말을 이었다.

"그것뿐이야. 그러니까 나, 시환 씨한테 미움받을 일 없어."

[안 미워해.]

"미워했잖아. 아프게 했잖아."

시환은 잠깐 동안 말하지 못했다.

[만나서 얘기하자. 어디 있는지 말해.]

"네. 만나요. 만날 수 있어요. 먼저 그거……, 그거부터 처리해요."

[그거?]

"그래요, 그거……, 그거 다 시환 씨 갖고 나서 만나든 말든 해요."

윤은 전화를 끊었다. 금세 진동이 울렸지만 받지 않았다. 그녀는 제 상속분 전체를 시환에게 넘겨주는 것으로, 저와 한지영과의 관계를 끊고 싶었다. 아무리 저를 낳았다지만 얼굴 한 번 본적 없고, 심지어 아버지도 인정하지 않는 그런 생모를 윤은 받아들일 수 없었다. 받아들일 수 없으니 상속도 받을 수 없었다. 다

정결한 여신 359

만 돌려주기 위해 잠시 맡아두었을 뿐이다. 돌려주고 나서 떳떳하고 당당하게 그를 미워할 것이다.

"나쁜 놈……."

저도 모르게 흐른 눈물 한 줄기를 윤은 손으로 슥 닦았다.

13. 꿀맛

7월 하순으로 막 접어들면서 한낮의 태양빛이 더욱 달아올랐다. 한낮에 일하는 윤은, 그러나 편의점의 에어컨 탓에 긴 소매의 카디건을 입고 계산대를 지켰다. 저 춥다고 온도를 높이면 '여기 왜 이렇게 안 시원해?' 하는 손님들의 말이 꼭 나와 마음대로 온도를 높일 수는 없었다. 윤은 한낮 중 점심시간이 다소 지난 시간에 삼각 김밥 하나를 계산하고 계산대 안쪽에 앉아서 먹었다. 이 시간이 비교적 한가한 때라 요기를 할 수 있었다. 시환과 통화를 한 지는 며칠이 지났다. 그에게서 전화는 계속 왔지만 받지 않았고 다만 '증여가 마무리되면 보자'고 문자만 보냈더니 그 것에 대해서는 가타부타 말이 없었다. 최근에는 연락마저 뜸했다. 삼각 김밥을 반쯤 먹었을 때 에이프런의 주머니 안에서 휴대폰이 진동했다. 꺼내서 보니 변호사다.

[증여 절차가 거의 마무리됐어요.]

변호사가 말했다.

[소윤 씨 인감도장 가져가요. 아니면 등기우편으로 보낼까요?]

"정말 다 됐나요? 완전하게?"

[와서 확인해 볼래요?]

윤은 머뭇거렸다.

[그 관련 서류도 인감과 함께 보낼까요?]

"네. 그렇게 해주세요."

[그럼 받을 주소를 보내요.]

통화를 끝낸 후 윤은 하숙집 주소로 할까 하다가 그냥 편의점에서 받자 싶어 편의점 주소를 변호사에게 보냈다. 오늘이 목요일이니 늦어도 다음 주 초에는 받지 싶었다.

오후 5시가 넘으니 손님들이 많아지기 시작했다. 편의점의 유리문은 오고 가는 사람들로 끊임없이 열리고 닫혔다. 때문에 윤이 계산대 위에 있는 물건들의 바코드를 찍다가 문이 열리는 느낌을 받았을 때도 그녀는 그저 손님이 들어오는가 보다 했다.

"팔천구백 원입니다……."

계산된 액수를 확인하고 앞에 있는 손님에게 말하던 윤은 그 손님 너머로 무심코 눈길을 보내다 그만 소스라쳤다. 그곳에 시환이 떡하니 서 있었다.

"왜요?"

계산을 하려고 지갑에서 카드를 꺼내던 여자가 윤의 벌게진 얼굴을 의아하게 쳐다봤다.

"네? 아, 아닙니다……."

윤은 급히 여자가 내민 카드를 받았다. 시환이 어떻게 여기에 와 있는지 알 수가 없어 무척 당황했다. 때문에 그가 있는 곳으로 다시 눈길도 주지 못한 채 일만 하다가 계산할 손님이 더 이상 없어서야 비로소 눈을 들었다. 시환은 간이용 바에 한쪽 팔꿈치를 기대고 서서 윤을 향해 있었다. 특별한 표정을 담지 않은, 어딘지 빈 것 같은 무덤덤한 얼굴을 하고서. 윤은 제 목구멍 깊은 곳으로부터 배어나는 웃음을 지그시 눌러 참았다. 그를 처음 보았던, 대학교 후문의 그 카페에서의 인상이 꼭 저랬다고. 그 듣기 좋은 목소리의 주인이 저 사람이구나, 저렇게 생겼구나, 했던 기억의 한 조각도 함께 지긋한 힘에 눌려 그녀의 머릿속에서 아스라하게만 재생되었다. 그런 그의 얼굴에서 눈빛이 퀭하다는 것을, 윤은 그래서 뒤늦게야 알아차렸다.

윤은 제 시야에서 시환의 얼굴이 갑자기 사라진 것에 놀라 번쩍, 정신이 들었다. 둘 사이에 라면을 손에 든 손님이 불쑥 끼어들었기 때문이다. 윤이 그 계산을 하고 나니 그다음 손님은 어느새 손에 신문 한 부와 커피 캔을 들고 온 시환이었다. 그는 그것들을 계산대 위에 놓았다.

"몇 시에 끝나?"

커피 캔의 바코드를 찍는 윤을 보며 시환이 물었다.

"손님과 연애 안 해요."

윤은 퉁명스럽게 대꾸했다.

"안 하면 말고."

"변호사님과 짠 거죠?"

"응."

"치사하게."

"속은 사람이 바보지."

말과 함께 시환의 눈이 윤의 눈을 벗어나 약간 위로 올랐다.

윤도 금세 눈치챘다. 그가 무엇을 보고 있는지를.

"눈부시네."

시환은 홍당무가 된 윤의 얼굴 위에서 찬란하게 빛나고 있는 크리스털 머리핀을 보며 감탄했다. 윤은 그의 손에서 카드를 탁채 갔다. 그런 뒤에 곧장 그 카드를 제 머리에 댔다. 마치 머리에 꽂은 핀을 가리려는 듯. 그러다 화들짝 놀라 도로 내린 것도 정말 금세여서 흡사 정신 나간 여자 같았다. '아아, 쪽팔려', 윤은 입술을 깨물었다. 카드를 받아 결제를 해야 한다는 것과 머리핀을 빼야지 하는 생각이 충돌해 버렸다. 결국 그녀는 머리핀을 빼지 못했다. 다 들켜놓고 뒤늦게 빼는 것도 어쩐지 속 보이는 것같아 민망했던 탓이다.

시환은 계산을 끝내고 자리로 돌아가 커피 캔을 따서 한 모금 마신 뒤 신문을 척 펴들고 읽기 시작했다. 윤의 일이 끝날 때까지 기다리겠다는 의미였다. 윤은 '아, 오늘 마감했겠구나' 하고 떠올렸다. 그렇다면 잠을 자야 할 텐데 못 자서 눈이 퀭한 모양이라고, 또 금세 이해를 하면서도 짠하다는 느낌은 애써 물리쳤다. 그녀는 곧 저 하는 일에 열중했다. 그러다 보니 시간이 훌쩍 지나 어느덧 후문 방향으로부터 교대할 남자의 찡긋 웃는 얼굴도 보였다. 남자는 여느 때처럼 창고로 먼저 들어가 유니폼 에이프런을 갖춰 입은 뒤에 윤 곁으로 다가왔다.

"사탕 좋아해요?"

남자가 불쑥 물었다. 윤은 대답 없이 그냥 남자를 쳐다봤다. '웬 사탕?' 하듯. 남자는 에이프런 주머니에서 손바닥 반만 한 화려한 컬러의 막대사탕을 꺼냈다. 투명 비닐로 포장돼 막대에 리본 모양의 장식까지 붙어, 무슨 '데이'가 붙은 날에 연인들 사이에서나 주고받을 법한 것이었다.

"먹기엔 부담스러운데 예쁘긴 하죠?"

남자는 말하며 받으라는 듯 윤 앞으로 바짝 내밀었다. 윤은 엉겁결에 받았다.

"장식용으로 써요."

"네에……."

윤은 시환을 슬쩍 의식했다. 그런데 그는 벌써 코앞에 다가와 있었다. 아르바이트 남자가 '뭐지?' 하는 눈으로 시환을 쳐다봤지만 시환의 눈은 윤에게 있었다.

"뭐해? 끝났으면 갈 준비하지 않고?"

눈을 부라리며 말하는 시환에게 윤은 어이없어 말문이 막혔다. 남자는 어리둥절해서 시환과 윤을 번갈아 바라봤다.

"아는…… 사람이에요?"

남자가 물었지만 윤은 대꾸도 없이 계산대 안에서 나왔다. 그런 그녀를 시환이 잡았다. 그는 그녀의 손에서 막대사탕을 빼앗아 계산대 위에 탁, 올려놓았다. 윤은 시환의 손을 뿌리치고 재빨리 창고 안으로 사라졌다. 시환도 그녀의 뒤를 따라 이번에는 창고 밖을, 범인 잡으러 온 형사처럼 지켰다. 계산대에 혼자 남은 남자는 사탕을 가만히 들여다보다가 '깨졌네' 했다.

윤과 시환은 편의점 후문으로 함께 나왔다. 윤이 앞서고 시환이 뒤처져서, 또한 윤은 대놓고 화가 난 얼굴이고 시환은 드러나지 않게 '삐진' 얼굴이었다.

"이쪽이야."

편의점이 있는 빌딩을 나와 윤이 왼편으로 걸음을 옮기자 시환이 그녀의 손목을 잡았다.

"그쪽으로 가요. 난 지하철 타러 이쪽으로 갈 거니까."

"네 인감이랑 서류 확인 안 해?"

그러자 윤이 멈칫했다.

"그걸 직접 갖고 왔단 말예요?"

"그래. 차에 있어."

시환은 윤의 손목을 당겨 오른편으로 몸을 돌렸다. 두 사람은 오 분여를 걸어, 도로 한편에 위치한 유료 주차 구획 안으로 들어섰다. 시환은 계산부터 하고 제 차로 가 조수석의 문을 열었다.

"그냥 그것만 줘요."

윤은 타지 않겠다는 듯 몸을 뒤로 뺐다.

"일단 타. 여기 복잡해."

"복잡하니까 그것만 주면 난……."

순간 시환이 윤의 얼굴을 두 손에 턱 잡아 곧장 입을 맞췄다. 그는 금세 입술을 뗐지만 이미 주변의 눈길을 모두 모은 뒤였다. 윤은 '쪽팔려서' 얼른 차에 올랐다. 차는 이내 그곳을 뒤로했다.

차 안에서 윤은 제 벌게진 얼굴 가까이에서 두 손을 부채처럼 팔랑거렸다.

"금방 시원해질 거야."

에어컨을 틀며 시환이 말했다.

"됐구요……. 빠, 빨리 한가한 데다 차 세우고 그거나 줘요. 그 것만 갖고 갈 거니까……."

"어디 사는데?"

"알 거 없구요."

"그럼 내 마음대로 간다."

"가긴 어딜 가요? 차 세우고 그거 달라니까."

"세우기가 마땅치 않아."

"그럼 어디에 뒀는지 말해요. 내가 직접 꺼낼 테니까……."

윤은 제 앞에 있는 수납칸을 벌컥 열었다.

"뭐가 급해?"

"집에 가서 쉬려구요. 엄청 피곤하거든요."

윤은 으르렁댔다.

"하루 열 시간씩 일하는 노동자예요, 나."

"거기 그만둬."

"시급 무지 쎄요."

"그만큼 줄게."

"내가 왜 남의 돈을 공짜로 받아요?"

"어시 하면 되잖아."

"어시 하고 있는데 하루아침에 화실이 사라졌더라구요. 그런 화실에서 어떻게 일해요? 뭘 믿고 일해요?"

시환은 입을 다물었다. 윤은 양팔을 제 가슴 아래에 끼고 앞만 노려봤다. 얼마 지나지 않아 차창 밖으로 낯익은 풍경이 보였다. 차는 윤의 집, 그 아름다운 집으로 가고 있었다.

어느덧 긴 낮을 지배했던 해가 뉘엿뉘엿 지고 있었다. 시환의 차는 대문 안으로 들어와 정원의 가장자리에 멈춰 섰다.

"적당한 장소가 없어서……."

차를 세우고 나서 시환이 입을 열었지만 그 말을 맺지는 못했다.

"네 말이 맞아."

약간의 시간을 두고 그는 그렇게 이었다.

"미워했고 아프게 했어. 들키기 싫었는데……, 들켰다는 것도 알았다. 네 고모 만난 적 있어."

"알아요."

윤이 담담히 대꾸했다.

"혹시 이모 만났니?"

윤은 바로 대답을 못 하고 약간의 사이를 두고 고개만 끄덕였다. 시환도 짐작대로라는 듯 고개를 위아래로 움직였다. 이모한테서 어떤 연락이 왔거나 그가 연락을 한 것은 아니었다. 그저 윤의 고모 내외를 만났던 때에 '혹시' 하고 더불어 짐작했을 뿐이었다.

"떠날 수밖에 없었어."

시환이 그렇게 말한 것은 제법 긴 침묵 후였다.

"다 알고, 또 다 밝혀지고 나서도 남아서……, 내가 뭘 해야 할지 몰랐으니까."

"주세요."

윤은 화가 난 사람처럼 퉁명스러웠다.

"그거……."

시환은 윤의 토라진 것 같은 얼굴을 잠시 보다가 차에서 내렸다. 윤은 그대로 앉아 있다, 차의 뒷문이 열리고 그가 운전석의 뒤에서 서류 봉투를 꺼내는 것을 보고 나서야 저도 내렸다. 그녀는 먼저 움직여 차의 트렁크 뒤를 돌아 시환의 손에서 서류 봉투를 낚아챘다. 그리고 곧장 몸을 돌려 대문으로 성큼성큼 걸음을 옮겼지만 이내 시환에게 잡혔다. 그는 그녀의 팔을 잡아 돌려세웠다.

"왜요?"

시환의 얼굴이 눈에 들어오자마자 윤이 소리쳤다.

"다 정리됐잖아요. 그 수백 억 나한테 던져 주고 나한테 했던 짓 퉁쳤잖아요."

"그런데 왜 돌려줘?"

"말했잖아요. 미워하려구요. 이젠……."

윤은 손에 든 서류 봉투를 시환의 눈앞에 대고 흔들었다.

"이거 시환 씨한테 도로 갔으니 마음 놓고, 양심에 거리낄 것 하나 없이 떳떳하게, 마음껏 미워할 거예요. 자기 멋대로 내 인생 속으로 들어왔다가 또 멋대로 그렇게 말없이 도망가 버리는 법이 어딨냐구……."

윤은 울컥해 더 말을 잇지 못하고 대신 서류 봉투의 입구를 신경질적으로 북 찢었다. 이어 안을 보니 A4 크기의 흰색 용지가 보였다. 윤에게 상속됐던 유산이 다시 시환에게 증여된, 그 관련 서류라고 생각하고 그녀는 그것을 꺼냈다. 순간 윤의 눈이 휘둥그레졌다. 입도 벌어졌다. 거의 경악의 얼굴이었다. 윤이 서류라고 믿었던 용지에는 그림이, 그것도 만화적 특징이 강한 캐리커처가 담겨 있었다. 당연히 시환의 솜씨며, 그려진 인물도 그 자신이었다. 그 캐리커처는 또 이모티콘의 'ㅠ_ㅠ'을 상상하게끔 하는 표정이었다. 즉 울고 있었다. 그리고 그 옆에 있는 말풍선에는 '잘못했어' 라고 쓰여 있었다. 윤은 경악과 충격이 가신 뒤, 빵 터지려는 웃음을 간신히 삼켰다. 삼켰을 뿐 소화를 못 해 그 용지로 제 얼굴 앞을 가리고 '끄윽, 끄윽' 소리를 냈다.

"무서워서 도망갔어."

윤을 보며 시환이 담담히 말했다.

"맛을 찾았거든."

이어진 그의 말에 '끄윽, 끄윽' 소리가 딱 멈췄다. 윤은 제 얼굴을 가린 용지를 천천히 내렸다.

"숨어 있는 맛."

"어떤…… 맛인데요?"

"나쁜 기억이 사라진……, 좋은 기억의 맛."

윤의 입꼬리가 아주 천천히 올라갔다.

"네가 마지막으로 해주고 간 무밥의 맛도 알아."

윤은 깜짝 놀랐다.

"정말……, 정말이에요?"

시환은 고개를 한 번, 끄덕했다.

"맛을 찾게 해줬으니 네 할 일 다 했다고……, 네가 그럴까 봐, 무서웠다."

"바보……."

윤은 시환이 아닌, 캐리커처의 얼굴을 보며 툭 뱉었다.

"동정과 사랑도 구분 못 하……."

윤은 말을 끝맺는 대신 '헉' 소리를 질렀다. 시환의 품에 빈틈 없이 갇힌 것과 동시였다.

"너 때문에 굶어 죽겠다."

윤을 부둥켜안고 시환은 신음처럼 읊조렸다.

　깨끗하게 씻은 무가 도마 위에 올려 있었다. 윤이 식칼을 쥐고 무를 얇게 썰었다. 썰린 것들이 나란히 넘어가 포개졌다. 그 각각의 것들의 두께가 눈짐작으로는 차이를 구분할 수 없을 만큼 균일했다. 그것이 어느 정도의 양이 되자 윤은 그것들을 잘 모아서 채를 썰었다. 착착착착착, 일정한 소리를 내며 빠르게 움직이는 칼 아래 역시나 아주 균일한 굵기의 얇은 채가 수북이 쌓여 갔다.

"와……."

곁에서 보고 있는 시환이 감탄했다. 그동안 무밥을 먹기만 했지 만드는 것을 처음 보는 그는 그녀의 칼 솜씨만큼은 한두 번 봐왔음에도 새삼 감탄하고 있었다.

"시환 씨 펜 선만큼이나 제법이죠?"

"네가 더 고수다."

"쌀 씻은 거 가져와요."

시환은 제 손으로 씻어 놓은 쌀을 가져왔다. 두 사람은 정원에서 화해 후 급히 마트를 다녀왔다. 둘 다 배가 무척 고팠던 터라 '싸울 것이 더 남았더라도 먹고 싸우자'고 합의를 봤다. 냉장고가 비어 있어 사 먹을까도 잠시 고민했지만 무밥을 먹고 싶다는 시환의 뜻에 따라 장을 보기로 한 것이다. 그래서 만들어 파는 밑반찬과 김치, 그리고 양념간장을 만들 재료를 조금 샀다. 쌀은 주방에 있었다.

"맛있다."

식사 중에 시환이 말했다. 그것은 그가 제 밥그릇의 반 이상을 비울 동안에 한 유일한 말이었다. 그는 먹느라 바빴다. 맛있다고 말하는 중에도 멈추지 않은 그의 숟가락은 양념간장을 듬뿍 떠서 남은 무밥 위에 끼얹어 싹싹 비볐다. 그는 입안의 밥이 목구멍을 채 넘어가기도 전에 다음 숟가락을 입으로 가져갔다. 윤은 픽, 웃었다. 마치 '저렇게 잘 먹을 거면서' 하는 것처럼. 그런 그녀도 부지런히 먹었다.

"이젠 좀 사람 같아 보이네."

식사가 끝나갈 무렵 윤이 시환을 보며 말했다.

"아깐 눈이 퀭해서 좀비 같더니. 잠 못 잤죠?"

"너 때문이야."

"다 나 때문이래. 나 없으면 굶어 죽고 잠도 못 자고……. 그러면서 어떻게 도망갈 생각을 했나 몰라?"

"항복."

"항복하지 마요. 재미없게. 우리 아직 싸울 게 많이 남은 것 같은데……."

"봐줘. 설거지할게."

"그건 기본으로 하는 거죠."

"커피도 타주고."

"것두 기본."

"배고프다."

윤은 눈을 크게 뜨고 어이없다는 듯 입을 헤, 벌렸다.

"윤 먹고 싶어."

윤은 '어휴' 하고 일어나 주먹으로 시환의 어깨를 탁 때렸다. 두 사람은 함께 주방을 치우고 커피를 만들어서 정원에 나와, 은은한 가로등 불빛 아래의 티 테이블에서 많은 얘기를 나누었다. 이 세상 누구에게도 쉽게 할 수 없고 하기 힘든 얘기를, 어쩌면 기억해 내기조차 싫은 것들을 스스럼없이 꺼내놓았다. 그렇게 말을 하는 것만으로도 치유였다. 서로의 아픔과 상처를 보고, 알고, 같은 점을, 때로는 다른 점을 발견하면서 이해하고 공감할 수 있었다. 그러느라 시간 가는 줄도 몰랐다.

"벌써 12시야……."

윤이 휴대폰을 보며 말했다.

"나 내일 출근해야 하는데 이러고 있어."

"그만둘 거지?"

"그래도 내일은 나가 봐야죠. 어쩜 인계 일손 구할 때까지. 근데 자긴 안 피곤해?"

"그래도 먹을 수 있어."

윤은 입 모양만으로 '피이' 해 보였다. 두 사람은 일어나 안으로 들어갔다. 그리고 약속이나 한 듯 계단을 밟았다. 시환이 앞서서 손을 뒤로하고 그 손을 윤이 잡아, 마치 그가 그녀를 끌고 오르듯 올랐다. 윤은 시환의 너른 등을 바라봤다.

"시환 씨……, 자기 등 멋진 거 모르죠?"

"응?"

시환은 슬쩍 뒤를 돌아보았다.

"나, 첨에 등 보고 반했다."

그러자 시환이 그녀의 손을 놓고 몸을 낮췄다. '어부바' 하듯. 윤이 날름 그의 등에 올라탔다. 윤을 업고 그는 그녀의 이름을 불렀다. '윤아'라고.

"응?"

"내가 네 아빠까지 돼줄게."

시환은 지나가는 말처럼 했다. 윤에게는 아버지만이 이 세상을 살아가는 유일한 버팀목이었다는 것을 이제 너무 잘 알게 된 그였다. 윤은 두 팔로 시환의 목을 꼭 끌어안았다. 아버지가 세상을 떠난 날, 시환을 만났다고, 그녀는 그것을 새삼 운명이라 믿기로 했다.

"그래도 나한텐 아빠라도 있었잖아요……."

아버지가 있었으나 없는 것과 한가지였던 시환을 향한 그녀의 위로였다.

"난 시환 씨의 맛이 돼줄 거야……."

침실의 불빛이 은은했다. 휘장이 드리워진 침대에 나신의 두 남녀가 있었다. 아리아도 함께였다. 윤과 시환은 서로 마주 본 채였다. 윤이 그의 몸에 다리를 휘감고 그의 목에 팔을 둘렀다. 시환은 그녀의 등을 받쳤다. 두 사람은 서로의 이마를 비비고, 코를 비비고, 입을 맞췄다. 입술만 쪽, 쪽, 방정맞게 부딪다 부드럽게 포개어 점점 깊어갔다. 두 개의 혀는 탐색하듯 놀다 서서히 얽혀 서로의 것을 구분 못 할 쯤에야 헤어지기 싫어하듯 애처롭게 떨어졌다. 윤이 시환의 귓불을 깨물었다. 시환은 그녀의 목을 물었다.

"아……."

윤의 고개가 뒤로 꺾였다. 몸도 서서히 시트 바닥으로 내려앉았다. 시환의 포식은 그녀의 목에서 젖가슴으로, 남김없이 다 먹어 치우겠다는 듯 꼼꼼하게 빨고, 핥고, 이로 지그시 깨물며 계속되었다. 윤은 제 피부 위로 물결이 파동 치는 것 같았다. 감각이 점차 투명해지는 것 같았다. 제 몸의 가장 예민한 부분에 이르러서는 차마 형언할 말을 찾을 수 없었다.

"흐읏……."

윤의 흐느낌과도 같은 신음이, 그녀의 수줍은 속살을 먹고 있는 시환의 귀로 스며들었다. 그는 먹는 것을 잠시 멈추고 꽃 같은 속살이 만개하듯 절로 벌어지는 것을 보았다. 보다가 그 바깥쪽을 엄지로 쓸어 올렸다. 그러면 꽃잎은 파르르, 미세한 떨림으로 답했다. 은밀한 동굴은 마르지 않는 샘이었다. 그 샘물로 시환은 목을 축였다. 그러나 해갈이 되려면 아직 멀었다. 그는 그녀를 부둥켜안고 하나가 되었다.

"맛있어요?"

윤은 시환의 얼굴을 쓰다듬었다.

"응."

"어떤 맛이에요?"

"꿀맛."

윤은 이내 부드럽게 흔들렸다. 그녀는 제 몸을 꽉 채웠다가 슬쩍 빠지는가 하면 다시 채우는 그 기분 좋은 흔들림에 미소 지었다. 위로 한껏 올라 있는 그녀의 입 끝에 충만함이 머물렀다. 그러다 시간을 두고 서서히, 그 입꼬리가 내려갔다. 두 입술 사이가 슬며시 벌어졌다. 조금 더 벌어지고, 그 사이로 소리는 없이 뜨거운 입김만 새어 나왔다. 소리가 함께 나오기까지는 시간이 조금 걸렸다. 처음에는 '으음' 정도였다.

"아……."

윤의 입이 더욱 벌어지고 신음도 격해졌다. 그 모든 진행과 변화가 시환의 눈에 담겼다. 그녀의 벌어진 입에서 더 이상 아무 소리도 나오지 않을 때까지. 턱을 위로 든 채 마치 숨을 멈춘 사람 같을 때까지.

"으으윽……."

윤은 무엇에 깊이 눌린 것 같은 신음에 이어 비명에 버금가는 소리를 질렀다. 잔뜩 힘이 들어간 그녀의 몸이 기묘하게 뒤틀렸다. 그 격한 몸부림에 밀려나지 않으려 시환은 그녀를 꽉 틀어잡고 허리를 더욱 강하게 놀렸다. 그러다 윤의 몸부림이 잦아들 쯤에 급히 달렸다. 모든 것을 쏟아붓듯 전력 질주였다. 그 마지막에 그는 윤을 으스러지게 껴안았다. 뜨거운 신음과 함께.

정사 후 두 사람은 말 한마디 나누지 못한 채 까무러치듯 잠들었다.

*

　윤은 며칠 뒤 편의점의 시간제 근무를, 다음 근무자에게 무사히 인계하고 그만두었다. 무리하게 열 시간이나 해서 원래는 한 달만 유지하고 그 후에 시간을 줄이려 했었는데 이제는 할 필요가 없는 데다 하고 싶어도 시환의 반대로 할 수가 없었다. 그는 그녀가 졸업할 때까지 일을 갖지 않기를 원했을 뿐만 아니라, 그보다는 당분간 제 곁에만 있기를 바랐다. 하숙집에서도 짐을 뺐다. 하숙비 삼 개월 치를 선불로 지급해 좀 아깝기는 했지만 윤이 하숙집에 있을 이유는 더욱이 없기에 미련 없이 나왔다. 그런데 윤이 주로 지낸 곳은 아름다운 제집이 아닌 시환의 주거 오피스텔이었다. 그 아담한 공간에서 둘만 아웅다웅 사는 것도 깨알 같은 재미였다.

　"어, 윤 씨……!"

　화실 오피스텔의 입구에서 세형의 목소리가 울려 퍼졌다. 초인종 소리를 듣고 문을 연 그가 문밖에서 윤을 발견하고 놀라 외친 소리였다. 물론 그는 놀란 것 이상으로 반가워했다.

　"오랜만이에요. 세형 씨. 석주 씨도요."

　윤은 활짝 웃으며 뒤이어 다가온 석주에게도 인사를 했다.

　"그동안 어떻게 지냈어요? 방학이죠?"

　석주도 몹시 반가워했다. 시환은 그냥 저의 자리에 앉아 있다 윤이 '안녕하세요, 쌤' 하고 장난스럽게 인사하자 손만 척, 들어 보였다. 그는 그녀가 오는 줄 당연히 알고 있었다.

　"근데 뭘 이렇게……."

세형이 윤의 손에 들려 있는 커다란 비닐 백을 받아 들었다. 그사이 윤은 싱크대 앞에서 어정쩡하게 서 있는 한 젊은 남자를 쳐다보았다. 에이프런을 입은 젊은 남자는 손에 조리용 주걱을 든 채, 한 여자 방문객을 둘러싼 가벼운 소란 속에서 어찌할 바를 모르고 있었다.

"쟤, 들어온 지 며칠 안 되는 막내예요, 막내. 규민이."

세형이 '막내 어시'를 소개했다.

"규민아. 여기 이분은 한때 어시셨던, 너보다 선배, 응? 누나다, 누나."

"안녕하세요."

규민이 윤에게 꾸벅 인사했다.

"인사는 참 잘해."

곁에서 석주가 비꼬았다.

"밥도 좀 잘하면 얼마나 좋을까. 한 번만 더 그런 김밥 만들어봐라."

이어 그는 세형을 쳐다봤다.

"네가 좀 하라니까, 자식이……."

"내가 왜? 지금까지 충분히 밥돌이 했는데."

세형과 석주가 가볍게 토닥대는 사이 규민은 머리만 벅벅 긁었다. 윤은 픗, 웃었다. 규민이 오자마자 김밥을 만들었는데 밥이 어찌나 고두밥이었는지 석주가 된통 체한 모양이었다. 석주 말에 의하면 규민의 음식 솜씨가 어찌나 형편없는지, 그에 비하면 세형의 솜씨는 셰프급이라고 했다.

"근데……."

세형이 제 손으로 식탁 위에 올린 비닐 백과 윤을 번갈아 보았다.

"다시 어시 할 거예요?"

"아뇨. 그냥 놀러 왔어요. 밥도 좀 해줄까 하고."

세형과 석주는 만세를 불렀다. 그런데 윤이 준비해 온 재료가 또 하필 김밥이었다. 그녀는 규민을 주방 조수로 부려 두 가지의 김밥을 뚝딱 만들어냈다. 하나는 잔멸치와 청양고추, 파프리카 등을 다지고 볶아서 만든 것이고, 다른 하나는 오징어를 데쳐 고추장 양념한 후에 단무지와 함께 말은 것이었다. 거기에 순한 된장국과 적당량의 깍두기를 겸했다. 김밥과 깍두기는 시환과 세 명의 어시스턴트가 달려들어 눈 깜짝할 새 없어졌다. 양을 꽤 넉넉하게 했기에 윤은 어이가 없었다. 저는 한 줄도 제대로 못 먹은 것 같았다. 더구나 규민은 함께 김밥을 만들면서 종종 주워 먹었으면서도 식사 때도 제일 많이 먹었다.

식사가 끝나고 다시 작업이 시작되었을 때 윤은 시환의 곁에서 그가 하는 일을 지켜보았다. 그녀는 요즘 만화 스토리에 대해 부쩍 관심을 갖고 있었다. 그림에는 소질이 없어 대신 관심을 갖다 보니 작법에 관한 책도 읽고, 특히 만화 콘티를 공부하면서 그것에 대해 궁금한 것이 있을 때마다 시환에게 꾸준히 묻고는 했다. 지금도 그녀는 시환이 작업하는 것을 유심히 지켜보다가 이따금씩 나직한 소리로 그와 대화를 나누었다. 그것을 세형과 석주는 물론 아직 멋모르는 규민까지 그냥 자연스럽게 받아들이고 있었다. 저희 '쌤'과 윤이 연인이라고 완연히 인정하는 눈치였다.

마감을 한 뒤에 윤과 시환은 일박 일정으로 춘천을 향했다. 여행 겸 시환의 이모를 만나기로 했다. 금요일인 데다 휴가철이라 길이 몹시 막혔지만 그 역시 여행의 한 과정이라 여기고, 휴게소에 들러 팥빙수를 사 먹고 '셀카 봉'을 이용해 사진도 찍는 등 여느 연인들처럼 데이트를 즐겼다. 두 사람의 방문을 받은 이모는 몹시 반가워했다. 또 시환이 정상적인 입맛을 찾은 것을 알고 감격해했다. 그것이 다 윤 덕분이라며 둘이 천생연분인 것 같다는 덕담을 여러 번 했다. 둘은 윤이 한지영의 친자인 것을 이모에게 밝히지 않기로 했다. 윤이 더 원했다. 이모에게 충격을 주고 싶지 않다는 이유도 있었지만 그보다는 윤이 생각하는 저는 오직 '아버지의 딸'이었기 때문이다.

춘천에서 돌아오는 길에 두 사람은 우연히 백구 한 마리를 만났다. 차를 타고 가다가 갓길에 앉아 있는 모습을 본 것인데 백구의 상태가 이상해서 차를 세우고 가서 살펴보니 앞다리를 다쳐 제대로 걷지 못했다. 백구의 행색을 보아 거리를 좀 헤맨 것 같았지만 사람을 심하게 경계하지 않는 것으로 보아 거리 생활을 오래한 것 같지도 않았다. 아마도 휴가차 놀러 온 사람들이 버리고 간 것 같다고, 윤과 시환은 짐작했다. 백구는 아주 순했으며 진돗개 잡종으로 보였다.

윤과 시환은 백구를 데리고 서울로 돌아왔다. 그리고 곧장 병원으로 데려가 수술을 받게 했다. 백구는 왼쪽 앞다리의 뼈가 부러졌는데 다행히 완쾌될 수 있다고 의사는 진단했다. 또 백구가 세 살 혹은 네 살일 거라고도 했다. 윤은 백구에게 샛별이라 이름을 붙여주고 통원 치료가 가능해질 쯤에 퇴원시켜 집으로 데려왔다. 그렇게 식구가 늘었다.

8월 하순경, 무더위가 한풀 꺾일 즈음이었다. 윤과 시환이 시내의 한 유료 주차장에 차를 세우고 내렸다. 두 사람은 유료 주차장을 나와, 그곳에서 머지않은 곳에 있는 한 카페로 들어섰다. 그곳은 시환이 윤의 고모부인 호섭을 만난 적이 있던 곳이었다.

두 번 만났으며 그중 한 번은 호섭의 아내도 함께였다.

호섭과 그의 아내는 창가의 테이블에 있었다. 부부는 나란히 앉아 머리를 맞대고 얘기하다 윤과 시환을 보고 기절할 듯 놀란 모습을 보였다.

"어, 어떻게 둘이 같이……."

윤의 고모가 거친 숨소리를 내며 말을 더듬었다. 시환은 먼저 의자를 빼 윤을 앉힌 다음 그녀의 곁에 나란히 앉았다.

"유산 상속에 관해 논의하자 하셨으니……."

시환은 호섭을 보며 말했다.

"당연히 상속인이 자리를 함께해야 하지 않겠습니까?"

시환의 말에 고모 내외는 당혹스러운 낯빛으로 윤을 바라봤다. 호섭은 그동안 시환에게 지속적으로 만나자는 요구를 해왔고, 그럴 때마다 저가 윤의 대리인으로서 상속에 관한 논의를 하고 싶다는 이유를 댔다. 고모 내외는 윤을 꾀어내기 힘들게 되자 윤을 따돌리고 저들끼리 시환을 상대로 수작을 벌일 궁리를 했던 것이 분명했다. 그것을 시환과 윤이 모를 리 없었다.

"윤아……."

고모가 윤을 보며 눈시울을 붉혔다.

"전화도 안 받고, 기집애……. 아무리 고모한테 섭섭한 게 있어도 그렇지……, 그래도 혈육인데, 너한테 혈육이라고는 이 고모 하나뿐인데, 내가 네 엄마나 다름없는데……."

고모는 테이블 위로 손을 뻗어 윤에게 손을 달라는 손짓을 하며 울먹였지만 윤은 손을 주지도, 고모의 눈물에 동요하는 모습을 보이지도 않았다.

"소윤 씨는 한지영 씨의 친자가 맞습니다."

그때 시환이 호섭과 그의 아내를 보며 건조하게 말했다.

"저는 상속인이 아니어서 소윤 씨가 유일한 법정 상속인으로 한지영 씨의 모든 유산을 상속받습니다."

고모 내외가 부릅뜬 눈을 시환에게 고정했다.

"상속, 완료됐구요."

"와, 완료됐다구⋯⋯?"

고모 내외의 눈이 시환에게서 윤에게로 옮겨갔다.

"응. 끝났어. 그러니 더 이상 내 대리인 어쩌고 하지 마. 그 말 하려고 두 번 다시 보기 싫은 고모 만나러 온 거야."

"윤아⋯⋯."

"다신 연락하지 마. 한 번만 더 시끄럽게 굴면⋯⋯."

다급히 조카의 이름을 부르는 고모의 목소리를 윤이 차갑게 잘랐다.

"지금 사는 집에서도 쫓아낼 거야."

"뭐, 뭐야?"

"혹시 내가 그런 짓 못 할 거라고 생각되면 어디 마음대로 해 봐. 그 즉시 알거지로 만들어줄 거야."

"야⋯⋯."

고모가 주위의 눈길을 모두 끌어 모을 만큼 크고 갈라진 목소리로 외쳤지만 윤은 눈도 꿈쩍하지 않았다.

"알거지 돼서⋯⋯."

윤은 태연하게 저 할 말만 했다.

"추운 날, 차가운 바닥에서 발가벗고 한번 떨어봐. 응? 고모."

입꼬리가 살포시 올라간 미소와 가장 나쁜 기억이 끌어낸 눈빛이 만난 윤의 얼굴은 시린 칼날 같았다. 고모는 입을 헤 벌리고,

그 입으로 더 이상 아무 말도 뱉어놓지 못했다. 고모부 역시 '윤이 맞아?' 하는 얼굴로 제 아내처럼 입만 벌리고 있었다. 윤이 일어서는데도 둘 다 꼼짝도 않고 그대로였다. 윤과 시환은 고모 내외에게서 등을 돌리고 나서 서로의 손을 잡았다. 마치 이 세상에 둘밖에 없다는 듯 손을 꼭 붙잡고 그 자리를 나왔다.

"후우우……."

유료 주차장으로 와서 윤은 긴 한숨을 내쉬었다. 편하게 나오는 한숨이 아니라 그 반대의, 가냘프게 떨려 나오는 한숨이었다. 그 한숨처럼 바들바들 떨리는 윤의 어깨를 시환이 팔로 감쌌다. 그리고 등을 토닥여 주었다. 윤과 시환은 서로 아무 말도 하지 않았다. 카페에서 이곳까지 손을 잡고 오는 동안에도 두 사람은 줄곧 말이 없었다. 시환은 윤의 어깨가 더 이상 떨리지 않을 때까지 제 온기를 그녀와 나누었다. 시간이 조금 흐른 뒤, 윤은 고개를 들었다.

"이제……."

시환의 따뜻한 눈을 만난 윤은 미소 지었다.

"갈까요?"

시환은 대답 대신 팔을 내려 그녀의 손을 잡았다. 그리고 차 문을 열어 그녀를 태우고 다시 문을 닫을 때까지 그 손을 놓지 않았다. 비로소 편안해 보이는 그녀의 얼굴에 안도를 하면서.

시환의 차는 유료 주차장을 뒤로하고 변호사 사무실을 향했다. 윤이 가자고 한 곳이 바로 그곳이었다. 그동안 심사숙고하고 결심한 것을 실천하기 위해서였다.

"기부를 하겠다고……?"

나란히 앉은 윤과 시환을 보며 변호사는 확인하듯 물었다. 특히 시환과 눈을 마주해 시환이 '네' 하고 대답했다.

"전액을?"

"지금 살고 있는 집만 빼구요."

"그 집을 빼도……."

변호사는 제 놀란 심정을 대변하듯 손으로 턱을 여러 번 쓸었다.

"부동산과 주식, 현금 다 합하면…… 세후 삼백오십 억쯤 되는데. 그럼 특별히 기부하고 싶은 데라도 있어?"

시환은 윤에게 고개를 돌렸다.

"버림받고 학대받은 대상 전부요. 특히 어린아이, 유기 동물을 위해 쓰고 싶어요."

윤이 대신 대답했다.

"그렇다면…… 이게 액수가 크니까 일단 기금으로 돌리고 공익 재단 같은 것을 만들어도 괜찮을 것 같군."

쪼개어 기부하는 것보다, 공익 기금으로 두고 거기서 발생하는 이자를 함께 이용하면 더 오래, 꾸준히 기부할 수 있다고 변호사는 설명했다. 윤과 시환은 흔쾌히 동의했다. 기금을 운용하는 방법에 대해서는 차차 전문가들의 조언을 받기로 했다.

윤과 시환은 변호사의 사무실을 나와 집으로 향했다. 백구를 새 식구로 맞아들인 후 윤은 이제 제집을 정말 저의 것으로 느끼며 정을 붙이는 중이었다. 원래 누구의 집이었든 윤에게는 시환과의 추억이 깃든 집이었다. 거기에는 아픈 기억도 조금 있었지만 좋은 기억이 더 많았던 데다 또 끝이 좋으면 다 좋다고, 앞으로 만들어갈 좋은 기억들에 비한다면 조금 아팠던 기억 따위 아무것도 아니었다. 시환은 다행히도 윤을 만나기 전까지 그 집에 대한 아무 기억이 없다고 했다. 어릴 때 살던 집도 아니고, 명절 때나 몇 번 방문했던 것이 다였다고.

대문으로 시환의 차가 들어오자 백구가 아직 절뚝거리는 발로도 맹렬히 달려와 반겼다. 입을 벌리고, 꼬리를 흔들고, 윤이 차에서 내리자 그녀에게 달려들었다.

"우리 본 지 얼마 안 됐는데, 샛별아?"

윤이 백구의 머리를 쓰다듬으며 웃었다.

"매번 볼 때마다 우리 이산가족인 거야?"

샛별은 컹컹, 짖는 소리로 답했다.

"이제 정말 후련해."

윤은 시환을 돌아보았다. 정말 홀가분한 표정이었다.

"다 정리된 것 같아……. 아니다……."

윤의 얼굴이 홀가분한 표정에서 께름칙한 그것으로 극적으로 변했다. 그녀는 시환을 향해 눈을 가늘게 떴다.

"응……?"

시환은 어리둥절한 얼굴이었다.

"나, 뭐랄까……, 뭔가 찝찝~ 한 것이 하나 있는데……. 물어도 돼요?"

"뭐?

"그 여자……, 그 여자 누구예요?"

"응……?"

가슴이 철렁한 것을 얼굴에 숨기지 못한 시환이 윤의 곁에서 슬쩍 한 발 물러났다. 그러자 '어딜' 하며 윤이 그의 소매를 움켜잡았다.

"엄마 죽은 날 어쩌구……, 그 어그로 맞지?"

시환은 변명할 말이 없다는 얼굴로 끄덕끄덕했다. 그것도 아주 큰 고갯짓으로.

"뭘 잘했다고 끄덕거려요?"

윤의 나무람에 시환이 역시나 큰 고갯짓으로, 이번에는 가로 저었다. 잘못했다는 의미다. '어그로'의 분탕질은 '엄마가 죽은 날에 그 짓 했다'는 댓글이 올라온 뒤로 사실상 끝이 났다. 그때도 시환은 대성에게 내버려 두라고 했지만 대성이 내버려 두지를 못했다. 대성은 그 여자에게 명예훼손으로 고소하겠다는 뜻을 전했다. 그 말에 겁을 먹었는지 아니면 여자도 거기서 끝을 내려고 했는지 그 정확한 속내야 알 수 없지만 대성은 여자에게서 다시는 악성 댓글을 올리지 않겠다는 약속을 받아냈다. 그리고 그 사실을 시환에게 알려주었다.

시환은 윤이 그의 소매를 놔준 새에 샛별과 마주 앉아 도란도란 얘기하는 체하며 딴청을 부렸다. 윤은 잠시 쩨려보았지만 이내 피식 웃었다. 더 따질 생각은 물론 없었다. 그래도 '딱 한 번은 봐주지만 다음에는 국물도 없다'고 그의 뒤통수에 대고 엄포를 놓았다. 시환은 소리 내어 '깨갱' 했다.

"진짜, 진짜 다 끝났다."

윤은 이제 정말 후련해하는 모습으로 시환과 손 붙잡고 집으로 들어가려다가 '자, 그럼' 하더니 발을 멈췄다.

"이젠 집만 내 맘에 들게 꾸미면 돼."

윤은 시환과 함께 집을 바라봤다. 그녀는 요새, 저와 시환의 생활과 취향에 맞게 집을 꾸미려는 즐거운 고민에 빠져 있었다.

"1층은 원래대로 화실이야. 근데 홀을······, 뭔가 갤러리 같은 분위기로 꾸미고 싶어. 예술적인 느낌이 나게 말이야."

윤이 말했다. 시환의 화실은 아직 오피스텔에 있었다. 1층을 윤의 마음에 맞게 꾸미고 난 뒤에 이사하기로 했다.

"2층에서 침실은 싹 다 바꿀 거야. 좀 모던하고 심플하게. 그건 돈이 쪼끔 들겠다."

윤은 시환의 옆구리를 쿡 찔렀다.

"돈 많이 벌어야겠어요. 만화가님."

"너 부자야."

"피잇, 집만 댕그라니 있음 뭐해? 이 집 유지하려면 졸업하고 나서 진짜 열심히 일해야겠다…….."

"집뿐이 아니야."

"응…?"

"이리 와봐."

시환이 윤의 손목을 잡아끌었다. 그는 윤을 2층의 리빙 룸으로 데려간 뒤에 다락방 문을 열었다.

"다락방에 뭐가 있는데?"

시환에게 이끌려 함께 다락방으로 들어온 윤이 의아해했다.

"직접 봐."

시환이 침대 위에 올라서 침대의 머리맡과 맞닿아 있는, 원목으로 된 벽면을 마주했다. 그의 눈높이 아래쯤에 작은 미닫이문이 있었다. 그는 그것을 옆으로 밀었다. 그러자 금고문이 나타났다. 윤의 눈이 휘둥그레졌다. 시환은 비밀번호를 입력해 금고문을 열었다.

"와서 봐."

시환이 말하고 저는 침대에서 내려왔다.

"설마 현금이……?"

윤은 약간 긴장한 얼굴로 침대에 올라 금고 가까이 얼굴을 가져갔다. 보자마자 '헉' 소리를 냈다. 순금의 골드바였다. 골드바를 눈으로 직접 보기도 처음이지만 저렇게 많은 골드바라니.

"대단하다, 정말……."

누구에게 하는 소리인지, 윤은 의미심장하게 중얼거렸다. 그녀는 금고문을 닫고 침대에서 내려왔다. 그리고 시환 곁에 나란히 서서 제 가슴 아래에 척, 팔짱을 꼈다.

"흠……."

윤은 짐짓 심사숙고의 얼굴로 신음을 흘렸다. 이어 시환에게 눈을 돌렸다.

"내 집이니까……, 내 꺼 맞지?"

윤이 물었다. 시환은 크게 고개를 주억주억했다. 윤은 배시시 웃었다.

"그럼 저건…… 가져야겠다."

윤은 어깨를 움츠리고 쿡, 웃었다. 마치 횡재했다는 듯.

"횡재한 기념으로……."

시환이 윤의 허리를 지그시 잡아끌었다.

"어, 뭐야……."

윤은 새치름하게 시환의 가슴을 주먹으로 툭 쳤지만 그의 품에 안겨 침대에 쓰러진 뒤에는 '좋았어!' 했다. 시환은 참 부지런히도 그녀의 옷을 벗겼다.

✽

하늘이 바다 같았다. 맑고 푸른빛. 거기에 흰 뭉게구름은 마치 섬 같았다. 윤의 집 정원에 사람들이 모여 있었다. 얼핏 삼십여 명쯤 되었다. 남녀가 고루 섞였고 또 그 대부분이 성장한 모습이었다. 그중에 낯익은 얼굴들도 있었다. 시환이 속한 에이전시의 대표 대성과 어시스턴트들인 석주, 세형, 규민 그리고 시환의 이모도 있었다. 이모는 노란색 저고리와 회색 치마의 고운 한복 차림이었다. 시환이 이 집에 들어와 있는 것을 못마땅해했던 이모는 그가 이 집을 샀다 해서 지금은 그렇게 알고 받아들였다.

정원에는 또 사람 수만큼의 의자가 한 방향으로 정렬해 있었고, 흰색 그랜드 피아노와 그것을 연주할 녹색 드레스의 피아니스트가 때를 기다리듯 그 앞에 앉아 있었다.

"이런 결혼식 진짜 좋다."

대성이 말했다. 그의 주변으로 그의 아내로 보이는 여자와 석주, 세형이 있었다.

"복잡하지 않고 소박하고, 얼마나 좋아? 근데 황무지 딱 끝난 시기에 했음 더 좋았을걸. 새 연재 들어간 지 얼마 안 돼서 신혼여행도 못 가잖아."

"황무지 끝나고 신혼여행은 미리 갔다 오신 걸로."

세형이 히죽 웃었다.

"그때 속도위반하신 걸로."

"그걸 말이라고 하냐? 그럼 여행 가서 손만 붙자고 자리?"

"그게 아니라요, 애기가 속도위반이란 거죠."

"으잉? 정말?"

석주도 '진짜야?' 묻고 '그걸 네가 어떻게 알아?' 했다.

"그런 걸 누가 알려줘서 아나? 눈치 딱 까는 거지, 형."

"축하해야겠네."

대성이 껄껄 웃었다.

"복덩인가 보다. 이야, 진짜……. 새 연재, 카스타 디바 말이야. 시작한 지 얼마 되지도 않았는데 반응이 벌써부터 장난 아니잖아."

"그 스토리, 윤 씨……, 아니다, 쌤의 사모님이 함께 작업하신대요."

세형이 말을 받았다.

"그렇다면 연재 하나 더 하자고 제수씨 붙들고 꼬셔봐야겠는걸? 시환이한텐 씨알도 안 먹혀서 말이야."

대성은 다시 껄껄 웃었다.

"아, 부럽다. 나도 내년에 뭔가 돼야 하는데……."

석주는 정말 부러운 듯 입맛을 다셨다. 그는 현재 데뷔 작품을 준비 중에 있었다. 아직 시환의 어시스턴트를 그만둔 것은 아니지만 겨울쯤부터 제 작품에만 몰두할 계획을 갖고 있었다.

"근데 소람이 누난 왜 안 보여?"

세형이 주위를 두리번거리며 물었다. 석주의 여자친구를 말하는 것이다.

"윤……, 아니, 형님한테 갔을걸?"

석주와 세형은 집 쪽으로 눈길을 모았다.

"신랑, 신부 나올 때 되지 않았나? 어, 저기 시환이 나오네."

대성도 함께 집의 현관을 보고 있다가 말했다. 뒤이어 규민이 모두를 향해 '착석해 주십시오'라고 소리쳤다.

현관 밖으로 먼저 모습을 보인 시환은 아주 짙은 빛깔의 회색 턱시도를 입고 있었다. 뒤이어 윤이, 들러리인 여자 세 명과 함께 나왔다. 승연, 진미 그리고 석주의 여자친구였다. 윤이 입은 웨딩드레스는 민소매의 단순한 디자인이었다. 반짝이 장식이 없어 화려하지도 않았다. 팔꿈치 위까지 올라오는 긴 장갑을 꼈고, 특징이라고 한다면 머리에 크리스털이 박힌 얇은 띠를 둘러, 그 띠에서 머리 뒤로는 풍성한 면사포를, 얼굴 앞으로는 베일이 되도록 한 점이었다. 얇은 베일에 은은히 비친 스물다섯 살의 신부, 윤은 정말 아름다웠다.

시환이 제 팔을 윤에게 내밀었다. 윤이 그 팔을 잡았다. 두 사람은 나란히, 그리고 천천히 하객들을 향해 걸었다. 세 여자가 신부의 뒤를 따르고, 신부 옆으로 약간의 거리를 두고는 백구가 졸래졸래 따라갔다. 오늘이 제 주인의 결혼식인 줄 아는 듯 녀석은 몹시 의젓했다.

윤이 졸업한 해의 가을이었다. 두 사람은 조촐하고 색다른 결혼식을 준비했다. 집의 정원에서 아주 적은 수의 하객만 초대했다. 시환의 이모 등 외가의 몇 사람과 만화계 사람들, 그리고 윤의 친구들 몇 명이 다였다. 윤은 작년 가을인 4학년 2학기 때 단짝 친구들인 승연, 진미에게 시환과 사귀고 있음을 고백했다. 승연이 특히 무척 놀라워했다.

피아노 소리가 울려 퍼졌다. 그런데 결혼식장에서 흔히 들을 수 있는 웨딩 음악이 아닌, 아리아 '카스타 디바'였다. 흔치 않은 것은 그뿐이 아니었다. 주례를 위한 탁자가 없었다. 신랑, 신부를 위한, 특별한 장식용 설치물도 없었다. 오직 피아노 한 대뿐이었다. 피아니스트는 신랑과 신부가 하객 앞에 이르자 음악 소리를 나직이 죽였지만 멈추지는 않았다.

윤과 시환은 하객 앞에 서서 허리를 굽혀 정중히 인사했다. 짝짝짝, 박수 소리가 뒤따랐다. 박수 소리가 잦아든 후 시환이 하객을 향해 '결혼식에 와주셔서 감사하다'고 짧은 인사로 예를 갖쳤다. 그런 후 신랑, 신부는 마주 섰다. 시환은 재킷 주머니에서 두 번 접은 A4 용지를 꺼내 폈다.

"나는……."

용지에 눈을 두고 시환이 읽었다.

"소윤을 아내로 맞아 세 가지를 꼭 지키겠습니다. 첫째, 주어라……."

시환의 눈이 용지로부터 베일 속 윤의 얼굴로 옮겨갔다.

"나는 내 아내 윤에게 모든 것을 주겠습니다. 내 몸과 마음, 그리고 원고료도."

하객들 사이에서 웃음이 터져 나왔다. 윤의 어깨도 잠깐 흔들렸다.

"둘째, 공감하라. 나는 내 아내 윤이 느끼는 것이라면 그것이 기쁨이든, 슬픔이든, 아픔이든, 같은 크기로 함께하겠습니다. 잠자리에서의 그것도."

하객들 사이의 웃음이 더욱 커졌다. 동시에 야유도 터졌다. 그런데도 시환은 시종일관 진지했다.

"셋째, 자제하라."

하객들은 쥐 죽은 듯 고요했다.

"나는 내 아내 윤이 아무리 예뻐 보여도…… 자제하겠습니다. 특히 마감 때."

웃음과 박수 소리가 동시에 터져 함께 뒤섞였다. 시환은 윤의 베일 끝을 잡아 천천히 올렸다. 윤은 눈물을 글썽이고 있었다. 감동해서가 아니라 너무 웃겨서 그것을 참느라 그런 것이었다.

"나의 정결한 여신."

시환은 미소 지었다.

"사랑해요."

윤도 미소 지었다. 두 사람의 입술이 포개졌다. 하객들 모두 열렬한 박수로 방금 부부가 된 신랑, 신부를 축복했다. 그런데 적당한 순간에 잦아들어야 할 박수 소리가 그치지 않았다. 그 소리는 또 갈팡질팡했다. 얼마 안 가 '그만해'라는 외침이 터지고 그것이 그대로 웃음소리로 이어졌다. 신랑, 신부의 입맞춤이 도통 끝날 기미를 보이지 않았기 때문이다. 끝은커녕, 시환이 아예 윤의 허리를 팔로 휘감아 지금부터 시작이라는 인상마저 주었다.

"암만 봐도 오늘 안에 끝날 것 같지 않은데……?"

진미가 싱글싱글 웃었다.

"밥이나 먹고 계속하지……."

승연은 짐짓 투덜댔다.

"안에 뷔페 준비돼 있습니다."

규민이 모두를 향해 소리쳤다. 그사이 대성은 꽃가루 바구니를 가져와 키스 삼매경인 신랑, 신부를 향해 소금 뿌리듯 팍팍 뿌렸다. '잘 먹고, 잘 살고, 행복해라' 하면서.

오후의 햇살이 눈부시게 깊어가는 가을, 윤과 시환의 입맞춤도 깊어만 갔다.

〈The End〉